일본 昭和 前期 문학논쟁사

정 인 문 저

제이앤씨
Publishing Company

책머리에 ―

　문학에 관한 중대한 과제에 대한 해답은 미래에도 계속될 것이다.
문학이 이러한 본질을 가지고 있는 한, 문학논쟁은 계속 이어질 것
이다. 대결적인 자세와 실천적으로 대결하는 행동 속에서 생동감 있
는 문학이 탄생한다는 것은 당연히 각각의 時空에서의 생생한 의식
을 지향해 간다는 것을 의미한다.
　이러한 의미에서 필자는 순차적으로 일본 근대문학에 관한 論争
史를 정리하고 있다. 말하자면 지난번은 일본 明治期 문학논쟁사,
대정기 문학논쟁사를 우선 정리하였고, 이번에는 일본 소화기 문학
논쟁사 중에서도 전기 부분을 정리하려고 한다. 소화기 시대 자체가
너무 광대한 시기이고, 내용도 너무 방대하여 이번에는 우선 전기
부분을 정리하고, 다시 이어서 후기 부분을 정리하려고 한다. 즉 일
본의 패전, 1945년 8월을 기점으로 해서 전기와 후기로 나누려고 하
지만 그러나 이것은 편의상 시기구분에 해당하는 것이고, 실제적으
로도 반드시 꼭 그렇게만 되지 않는 어려움이 있겠다. 예를 들면 전
기 부분의 「근대의 超克」 논쟁의 경우 사실 전기와 후기에 양쪽에
걸치고 있지만 편의상 전기 부분에 넣어서 처리하기로 하였다. 이번
소화 전기에서는 「예술 대중화 논쟁」부터 「근대의 超克」 논쟁까지
를 다루기로 하였다.

  이 저서를 정리함에 있어서 미리 밝혀두고자 하는 것은 문학논쟁
사에 관하여 정리하는 수준에 그치고 있다는 것이다. 일본 문학논쟁
사 논쟁에 관한 것 자체가 별로 언급이 된 적이 없고, 자료자체도
별로 없는 상태에서 진행하다보니까 여러 가지 어려움이 따랐던 것
은 사실이다. 그래서 내용이 많이 부족하고 이것을 과연 책으로 낼
만한 가에 대해 회의감도 있었다. 그러나 부족하지만 후진들의 학문
발전에 조금이나마 도움이 된다면 하는 입장에서 낯 두껍게 내놓게
되었다. 내용이 미비한 부분은 앞으로 보완해 갈 예정이다. 동학 선
후배 여러분들의 지도편달을 바라마지 않는다. 끝으로 변함없는 제
이앤씨 관계자 여러분께 감사의 말씀을 드린다.

                                        2009년 3월
                                  저자 정 인 문 삼가 적음

목차 —

일본 昭和 前期 문학논쟁사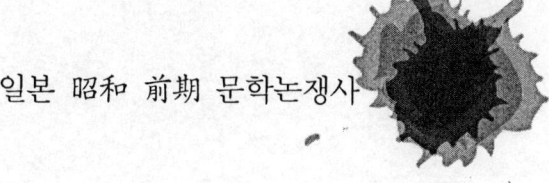

1 예술 대중화 논쟁

소화3년 3월 15일의 탄압을 계기로 3월 25일 「全日本無産者芸術聯盟(나프)」이 결성되었고 5월에는 기관지 『戰旗』가 창간되었다. 그 다음 6월호에서 中野重治는 「소위 예술의 대중화론의 잘못에 대해서」라는 논문을 발표하고 되는데, 이것이 예술 대중화 논쟁의 발단이 되었다.

그 이전에 일본 프롤레타리아 예술연맹의 이론가였던 中野는 기관지 『프롤레타리아 예술』(소화2년 12월)에 「어떻게 구체적으로 투쟁하는가」라는 문장을 발표하고 있다. 무산자 계급 예술운동의 중요한 임무의 하나는 「프롤레타리아트의 예술을 전 피압박 민중 속으로 가져온다」는 것이었다. 그 구체적인 방법으로서 첫째, 조직의 단순한 소극단에 의한 연극, 둘째, 그림 삐라 및 포스터의 頒布, 셋째, 소합창단 및 낭독대의 활동, 넷째, 극히 저렴한 소출판 등을 들었다.

한편 蔵原惟人는 소화3년 1월의 『前衛』에 예술의 대중화와 좌익 예술가의 통일전선을 제창한 논문 「무산계급 예술운동의 신 단계」를 발표하였다. 그 속에서 이러한 中野의 생각에 대해 언급하고 있

는데, 「이것들 모든 것은 무산계급의 예술운동으로서는 너무도 자명
한 것이어서 우리들 문제는 결코 거기에 있는 것이 아니다. 문제는
어떠한 예술을 대중 속에 담아내는가 하는 것이다」는 것이었다. 中
野가 제창한 예술은 전 피압박 민중의 「각층의 특수성을 무시한 예
술」이라고 비판하고 있는데, 「대중에게 이해받고 사랑받는 작품」을
만들기 위해 대중 각층의 특성을 무시하지 말고 「생생한 대중」을 그
릴 것을 요구하면서 다음과 같이 서술하고 있다.

　　우리들은 전 피압박 민중의 각층에 「그것들의 특수성에 구애받지 않
　는 일정의 예술」을 담아낼 수가 없다는 것이다. 반대로 우리들은 그것이
　전 무산 계급적 정치투쟁의식으로 관철되어 있으면서 더구나 노동자, 농
　민, 소시민, 병사 등의 각각의 특수성에 맞는 예술을 만들지 않으면 안
　된다.

　그런데 中野의 이상과 같은 「소위 예술대중화론의 잘못에 대해서」
는 이 藏原의 문장에 대한 직접적인 반대의 의미로서 쓰여진 것은
아니었다. 단지 이 논쟁의 발단의 저류에 이와 같은 경위가 있었다
는 것을 보여주고 있다. 中野는 이 논문을 예술대중화라는 이름에
두고 대중 追隨에 빠져 예술의 통속화를 정당화하려 하고 있는 많은
「대중화론자」에 대한 비판으로서 쓰고 있었던 것이다.
　中野는 우선 『復活』이나 『레·미제라블』을 실례로 보이면서 「그
멋진 대중성과 통속성을 생각하는 것이 좋다. 먼저 예술을 받아들이
는 당시 민중이 언제까지나 단편소설의 종류에 만족하고 있었다고
생각하는가. 내일은 대중의 것이다. 대중은 통속을 좋아한다. 우리들
은 내일에로, 통속으로 향해서 나아가는 것이다」는 경향을 들어 그

것에 대해 「만일 이러한 예술이 대중에게 부여된다면 그것은 製糸
工場 안에서 역할이 있는 남자 직공이 女工의 복종을 방지하기 위해
성적 관계를 이용하는 것과는 별반 다르지 않는 것이다. ……그러나
男工은 女工을 사랑하고 있는지 모른다. 그렇지만 예술가는 절대로
대중을 사랑하고 있지 않다. 그래서 이 예술가는 뼈 속까지 牛太郎
(일만 하는 남자)일 뿐이다」고 하여 牛太郎風의 대중 맹종을 비판하
면서 「오늘날 대중은 그 생활이 참다운 모습으로 그려질 것을 바라
고 있다. 생활의 참다운 모습을 그리는 것은 계급관계 상에서 나타
난다. 생활을 참다운 모습으로 그리는 것은 예술에 있어서 최후 단
계에 속한다. 대중이 추구하는 것은 예술의 예술, 여러 왕중의 왕인
것이다」고 주장한다. 그리고 다른 견해—「그 재미에 있어서 부르주
아 대중예술에 拮抗하여 그것을 능가할 때, 비로소 우리들 예술은
문자 그대로의 대중을 사회주의 쪽으로 돌리는 일이 가능할 것이다.
그 밖의 것은 일체는 자신의 수중에 있다. 지금은 재미가 있으면 좋
은 것이다」는 생각을 들어 그것에 대해서 대중을 위해 재미를 담아
내려고 하는 것은 감초만을 처방하는 사기 의사에 지나지 않는 것과
같은 것이다. 「대중이 추구하고 있는 것은 만일 그것을 추구하여 재
미라고 말할 수 있다면 모든 인간의 上皮와 우의를 벗겨내어 생활이
다 드러난 모습일 수밖에 없다. 위트의 여부와 관계없이 대중이 추
구하는 것은 예술의 히말라야와 같은 것이다」고 설명하고 있다. 「예
술에 있어서 그 재미는 예술적 가치 그 자체 속에 있다. 그 이외의
것은 임시변통으로 요술에 지나지 않는다」고 강하게 주장하였던 것
이다.

　이와 같이 하여 中野는 예술의 대중화를 예술의 통속화와 혼동하
는 일련의 경향을 공격한 것이었다. 이것은 대중이 추구하고 있는

것을「예술의 예술, 여러 왕중의 왕」이라 부르고「예술의 히말라야」
라고 할 때, 너무나도 이상주의적인 예술관과 있는 그대로가 아니라
있어야 할 대중의 모습을 상정하는 나머지, 이념적인 대중인식이 현
저하게 거기에 드러나는 것을 말하는 것이다. 어쨌든 이와 같이 하
여 예술 대중화 논쟁은 도화선에 불이 붙게 된 것이다.

　中野重治 논문이 발표된 다음 7월의『戰旗』에서 鹿地亘는「소시
민성의 跳梁에 항거하여」를 썼다. 거기서 鹿地는「우리들 예술은 오
늘날 역시 완성과는 거리가 멀다. 그러나 몇 사람이 이전에 우리들
이 개척한 프롤레타리아 예술에 있어서의 과거 사회를 파괴하는 프
롤레타리아트의 激情을 조직하는 것이다」. 또는「따라서 프롤레타
리아트의 격정은 가장 솔직하게, 가장 거칠게 대담하게 표현되는 것
이다. 그것은 연마된 기술의 완성이 아니라, 노출된 의욕의 방향과
결론인 것이다. 그것은 과거 모든 소위 예술성을 무시한다」고 주장
하였다. 무엇보다도 우선 프롤레타리아트 속으로 들어갈 것을 요구
하는 이 효論은 극좌적 정치주의적 견해였다. 거기에서는 예술의 기
술에 대해서도「우리들 기술은 프롤레타리아트가 나아가는 길 속으
로부터 프롤레타리아트의 성장과 함께 성장한다. 따라서 우리들 기
술은 오로지 프롤레타리아트에 들어가는 것에 의해 가장 합리적으
로 해결되는 것이다」고 일컬어지는 것으로 예술상의 관념적 낙천주
의와도 통하는 것이라 말할 수 있다.

　있어야 할 대중상의 인식 위에 예술주의적인 주장을 편 中野重治
와 극좌적 정치 우선의 입장에서 낙천적인 예술론을 서술한 鹿地亘,
이 두 사람에 대해서 蔵原惟人는 예술운동 당면의 긴급과제를 쓰고
이것에 대해 비판을 가했다.『戰旗』8월호에서이다. 蔵原는 우선 鹿
地에 대해서「우리들은 우선 과거 인류가 축적한 예술적 기술을 프

롤레타리아의 견지에서 비판적으로 받아들여야만 했다. 우리들은 감히 말하면 ―과거의 유산 없이 프롤레타리아 예술은 있을 수 없는 것이다」고 서술하고 있는데, 이것은 「예술작품의 형식은 새로운 내용으로 결정된 과거 형성의 발전에서만 발생한다」고 마르크스주의적 견지로부터의 예술발전의 법칙을 지적하고 있다. 이런 것조차 모르는 것은 「프롤레타리아 예술운동의 기본」도 이해하고 있지 못하는 것이라고 공격하고 있다.

　다음 中野에 대해서는 그 「가장 예술적인 것이 가장 대중적이고, 더구나 대중적인 것이 가장 예술적이다」는 생각이 추상적인 이상론·관념론에 지나지 않는 것이라고 주장한다. 게다가 대중생활을 객관적으로 그려내는 것의 중요함에 대해서는 같은 생각을 갖고 있지만, 대중생활을 단지 단순히 개관적으로 그려내었다고 해서 그것이 대중적 예술이 될 수 있다고 생각하였다면 잘못된 것이기 때문에 무엇보다도 대중에게 사랑받고 그 감정과 사상과 의지를 결합하여 차원을 높이려는 새로운 예술적 형식을 만들어 내어야 한다고 비판하고 있다. 그것을 위해서 하나, 예술사의 마르크스주의적 연구 속에 프롤레타리아 예술이 나아가야 할 방향을 결정할 것 둘, 과거에 대중을 사로잡았던 예술형식을 연구하고 비판적으로 받아들일 것 셋, 소비에트 및 그 밖의 나라에서도 프롤레타리아 예술을 연구하고 필요한 것을 받아들일 것 등이 요구된다고 주장했다. 게다가 또한 이상의 것은 어디까지나 프롤레타리아 예술이 제대로 된 확립을 위한 방향일 뿐이고, 이것이 곧 대중의 아지·프로에 도움이 되는 것은 아니니까 이 예술운동과 함께 대중의 직접적인 아지·프로를 위한 예술운동을 수행해야 할 것이라고 하였다. 『戰旗』를 「예술운동의 지도기관이고, 또한 광범위한 대중의 아지·프로의 기관일 수 있다고 생각하였다」는 것은 잘못이라 할 수 있는데, 이 두개는 명확히 구별해야만 한다고 논하였다. 그 실천적 결론으로서 후자를 위해 「대중적 삽화 잡지의 창간」을 위해 노력해야 할 것을 강하게 주장하고 있다.

蔵原는 여기서 中野의 이상주의적인 예술론의 추상성에 대해서 예술대중화를 위한 독자적인 예술적 형식의 창출에 대한 필요성을 구체화하려고 비판적으로 제언한 것이었다.

이것에 대해 中野는 곧 다음 달의『戰旗』에 「문제의 되돌림과 그것에 대한 의견」을 발표하고 반론을 제시하였다. 中野는 蔵原가 「백만의 대중에게는 최고의 프롤레타리아 예술이 최저도 부여되고 있지 못하는 현실을 잊고, 또는 이러한 것을 주는 방법으로서 프롤레타리아트에 의해 정치적으로 해결되어야 한다는 사실을 잊고 어디까지나 「예술적 형식」에만 의지한 해결방법으로 치달려 가버렸다. 「예술적 프로그램과 정치적 프로그램」을 변화시켜버렸다」고 반박하였다. 「대중 교화의 일이 예술의 소 문제에 걸쳐 있는 것과 마찬가지로 프롤레타리아트의 정치적 프로그램에 속한다고 할 수 있다. 그것은 제대로 된 프롤레타리아트의 지도권 하에 움직여져야 한다. 약간의 예술가 등이 모여 있는 것만으로 해결해서는 안 된다. 역으로 프롤레타리아트의 정치적 프로그램인 교화의 일 속에는 많은 예술이 해야 할 일이 남아 있다」고 강조했다. 이 효論을 지탱하고 있는 것은 「우리들은 언제나 예술운동이 프롤레타리아트의 투쟁에 대해 필요하면서도 부차적인 일이라는 기본을 잊어서는 안 된다」. 「예술은 전체적으로 프롤레타리아트의 정치투쟁 속에 있는 것이다」는 정치와 예술(문학)에 대한 사고방식이었다. 이 어떻게 보면 극단적인 정치주의적 사고방식은 中野의 극도로 이상주의적인 예술관과는 표리를 이루는 너무나도 이상주의적인 것이었다. 따라서 中野 내부에 있어서는 그 양자가 균형을 유지하고 통일되고 있었다. 中野가 예술에 있어서 극좌적 정치주의를 주장한 鹿地의 견해에 대하여, 이 논문에서 공감을 보인 것은 그가 가진 결벽한 정치주의와 결부된 것이었다. 鹿地의 사고방식 속에는 中野의 이상주의와 같은 것은 존재하지 않았던 것이다.

이 中野의 논문에 대해서 蔵原는 재차 「예술운동에 있어서 좌익청산주의―재차 프롤레타리아 예술운동에 대한 中野·鹿地 両君의 所論의 대해서―」를 같은 소화3년 10월의 『戰旗』에 발표하고 두 사람의 재 비판을 전개했다. 이 문장에서 蔵原는 하나, 혁명 전기에 있어서 프롤레타리아 문화의 문제, 둘, 프롤레타리아 예술 확립을 위한 운동과 대중의 직접적 아지 프로(아지테이션(선동)과 프로바겐더(선전)), 셋, 소위 소시민성에 대한 투쟁에 대해서, 넷, 좌익적 언사와 기회주의 실천의 네 개의 항목에 걸쳐서 논술하면서 中野·鹿地들의 생각을 예술운동에 있어서 좌익 청산주의라고 비판을 가했다.

프롤레타리아트는 부르주아 사회 속에서 구석부터 구석까지 압박받고 있던 무조건적인 혁명계급이기 때문에 정권 획득에서 일을 시작하는 것이어서 정권을 획득하지 못하는 한, 프롤레타리아트는 자신의 문화수준을 부르주아지 이상으로 결코 끌어올릴 수 없다는 中野들의 생각은 세계혁명의 승리 없이 일국에 있어서 사회주의의 결정적 승리는 있을 수 없다고 하는 일반적인 명제로부터 출발하고 있다. 소비에트 연방 내에 있어서 사회주의 건설을 사실상 거부하고 있던 멘세비키적 ―극좌적 오류로 통하는 면이 있는데, 「프롤레타리아 문화와 사회주의 문화를 혼동함으로 인해 혁명기의 프롤레타리아 문화를 부정하고 사라진 트로츠키와 함께」, 「부르주아 문화와의

투쟁에 있어서 패전주의, 프롤레타리아 문화에 대한 청산주의에로
계속 흘러가고 있었다」고 우선 藏原는 비판했다.

게다가 藏原는 프롤레타리아 예술의 확립을 위한 운동과 예술형
식을 이용한 대중의 직접적 선동을 구별해야 함에도 불구하고, 中野
들은 그러한 구별을 무시하고「대중의 직접적 선동만 하고 있으면
프롤레타리아 예술은 자연스레 형성된다」고 하여 모든 것을「대중
의 직접적 선동」하에 두려고 하는 점에 대해 追及하고 있었다. 또
한 소시민성과의 투쟁에 대해서도「추상화되고 절대화되는 소시민
성의 위기를 너무 과장하고 또는 그것에 위협을 느껴 공포를 느낄
것이 아니라, 그 하나하나의 구체적인 경우에 있어서 그것을 서서히
비판 극복해 가는 것」이 중요하다는 것이다. 그럼에도 불구하고 그
러한 것을 이해하지 못하는 鹿地들은 전형적인 기회주의에 빠져있
는 것으로 보고 다음과 같이 결론지었다.「그것은 한마디로 말하면
諸君의「좌익적 언사와 기회주의적 실천」인 것이고, 그 방법론적 기
초를 형성하고 있는 것은 ─나쁜 의미에 있어서 福本주의이다」고
주장하였다.

또한 같은『戰旗』10월호에 林房雄도「프롤레타리아 대중문학의
문제」를 발표하고 中野에 대해 비판을 가했다. 林는 여기서「대중」
을「정치적으로 무자각한 층」으로 규정하면서「현실의 프롤레타리
아 계급 속에 이러한 심리에 있어서, 또는 의식에 있어서 진보된 층
과 뒤떨어진 층이 병존하는 것으로부터 생기는 심리적 의식적 산물
인 우리들 문학에도 두 개의 종류가 생겨나오는, 즉 진보된 층으로
받아들여지는 문학과 뒤떨어진 층으로 받아들여진 문학이 있다 할
수 있는데, 후자를 칭하여 우리들은 프롤레타리아 대중문학이라 한
다. 藏原는 이 양자를 분석할 수 없는 中野의 잘못에 대해 예리하게

비판했다. 「본래적인 프롤레타리아 예술」과 「대중적인 프롤레타리아 예술」이 존재하는 것을 강조했다」고 지적하고 있다. 그러나 자신도 蔵原도 「프롤레타리아트의 상층 부분, 완전히 의식적인 당원, 이미 꽤 문화적 수준에 도달한 독자에로 향해진 작품」을 본래적인 프롤레타리아 문학으로 규정하면서 「대중을 겨냥한 문학」은 없어져야 할 것으로서 취급하였다는 점에 있어서는 잘못되었다 할 수 있다. 르네찰스키가 말하고 있는 바와 같이, 이 양자는 본래 프롤레타리아 문학이라는 점에서 아무런 차이를 발견할 수 없다. 오히려 후자를 보다 더 높게 평가해야 했던 것에 그것을 역으로 행하였다고 하는 것은 「문화인적 오만」 탓이었다고 스스로 자기비판했다. 林는 여기서 대중의식의 구조를 문제로 삼고 있는데, 프롤레타리아 대중문학의 재미에 대해서 지적하고 있는 점은 주목해야 할 발언이었다. 이 문제는 그 후의 논쟁이 진행되는 경과 속에서 그렇게 진행되지 못하고 중도에 끝나버렸다.

中野는 이것에 대해서 다음 12월호 『戦旗』에 「해결된 문제와 새로운 일」을 발표하게 되는데 반년에 걸친 이 논쟁도 끝을 맺는다. 우선 林의 발언을 받아 「프롤레타리아 예술을 「본래적인」 것 또는 「진실한 의미에 있어서」 그것과 「그렇지 않는」 것 또는 「대중적인」 그것으로 나누는 방법은 올바른 방법이 되지 못한다고 하는 점이 분명하게 되었다」고 하고, 이것은 제일 큰 문제점이라고 지적하였다. 다음 11월에 무산자 신문사로부터 『무산자 클럽』의 발간이 이루어지게 되는데, 여기서 그는 「예술형식에 의한 대중의 선동이 이루어지기 시작했다」고 하여 이것을 해결된 제2의 문제점으로서 지적하고 있다. 물론 이것으로 대중화에 관한 문제에 決着이 지어진 것은 아니고, 문제는 실질적으로는 남아있었던 것이다. 나프가 목전의 현실적인 투쟁을 위한 조직상의 여러 문제를 안고 있던 상황에서 이와 같은 형태로 논쟁에 우선 종지부를 찍을 수밖에 없었다는 것을 말해 주고 있던 것이었다.

이러한 외적 조건의 하나로서 예를 들면 9월 12일 부로 발표되고 있던 나프 상임중앙위원회의 「논쟁의 방법에 관한 의견서」도 들 수 있다. 문제를 항상 운동의 일상적 진행 속에서 제출되어야 한다는 것을 말하고 있는데, 논쟁 당사자가 똑바로 된 철학적 존재적 근거 그 자체가 중요한 문제가 아니고, 잘못된 철학적 견해가 일을 구체적으로 진행해 가는 과정 속에서 상호간에 잘 교정되어가는 것이 중요하다고 하는 「일의 구체적 진행」을 최우선에 둔 이 의견서가 中野의 문장의 집필자세에 작용하였던 것은 분명하다.

그 수확으로서는 질 높은 이상주의적 예술관과 福本주의에 의해 지탱되고 있던 극좌적인 정치관을 그 내면에 공존시키고 있던 中野만의 독자적인 자질이 이 논쟁의 단서를 제공하고 있고, 그 전개에 활기를 불어넣고 있었다. 문제의 이와 같은 결착은 中野 자신이 「해결된 문제와 새로운 일」 속에서 「예술을 대중화시키기 위해 여러 방법을 강구해야 한다는 점에서는 여전히 문제가 남아 있다. 그리고 이것은 주로 형식적인 탐구와 관련되는 것이었는데, 이것이 금후 우리들이 착수해야 할 큰 문제로 남고 있는 것이다」고 지적하고 있는 점을 포함해서 많은 문제를 남기고 끝났다.

그러나 한편에서 프롤레타리아 문학의 대중화의 문제를 그 운동을 진행하고 있는 많은 사람들에게 많은 시사성을 던져주어 또 많은 생각을 할 기회를 제공하여 대중에 대한 인식, 대중의 의식구조와 문학과의 관련, 프롤레타리아 대중문학의 현상 등, 문학대중화를 둘러싼 여러 문제를 부상시켜 그 후 이 문제에 대해 이론적으로 추급하고 심화시켜 가는 단서가 되었고, 그 視座를 준비하게 만드는 것이 되었다.

예를 들면 小林多喜二는 이 논쟁의 소화4년 6월에 「프롤레타리아 문학의 대중성과 대중화에 대해서」를 쓰고, 9월에는 「프롤레타리아 문학의 대중화와 프롤레타리아·리얼리즘에 대해서」를 쓰고 있는데, 이 문제를 프롤레타리아 예술의 창작방법의 과제로서 追及하려 하고 있다. 후자에서 小林는 프롤레타리아·리얼리즘에 대해 서술한 후, 「프롤레타리아 작품의 가면을 쓰고 사카린을 넣으려고 한 프롤레타리아 대중소설, 형식의 新奇가 사실은 인텔리가 좋아하는 것뿐이거나, 새로운 내용을 안이하게 처리하여 낡은 자루에 넣거나 하는, 이러한 한 계열의 프롤레타리아 예술은 더욱더 압박해오는 탄압과 중요한 요소의 낙오로부터 당연히 야성의 자루와 같이 하나하나 지켜야 할 필연성이 있는 것이다. 단지 「엄밀히 노동자적인 예술」만이 철과 같은 저력을 가지고 대중 속으로 파고들어가야 할 것이기 때문이다.―그리고 그것은 지금까지 봐온 것에 의해서도 알 수 있듯이 단 하나 프롤레타리아·리얼리즘에 의한 작품만이 그것에 참아낼 수 있다는 것을 알았던 것이다」고 결론을 짓고 있다.

이 논쟁이 있은 후 다음 해에 世界社로부터 간행된『프롤레타리아 예술 敎程』은 이 논쟁을 근거로 하여 그것에 촉발되어 문제를 전개하려 하고 있다. 예를 들면 그 제2집(소화4·11 간행)을 보더라도 小林의 「프롤레타리아 문학의 대중화와 프롤레타리아·리얼리즘」 외에 貴司山治의 「프롤레타리아 대중문학 作法」, 효野信之의 「농민문학론」, 山田淸三郎의 「프롤레타리아 문학과 독자의 문제」 등 대중화를 둘러싼 이 논쟁의 의미를 각각 발전시키려는 자세로 유지되고 있는 문장이 많다. 이것은 소화6년에 나온『프롤레타리아 예술 강좌』

(內外社) 등에도 연결될 수 있는 것인데, 어쨌든 이 논쟁이 제출한 것은 운동이 진행해 가는 속에서 그 후 종종 각각의 입장으로부터 개별적으로 의식화되어 세분화되어 갔다. 또한 소화5년이 되어 예술 대중화를 둘러싸고 주로 貴司山治와 藏原惟人 사이에 대립이 있었는데, 그것이 재차 문제화되어서 日本프롤레타리아作家同盟中央委員会의 「예술대중화에 관한 결의」(『戰旗』소화5·7)의 발표가 되었고 또한 새로이 하나의 종지부를 찍게 되는데, 이것도 이러한 논쟁의 부산물이라 해도 좋을 것이다.

이와 같은 상황을 좀더 정리하여 보면 소화4년부터 5년에 걸쳐서 소위 나프 시대가 도래한다. 「全日本無産者芸術連盟」(나프)의 機関誌『戰旗』는『新潮』등 당시 기성 商業誌를 훨씬 상회하는 2만 6천 부의 발행부수를 자랑하였다. 나프는 소화3년 三·一五 탄압을 계기로 藏原惟人을 중심으로 한 「前衛芸術家同盟」과 中野重治를 중심으로 한 「프롤레타리아芸術連盟」의 두 단체가 합동으로 조직한 조직이다. 소화2년 전후의 시대는 금융 공황과 어울려 에너지의 고양과 프롤레타리아 문학의 활성기에 해당되는 시기로 「前衛芸術家同盟」「프롤레타리아芸術連盟」「労農芸術家連盟」(文学戦線派)이라는 마르크스주의 예술 단체를 내거는 3개의 조직이 정립된 형태로 각각이 스스로의 정통성과 혁명성을 내외로 과시하려는 전선 분열의 혼란기였다.

『戰旗』 창간호 권두의 「일본프롤레타리아芸術連盟·前衛芸術家同盟 합동에 관한 声明」은 이 두 조직이 「여기에 합동해서 하나의 새로운 조직 全無産者芸術連盟을 결성한다. 오늘 이후 오랫동안 고립 분산하여 싸워 온 우리 프롤레타리아 芸術운동은 그 모든 정예를 결속하여 유일의 이 깃발 하에 싸울 것이다」고 선언하고 있다. 福本

주의 文戰派에 대하여서는 「그 진실된 정치적 입장을 사회민주주의의 한 屯當으로 변하였다」고 비판 공격한다. 여기에 이르러 프롤레타리아 문학 出發誌인 『씨뿌리는 사람』을 정통적으로 계승한다고 할 수 있는 文戰派와 문학의 볼세비키化를 겨냥하는 「나프」와의 대립이라는 구도가 생겨나게 된다. 후에는 「나프」가 文戰派를 압도하게 이른다.

「나프」의 결성은 다음과 같은 위치를 가졌다고 볼 수 있다. 하나, 프롤레타리아 운동이 하나의 운동으로서 정립했다. 둘, 「노동운동」「제4계급의 문학」으로 불려지는 시대를 포함한 프롤레타리아 문학사의 큰 요약점이라 할 수 있다.(제2기 프롤레타리아 문학운동의 출발) 셋, 「자연생장과 목적의식」(靑野季吉) 이래의 분규하고 있던 문학이론·문학운동 이론의 도달.(「목적의식논쟁」에 의해 프롤레타리아 문학은 사상으로서 마르크스주의적 방향으로 향했다) 넷, 『씨뿌리는 사람』으로부터 『文芸戰線』에로 계속되는 운동에 종지부를 찍게 된다. (福本주의로부터의 脫却)—프롤레타리아 예술운동에의 질적 전환. 다섯, 「분파투쟁」「당파투쟁」으로부터 「내부투쟁」「권력투쟁」에의 전환. 여섯, 프롤레타리아 문학의 정점에로의 성숙—등이다.

소화3년의 「나프」의 결성과 동시에 시작된 「예술대중화 논쟁」은 그 기관지 『戰旗』誌上에서 행해진 것에서도 알 수 있는 것처럼 순수한 내부투쟁이었던 것이다. 그리고 그것이 분열에로 이르지 않았던 것은 일체의 본질론을 결락시켰던 곳에서 대결한 전술 차원이 아니었기 때문이다. 「나프」가 정치지상주의에로 傾斜해 가는 과정에서 이 논쟁은 프롤레타리아 문학을 대중 속으로 끌어들이기에는 어떠했으면 좋을까를 그 테마로 하여 싸웠다. 그러나 정치지상주의라는 전제는 「나프」측과 그것을 받아들여야 하는 대중 사이에 어떤 심연을 간과해버리는 결과를 초래하였다.

이 논쟁은 中野重治의 「소위 예술의 대중화론의 잘못에 대해서」
(『戰旗』 소화3년 6월호)에서 시작된다. 中野는 여기서 「숲프로레
트·크루트의 문제와 예술 자신의 문제를 구별」하고 그리고 예술에
대한 재미는 「예술적 가치 그 속에」 있는 것이다. 프롤레타리아 예
술가의 역할은 「예술의 원천인 대중 생활을 추구하는」 것이어서 「대
중을 위해 재미를 담아내려는」 것임에 틀림없다고 결론짓는다. 이것
은 시각에 따라서는 좌익 소아병적인 급진성만이 눈에 띄는 주장일
수도 있다. 이 論에 대한 비판으로서 藏原惟人는 「예술운동의 당면
한 긴급 문제」(소화3년 8월호)에서 中野의 「가장 예술적인 것이 가
장 대중적이고, 가장 대중적인 것이 가장 예술적이다」. 또는 「대중
이 추구하고 있는 것은 예술의 예술, 諸王의 왕인 것이다」는 것에
대한 골자를 「순연한 이상론, 관념론」으로서 일축하고 있다. 그는
일체를 기술과 형식으로 집약되는 예술(사회주의 리얼리즘론)을 제
창하고 「프롤레타리아 예술 확립을 위한 운동」과 「대중의 직접적
아지·프로를 위한 운동」의 차이점을 강조한 위에 「기관지 『戰旗』
를 예술운동의 지도기관」으로 하고, 동시에 「대중적 삽화 잡지의 창
간」을 제안하였다.

『戰旗』의 9월호에 中野가 그 반론을 주장하게 되고, 이어서 이 반
론을 다시 반론하는 형태로 그 다음 호에 마르크스주의 고전을 인용
하면서 藏原는 스스로의 論의 정당성을 주장한다. 이 호에 林房雄가
「프롤레타리아 대중문학의 문제」를 게재하여 藏原 측에 서서 이 논
쟁을 개괄한다. 林의 이 論에서 주목받은 것은 「대중이라는 것은 원
래 정치적인 개념이기도 하지만 지도자에 대한 말이기도 하다. 마르
크스주의적으로 대중이라는 것은 정치적으로 무자각적 층이라 규정
된다. 프롤레타리아 운동 내에 있어서 의식적인 활동 요소에 대한

무의식적인 요소를 말한다」고 쓰고 있다. 대중과 지도자(지식인)의 분열을 분명하게 이해하여 지도 용어로서의 대중을 「의식적인 대중」과 「무의식적인 대중」으로 구별해야 한다고 강조하고 있다. 이것은 이제까지의 논쟁이 애매한 채로 프롤레타리아트라는 개념을 사용하고 또는 그것을 어떻게 공산화하는가 하는 전술론에만 시종하고 있던 것에 대한 일보의 전진을 의미하고 있었던 것이다. 그리고 최후에 中野重治가 「해결된 문제와 새로운 일」(소화3년 12월호)에서 藏原의 論에 양보(자기 비판적으로 보이기도 한다)하여 이 논쟁은 우선 끝을 맺게 된다.

「예술대중화 논쟁」 중에서도 특히 中野重治의 양보는 그 후의 프롤레타리아 예술운동을 결정지었다. 그것은 예술의 마르크스주의화로부터 마르크스주의의 예술화라는 대의 내에서의 예술과 대중의 접점에 대한 모색, 교화의 문제, 조직론에의 이행이라는 식으로 받아들여지기도 한다. 또한 예술주의자가 이상을 작품 이외에서 현실화하려고 하는 시도(中野重治)가 정치주의자의 예술정책(藏原惟人)에로 조직화되어가는 모습이기도 하다. 예술이 작품을 추구하는 시도 내에서 대중을 획득해간다는 예술의 본래적인 모습이 풍화(패배)해 가는 행동주의를 훌륭하게 이 논쟁은 보이고 있다고 할 수 있다. 「소화3년 무렵부터 소화5년 무렵에 이르는 총합잡지나 문예잡지의 목차만 보더라도 내일 당장 일본 프롤레타리아 혁명이 발발하더라도 이상한 것이 못된다는 기분이 든다」(平野謙 『昭和文学史』)는 프롤레타리아 문학 전성기의 이 시대에 자기 진영 내부에서 문학자가 문학이 가진 본래적인 의미를 포기하고 정치에 굴복해 가는 모습은 이해하기 어려운 측면이 있다.

「나프」는 이 논쟁 후에 藏原가 제시한 방향으로 돌파해 간다. 그

리고 프롤레타리아 문학운동은 프롤레타리아·리얼리즘이 주류가
되었다. 일본공산당과 나프의 작가들 사이에 일선이 그어져 있던 것
이 소화5년에 나프 가맹의 각 동맹이 대회를 열고 볼세비키화의 방
침, 즉 「일본의 프롤레타리아트와 그 당이 현재 당면하고 있는 과제
를 스스로 예술적 활동의 과제로 삼는 것」(「나프 예술가의 새로운
임무」, 『戰旗』 소화5년 4월)를 채택하고 프로藝의 작가들은 당으로
일원화되어 간다. 소화5년에는 『戰旗』가 나프로부터 분리되어 대중
적 삽화 잡지로 되어가는 것에 의해 급격히 독자로부터 외면당하게
되고, 나프는 소화6년에 해산하고 『戰旗』도 종간을 맞게 된다.
　「예술대중화 논쟁」의 최후에 中野重治가 藏原惟人의 논리에 굴복
한 현실에 대해서 平野謙은 다음과 같이 적고 있다.

　　그러나 기묘한 것은 中野重治는 르네찰스키에는 찬성하면서 예술대
　중화의 방법은 너무나도 「주로 형식 탐구에로 집중한다」고 말하고 있다.
　「프롤레타리아트에 의해 정치적으로 해결되지 않으면 안 되는 것을 잊
　고 『예술적 형식』에 의한 해결로 달려가 버린」 藏原惟人의 이론을 그대
　로 받아들였던 것이다. 더구나 中野重治는 「해결된 하나의 문제」로서 藏
　原惟人가 제기한 두 개의 분류에 대한 잘못이 분명하게 밝혀지게 되었
　다고 당돌하게 결론지은 것이었다. 논쟁의 전 과정을 통해서 독자는 이
　러한 것을 도통 알 수가 없었다. 문제는 조금도 해결되지 못했다. 中野重
　治는 자신의 입장을 급히 철회한 것에 지나지 않았던 것이다.(「두 개의
　논쟁」, 『프롤레타리아 문학사 각서』)

　과연 中野重治는 여기서 「기묘한 것은 藏原惟人의 이론을 그대로
받아들이고 당돌하게 결론을 지었고, 그 입장을 철회한 것이」었을
까. 이 논쟁을 포함하여 프롤레타리아 문학의 논쟁은 藏原惟人의 그

룹과 中野重治(순수한 프롤레타리아 문학자)의 그룹으로 대별할 수 있게 되었다고 생각된다. 그 중에서 일관성을 가진 것은 문학정치가인 藏原惟人이고, 中野重治는 그 정치에 翻弄되어 시행착오 끝에 스스로의 입장을 숨가쁘게 변해갔다. 그것은 中野重治가 「혁명」을 사고하고 또한 藏原惟人 그룹에 접근해갔다는 것은 그가 이미 문학적인 입장을 포기하는 것에 의해서만이 성립할 수밖에 없는 장소에 들어 가버렸던 것이 아니겠는가.

아마 이 좌익문학자는 정치적인 프로그램과 문학적인 프로그램은 다르다고 항변하겠지만 탄압과 대중 봉기의 상황에 의해 그의 발언은 힘이 빠지고 끝내는 침묵해버렸다. 그 때 그의 문학이론은 사상누각과 같이 되어 버린다. 그러나 여기서 이 문학자는 이 논쟁에 패하기 이전, 대중과 그것이 만들어내는 상황에 의해 이미 그는 패배당하고 있었던 것이다. 이 논쟁은 어떤 뛰어난 문학적이었던 것도 사상, 정치라는 바탕위에서는 얼마나 무의미한 가를 잘 보여주고 있는 것이다. 「예술대중화 논쟁」이라는 것은 이와 같은 장면을 훌륭히 나타내주고 있는 듯이 보인다.

이 논쟁은 정치가 패배해 가는 과정을 여실히 보여주고 있지만, 그러나 그 이전에 문학자가 대중에게 이미 패배당하고 있었다는 의미는 그들은 단지 어떻게 대중에 대하여 아지·프로(선전·선동)를 잘 하는가 하는 전술에 대해 말하곤 하였지만 정작 대중의 내실에 대해서는 한 마디도 말하지 못하였다는 것이다. 그것은 스스로의 내면에 대해 말하는 것을 포기하는 것과 마찬가지인 것이다. 그 결과 대중은 항상 조직책으로서만 가치가 있는 대상이었고, 작품은 아지·프로로서의 가치로만 의미가 있는 곳으로 멀어져야만 했다. 왜냐하면 그들의 두뇌는 오로지 혁명 전야의 망상에만 사로잡혀 있었

기 때문이다. 거기로부터 보이는 것은 단지 어리석은 대중이라는 풍
경뿐이었고, 혁명에로 전진하는 노동자의 발걸음 소리만 들릴 뿐이
고, 탄압하는 국가권력의 모습이라는 식이었다. 그래서 보이지 않는
것은 대중의 존재양식이자, 봉기한 노동자의 한 사람 한 사람의 내
면이고, 또한 스스로의 진영에 속해 있는 조직이 왜곡되고 있는 현
실이나, 이 조직 자체가 대중을 소외하고 있는 현실들이었다. 그들
은 단지 자연생장적인 대중의 좌익화에 대한 속도감에 눈이 멀어진
것에 지나지 않았다. 이 대중에의 터무니없는 생각에 대한 망상은
문학자의 엘리트 의식의 산물일 수밖에 없었는데 그것이 문학자가
대중에게 패배해 가고 있다는 증거라는 것은 그 후 프롤레타리아 문
학자의 양상이 훌륭하게 그것을 증명해 주고 있다.

다시 한번 이상과 같은 「예술대중화 논쟁」에 대해서 구체적으로
진술해 보자. 대정15년 말부터 다음 해에 걸쳐 일본 무산자계급 예
술운동은 차츰 어지러운 분열을 더해가고 있었다. 즉 대정15년 말에
는 日本프롤레타리아文芸連盟으로부터 아나키스트의 분자가 이탈
하게 되고, 대정16년 6월에는 日本프롤레타리아文芸連盟으로부터
労農芸術家連盟이 분열하고, 11월에는 労農芸術家連盟이 재분열하
게 된다. 蔵原惟人・山田清三郎・林房雄・田口憲一 등에 의해 새로
이 前衛芸術家同盟이 결성되었다. 무산계급 예술 단체의 이와 같은
분열과 대립을 앞에 두고 蔵原惟人는 예술의 대중화와 全 좌익 예술
가의 통일전선을 제창하였다. 소화3년 1월의 『前衛』에 발표된 『무산
계급 운동의 신 단계』가 그것이다.

이것보다 앞서 日本프롤레타리아예술連盟의 중심적 이론가였던
中野重治는 기관지 『프롤레타리아예술』(소화2년 12월)에 『어떻게 구
체적으로 투쟁하는가』 라는 논문을 발표한다. 그는 무산계급 운동의

중요한 임무의 하나는 「프롤레타리아트의 예술을 전 피압박 민중 속에로 끌고 가는」 것이라 하고 있는데, 그 방법은 하나, 조직의 단순한 소극단에 의한 연극 둘, 그림 삐라 및 포스터의 頒布 셋, 소합창단 및 낭독대의 활동 넷, 극히 저렴한 소출판 등에 기대어야 할 것을 제창하고 있다.

蔵原惟人는 앞의 논문에서 中野의 이 제창에 대해 언급하면서 이것들은 무산계급으로서는 너무도 자명한 것이고, 문제는 그러한 곳에 있는 것이 아니다. 어떠한 예술을 대중 속에 끌어들이는가 하는 곳에 문제가 있다고 하였다. 이 점에 대해서 中野는 「우리들이 우리들의 예술을 전 피압박 민중 속으로 침투시켜 가는 것은 그것들이 갖고 있는 각각의 특수성에 부응해서 여기에 일방적으로 追隨하지 말고, 반대로 그것들의 특수성에 대해 정확하게 인식한 위에 그것들의 특수성에 구애받지 않는 것에 있는 것이다」는 의견이었다. 그런데 「특수성에 구애받지 않는 일정한 예술」이야말로 蔵原가 문제로 삼고 있었던 것이었다. 즉 각층이 가지고 있는 특수성을 고려하지 않는 예술이 과연 전 피압박 대중 속으로 침투시켜 갈 수 있겠는가 하는 곳에 蔵原는 그 의미를 「各層의 특수성을 무시한 예술」이라 풀이하고 있다. 「현재 호흡을 함께 하고 있는 대중이라는 의미 대신에, 종종 소위 현 단계에서의 일반적 규정으로부터의, 또는 논리적 결론으로서의 대중—이러 해야 할 대중」이 그려지고 있는 것을 예상하고 있었다. 그것에 대하여 우선 현재 함께 하고 있는 대중의 모습이 그려져야 할 것을 요구한다. 추상적인 전체로서의 대중이 아니라, 노동자 · 농민 · 소시민 · 병사 등 각각 특수한 감정과 습관과 사상을 가지는 개성적인 인간으로서의 대중이 그려져야만 한다는 것이다. 따라서 모든 자연발생적, 노동자적, 농민적, 소시민적 예술적 형상을 거부해서는 안 된다는 것이었다.

中野가 말하는 「특수성에 구애받지 않는 일정한 예술」에 반대하여 「특수성에 맞는 예술」을 주장하고 있던 藏原는 1927년 1월 『프라우다』紙 所載의 브하린의 『문학에 관한 악의 있는 각서』를 인용하고 있다. 세르게이・에세닌과 같은 유해한 문학이 왜 소비에트 청년들에게 환영받고 있었던가 하는 문제를 제기하여 브하린은 이렇게 쓰고 있다. 그것은 소비에트 작가의 작품이 청년의 마음의 琴線에 언급할 수 없었음에도 불구하고 에세닌은 가령 본질에 있어서는 바람직 하지 않음에도 그것에 대해 언급할 수 있었다고 하면서 거기로부터 다음과 같은 결론을 끌어내고 있다.

우리 청년을 말이 먹는 것 같은 항상 똑 같은 음식으로 키우면 안 된다는 것이다. 변화 있는 문제를 보다 많이 주어라. 특수한 심리를 가지고 있는 살아있는 인간에 보다 많은 주의를 기울여라. 그 다채로운, 그리고 기괴한 복잡한 생활에 보다 많은 주의를 기울여라. 그리고 질이 나쁜 판에 박힌 재료, 즉 이러한 관료적 관념적 창조의 과실은 많이 주면 안 된다.

이상에서는 에렌브루크가 『창작의 일』에서 제기한 문제가 연상이 된다. 소비에트 청년들이 소비에트 작가의 작품을 기뻐하지 않고 도스토예스키를 애독하고 있다는 사실에 언급하면서 브하린과 같은 것을 발언하고 있는 것은 아닌가 하는 기분이 든다.

1927년 3월 15일의 탄압을 계기로 그 10일 후에는 일본프롤레타리아예술연맹과 전위예술가연맹이 합동하여 전일본무산자예술연맹(나프)을 결성했다. 5월에는 기관지 『戰旗』의 발간이 이루어졌다. 그 6월호에 中野重治의 『소위 예술의 대중화론의 잘못에 대해서』가 발표되었다. 말할 나위도 없이 예술대중화 논쟁의 도화선인 것이다.

中野의 이 논문은 蔵原의『무산계급 예술운동의 신 단계』에 있어서의 비판에 직접 대답할 수 있는 것은 못된다는 것을 말하고 있다. 원래 中野가『어떻게 구체적으로 투쟁하는가』에 있어서「특수성에 구애받지 않는 일정의 예술」이라 말하는 것은 蔵原가 해석한 것과 같이 현재 호흡을 함께 하고 있는 개성적인 인간이 아니고, 현 단계의 일반적 규정으로부터 요구되는 대중을 그렸다는 것을 의미하는 것은 아니었다.「일정의 예술」이 의미하는 곳에 대해서는 구체적으로 그 이상의 설명을 첨가하지 않았기 때문에 반드시 막연한 규정이라고 결정적으로 말하는 것은 아니다. 그러나 사실은 蔵原의 주장과 상반하기는커녕 그 역이 되어 더한층 예술성이 높은 본격적인 예술 그 자체를 의미하였던 것임에 틀림없었다. 蔵原가 中野를 설득하기 위해 셀케이·에세닌에 대한 브하린의 견해 등을 차용한 것은 오히려 하나의 골계였던 것이다. 이 경우「특수성에 구애받지 않는 일정의 예술」이라는 것은 노동자, 농민, 소시민, 병사 등 그 밖의 특수성에 부응하는, 말하자면 물을 자르듯이 강하게 부정하여 고도의 예술성을 가진 것, 즉 예술 그 자체의 요구였다고 봐야 할 것이다. 그렇게 생각하지 않고서는『소위 예술의 대중화론의 잘못에 대해서』와 같은 주장이 갑자기 나타날 수가 없는 것이다. 단지『소위 예술의 대중화론의 잘못에 대해서』가『무산계급 예술운동의 신 단계』에 대한 반박으로서 씌어진 것이 아니라고 하는 것은 아마 나프의 결성을 통해서 조직 운영 속에서 양자 사이에 구두에 의한 직접적인 논쟁이 몇 번인가 있었던 사정이 그것을 말해주고 있는 것이다.

『소위 예술의 대중화론의 잘못에 대해서』는 예술대중화의 이름하에 大衆追隨主義에 빠져 예술의 통속화를 정당화하려는 많은 大

衆化論者에의 반박으로써 씌어진 것이다.

　재미에 있어서 부르주아 대중예술에 拮抗하고 그것을 능가할 때, 비로소 우리들의 예술은 문자 그대로 대중을 사회주의 쪽으로 선동할 수가 있다. 그 밖의 일체는 손아래에 있다. 지금은 단지 재미만 있으면 되는 것이다. ―中野에 의하면 대중화론자의 주장은 이러한 것이라는 것이다.

　그들이 말하는 재미라는 것은 무엇인가. 「듀마로부터 사건을, 죠로부터 재담, 트루게네프로부터는 인텔리겐차 남녀의 따뜻한 애정을, 도스토옙스키로부터는 복잡한 병리학을, 몰타나로부터는 요술을, 쇼니츠라로부터는 에로틱을, 와일드로부터는 그로데스크를, 디포로부터는 판타지를, 오·헨리로부터는 죠크를, 그리고 긴좌(銀座)로부터는 지팡이와 왈가닥과 세일러 팬티를」 이라고 하는 것들이다. 대중이 추구하는 재미는 그런 것이 아니다. 대중이 추구하고 있는 것은 「만일 그것을 재미라고 말한다면 모든 인간의 바깥 껍질과 속 껍질을 발가벗겨 낸 생활의 이슬뿐일 것이다」. 이렇게 말한 中野는 다음과 같이 계속하였다.

　　시공의 여하에 관계없이 대중이 추구하는 곳은 예술의 히말라야인 것이다. 이 고봉이 갖고 있는 눈 계곡과 산벽만이 그것을 어떤 시각에는 붉고, 다른 시각에는 보라색을 띄는 태양의 빛이 거기에 서식하고 있고, 배회하는 자연과 거기에 번식하고 무성한 모든 종류의 이끼류와 산림만이 그것을 둘러싸고 起伏하는 지맥의 광대한 전망만이 히말라야의 재미와 진정한 멋, 대중을 정당하게 바로 세우는 예술의 매력인 것이다. 이것들의 매력은 단지 히말라야에 추구되어지는 것이고 아이고산(愛宕山)에서 추구할 수 있는 것은 아니다. 그리고 히말라야의 눈을 아이고산으로 옮긴다면 그것은 녹아 없어질 것이다.

이 경우 너무나 시적인 표현이긴 하지만 中野가 「예술의 히말라야」라 생각하고 있는 것은 「모든 인간의 겉 가죽과 안 가죽을 발가벗겨낸 생활의 적나라한 모습」이고, 또한 별도로 「오늘날 대중은 그생활이 진실된 모습으로 그려질 것을 추구하고 있다. 생활의 참다운 모습은 계급 관계 위에 나타난다. 생활을 참다운 모습으로 그리는 것은 예술에 있어서 최후의 말이다. 대중이 추구하는 것은 예술의 예술, 제왕과 같은 것이다」고도 말하고 있기 때문에 결국은 일 개월 전의 『戰旗』 5월호 所載의 『프롤레타리아 · 리얼리즘의 길』에서의 藏原의 주장과 크게 차이가 나지 않는 것을 알 수 있다.

『프롤레타리아 · 리얼리즘의 길』에 있어서 藏原의 주장도 요컨대 「사회문제도 개인의 본성으로 돌리려는 인식의 방법」에 대신하여 「모든 개인적 문제도 사회적 관점으로부터 봐가는 방법」에 대한 강조인 것이다. 또한 작가가 「프롤레타리아의 전위의 눈」을 가져야 한다는 것을 논하고 있는 것이다. 프롤레타리아를 위한 예술 그 자체에 관한 한, 이것은 中野의 시인적 발언과 거리가 있는 것은 아니다. 여기에 이르러 「특수성에 구애받지 않는 일정의 예술」이라는 말이 의미하는 것은 확실해 진다. 독자로서의 대중의 특수성에 부응하면서 본래적인 예술의 반응에 덧붙여 통속화의 정당화를 거부하기 위한 발언이었던 것을 알 수 있다.

또한 『소위 예술의 대중화론의 잘못에 대해서』에서 주목해야 할 것은 어떤 경우도 예술상의 프로그램과 정치상 프로그램을 바꾸어서는 안 된다는 경고이기도 하다. 프로렛 · 크루트의 문제는 어디까지나 정치상의 프로그램이 아니면 안 되는 것인데, 이것은 자칫하면 예술상의 그것과 바꾸어질 위험이 있다는 것을 지적하고 있는 것이다. 숫 프로렛 · 크루트의 문제와 예술 자체의 문제를 엄밀히 구별해야만 한다는 의견이다. 거기로부터 또한 「예술에 대해서 그 재미는 예술적 가치 그 자체 속에 있다. 그 이외의 것은 임시변통으로 요술에 지나지 않는다」는 당연한 결론이 이끌어지는 것이다.

中野가 「예술에 대해서 그 재미는 예술적 가치 그 자체 속에 있다」고 말하고, 또한 「대중이 추구하고 있는 것은 예술의 예술, 제왕의 왕인 것이다」고 말하고 있고, 더욱 「우리들 대중이 추구하고 있는 것은 만일 그것을 재미라고 말한다면 모든 인간의 겉 가죽과 안 가죽을 전부 벗겨낸 생활을 완전히 드러낸 모습일 수밖에 없는 것이다」고 말할 때, 中野의 눈에 비치는 대중은 너무나도 이상적, 관념적이라는 것은 말할 나위도 없다. 대중을 이와 같이 생각한다면 예술대중화의 문제는 문제로서 해소될 수밖에 없다는 것을 말한다. 따라서 中野의 논문은 당면의 과제로부터 벗어나서 예술의 대중화를 곧 예술의 통속화와 혼동하고 있는 俗論을 공격하는 것에 멈추고 있다고 봐야 한다.

中野와 비교하면 旧프롤레타리아芸術連盟 이래의 동지였던 鹿地亘는 완전히 달랐다. 中野의 논문이 발표된 다음 달의 『戰旗』에 鹿地는 『소시민성의 도발에 항거하여』를 쓰고 있다. 그것에 의하면 프롤레타리아 예술을 완성시키는 것은 내일 일이어서 혁명이 달성되지 않는 현재에는 프롤레타리아 예술에 있어서 하나의 완성을 추구한다는 것은 환상이라는 것이다. 기술면을 보더라도 과거 사회에 있어서 감정의 조직화에 힘쓴 기술이라는 것은 우리들이 추구하는 그것과는 관련이 없고 프롤레타리아트 속에 들어가는 것에 의해서 우리들의 기술은 획득된다고 하는 사고방식이다. 프롤레타리아트에 들어가는 것이 일체의 모든 것이 우선한다는 것이다. 따라서 거기로부터 다음과 같은 결론이 나오는 것도 이상할 것이 없다.

프롤레타리아트의 격정은 따라서 가장 솔직하고, 가장 거칠게 대담하게 표명된다. 프롤레타리아트 예술의 기술이 암시되는 점은 그러한 것이다. 쌓아올려진 기술의 완성이 아니고, 노출된 의욕의 방향과 결론이 그것이다. 그것은 과거 일체의 소위 예술성을 무시한다.

한 마디로 말하면 극단적인 정치주의인 것이다. 中野에게 차라리 예술파풍의 경향을 찾아볼 수 있다면, 鹿地가 극좌적인 정치주의의 특색을 보이고 있는 것은 명료하다.

鹿地의 극좌적인 정치주의적인 경향과 中野의 예술파풍의 경향과, 이 쌍방에 대한 것을 논하면서 「예술작품의 형식은 새로운 내용에 의해 결정되는 과거 형식의 발전에서만 이루어진다」는 마르크스주의에 입각한 예술 발전의 법칙을 말하고, 이 정도의 초보적 상식도 없이 무슨 예술운동을 말하는 것인가 하고 결론짓고 있다.

계속해서 中野에 대해서는 「가장 예술적인 것이 가장 대중적이다」는 명제가 실정으로 말하면 너무나 순연한 이상론이고, 관념론에 지나지 않는다는 것을 우선 지적하고 있다. 다음에 예술을 대중화해 나가기 위해서는 대중의 생활을 객관적으로 그려내지 않으면 안 된다는 것은 中野가 그 논문 속에서 주장하고 있고, 자신도 이미 역설했다. 그러나 대중 생활을 단지 객관적으로 그려내었기 때문에 곧 그것이 대중예술이 될 수 있다고 생각했다면 잘못된 생각이다. 더욱 대중에게 이해받고, 사랑받고 그들의 감정과 사상을 고양시킬 수 있는 예술적 형식을 만들어내지 않으면 안 된다. 그것을 위해서는 대략 다음과 같은 것이 요구된다고 할 수 있다.

첫째, 예술발달의 마르크스주의적 입장에서 연구를 진행하여 거기로부터 현재 및 장래에 있어서 프롤레타리아 예술의 방향을 정할 것.

둘째, 과거에 대중을 사로잡았던 예술형식에 대해 연구하고, 그것을 비판적으로 받아들일 것.

셋째, 소비에트 연방 및 그 밖의 나라에 정립되고 있는 프롤레타리아 예술을 연구하고 거기로부터 현재에서의 필요한 것을 섭취할 것.

그러나 이상은 어디까지나 프롤레타리아 예술 확립을 위한 방향이기 때문에 이러한 예술이 반드시 지금 곧 대중의 아지·프로에 도움이 된다는 것은 아니다. 이 프롤레타리아 예술의 확립을 위한 예술운동과 함께 대중의 직접적인 아지·프로를 위한 예술운동—그것이 만일 예술운동이라 말할 수 있다면—을 수행해 가야만 한다는 것이다.

이상이 蔵原가 말하려고 한 大要이다. 요컨대 中野가 소위 대중화론자의 대중화, 즉 통속화라는 俗論에 대항하여 대중이 요구하는 것은 그들의 생활을 객관적으로 그려낸 예술 속의 예술이라는 이상론에 대해 지적하면서 그 이상의 문제에 대해 구체적으로 진행하지 않으려는 것에 대해 책망하고 있다. 말하자면 예술대중화를 위해서는 독자적인 예술적 형식을 산출해 내지 않으면 안 된다는 것이 蔵原 비판의 중심이라 볼 수가 있다.

中野에 의하면 대중 교화의 문제와 예술 자체의 문제는 구별해야만 한다고 주장하고 있다. 전자는 어디까지나 정치상의 프로그램이라 할 수 있는데, 이것을 예술상의 프로그램과 바꾸어질 수 있는 위험이 있다는 것을 경고하였던 것이다. 이것에 대하여 프롤레타리아 예술 확립을 위한 예술운동과 아지·프로를 위한 예술운동의 차별을 주장하고 있는 것은 蔵原이다. 아지·프로의 분야도 예술운동이라 보는 것이 中野와 다르다. 그러나 이것은 자신의 의견으로써 서술하고 있는 것뿐이어서 특히 이 점에 대해서만 中野를 비판하고 있는 것은 아니다.

최후에 蔵原는 기관지 『戰旗』는 예술운동의 지도기관이고, 동시에 광범한 대중의 아지·프로의 기관이기도 하다고 생각하고 있다. 이것은 잘못된 생각이어서 양 기관을 확실히 구별하지 않으면 안 된다는 것을 논하고 있다. 그리고 후자를 위해서는 대중적인 삽화 잡지의 창간을 서두를 것을 주장하는 등 적극적인 의견을 보이고 있다.

蔵原의 비판에 대하여 中野는 곧 다음 9월호의 『戰旗』에 『문제의 되돌리기와 그것에 대한 의견』을 썼다. 이 문장에 의해 두 사람의 의견 대립은 분명하게 된다. 지금까지는 양자 사이에 결정적인 대립은 보이지 않았다. 왜냐하면 『소위 예술의 대중화론의 잘못에 대하여』에서 中野가 주장한 것은 이번 논문에서 그 자신이 말한 바와 같이 「제작에 있어서 우리들은 어떤 완고한 태도를 취하지 않으면 안 되는가, 그 완고한 태도가 왜 지금 특히 강조되지 않으면 안 되는가」가 그 내용이었기 때문이다. 대중화라는 이름에 있어서 후퇴해서는 안 되는 제작의 태도, 자세에 대한 경고이기 때문에 그 이상 언급할 곳은 없었다. 따라서 양자 사이에 의견 대립은커녕 오히려 공통점을 찾아볼 수 있을 정도였다. 대립이라는 것은 오히려 中野와 鹿地 사이에 존재하는 것이 아닌가 하고 생각되어지는 것은 언급한 그대로이다. 그런데 『문제의 되돌리기와 그것에 대한 의견』에 이르러 蔵原와의 대립은 분명하게 되고, 그만큼 鹿地와의 공통점은 확실하게 된 것은 놀랄만한 일이다.

첫째, 「백만 대중에서의 최고의 프롤레타리아 예술은 어리석든가, 아니면 최저의 것조차 주어지지 않는다는 사실을 까맣게 잊고 예술 형식을 해결하는 것 생각하는 너무 지나친 과욕을 부렸다」.

둘째, 「우리들은 언제나 예술운동이 프롤레타리아트의 투쟁에 대

해 반드시 필요하지만 그러나 부차적인 일이라는 기본을 잊어서는
안 된다」.

셋째, 「대중 교화의 일은 예술의 전문제가 근저에 있어야 함에도
불구하고 똑같이 프롤레타리아트의 정치적 프로그램에 속하고 있다
는 사실이다. 그것은 완고한 프롤레타리아트의 지도권 하에 움직여
지지 않으면 안 된다는 것이다. 약간의 예술가 등이 모여서는 안 된
다. 역으로 프롤레타리아트의 정치적 프로그램인 교화 속에 많은 예
술의 일이 있다는 것을 염두에 둬야 한다」.

넷째, 「예술의 일은 전체로서 프롤레타리아트의 정치적 투쟁 속
에 있다」.

中野의 논문 속으로부터 이상의 4개를 추출해 본 것인데, 이것들
에 보이고 있는 의견을 최초의『소위 예술의 대중화론의 잘못에 대
하여』로부터는 발견할 수 없었다. 정치상의 프로그램과 예술상의 프
로그램을 혼동해서는 안 된다는 경고도 알 수 없었다. 그러나 그 2
개의 프로그램이 이상과 같은 관계에 있어서 성립하고 있다는 사실
은 비로소 알았던 것이다. 지금까지의 해석에서는 대중교화의 문제
는 어디까지나 정치상의 프로그램이고, 예술 자신의 문제는 물론 예
술상의 프로그램이기 때문에 이 2개의 프로그램의 혼동은 허용될
수 없다는 것이다. 藏原도 양자를 이와 같이 구별하고 있는데, 쌍방
공히 예술운동의 다른 표출로써 생각하고 있는 것이 中野와의 차이
점이었다. 中野의 이 논문에 의하면 그것이 완전히 다른 것이다. 예
술은 전체적으로 프롤레타리아트의 투쟁 속에 있다는 것이다. 대중
교화만이 정치상의 프로그램에 속하는 것은 아니다. 정치상의 프로
그램에 속하는 대중 교화에 역으로 예술적인 일이 있다는 것이다.
즉 예술의 全 문제가 프롤레타리아트의 정치적 프로그램에 속한다

는 것이다.

정치상의 프로그램과 예술상의 프로그램을 이와 같은 종속과 독립을 입체적인 관계로써 파악한 것은 이 논문이 처음이어서 그러한 것인지, 그렇지 않으면 최초의 『소위 예술의 대중화론의 잘못에 대하여』에 있어서 이미 그러하였던 것일까. 문면에 한정해서 본다면 최초는 양자의 관계를 평면적, 병렬적으로 생각하고 있었다고 밖에 생각할 수 없다. 「프롤레타리아트의 정치투쟁과 그 속에 자신의 일을 해가는 예술운동을 섞어서」 하고 있다는 藏原에의 비판 속에 中野가 생각하고 있는 정치투쟁과 예술운동의 새로운 관계를 알 수가 있다.

이렇게 되면 中野의 논문에는 鹿地와 공통적인 것이 보인다고 할 수 있다. 과연 中野는 鹿地의 『소시민성의 跳梁에 항거하여』라는 너무나도 극좌적으로 밖에 생각되지 않을 정도의 정치우선주의에 근거한 예술론을 지지하고 있다. 그리고 鹿地와 함께 「기술상의 미숙함은 단지 그 미숙한 것이 사명을 띠는 길로 통하는 것」으로 역설하는 것이다. 「기술을 연마해 간다는 것에 대해서 우리들은 어떤 태도를 취해야만 하는가, 왜 지금 이와 같은 완고한 태도가 특히 강조되지 않으면 안 되는가」가 鹿地의 『소시민성의 跳梁에 항거하여』의 내용이라는 것이 中野의 해석이다. 이것은 『소위 예술의 대중화론의 잘못에 대하여』의 내용이 「제작에 있어서 우리들은 어떤 태도를 취해야만 하는가, 그 완고한 태도가 왜 지금 특히 강조되지 않으면 안 되는가」 하고 中野 자신이 쓰고 있는 것과 조응하고 있는 것이다.

이 경우 中野가 말하는 기술을 연마해 가는 위에서의 완고한 태도는 어디까지나 우선 一心不亂하게 기술을 연마해 간다는 것을 의미하는 것이 아니라, 오히려 역으로 鹿地가 말하는 「기술의 미숙함

을 단지 그 미숙한 그것이 사명감을 띠는 길로 통하는 것」이라는 것
에 특히 주목을 요한다. 즉 中野가 첫째에서 말하고 있는 것처럼, 대
중에 있어서 최고의 프롤레타리아 예술은 커녕, 최저의 그것조차도
부여되고 있지 못하는 현실은 바로 프롤레타리아트에 의해서 오직
정치적으로 해결되지 않으면 안 되는 문제이기 때문에 그 근본을 잊
고서 대중들이 이해하고 사랑할 수 있는 예술형식 문제 등으로 바꿔
야만 한다는 것이다. 똑같이 제작에 임한 완고한 태도라는 것은 우
리들이 단순히 대중화 이름에 있어서 예술의 통속화에 대해 항의하
는 것과 같은 고답적인 태도를 의미하는 것이 아니고, 정치적으로
해결되어야만 하는 문제들이 바로 해결되지 않은 곳으로부터 제작
태도를 바꾸지 않으면 안 된다는 점을 강조한 발언이라는 것에 주의
할 필요가 있다. 정치상의 프로그램과 예술상의 프로그램을 바꿔서
는 안 된다는 논의는 이와 같은 의미인 것이다. 정치상으로도 예술
상으로도 쌍방에 대하여 극도로 완벽한 이상주의를 요구하고 있기
때문에 여기에 中野의 큰 특색이 나타나는 것이다. 앞서 예술파적이
라는 말은 中野의 반쪽만이 나타난 것이 확실하다는 것을 의미한다.
　이러한 점 鹿地의 경우는 물론 완전히 다른 것이다. 鹿地는 정치
상의 프로그램과 예술상의 프로그램과의 관계를 中野와 같이 생각
하고 있는 것은 아니다. 예술에서의 극좌적인 정치주의와 같은 것이
다. 中野의 경우는 예술상에서는 예술지상주의와도 혼동될 정도로
정치상에서는 극좌적인 정치주의가 개성적인 자료를 매개로 하여
이상한 유기적인 통일을 기하고 있는 것이다. 아마 예술에 있어서
결벽한 이상주의가 정치와 결부되는 경우, 극좌적인 것으로 나타나
는 것은 오히려 자연스런 것이 아니겠는가 하고 생각이 든다. 鹿地
에게는 그 반쪽만 있는 것인데, 中野는 자신의 반쪽 밖에 없는 鹿地

의 전부에 대해 어디까지나 자신의 반쪽으로써 지지한 것이 아니었
겠는가. 이미 中野에 있어서 정치와 문학의 통일성을 이러한 형태로
실현시켜 가기 위해서는 기관지 『戰旗』가 藏原가 말하는 것처럼, 단
순히 예술운동의 지도기관인 것에 그치고 있기 때문에 아지·프로
의 기관은 별도로 설치되어야 한다는 주장은 납득이 되지 않는다.
기관지는 대중 교화를 위한 기관이어야 한다. 그런 까닭으로 더욱
대중 속으로 뛰어 들어가야 한다. 이것이야말로 바로 예술운동의 지
도기관인 것이다. 대중의 아지·프로를 위한 예술이기 때문에 비로
소 프롤레타리아 예술 확립을 위한 예술이 될 수 있다고 하는 藏原
에의 비판이 여기로부터 생겨나는 것이다.

　이렇게 하여 中野, 鹿地들과 藏原 사이에 있어서 이론적 실천적
대립은 근본적으로 확실해졌다. 그것은 다음 10월호의 『戰旗』에 藏
原의 『예술에 있어서 「좌익」 청산주의』라고 제목이 붙은 中野, 鹿地
재비판이 게재된 까닭에서이다. 이 논문에서 藏原는 첫째, 혁명기에
있어서 프롤레타리아 문화의 문제. 둘째, 프롤레타리아 예술 확립을
위한 운동과 대중의 직접적 아지·프로. 셋째, 소위 소시민성과의
투쟁에 대해서. 넷째, 좌익적 言辭와 기회주의 실천. 이상의 4 항목
으로 나누어 논하고 있는데 中野, 鹿地들의 所説을 예술에 있어서
좌익청산주의라고 비판하였다.

　정치적으로 해결해야 할 것을 예술로 대행하는 것은 허용되지 않
는다는 中野들의 정치절대주의는 프롤레타리아트가 정권을 획득하
는 것에 의해 문화 혁명의 제일보를 내딛을 수가 있다고 하는 일반
적인 명제로부터 나온 것이어서 부르주아 문화와의 투쟁에 있어서
패배주의, 프롤레타리아 문화에 대한 청산주의에 빠지고 있다는 것
이다. 이상이 藏原 비판의 第一이다.

프롤레타리아 예술 확립을 위한 운동과 대중의 직접적 아지·프로를 구별하려는 곳에 藏原의 이제까지 주장하는 핵심이 있었는데도 불구하고, 中野는 모든 것은 「대중의 직접적 아지」 속에 있어야 한다고 하면서 양자의 구별을 인정하려 하지 않았다. 이것은 곧 조직의 문제와 관련된 문제인 것이다. 즉 예술 형식에 의한 대중의 직접적 아지·프로는 黨 청년 동맹 그 밖에 예술가가 들어가는 것에 의해 당의 직접 지도 하에 행해져야 한다는 것이다. 이것에 대하여 프롤레타리아 예술 확립을 위한 운동의 조직은 黨 청년 동맹 그 밖의 것과 밀접한 관련 하에 만들지 않으면 안 된다. 조직 자체를 그와 같은 것으로 바꾸지 않는 한 예술운동의 세계적 방향과 분명히 대립하지 않을 수 없다. 이것이 비판의 第二이다.

中野는 정치상의 프로그램에 속하는 숲 프로렛트·크루트의 일 속에 예술이 있다는 것처럼 정치상의 프로그램과 예술상의 프로그램을 특수한 형태로 결합하고 있어서 이것을 다른 것과 확실히 구별하려는 藏原 입장에서는 양자를 혼동하고 있는 것으로 보였던 것도 이해가 된다.

예술운동 내부에 있어서 추상화되고 또한 절대화된 소시민성에 대한 위험성을 너무 지나치게 평가하고 그곳에 위협을 받아 겁먹을 것이 아니라, 그 하나하나에 있어서 그것을 비판 극복해 가는 것이야말로 중요한 것이다. 이것이 비판의 第三인데, 이것은 주로 鹿地에 대해 이야기하고 있는 것이다.

이렇게 하여 中野, 鹿地들을 한 마디로 말하면 「좌익적 언사와 기회주의적 실천」인 것인데, 그 방법적 기초를 형성하는 것이 나쁜 의미에 있어서 福本주의이다. 그 점에서 그들은 어디까지나 세계에 유례가 없는 예술운동과 조직을 하려 하고 있다. 이것이 비판의 第四이다.

蔵原의 이상의 비판에 이어서 다음 11월호의 『戰旗』에서는 갑자기 中野의 『해결된 문제와 새로운 일』이 발표된다. 이것에 의해 반년에 걸친 정력적인 논쟁은 막을 내리게 된다.

무엇이 해결되었다는 것인가. 해결된 문제의 하나는 中野에 의하면 프롤레타리아트의 상층 부분, 의식적인 당원, 높은 문화적 수준을 획득한 독자에 향해진 작품을 본래적인 프롤레타리아 문학으로 인식하고, 대중을 목표로 하는 문학을 그렇지 않는 것과 구별하는 분리 방법은 바르지 않다는 것이 분명해졌다. 즉 이 양자는 르네찰스키가 말하는 것처럼 본래의 프롤레타리아 문학이라는 점에서 아무런 차이는 없다. 그렇지만 이것은 문제의 한 부분이지 전부는 아니다. 거기서 中野는 이렇게 말하고 있다. 「예술을 대중화해 나가기 위해서 여러 가지 방법을 강구하지 않으면 안 된다는 점에서 문제는 여전히 남는다. 그리고 이것은 주로 형식의 탐구에 관한 것이겠지만 이것이 금후 우리들이 착수해야 할 큰 문제인 것이다」. 확실히 남겨진 쪽이 큰 문제인 것이다. 해결된 문제의 두 번째는 11월 1일을 기해서 無産者新聞社로부터 『무산자 클럽』이 발간되는데, 이것은 「프롤레타리아트의 사령권 하에서」 예술 형식에 의한 대중의 아지(선동)가 시작되었다는 것을 의미한다.

최후에 전 논쟁에 관해서 中野는 현실적인 일을 차근차근 노력해 가는 것에 의해 구체적으로 해결된다는 사실에 대해 알아차리지 못하고 다음과 같은 반성을 남기고 있다.

문제는 약간 공허하게 논의되고 있었는데 그것에 대해서 한쪽에서는 어떻게 대중화해 나가는가 하는 문제에 구체적으로 답하는 대신에, 제작에 대한 태도에 대해 끈질기게 설명을 계속해 나갔다. 또한 논의의 허망함과 관련하여 생길 수 있는 소시민성에 대해 도전하면서 다른 한편으로 그것에 반발하여 예술에 관계하고 있지 않은 것처럼 언설이 되고 있어서 논점이(논자의 의도에 반하여) 소시민성의 辯護에 있는 것처럼 결과가 되고 말았다. 환언하면 예술의 대중화가 필요 없는 것처럼 보이는 의견과 대중화해야 할 것이 예술이 아니라는 듯이 하자는 의견이 서로 얽혀서, 논쟁은 구체적인 해결도 없이, 말하자면 그 자신 속으로 숨어버렸다.

이 논쟁의 성격에 대해 지금까지 말해온 취향이 있다. 요컨대 그것은 현실 투쟁으로부터 부상한 논쟁을 현실 투쟁에 대한 필요성이 대두되었다고 하는 것이 진상일 것이다. 우선의 해결은 이루어졌지만, 한층 더 미해결인 채로 문제가 남게 되었다는 것을 의미한다. 후에 中野 자신이 직접 기록하고 있는 것처럼, 논쟁이 인쇄된 것에만 의지하지 않았다는 것, 매일 매일 이루어지는 조직 운영 속에 진행된 것 등 지금까지의 논쟁에서는 볼 수 없었던 특수한 사정도 考慮해 넣어야 한다. 그러나 그럼에도 불구하고 「그 논쟁의 결착에는 풀리지 않는 여러 가지가 남아 있다」고 생각하는 것은 平野謙만이 아니다(平野謙『두개의 논쟁』). 平野가 서술하고 있는 것처럼 中野는 「체면이 완전히 구겨진 명예를 겨우 되찾아 물러난 자세」라는 것을 되돌아보지는 않는다. 단지 논쟁의 갑작스런 결착이 오직 외부의 조건에 의해 실현되었던 것은 틀림없다고 생각할 뿐이다. 특히 9월 12일자로 나프 상임중앙위원회에 의한 『논쟁 방법에 관한 의견서』가 발표되었던 것이 크게 영향을 끼쳤을 것이다.

논쟁 당사자가 가지고 있는 철학적 존재적 근거 그 자체는 중요한 문제가 되는 것은 아니다. 철학적 근거를 똑 같이 한 후, 비로소 문제를 구체적으로 해결해 나가는 것이 아니라, 잘못된 철학적 견해를 가지고 일을 진행하는 속에 그것이 상호간에 현실적으로 고착화 되어 버렸던 것이다. 거기에 우리들에게 있어서 가장 중요한 것은 말할 나위도 없이 일에 대한 구체적 진행 방법인 것이다.

『의견서』에는 이상과 같은 말이 씌어져 있다. 예술에 대한 결벽한 이상주의가 소위 福本주의라 불려지는 극좌적인 정치주의와 이상한 통일성을 유지하고 있던 中野의 정치상의 프로그램과 예술상의 프로그램의 독특한 관계가 의견서가 말하고 있는 철학적 근거가 이 논쟁의 결착에 의해 변했을 것이라고는 도저히 생각할 수 없다. 「예술의 재미는 예술적 가치 속에 있다」고 처음부터 단정 짓고 있는 中野의 말은 논쟁의 이러한 결착에 영향을 미치고 있는 것으로 생각된다.
  이상과 같이 정리한 것을 총괄적으로 다시 개괄하면 다음과 같다. 먼저 그 개요는 소화3년 3월 三 · 一五 사건 직후, 전일본무산자예술연맹(나프)이 결성되고 5월에는 기관지『戰旗』를 창간하였고, 6월호에는 中野가 「소위 예술의 대중화론의 잘못에 대해서」를, 7월호에는 鹿地가 「소시민성의 跳梁에 항거하여」를 발표하고 있었다. 그 각각에 프롤레타리아 문학의 대중화 방향성에 대해 논하고 있었는데, 이것에 대하여 蔵原는 8월호의 「예술운동의 당면의 긴급 문제」에서 비판하였다. 『戰旗』誌上을 무대로 하여 논쟁이 전개된 것이다.
  中野는 대중화가 통속화에로 빠지는 것을 경계하고, 대중이 진실로 추구하고 있는 것은 소위 재미가 아니라 대중의 생활을 진실되게 그리는 예술이어야 할 것, 또한 대중화의 문제를 둘러싸고 예술상의 프로그램과 정치상의 프로그램을 착각해서는 안 된다는 것을 주장하였다. 여기에 대하여 藏原는 中野의 주장에 대해 「이상론, 관념론」 밖에 지나지 않는다고 비판하였다. 프롤레타리아 예술 확립을 위한 운동과 함께 대중의 직접적인 아지·프로를 위한 운동의 필요성에 대해 제창하였다. 이렇게 하여 시작된 논쟁은 나프 운동의 방향을 결정지은 것으로써 9월호의 中野의 「문제를 되돌리는 것과 그것에 대한 의견」, 10월호의 藏原의 「예술운동에 있어서 좌익 청산주의」, 林房雄의 「프롤레타리아 대중문학의 문제」에로 발전하여 갔고, 11월 호의 中野의 「해결된 문제와 새로운 일」에 의해 우선 당분간의 종결 이 나게 되고, 나프중앙위원회의 「예술 대중화에 관한 결의」(『戰旗』 소화5년 7월)에 있어서 결착이 나게 되었다.

이 논쟁은 프롤레타리아 문학 운동이 마르크스주의를 내걸고 나 프에 결집한 직후의 고양기에 프롤레타리아 예술의 확립과 그 대중 화를 둘러싸고 전개된 것이다. 논쟁의 주역은 일본프롤레타리아예 술연맹 출신의 中野重治와 전위예술가동맹 출신의 藏原惟人였다. 프롤레타리아 문학운동을 되돌아보면 대정기부터 소화 초기의 전환 기에 있어서 목적의식 논쟁이 있었고, 프롤레타리아 문학운동은 사 회주의 사상을 대중에게 심으려는 목적에 의해 움직이는 방향으로 진행되고 있었다. 거기서 예술과 대중의 결부라는 당면의 과제가 등 장하게 된 것이다.

中野重治는 먼저 논문에 있어서 프롤레타리아 문학의 실작자 입 장으로부터 기성문단 문학에 있어서의 사소설적 폐쇄성과 그 반등 으로 생겨난 통속적 대중문학의 유행이라는 현실 상황을 시야에 넣 어 예술대중화에 있어서 예술상의 프로그램과 정치상의 프로그램을 구별하여 예술 제작상의 태도, 이념의 문제로써 대중화를 이상주의 적으로 논하고 있는 것이다. 「대중이 추구하는 것은 예술의 예술, 諸

王의 왕인 것이다」고 말하고 있는 바와 같이, 「대중」과 「예술」을 함께 이상화하여 일원적으로 결합하는 원칙론을 견지하고 있었다. 한편 藏原惟人는 나프의 지도적인 평론가 입장으로부터 오직 운동론·조직론의 측면에서 정책적·실천적으로 논하고 있는데, 프롤레타리아 예술 확립을 위한 운동과 대중의 직접적인 아지·프로를 위한 운동을 이원론적으로 제창하고 있다. 그리고 그것이 국제적인 운동의 새로운 조류라고 강조하면서 中野를 설득해 갔다.

그 사이에 林房雄는 「현실의 대중」에 재미가 있으면서 애독이 되는 「프롤레타리아 대중문학」의 제작을 주장한다. 결국 藏原 이론이 나프 운동의 지도이론이 되어 가게 되지만, 中野의 원칙론 속에는 정치와 문학과 관련되는 귀중한 지적이 포함된 것이라 할 수 있는데, 그것은 이어서 「예술적 가치 논쟁」에로 연결되어 간다.(木村幸雄 「예술대중화논쟁」(臼井吉見, 「근대문학논쟁 上」筑摩書房, 소화31년 10월, 참고))

2

예술적 가치 논쟁

예술대중화 논쟁은 많은 미해결인 채로 종식되었다. 예술 운동과 정치 논쟁의 관계를 통일적으로 파악함에 있어서도 근본적인 의문이 남는 것이었다. 그것은 프롤레타리아 문학 입장에서의 예술 평가에 관한 문제이기도 했다. 그러한 의미에서 예술적 가치 논쟁은 당면한 투쟁에 대한 필요성으로부터 종결되어진 것이라고도 볼 수 있는 예술대중화 논쟁을 다른 시각으로부터 문제로 삼은 것이라고 볼 수 있다. 그리고 이 문제를 정면으로부터 취급한 것이 平林初之輔의 『정치적 과제와 예술적 가치』(『新潮』 소화4년 3월호)였다.

平林의 이 논문은 갑자기 쓰여진 것은 아니다. 전 해 9월호와 10월호의 『新潮』에 『문예비평론』『문예비평가의 임무에 대해서』라는 2 논문을 발표하고 있었다. 전자에 대해서는 平林는 작품 평가의 진정한 객관적 기준을 설정하는 것은 불가능한 일이 아닌가 하는 의문을 제기하고 있다. 오직 작품이 생산되는 심리적, 사회적 필연성에 의해서만이 작품의 가치를 결정할 수 있는 것은 아니다. 비평인 이상 가치의 비판을 최종의 목표로 삼지 않으면 안 되는 것임에도 불구하고, 이것은 작품 연구는 될지언정 끝내 비평은 될 수 없었던 것이 아닌가 하고 말하고 있는 것이다.

「오늘날의 문예비평은 실은 이상과 같은 혼동된 진흙탕 속에 헤매고 있는 것이어서 단 한 사람도 확고한 신념을 가지고 비평을 하고 있다고 말할 수 없다」고 말하고, 따라서 「우리들은 (정직하게 고백하면) 우리들이 말하고 있는 것, 쓰고 있는 것에 대해 완전히 자신감을 잃어버렸다고 말할 수 있다」는 극히 회의적인 말로 끝을 맺고 있다.

주관적인 인상비평은 믿을 수도 없고, 그렇다고 해서 객관적인 과학적 비평의 가능성에 대해서도 또한 의심이 안 간다고도 할 수 없는 것이다.

다음 10월호의 『문예비평의 임무에 대해서』는 『戰旗』 9월호에 訳載된 르네찰스키의 『마르크스주의 비평의 임무에 관한 테제』에서 시사를 받아 쓰여졌다. 여기서는 몇 개의 문제가 제출되고 있는데, 작품의 대중성에 대한 르네찰스키의 說에 대한 비판이 당면한 문제였다. 르네찰스키는 대중을 대상으로 한 작품과 문화적 수준이 높은 독자를 상대로 하는 작품은 당연히 구별되지 않으면 안 된다는 것을 말하고 있다. 平林에 의하면 이것은 같은 작가가 어떤 때는 대중, 어떤 때는 소수자라는 식으로 상대에 따라서 작품을 달리 만들어야 한다고 한다면 그것은 당연히 문제가 된다는 것이다. 과학자가 연구 발표하는 경우에 학회에 있어서는 오리지널한 연구를 발표하는 경우와 일반 독자에 대한 포퓰러·렛쿠츄어(강연)라든가, 또는 잡지논문의 형태로 발표하는 경우가 있다. 이 경우 양자의 학술적 가치를 같은 것이라 볼 수 없다는 것이다. 학자의 통속 강연이나 통속 논문들이 혼히 가질 수 있는 가치가 아니라, 교육적 가치가 있어야 하는 것이지 그것은 과학적 가치는 아닌 것이다. 대중을 향해 쓰여진 작품의 가치도 똑같이 예술적 가치가 아니라, 교육적 가치 또는 정치적 가치인 것이다. 뛰어난 과학자는 통속 강연 속에서도 심오한 진리를 발견해 말할 수 있는 것처럼, 뛰어난 예술가는 예술적인 내용과 형식을 가지고 대중성을 견지할 수 있을지도 모른다. 그러나 이 두 개의 가치는 분명히 다른 것이다. 이것이 平林의 의견이다. 여전히 이원론이어서 통합적인 일원론을 찾아볼 수 없다는 고백인 것이다.

예술작품에 대한 평가를 정치적 가치와 예술적 가치라는 분열된 이원론적인 형태로 끄집어내어 의문을 던진 平林의 생각은 이런 것에서 출발하고 있는 것이다. 그러나 平林의 예술 평가에 관한 의문이 이러한 형태로 나타나기까지는 그 나름의 경위가 있었던 것이다.

예술 평가를 둘러싸고 비평의 성격이 논란이 된 것은 문학을 사회현상으로써 보려는 입장이 생기고 나서부터이다. 종래의 주관적인 감상비평을 내재적 비평이라 이름 짓고, 자신의 객관적이고 과학적인 것을 외재적 비평으로써 여기에 대치시킨 사람이 青野季吉였다. 그는 『文芸戦線』 대정14년 12월호의 『문예비평의 한 발전형』에서 처음으로 내재적 비평, 외재적 비평이라는 말을 구별해서 사용하였다. 작품의 「구성 요소를 분해하거나, 그 결합을 조사하거나 또는 당연히 그곳에 있어야 할 조화롭지 못한 것을 지적하거나, 내용과 기교의 관계, 그 파탄이 일어나거나 하는」 것이 내재적 비평이라고 한다면, 「주어진 예술작품을, 또는 한 개의 사회현상으로써 주어진 예술가를 하나의 사회적 존재로써 그 현상, 그 존재에 있어서의 사회적 의의를 결정짓는다」는 것이 외재적 비평이라는 것이다. 이미 주어진 작품의 내재적 비평만으로는 만족할 수가 없다. 「내재적 비평이 우선 해결된 위에 그 작품의 존재를 하나의 사회현상으로써 사회에 비추어서 그 의의를 결정해야만 한다」. 이상이 靑野 논문의 요지이다. 종래의 내재적 비평에 더하여 새로이 외재적 비평을 더하려고 하는 것이다.

이 외재비평의 요청으로써 예의 목적의식론의 제창이 발표가 되는데, 이 외재비평을 적극적으로 지지한 사람에 片上伸가 있었다. 『내재비평의 이상의 것』(『新潮』 대정15년 1월호)에서 片上는 내재비평이 문학비평의 기초조건이기는 하지만, 그것만으로는 비평이 완료되는 것은 아니고, 더 나아가 사회현상으로써의 문학을 취급하지 않으면 안 된다는 것을 주장하고 있다. 후자의 부분이야말로 비평의 가장 어려운 일이기 때문에 이곳에 비평의 「중심 의지」가 표현된다는 것이다. 소위 문예비평이 내재비평, 외재비평이 서로 어울려 비로소 완료된다는 점에서는 片上도 靑野와 변함이 없다. 이렇게 되면 문예비평에 이원론적인 입장을 인정하지 않고서는 안 되는 것이다. 내재비평이 작품의 예술적 완성도를 문제로 삼는다면 외재비평은 그 사회적 의의를 문제로 삼게 된다. 양자는 제각각 별개의 입장이어서 이것들을 통일적으로 보지 않는 한, 문예비평의 일관성을 관철시킬 수 없다. 즉 정치적(사회적) 가치인가, 예술적 가치인가 하는 문제 이후에 나타나는 곤란한 문제가 벌써 여기에 내재해 있었던 것이다.

1) 蔵原惟人의 「실천적 관점」의 설정

이상의 분열된 2개의 입장을 보다 고차원적인 입장에서 통일하려고 한 것이 蔵原惟人였는데, 『마르크스주의 문예비평의 기준』(『文芸

戰線』소화2년 8월호)이 그 최초의 시도였다.

蔵原는 문예비평의 통일적 입장으로서 「실천적 관점」을 설정하려 하였다. 즉 그 작품이 「全無産 계급의 해방운동에 있어서 어떠한 역할을 연출하는가」라는 관점으로부터 그 가치는 결정되어야만 한다는 것이었다. 靑野의 목적의식론이 나타난 이후였기 때문에 작품의 계급적 성격이 취급되어지는 것은 당연하다 할 수 있는데, 실천적 가치와 예술적 가치와의 관계는 여전히 미해결로 남았다.

실천을 벗어난 예술적 가치가 문제가 되는 것은 아니다. 그것이 아무리 교묘하고 재미있게 쓰여져 있다 하여도 그것이 무산계급의 해방운동에 아무런 도움이 되지 못한다는 것은 바로 반동적 의의를 가지는 작품에 대하여서는 그 가치를 인정할 수 없다는 것을 의미하는 것이다. 그것은 그 나름대로 의미가 있다 하더라도 실천적 가치가 곧 예술적 가치가 되는 것은 아니다. 현재 「그것이 얼마나 교묘하고 재미있게 쓰여져 있다 하더라도」라고 말하고 있는 것을 보면 실천적 가치와는 별도로 작품의 재미를 인정하고 있다는 것을 말한다. 작품의 재미가 그 예술적 가치와 관계가 없을 리가 없는 것이다.

蔵原에 의하면 「실천에 있어서 가장 효과적인 작품은 예술적으로 완성된 작품인 것을 항상 잊어서는 안 된다. ……우리들은 그 작품이 무엇을 표현하고 있는가 하는 것에 대한 검토가 있은 후 그것이 어떻게 표현되고 있는가 하는 것을 문제로 삼아야 할 것이다」고 말한다. 이렇게 「실천적 관점」에 대해 규정해 보았는데 그것은 예술적 가치가 포함될 수 있는 것은 아니고, 어떻게 (즉 실천적 평가에 관한 내재비평)의 앞에 무엇을 (실천적 평가에 관한 외재비평)을 선행조건으로 삼지 않으면 안 된다는 것을 말하고 있는 것에 지나지 않는 것이다. 끝내 이원론적 입장을 초월할 수 없는 것임에도 불구하고 그 진리에는 변함이 없다. 片上나 靑野의 차이는 막연한 사회적 입장을 실천적 관점으로서 명확히 규정한 것이라고 말할 수 있는데, 그것은 내재비평 다음가는 외재비평이었다는 것을 외재비평 다음가는 내재비평으로 하는 정도에 지나지 않는 것이다.

따라서 藏原의 위의 논문이 발표된 다음 달에 문예비평의 객관적인 기준에 대한 회의적인 의견인 平林初之輔의 『文芸批評論』이 나온 것은 이러한 이유 때문이라 할 수 있다.

2) 勝本清一郎의 강력한 일원론적 주장

平林의 의문에 대해 비판하면서 작품평가에 있어서 이 숙명적인 이원론을 무리하게 일원화시키려 한 것이 勝本清一郎의 『예술적 가치—사회적 가치』(『三田文学』 소화3년 11월호)라는 제목의 문장이 있다. 예술적 가치는 사회적 가치의 일종이고, 사회적 가치 이외에 예술적 가치는 존재하지 않는다는 것이 勝本 論의 골자였다.

勝本의 강인한 일원론적 주장에 비판적 訂正을 가한 것이 藏原였다. 『이론적인 몇 개의 문제』(소화3년 11월 26일 『東京朝日新聞』)에서 藏原는 이렇게 말하고 있다. 勝本가 平林를 비판하면서 사회적 가치 이외에 예술적 가치가 존재하지 않는다고 주장한 것은 정당하다고 본다. 그러나 勝本는 예술적 가치라는 말 속에 내재하는 사회적 가치와 그 작품의 예술성에 대해 혼동하고 있다. 예술성은 어디까지나 예술성일 뿐이지 예술 그 자체는 아니다. 가치 이전의 문제이다. 예술작품을 예술작품답게 만드는 선행조건에 불과한 것이다.

藏原는 예술작품의 가치성과 그 예술성에 대해 구별하는 것에 의

해 예술적 가치가 문제시되고 있는 부분을 해소시켰던 것이다. 그러
나 예술성이라는 것은 예술이 예술답게 만드는 조건이 되는 한, 그
것이 예술적 가치와 관계가 없는 것은 아니다.

3) 平林初之輔의 『정치적 가치와 예술적 가치』

平林에게 있어서 마르크스주의 입장에서의 작품 평가에 대한 의문
은 『정치적 가치와 예술적 가치』(『新潮』 소화4년 3월호)에 이르러
명백하고 단순한 형태로 제기되었다. 이것이 일본 문예평론사상 공
전이라 해도 될 정도의 대논쟁을 불러오게 되었다. 平林가 말하는
바는 이렇다.

> 마르크스주의의 진실성을 인정하면서도 나는 非 마르크스주의 작품
> 이 가진 매력에 빠졌다. 그리고 그 매력에 빠진 이상, 그것을 있는 그대
> 로 고백하는 수밖에 없다. 이 점이 가장 중요한 것인데, 만일 내가 말한
> 것이 진실이라면 정치적 가치와 예술적 가치라는 것은 끝내 조화를 이
> 룰 수 없는 것이라고 나는 믿는 것이다. 양자를 통일시키는 예술 논리는
> 있을 수 없다고 믿는 것이다. 마르크수주의 문학이론은 양자의 통일에
> 있는 것이 아니라, 정치적 가치에 예술적 가치를 종속시켜 이것을 헤게
> 모니 하에 두려는 것이다. 양자는 자신이 가진 힘으로 또는 권위로 통합
> 시키자는 것이다.
>
> 만일 그러하다면 나는 현재의 마르크스주의 예술이론은 하나의 정책
> 론에 불과한 것이라 할 수 있는데, 정치적 마르크스주의 예술론을 해체
> 시켜 정치적인 부분과 예술적인 부분으로 환원하여 이것을 명백히 새로
> 규정할 필요가 있다고 보는 것이다.

  요컨대 정치적 가치와 예술적 가치를 명확히 구별하여 마르크스
주의 문학 특질은 예술적 가치가 정치적 가치에 종속되는 것에 의해
존재한다고 보고, 이것에 의하여 마르크스주의 문학이론의 모순을
해결하려고 한 것이다.

4) 平林의 설에 대한 여러 평자의 비판

  이러한 설에 대해서 平林는 「많은 비평가와 독자, 선배, 친구가
혹은 공식적으로 혹은 사적으로 이 소논문에 대해서 많든 적든 각자
의 견해를 토로하고, 나에 대해서 계몽, 示唆, 반격, 공명 등의 태도
를 표시하였다」고 말하였다. 그 의견을 표시한 이는 谷川徹三, 青野
季吉, 川口浩, 勝本清一郎, 大宅壯一, 小宮山明敏, 蔵原惟人 등의 이
름을 들 수가 있다.

  平林의 說에 제일 먼저 반박을 한 것은 青野季吉의 『마르크스주
의 문학의 誤導』(소화4년 3월, 「東京日日新聞」)라고 제목이 붙은 한
문장이었다. 예술의 정치적 가치와 예술적 가치를 분리하여 전자에
후자를 종속시킨다는 平林의 「기계적인」 해결에 青野는 승복할 수
없었다. 그는 프롤레타리아 문학 작품이 「프롤레타리아의 승리에 공
헌하기」 위해서는 레닌이 주창하는 바와 같이 그 「하나의 차바퀴이
고, 나사이기」 위해서는 무엇보다도 프롤레타리아·이데올로기가
예술의 말, 형상의 말에 의해 이루어져야만 한다고 주장하였다. 그
것은 프롤레타리아 작품이 가지는 「全一의 가치 — 통일적인 가치
— 의 양면에 지나지 않는다」는 것이다. 앞에 蔵原惟人가 「실천적 관

점」이라는 일원적 입장을 생각한 것과 같이, 靑野가 정치적 가치와 예술적 가치의 양면을 포함한 「전일적 가치」를 주장한 것도 이 두 개의 올바른 관계를 해결할 수 없었다 해도 좋다. 「전일적 가치」라는 이름하에 예술적 가치는 해소되는 것이다.

川口浩의 『戰旗』 5월호의 『平林初之輔氏의 所論과 기타』가 기관지에 실렸던 것은 단순하고 문제의 소재를 정확히 파악하고 있지 못한 것이었다고 생각된다. 요컨대 예술작품의 가치라는 것은 사회적 내지는 계급적 가치 이외의 아무것도 아니다. 소위 예술적 가치는 독립해서 존재하는 것처럼 생각하는 것은 잘못이다. 平林만 보더라도 『정치적 가치와 예술적 가치』에서 예술적 가치에 대해서 「나는 신비적이고 선구적인 것이라고 해석하지 않는다. 그것은 사회적으로 결정되어져야 한다고 믿는다」고 말하고 있는 것이다. 平林는 『諸家의 예술적 이론의 비판』(『新潮』 소화4년 8월호) 속에서 그의 비판자들이 예술적 가치가 사회성을 가질 것, 사회적으로 결정될 것, 즉 사회적 가치만 증명되어지면 마치 예술적 가치는 없어도 되는 것처럼 생각하여 예술적 가치는 사회로부터 고립되어 마치 하늘에서 뚝 떨어진 존재라도 되는 것처럼 곡해하고 있다고 항의하고 있다.

『마르크스주의 문예의 자살인가 암살인가』(『新潮』 소화4년 5월호)에서의 大宅壯一의 비판도 平林에 의하면 곡해 때문에 생긴 것이라고 말한다. 「이것은 요컨대 平林에 따르면 마르크스주의 문학이론은 결코 가장 올바른 문학이론이 될 수 없을 뿐 아니라, 엄밀하게는 일종의 문학이론조차 성립되지 않는 것도 있다」는 大宅의 결론은 오해 또는 곡해라는 것이다. 문제는 어디까지나 마르크스주의 문학 작품을 어떻게 평가하는 가에 있다. 그 경우 어떤 작품이 예술적으로는 아무리 뛰어나다고 할 수 있을지라도, 일정한 정치적 임무를

지닌 마르크스주의 문학 작품의 경우는 정치적 가치가 결여된 관계
로 낮게 평가되어질 수 있는 마르크스주의 문학 평가의 기준에 대해
밝힌 것에 지나지 않는다는 것이다.

　勝本淸一郎는『예술 가치의 정체』(『新潮』소화4년 6월호)에서 平
林 이론에 대해 비판하고 있다. 그것에 의하면「각종 복잡한 측면을
지닌 전체적 예술 현상이야말로 그대로 예술 내용으로서 인정해야
하는 것이고, 모든 사회적 조건과 연합한 사회적 척도에 의한 사회
적 가치야말로 그 예술품의 참다운 가치라고 주장하고 싶었던 것이
다」는 결론만 보더라도, 전술한 바와 같이 예술적 가치가 사회적 가
치의 일종이라는 것을 인정하고 있는 平林에 대해서 異論이 있을 수
없다. 예술적 가치는 순수한 것이 아니고 많은 것의 복합성에 의해
형성된다고 볼 수 있는데, 이러한 복합 상태에 의해 예술적 가치와
사회적 가치가 구별되어 져야 한다는 것이 平林의 반박이었다.

　그런데 많은 이론가들이 프롤레타리아 문학이라고 말하고 있을
때, 平林만이 마르크스주의 문학이라고 쓰고 있는 것에는 그 나름의
이유가 있었다. 平林에 의하면 마르크스주의 문학은 마르크스주의
자의 문학, 즉 프롤레타리아 전위의 문학이어서 일정한 의무를 지니
고 있다. 더구나 이 임무는 개인의 감각에 의한 것이 아니라, 마르크
스주의 정당의 최고 방침에 의해서 규정되어져야 할 것이라고 해석
하고 있다. 여기에 반해서 프롤레타리아 문학은 자연 발생적인 대중
문학이라고 규정하고 있다. 예술대중화론으로 문제가 된「프롤레타
리아 문학 확립을 위한 운동」이 平林의 마르크스주의 문학에 상당
하는 것이라 할 수 있는데,「예술에 의한 大衆 敎化의 운동」이 平林
의 프롤레타리아 문학에 상당하는 것으로 봐도 좋다. 그리고「프롤
레타리아 문학 확립을 위한 운동」도 정치적 헤게모니 하에서의 운

동이라고 平林는 해석하고 있다. 이런 점에서 프로 芸의 鹿地, 中野
의 견해에 가깝다고 말하고 있는 것은 주목해야 할 점이다.

5) 藏原의 「계급의 필요」로부터의 평가

藏原는 『近代生活』7월호에 『마르크스주의 문예비평의 깃발 하에』
를 쓰고 있는데, 平林 이론을 비판하면서 자신의 입장을 한층 명확
히 했다. 종래의 「실천적 관점」에 대신하여 「계급의 필요」를 주장하
는 것에 새로운 시사점이 보인다. 작품 평가의 기준을 정하는 것은
그 비평가가 속한 시대와 계급의 필요성에 의한다. 따라서 常住的인
또는 절대적인 평가 기준은 있을 수 없다. 그러나 「계속 일어나고
있는 계급의 필요성에 따라 결정되는 예술작품 평가에 대한 기준은
몰락하고 있는 계급의 필요성에 따라 정해지는 것보다는 객관적이
다」는 것이다. 여기에서 현대비평의 가장 객관적인 기준은 프롤레타
리아트의 종국적인 승리를 의미하는 것이라 거다. 이 경우 프롤레타
리아트 승리는 좁은 의미에서의 정치적 승리만을 의미하는 것은 아
니다. 정치 변혁에 성공했다고 해서 프롤레타리아트는 완전히 승리
한 것이 아니다. 그 위에 경제적, 문화적 혁명을 거쳐야 한다. 따라
서 프롤레타리아트의 승리의 관점에서의 평가는 반드시 정치적 관
점에서의 그것만을 의미하는 것은 아니다. 여기에 어떤 하나의 작품
이 있어서 그것이 정치적으로는 직접적인 의의를 둘 수 없어도 「뛰
어난 예술적 技術的 성질」은 가지고 있다고 가정한다. 藏原는 일례
로서 가부키를 들고 있다. 이 경우 마르크스주의자는 가부키를 인정
하는가. 인정한다고 한다. 가부키가 정치적으로는 적극적인 의미가

없다고 하여도 또는 어쩌면 반동적인 의미를 가지고 있음에도 불구하고, 그「뛰어난 형식」이 프롤레타리아트 문화혁명에 있어서의 하나의 요소로서 프롤레타리아 연극의 완성에 기하고 있다는 이유에서이다.

프롤레타리아트 승리의 관점으로부터의 가치는 결코 平林가 말하는 것의 정치적 가치만이 아니다. 그것은 또한 단순한 예술적 가치도 아니다. 그것은 정치적임과 동시에 예술적 가치를 지닌 단일의 가치-사회적 가치인 것이다.

결국 靑野의 양면성을 포함한「全一의 가치」와 같은 곳에 도달한다. 더구나「계급의 필요」라든지,「프롤레타리아트의 승리의 관점」이라는 것에서, 즉 그런 막연한 기준으로 구체적인 작품 평가를 할 수 있는 것은 아니다.「프롤레타리아트 승리의 관점」으로부터 가부키 가치를 인정한다는 것에서 가부키 개개의 작품 평가에 있어서 그런 기준으로 어떻게 평가되는 것일까. 특히 가부키의 가치를 인정한다고 할 때, 그「뛰어난 예술적이고 기술적 성질」이나,「뛰어난 형식」이 이유로서 들 수 있는데, 이것들은 가부키의 예술적 가치에 어느 쪽에 속하는 것일까. 아무리「계급의 필요」등을 역설한다 하더라도 정치적 가치와 예술적 가치를 통합하는 고차원적인 기준을 발견해내지 못할 이유가 없는 것이다.

이렇게 보면 平林에 기울여져 있는 이들 비판자들은 정치적 가치와 예술적 가치를 일원적으로 조화 통일시키려고 고심하고 있는 것을 알 수 있다. 이것을 조화시킬 수가 없게 되면 마르크스주의에 근접했다고 할 수가 없는 것이다.

6) 青野의 견해

이런 소동을 넘어서서 『예술에 정치적 가치는 아무것도 아니다』
(『新潮』 소화4년 10월호)라고 一喝하였던 것이 青野였다. 「마침 이
비평가의 손에 의해 제기된 문제에 대해 아무런 대답할 근거가 없다」
고 말하고, 「그래서 내가 말하는 것인데 예술에 정치적 가치같은 것
은 존재하지 않는, 즉 예술 평가의 축은 어디까지나 예술적 가치뿐
이다」고 내뱉고 다음과 같이 계속하였다.

> 모든 무장반란을 그린 예술로 인해 노동자의 감정이 머리끝까지 화가
> 났었기 때문이라고 말하고 있는데, 그것은 정치적 움직임도 아니지만 정
> 치적 투쟁도 없는 것이다. 그것은 어디까지나 감정의 움직임, 감정의 결
> 합, 감정의 고조일 뿐이지, 군사조직도 아니고, 농민봉기도 아니고, 선거
> 도 아니며, 스트라익도 아니며, 혁명도 아니다. 안클루·톰스·케빈이
> 미국 노예해방과 관계가 있다든가, 트루게네프의 사냥꾼 일기가 러시아
> 의 農奴 해방과 관계가 있느냐 하는 것은 그 관련은 있을지 몰라도 또한
> 스토리가 잘 짜여졌다 해도 남북전쟁은 될 수도 없는 것이다. 트루게네
> 프가 그런 이야기를 몇 개나 만든다 해도 어디까지나 그것은 農奴 해방
> 의 포고령이 되기 십상인 것이다. 그렇게 가 본들 정치와 예술은 별개인
> 것이다. 정치의 작용과 예술의 작용은 다른 작용인 것이다.
> 그래서 완전히 별종의 두 개를 가져와서 그 한쪽에서 다른 쪽을 계산
> 한다고 하는 것이 과연 가능한가. 말을 화로로 과연 계산할 수 있는가.
> 말의 가치를 화로로 나눈다는 것은 예술과 정치가 동일의 사회로부터
> 계급과 계급으로 완성되어 가는 하나의 콤플렉스 사회로부터 나온 각각
> 의 창문이라는 것을 알지 못하는 것이다.

『소위 예술의 대중화론의 잘못에 대해서』속에서 「대중이 추구하고 있는 것은 예술의 예술, 제왕의 왕인 것이다」고 주창하고, 「예술에 대해서 그 재미는 예술적 가치 속에 녹아 있다. 그 이외의 것은 전부 부수적이고, 요술에 지나지 않는다」고 단언하고 있던 中野가 좌익 문예평론가 대부분이 예술에 있어서 예술적 가치를 정치적 가치로 바꾸려고 힘차게 노력하려고 할 때, 「예술에 정치적 가치 같은 것은 없다」고 말하였던 것은 당연하다고 해도 좋다. 예술과 정치라는 것은 완전히 별개의 것이고, 동시에 「전혀 다른 양자가 어떤 밀접한 관계를 가지고 있는가」하고 中野는 분명히 했다. 양자는 각각 바른 유일의 창인 것이고, 그것이 유일한 바른 세계관, 마르크스주의 손에 의해 열려졌다는 것이다. 예술에 정치적 가치가 있는가 라고 말하고 있는 中野는 한편으로는 『정치와 예술』(『프롤레타리아 芸術 教程』제1집, 소화4년 7월)에서 확실하게 「예술은 党에 속한다」고 쓰고 있기도 하다. 예술과 정치의 독립과 연관을 이러한 형태로 파악하고 있는 것이 예술대중화 문제에도 공통적으로 일관된 입장이 제기되어 있는 것에 그만의 독자적인 특색이 있다 할 수 있다. 시끄러웠던 예술적 가치 논쟁도 이 부근에서 우선 일단락을 지었다고 봐야 할 것이다. 어쨌든 이 문제가 이만큼 뜨거운 논쟁을 불러일으켰던 것에는 사회와 문학의 격렬한 관련을 볼 수가 있는 것이다.(臼井吉見,「근대문학논쟁 上」筑摩書房, 소화31년 10월, 참고)

3   형식주의 문학 논쟁

1) 프롤레타리아 문학에 있어서 형식의 탐구

　蔵原惟人의『예술 운동 당면의 긴급문제』(『戰旗』 소화3년 8월호)
의 후반은 中野重治의『소위 예술대중화론의 잘못에 대해서』의 비
판임과 동시에, 그 전반은 鹿地亘의『소시민성의 跳梁에 항거해서』
의 비판이라는 것은 이미 알려진 대로이다. 후자에서는 예술의 기술
은 어디로부터 오는가 하는 문제에 관해서 였다. 鹿地亘의 의견은
이러하다.

　　우리들 기술은 과거 사회가 쌓아올린 기술의 체계에 의해 바꾸어지는
　　것은 결코 있을 수 없다. 과거 사회에 있어서 감정의 조직화에 힘쓴 기
　　술이 어떠한 감정의 조직화에 가장 적당하게 이루어지는가 하는 것은
　　자명하다.

이것은 과거 기술에 대한 전면적인 부정론일 수밖에 없다. 그러면

프롤레타리아 예술 기술은 어디로부터 오는 걸까. 鹿地亘는 계속해서 이야기한다.

우리들 기술은 프롤레타리아가 나아가는 길 속에서 프롤레타리아트의 성장과 함께 성장한다. 따라서 우리들 기술은 프롤레타리아트에 진입하는 것에 의해 가장 합리적으로 해결된다. 대중에 들어가는 것에 의해 대중의 의욕을 알고, 대중의 의욕을 아는 것에 의해 대중에 들어가는 기술을 알 수가 있다.

대중의 의욕을 아는 것에 의해 프롤레타리아 예술의 기술은 마치 자연발생적으로 생겨나는 것처럼 말하는 鹿地亘의 의견에 蔵原는 당연히 반대였다.

우리들은 우선 과거 인류가 축적해 온 예술적 기술을 프롤레타리아의 견지로부터 비판적으로 받아들이지 않으면 안 된다. 우리들은 감히 말한다. ― 과거의 유산 없이 프롤레타리아 예술은 있을 수 없다고.

더 나아가 계속해서 다음과 같이 論斷했던 것이다.

예술은 이데올로기임과 동시에 기술이다. 내용임과 동시에 형식이다. 그리고 형식이 내용에 의해 결정되어지는 것이 사실이라고 한다면, 그 형식이 내용으로부터 자연발생적으로 생겨나지 않는 것도 사실이다. 예술작품의 형식은 새로운 내용에 의해 결정되어진 과거 형식의 발전에서만이 발생한다. ―그것이 마르크스주의적 견지로부터 본 유일의 올바른 예술발달의 법칙인 것이다. 이렇게라도 이해하지 못한다면 무슨 예술운동일까.

또한 예술대중화에 대한 藏原와 中野의 논쟁은 中野의 『해결된 문제와 새로운 일』(『戰旗』 소화3년 11월호)에 의해 종결되게 되지만, 이 논문 속에서 中野는 다음과 같이 쓰고 있다.

예술을 대중화하기 위해 여러 가지 방법을 강구하지 않으면 안 된다는 점에서는 문제는 여전히 남아 있다. 그리고 이것은 주로 형식의 탐구에 관련된 문제이지만 이것이 금후 우리들이 착수해야 할 큰 문제가 되는 것이다.

2) 橫光利一의 공격

그러나 「형식의 탐구」가 계속해서 프롤레타리아 문학 속에서 착수되기도 전에 제3자로부터 유일하고 절호의 문제로서 거꾸로 프롤레타리아 문학의 이론에 대항하려고 한 것이 橫光利一였다. 橫光는 소화3년 11월호 『文芸春秋』의 『文芸時評』에서 平林たい子의 작품 『때리다』를 들었다. 이것은 동년 10월호 『改造』에 발표된 것이다. 빈농 출신의 딸을 주인공으로 하여 남자는 여자를 때리기 위해 태어나고, 여자는 남자에게 마치 맞기 위해 태어난 것처럼 생각이 될 정도로 가난했기 때문에 처나 딸을 패고, 아버지나 남편에게 맞고 사는 사회의 일면을 시원스럽게 그려내고 있다. 橫光에 의하면 이 작품에 나타나는 작자의 인생관은 낡고 평범한 것임에 불구하고 강한 역동감으로 독자에게 다가오는 것은 「작자 平林たい子 씨의 예술적 표현이 포르마리즘(형식주의)에 잘 침두해 온 끼닭이다」고 말하는 것이다. 따라서 「平林初之輔 씨나 藏原惟人 씨가 말하는 것과 같이

내용과 형식을 결정한다는 이론은 이 작품에서 훌륭히 顚覆되지 않으면 안 된다」고 하는 것이다.

『때리다』로부터 받은 이 생각은 橫光 속에서 갑자기 한 개의 강렬한 독자적인 이론으로 변한 것과 같이, 작품평으로부터 一転해서 平林初之輔나 藏原惟人의 형식이론에 대한 과감한 공격으로 바꿔져 갔다.

2) 르네찰스키의 형식론을 둘러싸고

프롤레타리아 문학에 있어서 예술대중화에 관한 논쟁이 형식의 문제로 초점이 바뀌게 된 것은 동년 4월호의 『戰旗』에 게재된 르네찰스키의 『마르크스주의 문예비평의 임무에 관한 테제』에서 시사를 받은 것이었다. 이 논문이 계기가 되어 平林初之輔의 마르크스주의 문학론에 대한 이원적 회의가 확실하게 나타나게 된 사정은 이미 알려진 대로이다. 즉 『문예비평가의 임무에 대해서』(『新潮』 소화3년 10월호)라는 문장인데, 그 속에서 平林은 르네찰스키의 형식론에 대해서 약간의 의문을 제출하고 있다. 형식에 대한 르네찰스키의 의견은 간단명료하다.

　　내용은 스스로 일정한 형식 쪽으로 노력한다. 소위 부여된 내용에는 단 하나 남은 최후의 형식만이 적응할 수 있다. 작가는 많든 적든 그것을 감동시키고 있는 사상, 현상 및 감정을 가장 명쾌하게 보이고 있고, 그 작품이 당면하고 있는 독자에게 가장 강한 인상을 주는 표현형식을 발견할 수 있다.

요컨대 형식은 내용에 최대한으로 적응해서 거기에 최대의 표현력을 주어 그 작품이 당면하고 있는 독자의 범위 한도 내에 가장 강한 영향을 주는 형식을 발견해 내어야만 한다는 것에 있다는 것이다.

平林에 의하면 이것은 너무나 자연스러운 것이지만 문제는 어떤 작품이 제작될 때 이것을 보면 독자의 범위가 미리 작자에 의해서 예상되고, 한정되어지지 않으면 안 되는 것처럼 보이느냐 하는 것에 있다. 즉 똑같은 내용이 예상되는 독자에 부응해서 다른 형식으로 표현하는 것이 필요하게 되는데, 이것은 어떤 내용은 필연적으로 일정한 형식을 요구한다고 하는 전반의 명제와 모순되는 것에 르네찰스키의 「예술가의 템페라멘토와 정치가적 융통성이 분열하고 있다」는 것을 발견할 수 있다는 것이 平林의 회의적인 의견인 것이다. 平林는 계속해서 이렇게 말하고 있다.

> 형식의 독자성에 대한 주장은 내용의 독자성이 필연적으로 형식의 독자성을 요구하기 때문에 여기서 논할 필요도 없을 정도로 자명한 진리이다. 따라서 형식의 경직화, 또는 형식을 구사하는 능력의 빈약함 등은 작자의 중대한 결점인 것이다. 그것과 동시에 일부러 형식의 신기함을 뽐내려 하는 소위 형식이 내용에 앞서 나가는 것도 경계해야 한다. 내용과 형식은 결코 분리해서는 안 된다.

3) 형식에 대한 橫光의 독단

앞의 橫光 論은 平林가 앞으로 전개할 후반부의 말을 예로 들은 공격이었다. 「형식이 내용에 앞서 나간다」는 것은 어떠한 것인가.

橫光에 의하면 형식이라는 것은 「리듬을 가진 의미가 통하는 문자
의 나열」인 것이다. 문자의 나열인 형식이 없이 내용이 있을 수 없
고, 따라서 「형식이 내용에 앞서 달린다」 등은 완전히 무의미하다는
것이다. 즉 平林가 말하는 내용이라는 것은 무엇을 쓰려고 한 것이
지, 무엇이 쓰여져 있는 것은 아니다. 「무엇이 쓰여져 있는가는 형식
을 통해서 본 독자의 환상이고, 따라서 그런 것이야말로 참다운 내
용이라고 말해야 할 것이다」.

즉 문학 형식이라는 것은 「리듬을 가진 의미가 통하는 문자의 나
열」이라는 뜻이고, 내용이라는 것은 이 「형식을 통해서 본 독자의
환상」이라는 뜻인 것이다. 「리듬을 가진」 것이라는 조건이 왜 필수
적인 것인가. 이 정도로 또는 이 이상의 애매함과 독단성은 橫光 금
후의 이론에도 속출하여 나타나는 것이다.

어쨌든 「의미가 통하는 문자의 나열」이라고 橫光가 말하는 것은
이 경우 문학의 형식이 아니라 작품 그 자체를 의미하는 것이고, 「형
식을 통해서 본 독자의 환상」은 내용이 아니고 독자가 느끼는 감상일
수밖에 없다는 정도인 것이다. 그러나 橫光는 더 나아가 계속한다.

나는 한 마디 하려 한다. 여기에 平林初之輔라는 이름을 들어 보자.
만일 이 앞의 한 자인 「平」을 「山」으로 바꿔 보라. 곧 平林初之輔는 홀
연히 山林初之輔가 되어 변형한다. 그렇게 해서 이미 이 山林初之輔는
결코 뛰어난 비평가, 平林初之輔가 아닌 것이다. 즉 한 자의 문자가 이렇
게 내용을 변형했다고 하는 것은 완전히 형식이 내용을 결정했다고 하
는 표현상의 사실인 것이다.

橫光는 결코 농담을 하고 있는 것은 아니다. 성실하게 말하고 있

는 것이다. 그 성실함으로 다음은 그 비판에로 향하고 있다.

　원래 유물론은 객관이 있어야만 주관이 발동한다는 원칙을 가지고 있
다. 따라서 마르크스주의 문학이론은 형식이 내용에 의해서 결정되어 진
다고 단정한다. 문학 형식이라는 것은 문자의 나열이다. 문자의 나열은
문자 그 자체가 용적을 가진 물체이기 때문에 객관물의 나열인 것이다.
객관이 있어서 주관이 발동되는 것이라면 즉 문학 형식은 문학의 주관
을 결정할 리가 없는가. 주관은 객관으로부터 나오는 형식이 독자에게
부여하는 환상이라는 것은 이미 서술했다. 거기서 藏原惟人 씨 이 우수
한 마르크스주의자는 마르크스주의 원칙인 유물론에 일대 혁명을 가져
왔던 것이라고 말한다. 「주관이 객관을 결정한다」고. 이렇게 해서 훌륭
하게 마르크스로 하여금 칸트의 유심론에 패배하게 만든 것은 1928년 8
월의 「戰旗」에 있어서였다.

　1928년 8월『戰旗』에는『예술운동 당면의 긴급문제』가 게제되고
있었는데, 橫光가 여기서 비판의 대상으로 삼았던 것은 앞의 「예술
은 이데올로기임과 동시에 기술이다. 내용임과 동시에 형식이다. 그
리고 형식이 내용에 의해 결정되어 지는 것이 사실이라고 한다면 그
형식이 내용으로부터 자연발생적으로 생겨나지 않는 것도 사실이다」
라든가, 「예술작품의 형식은 새로운 내용에 결정되어지는 과거 형식
의 발전에 의해서만 발생한다. — 그것이 마르크스주의적 견지로부
터 본 유일의 올바른 예술발달의 법칙인 것이다」라고 한 個所이다.
　橫光의 藏原 비판을 보면 형식이라는 것은 「리듬을 가진 의미가
통하는 문자의 나열」이라는 뜻으로 규정되어지는 곳이 이번에는 「문
자 그 자체가 용적을 가진 물체이기 때문에 객관물의 나열」이라는
비약적인 질적 변화가 행해지고 있는 것이다. 말의 의미가 문자 또

는 활자의 그것으로 바뀌어져 있거나 또는 혼동되고 있다. 더 나아가 그곳으로부터 형식이 객관이고, 내용이 주관이라는 독단적으로 바꾸어지기까지 발전해 가는 것이다.

어쨌든 신감각파라는 한 유파의 대표격, 소장 기예의 혁신적 문학자의 유일하다고까지 주목받았던 소설가가 이러한 황당하고 비논리라고 말하기보다는 오히려 반 논리로 장난치고 있는 것에 이상한 생각을 하지 않을 수가 없다는 것이다. 그리고 유치하고 비약적인 사고력을 폄하하기 이전에 일종의 경이를 느끼는 것이다. 그러나 이것은 橫光를 대표하는 신감각파 작가들에 의해서 화려하게 논의된 형식주의 문학론의 전체의 성격이 그러한 것이었다. 橫光가 상징적이라 해도 좋을 정도로 그것을 대표하고 있다고 봐야 할 것이다. 이것은 그들 문학상의 일이 어떤 성질의 것이었는가, 또는 프롤레타리아 문학운동의 급격한 진출을 눈앞에 두고 그들이 여기에 대항하고, 또한 자신을 주장하기에 충분한 무언가가 있었다는 것을 이 정도로 명료하게 말하고 있는 것은 없다는 것이다. 다음의 橫光의 제언 등은 그것을 노골적으로까지 증명하고 있는 것이다.

마르키시즘 문학의 새로운 항로는 자연발생론으로부터 목적의식 문학에로 도달하고 있었고, 게다가 선전문학으로부터 예술문학에로 유동해 가고 있었고, 예술문학으로부터 대중문학에로, 그렇게 해서 최후의 가장 난관인 형식론에로 도달하였던 것이다. 그러나 마르크스주의 문학은 여기서 처음으로 이 파가 칭하는 부르주아 문학과의 최초의 더구나 마르키시즘 주의 문학이 문학답기 위한 싸움다운 싸움을 개시하기에 이르렀던 것이다. 지금까지 마르키시즘 문학의 싸움은 아무것도 아니다. 단지 그것은 이 파의 한 사람이 자기 멋대로의 非 마르크스주의적 문학론을 위해 기뻐해야 할 환각으로부터 각성해야 할 때가 온 것이다. 그렇게 해서 이 환각을 깨트리는 것이야말로 형식론인 것이다.

스스로 유물적이라고 誇稱하는 橫光들의 형식 이론이 유치하고, 공허하고, 즉흥적인 지리멸렬한 것이라면 그 만큼 그러한 것에 유일의 정열과 자신을 위탁하지 않을 수 없었던 곳에 이 전환기에서의 그들 문학의 실체를 여러 가지로 이해할 수 있는 것이다. 이론 그 자체는 지금 다시 읽기에 가치가 있다고 말할 수 있는 부분도 있다.

4) 中河与一의 형식론

『文芸春秋』 11월호의 「문예시평」에서 橫光가 형식론을 가지고 프롤레타리아 문학을 했다는 이야기를 듣자마자, 동료인 신감각파에 속하는 젊은 작가들은 일제히 여기에 동조했다. 우선 中河与一는 『東京朝日新聞』(소화3년 11월 22일~24일)에 『형식주의 문학의 一端』을 투고하고 있다. 中河与一는 이 문장의 서두를 다음과 같이 시작하고 있다. 「문학 세계에 있어서 무엇이 강력한 것인가. 또한 보통 일반 생활에 있어서 무엇이 가장 강력한 것인가. 나는 그것에 대해서 대답하고 싶다. ―무엇보다도 형식이라고」. 계속해서 그는 문학에 있어서 소재, 형식, 내용에 대해 이렇게 관련을 짓고 있다. 먼저 소재가 있다. 다음, 작자가 그것에 형식을 부여한다. 셋, 내용은 형식과 소재를 통해서 제3자에 접촉해 오는 것이다. 그리고 작자가 작품에 부여할 수 있는 생각에 대해서 이것을 소재로 하여금 작품답게 하는 것을 의미하는 것이다.

또한 中河与一가 형식에 대해서 생각하고 있는 것에 대해서 추적

해 보면 다음과 같은 것이다.

형식이라는 것은 작자가 작품에 부여하여 얻을 수 있는 최대의 것이다. 가장 강력한 것이다. 형식은 작품에 있어서 하나의 정점이다. 구조를 가진 것이다. 연속하고 있는 생활의 한 부분이기 때문에 떨어져서는 안된다. 하나의 존재하는 형태인 것이다. 그것은 발전된 정점인 것이고, 그 속에는 발전된 줄거리가 압축되어 존재하는 것이다.

소재를 작품답게 만드는 것이 형식이라고 묻는다면 이것은 난해한 것이라고 말하지 않을 수 없다. 작품의 정점이고, 구조를 가진 것이고, 발전된 줄거리가 압축되어 존재한다는 것이니까 알 수 없다. 또한 그는 다음과 같은 진술이 계속된다.

형식—형식에 대한 관심은 한쪽으로 빠진, 즉 내용주의를 정치성에 의해 문학을 만드려는 오류를 훌륭하게 극복하는 것임에 틀림없다.

5) 사상의 부정

스스로 도화선이 된 형식주의 문학론이 지금까지 프롤레타리아 문학의 위압감 하에 놓여 있었던 신감각파에게 이상한 해방감과 자신감을 불러온 것을 봐 온 橫光는 『読売新聞』의 『형식과 사상』(소화 3년 11월 27일)에서 다음과 같은 기교적인 말마저 내뱉게 되었다.

나에게는 이미 지구가 태양을 돌던, 태양이 지구를 돌던 그런 일에는

미동도 하지 않을 만큼의 지식이 준비되어 있다. 그것은 왜일까. 그것은
사상이라는 것은 어떠한 사상이라도 한가로운 사람이 생각하는, 한가한
사람의 유희에 지나지 않는다는 것을 알고 나서부터이다.

이러한 골계에까지 사상 부정이 반 프롤레타리아 문학파의 기대
와 신뢰를 모으고 있던 신예 작가에 의해서 이루어졌다고 하는 점이
중요하다. 문학에 있어서 형식과 사상(내용)을 相卽的인 것으로, 또
는 구체적이고 통일적으로 파악하려는 것을 거부하고, 오로지 형식
이야말로 모든 것이라는 極論이 진지하게 열렬하게 받아들여진다는
사실은 그들로서는 프롤레타리아 문학의 전부를 알지 못했다고 하
는 사정을 말해주는 것이기도 하다.

6) 犬養健의 修正論

이들 의욕만이 넘쳐서 이론이 부족하고, 지리멸렬한 형식주의 문
학론에 하나의 수정론을 부가하려고 시도한 것이 犬養健(이누카이
다케시)의 『형식주의 문학론의 수정』(소화3년 12월 16일~20일, 『東
京朝日新聞』)이었다.

犬養는 우선 橫光가 「문학에 있어서 형식에 대한 둔감자, 게으른
자, 부정자」에 대해 도전하였던 의미를 높이 평가하고 있다. 그리고
橫光의 형식론이 논리적이라기보다도 암시적·효과적·프로테스탄
트적이고, 무엇보다 소박하고 열렬한 점에 대해 지적한다. 이렇게
하여 橫光는 「최초의 확실한 그 다운 문학론의 광맥에 있어서의 침
난을 잡으려고 하였다」는 것을 인정한다.

다음에 한 시대의 획을 그을 정도의 작가는 예외 없이 새로운 형식을 내걸고 출현하는 것이어서 현재 「내용주의자」의 대명사와 같이 인식되고 있는 武者小路実篤가 그것이라고 말한다. 武者小路가 독자를 대하는 태도의 매력은 당시 작자의 신선한 표현 형식이었다. 내용을 신선하게 만들어 낼 수 있는 신선한 형식이었다. 志賀直哉의 경우는 이것이 더 한층 견고하였다는 것이다. 그러나 犬養 論의 主旨는 그것에 있었던 것이 아니었다. 그는 横光가 형식의 중요성을 강조한 나머지 「有無를 말하지 말고 물러설 것을 명시된 내용이 이전할 것, 그리고 나서 신변 조사」에 대해서 보충 수정을 더하면서 이론으로서의 体裁를 정비하려고 한 것이다. 인간은 어느 순간부터 작가일까. 犬養의 수정론은 여기서부터 출발한다. 犬養에 의하면 작가가 창작을 시작하자마자 그 순간부터 그는 형식의 매력과 지배 속에 몸을 던지는 것이기 때문에 그 이전 활동은 모두 인간으로서의 활동인 것이다.

> 나는 이렇게 말한다. 어느 작가가 어떤 작품을 쓰기 시작해 문자의 나열을 시작해서 자신의 소위 작가활동 범위에 들어가 일직선으로 철저한 형식의 지배 하에 몸을 던지고, 자신이 형식주의자인 것을 高唱하기 위해서 스스로의 소위 인간 활동의 범위에 있을 때는 항상 인내심 있게, 항상 현명하게 내용주의자이어야 한다고!

작가는 일상 활동에 있어서 강력한 「내용주의자」로서 생활해 가는 것에 의해 비로소 「내용의 원형」이 충실하게 된다. 이렇게 해서 작가활동에 있어서 곧바로 강력한 「형식주의자」가 될 수 있다. 여기에 기본을 두지 않으면 어떠한 형식주의 문학론도 砂上의 누각에 지

나지 않는다고 말하는 것이다. 앞에 橫光가 平林たい子의『때리다』를 들어 작자의 표현이 「형식에 침투해 왔다」는 식으로 표현하여, 내용이 형식을 결정한다는 平林初之輔나 藏原의 이론은 이 작품에 의해 바꾸어져야 한다는 것에 대해서 작자 平林たい子가『新潮』12월호에서 여기에 대답하고 있다. 그것은 자신의 작품은 내용이 형식을 결정한 것이라는 항의를 받아 그 말을 되받을 필요도 없는 것도, 즉 인간 활동에 있어서 「내용의 원형」에 대한 관심이 제외되어 있기 때문이라는 것이다.

동시에 또한 「문학 세계에 있어서 또 보통 생활에 있어서 무엇이 강력한 것일까. ―즉 형식」이라는 中河與一의 선언만 보더라도 이런 종류의 논법은 일상생활에서도 작가는 형식주의자여야 한다고 하는 듯한 인상을 지울 수가 없다는 것이다. 게다가 또 「예술에 있어서 무엇보다도 중요한 것은 형식이다. 다음은 감상. 그 다음은 사상」이라고 말한 池谷信三郎는 차라리 다음과 같이 말하는 것이 더 좋았을 것이다. ―「사상 좋다! 감상도 좋다. 단 쓰기 시작하자마자 작가는 형식을!」이라고. 이상이 犬養의 수정론의 골자이다.

인간 활동과 작가 활동의 기계적인 분류에 근본적인 문제가 있는 것이지만 犬養의 수정론은 형식주의의 입장에 선 주장이라기보다 오히려 그들이 말하는 「내용주의」의 중요성을 강조한 것이라고 할 수 있는 것은 주목할만하다. 특히 마지막의 「우리들은 무엇보다도 사상의 선택을 요구받고 있는 시대에 살아가고 있는 것이다. 오늘날 우리들이 인생에 있어서 형식주의자이어야 한다고 한다면 그것은 너무나 비참한 것이 아닐까」라고 말하는 조목에는 오히려 형식주의자가 될 수 없는 본심이 무의식중에 토로되고 있는 듯이 보여신다.

7) 池谷信三郎의 犬養 비판

池谷信三郎는 『작가활동의 범위』(소화3년 12월 24일, 『東京朝日新聞』)에서 犬養의 수정적 비판에 대해 응답했다. 犬養가 인간 활동과 작가 활동을 엄격하게 구별한 것을 어디에 두는가 하는 문제라는 것이다. 犬養는 작가가 붓을 들려고 하는 그 순간을 가지고 양자의 활동을 구별하려고 하였다. 池谷의 의문은 한 인간이 창작 의식을 가지고 소재에 임하고, 그리고 붓을 들려고 하기 전의 「단순한 인간 활동과는 다른 면인 창작적 내면 활동은 이미 일어난 시간에 있어서도 항상 사람은 형식주의자여야만 하는 것일까」 라는 것이다. 그 때 이미 犬養에 의하면 「형식의 매력 속에, 형식의 배치 속에 몸을 던진」 것이 아닐까. 犬養는 이것에 대해서 『내면 형식의 문제』(소화4년 1월 11일, 12일, 『東京朝日新聞』)에서 「문자의 나열이 시작된다면」 이라는 명확한 유물적인 범위 이전에까지 거슬러 가게 되면 심리학의 영역에 뛰어들게 되는 것이고, 효論을 유심론처럼 될 우려가 있다고 응답하고 있다. 또한 池谷는 犬養가 자신의 인간생활에 있어서도 형식주의자와 같이 단정한 것은 犬養의 「가벼움」을 나타낸 것이라고 변명하고 있다.

8) 「인간 활동 즉 형식 활동」

여기에 이르면 中河与一는 『형식주의 이론은 생활적 근거를 가진다』(소화4년 2월 6일, 『東京朝日新聞』)는 표제에 봐도 알 수 있는 바와 같이, 형식주의 문학론은 생활상에 있어서도 형식이 앞선다고 하는 점에 논거를 두고 있는 것에 대해 주장하고 있다. 犬養처럼 작가의 형식 활동을 인간 활동과 분리한다면 즉 그것은 기교제일주의에 지나지 않는 것이고, 예술지상주의 이론보다도 덧없는 것이 되는 것은 아니겠는가. 인간 활동이야말로 하나의 형식 활동일 수밖에 없다고 생각해야 할 것이 아니겠는가. 인간 활동은 형식을 통해서 행해지는 생활인 것이고, 「존재가 의식을 결정하며 진행해 가는 생활」이라는 것이 中河与一의 의견이다. 마지막에는 이런 말까지 하게 된다.

봐라. 우리들 주위를 둘러싸고 있는 것은 책상이든, 펜이든, 담배든, 모자든, 찻잔이든, 서적이든, 벽이든, 전화든, 쟁기이든, 금전이든, 사회 생활이든 그것보다도 좀더 가까이 우리들 자신이든 — 모두 하나의 형식이다. 더구나 이러한 형식 집합 속에 우리들 사상이 발생한다. 단 이들 형식은 끊임없이 고도의 형식에로 발전하려 하고 있다. 또 문학 활동도 또한 이들의 활동의 한 종류인 것이다.

中河与一는 이것보다 먼저 『형식주의 이론의 방향』(소화3년 12월 26일, 『読売新聞』)에서 犬養의 수정론에 대해서 형식주의 이론은 내용도 중요하지만 그 이상으로 형식이 중요하다는 이론이 아니고, 「내용을 형식이 왜 결정하는가. ……왜 르네찰스키에게 공격하지 않으면 안 되었는가. 우리들 실제 생활조차 우리들이 문예가로서 왜 형식주의를 주입하지 않으면 안 되는가」 라고 말하고 있었던 정도였다. 앞의 『東京朝日新聞』 所載에서는 인간 활동 즉 형식 활동, 인간 즉 형식주의라는 곳까지 달려가게 된다. 작가, 제작, 작품이라 말하는 것과 같이, 예술 창조의 특수성은 완전히 무시되어 버렸다. 그러한 점에서 犬養가 형식주의 문학론의 우익이라 한다면, 中河는 가장 좌익에 서있다 해야 할 것인지 모르겠다.

中河에게는 그 밖에 『콧노래에 의한 형식주의 이론의 발전』(『文芸春秋』 소화4년 2월호)이라는 長論이 있는데, 「우리들 형식주의는 단순히 기교법의 문제에 그치지 않고, 생활 의지력에까지 진전하는 것이기 때문에 현대적 강함을 가지고 있는 것이다. 현재 우리들은 생활에 좋은 형식을 부여하면 사회주의자가 되고, 또 유물론자가 되고, 또한 형식주의를 주장한다」 라든가, 「형식주의는 유물론에까지 발전하는 까닭으로 가장 강력한 것이다. 그리고 내용론자의 정신주의를 극복하는 것이다」 든가, 「마르크스파의 문학자는 무엇보다도 우선 형식주의에로 改宗하지 않으면 위험하다고 생각한다」 든가 하고 말하고 있다.

横光는 『형식론의 비판』(소화4년 2월 16일, 17일, 『東京朝日新聞』)에서 中河 說에 동의를 표하면서 단 「中河 씨의 그 작품과 작자의 고찰 방식은 형식주의와는 반대로 너무나 유심적이다」는 비판을 가하고 있는 것은 흥미가 있다. 이런 종류의 논의에 문학자로서의 온 정열을 경주했다고 하는 것, 또한 유력한 신문잡지에 차례로 揭載되었다고 하는 것—이런 사실을 놓칠 수는 없는 것이다.

9) 蔵原惟人의 예술 형식의 탐구

이상 봐 온 것과 같이 모든 형식주의자들 사이에서 조차 예를 들면 중요한 형식이라는 단어의 개념 규정이나 용어법을 무시하고 제멋대로의 논의를 주고받는 모습 때문에, 형식주의에 의한 그들의 공격에 대해서 프롤레타리아 문학 측에서 보면 그 이론도 되지 못하는 논법에 어떻게 대처할 도리가 없었던 것임에 틀림없다. 더구나 정치적 가치와 예술적 가치라는 그들에게 있어서는 보다 본질적이기도 하고, 보다 중요한 문제 논의에 관심을 빼앗기고 있었던 것이다.

무엇보다도 藏原는 11월 28일의『東京朝日新聞』에서 예술 형식에 대해서 이것저것 발언을 하고 있다. 「우리들이 이해하는 바에서는 예술 그 자체의 모든 것이 즉 그 내용도 형식도 함께 물질적인 것—사회의 물질적 생활에 대한 반영이지 물질 그 자체는 아닌 것이다」. 「마르크스주의자는 형식은 내용으로부터 생긴다고는 말하지 않는다. 내용과 형식이라는 것은 헤겔의 표현을 빌려 말하면 상호간에 서로 발견하고 느끼는 것이다」. 「인간 생활의 필요함은 인간 생활—물질적 및 정신적 —이 무엇보다도 높은 표현 형식을 찾을 것을 요구한다. 예술에 있어서도 이 생활—즉 예술작품의 내용은 항상 최고의 형식에로 노력해가는 것이다」.

그러나 예술 형식에 대한 藏原의 생각이 예를 들면 橫光에 의해서 어떻게 받아들지고, 어느 정도로 이해되었는가는 소화4년 1월호『文芸春秋』의 문예시평『마르키시즘 문학의 전개』를 보는 것이 좋다. 요컨대 상대의 의견을 이해 못 할 정도로 절대적인 것은 없다는 것이다.

그러니까 藏原는 이후 형식주의자의 論과는 관계없이 독자적인 프롤레타리아 예술의 형식론에 대해 적극적으로 탐구했다. 소화4년 2월호『戰旗』의『프롤레타리아 예술의 내용과 형식』이 그것이다. 이 논문에서 藏原는 예술 형식에 대해 이렇게 규정하고 있다.

예술에 있어서 형식은 생산적 노동 과정에 의해서 미리 만들어진 형식적 가능성과 그 예술 내용을 이루는 사회적 및 계급적 필요성과의 변증법적 호互 작용 속에서 결정되어 진다.

예술 내용과 형식의 관계에 대해서는 다음과 같이 말하고 있다.

　예술의 내용은 형식주의자가 말하는 것과 같이, 그 형식에 의해서 결
정되어지는 것이 아니라 오히려 반대로 예술의 사회적, 계급적 내용이
생산과정에 의해서 미리 형식적 가능한 범위 내에 있어서 그 예술적 형
식을 결정하는 것이다.

마지막에 프롤레타리아 예술 형식을 어디에 추구해야 하는가에
대해서는 미래파, 입체파 이전으로 되돌아가는 것이 아니고, 이들
모든 예술적 기술적 형식을 이용하는 것에 의해서 그 토대 위에 세
워져야만 한다고 말하고 있다.

　蔵原는 게다가 동년 12월호『改造』所載『신예술 형식의 탐구에로』
에서 이제까지의 일본 프롤레타리아 문학 형식은 자연주의적인, 표
현파적인, 신감각파적인 것이 아무런 비판 없이 사용되어 지고 있는
사실을 지적하고, 근대적 프롤레타리아트 심리 위에 기반을 둔 새로
운 예술 형식의 탐구야말로 무엇보다도 우선 해결되지 않으면 안 된
다고 주장하고 있다. 이렇게 해서 도시주의, 기계주의, 미래파, 구성
파 등의 여러 형식이 마르크스주의의 관점으로부터 검토되고 있다는
것이다. 蔵原의 이상의 두 논문은 어느 쪽도 精緻한 역작이어서 프롤
레타리아 문학 형식론으로서는 벌써 고전이 되고 있는 실정이다.

10) 勝本清一郎의 형식주의자에의 반박

藏原가 소위 형식주의자들의 논의에 개입하지 않고 독자적으로 프롤레타리아 예술의 형식을 적극적으로 탐구하고 있을 때 勝本清一郎는 오직 형식주의자들의 독단론에 대해 반박 비판했다. 『형식주의 문학설을 배척한다』(『新潮』 소화4년 2월호) 등은 그 대표적인 것이다. 「형식주의자여, 그들이 단순히 문학론만을 제조하려는 생각을 가지는 동안은 결코 우리들을 이길 수 없을 것이다. 근간적인 세계관에 대해서는 다른 근간적인 세계관을! 그리고 그곳으로부터 부분적인 문제 해결을 찾지 않으면 안 된다」. 이것이 그 서두이다.

勝本에 의하면 犬養가 「인간 활동」과 「작가 활동」을 구별한 것은 이것에 의해 작가의 모든 내적 노력을 모두 「인간 활동」 범위내로 이관해 버리는 것들은 영역 밖이기 때문에 예술론으로서는 그것을 알았던 것은 아니었다. 비평가에 있어서도 작가에 대해서도 문제는 단지 형식에 대한 관심뿐이라 말하고 싶었기 때문이라는 것이다.

실제 또한 池谷의 재비판에 의해서도 분명하게 된 바와 같이, 犬養가 인용한 재활동의 구분선은 어느 쪽 방향으로도 움직일 수 있는 것으로 어차피 그 정확하게 두는 곳을 발견할 수 없는 선이었다. 勝本가 「인간 활동과 작가 활동이라는 것은 직접적인 연관이 없는 경우인지, 아니면 연관이 있어서 하나가 된 경우인지, 이 두 개의 경우밖에 있을 수 없다」는 지적은 정확한 지적일 것이다.

勝本는 게다가 형식주의자들이 잘못을 범하고 있는 기초적 오류의 몇 개를 지적하고 있다. 소재와 일반적인 예술 대상 사이의 올바른 구별법을 형식주의자들이 혼동하고 있다는 것이다. 犬養에 내해 말하면 이 혼란은 「여기에 하나의 문예작품 소재가 있다. 한 사람의

작가, 혹은 여러 사람의 작가가 그 소재를 선택하던, 선택하지 않던
불문하고 그것은 존재한다」는 말을 통해서 나타나고 있는 것이다.
소재는 원래 그러한 의미에서 자연적인 존재물일까. 이 점에 대한
오해는 中河가 더 한층 분명하게 보여주고 있는 것이다. 中河 流의
안목은 勝本 말에 의하면 작품이 완성되기 전에 작자의 표상 속에
이미 내용이 존재하는 것은 아니라는 점이다. 그렇지 않고서는 형식
이 내용을 결정한다고 하는 형식주의의 명제가 성립될 수 없기 때문
이다. 그럼 내용 대신에 무엇을 두었던 것일까. 소재를 두었다. 더구
나 이 소재는 작가 활동의 소산이 아니고, 자연적인 존재물이라고
가정된 것이었다. 그럼 작가 활동으로부터 독립하여 존재하는 자연
스런 존재물인 소재가 어떤 과정을 거쳐 작품 또는 형식에 도달할
수 있는가. 이것이 勝本의 반문이다.

勝本은 이 반문에 스스로 대답하여 말하고 있다. ―일반적 예술
대상―현상이 소재였던 역할을 연출하기 위해서는 상당한 기술 발
달이 이루어져야 획득되어 지는 것이라고 말한다. 소재는 결코 자연
적인 존재물이 아니다. 작가 활동의 소산인 것이다. 예를 들면 공간
에 있어서 陰影이라는 현상은 시각적 예술 대상인데, 인류발생 이전
부터 자연계에 존재하였다. 그럼에도 불구하고 이 현상이 회화나 조
각의 소재로서 가치가 있게 하기 위해서는 그것을 획득하기 위한 예
술적 기술 발달이 필요했던 것이다. 렘브란트의 그림에서는 陰影이
겨우 소재로서 존재하고 있는데, 이것은 油画具라는 예술용구의 발
명과 그것에 수반하는 기술 발달에 의해서 비로소 가능하게 되었다
는 것을 말한다. 이처럼 소재로서의 陰影은 어디까지나 기술에 의한
작가 활동의 소산이라는 것이다.

「문학 형식이라는 것은 문자의 나열이다. 문자의 나열이라는 것

은 문자 그 자체가 용적을 가진 물체이기 때문에 객관물의 나열이다」
는 예의 橫光의 발언에 대해서는 문자가 문자다워질 수 있게 하기
위해서는 관념―내용을 나타내지 않으면 안 된다. 더구나 관념―내
용을 나타내게 하기 위해서는 그 문자에 관해서 일정한 사회생활을
영위하는 사람들의 조직이 없으면 안 된다. 이러한 조직을 떠난 문
자의 나열은 무의미한 존재에 지나지 않는다. ―勝本의 반박은 이상
과 같은 것이었다.

11) 谷川徹三의 『문학 형식 문답』

용어의 개념을 규정하지 않으면 말이 말로서 의미가 없는 형식주
의 문학론 때문에 계몽과 정리의 역할에 대해 추구하러 나온 것이
谷川徹三의 『문학 형식 문답』(『改造』 소화4년 2월호)이라 할 수 있
다. 이 문장은 이상의 역할에 대해서 시의 적절하면서도 뛰어난 것
이었다.

谷川는 우선 중요한 형식이라는 개념에 대해 미학 상 세 종류가
있다는 것을 립프스를 차용하면서 해설한다. 제1은 내용의 상관 개
념으로서의 그것인데, 내용과 형식이 서로 간에 다른 것을 포함시키
는 것에 의해 비로소 의미를 가질 수 있다는 것이다. 제2는 정리하
고 있다든가, 그렇지 않다든가 하는 성질적 규정을 가지고 예술에
의해 그것이 있는 것과 없는 것이 있다는 것을 말하고 있다. 따라서
내용이라든가, 소재라든가 하는 것과 대립되는 의미를 말한다. 그러
니까 형식주의라는 주장은 이 제2의 형식 개념을 근거로서만 성립
하는 것이어서 제1의 형식 개념을 근거로 해서는 성립이 될 수 없

다. 그러나 제2의 개념을 근거로 한 것은 그러한 형식주의는 천박하게 될 우려가 있다. 여기에 이르러 谷川는 제3의 형식 개념을 끄집어내고 있다. 그것은 괴테의 innere Form에 상응하는 내면 형식의 개념이다. 谷川의 말을 빌리면 다음과 같다.

> 내면적 형식은 내면적 充溢함이, 즉 내면에서 솟구쳐 오르는 힘과 같은 내면적 긴장을 중요시한다. (중략)그러나 동시에 그것은 내면적 충일함을 단순히 충일시키는 것만을 의미하는 것은 아니다. 솟구쳐 오르는 힘을 제어하고 절제시키지 않으면 안 된다. 적당한 형식에 의해 정화하지 않으면 안 된다. 그와 같은 제어, 속박, 정화에 의해서 내면적 형식은 비로소 내면적 형식이 되는 것이다. (중략)이렇게 해서 내면적 형식 입장은 잘못된 형식주의와 잘못된 내용주의와 대립한다. 그리고 그것은 형식이 안으로부터, 소재의 필연성으로부터 유기적으로 전개되어야 한다는 것을 의미하는 것으로 내용주의라고도 말할 수 있는데, 형식의 제어를, 속박을, 정화를 중요시하는 점에서 분명히 형식주의이다.

이상의 일반론을 谷川는 더욱 구체적인 문제로 옮겨서 명쾌한 해명을 던져주고 있다. 犬養가 어느 시대에서도 하나의 에포크를 만들 정도의 작가는 예외 없이 새로운 외면 형식을 내걸었다든가, 「오늘날 내용주의자의 대명사와 같은 존재인 武者小路実篤」를 예를 들고 있는데, 당시 독자에게 있어서의 무엇보다 매력적인 것은 작자의 신선한 외면 형식, 내용을 신선하게 끌어낼 수 있을 만큼의 신선한 형식이었는가에 대해 谷川는 이렇게 말하고 있는 것이다.

> 결국 犬養 씨는 武者小路実篤 씨나 志賀 씨를 내면적 형식가로서 인정하고 있는 것이다. 즉 형식의 가장 깊은 의미에 있어서의 형식가로서,

따라서 또한 참다운 내용가로서 인정하고 있는 것이다. 그렇지 않으면 그 논지는 올바로 서지 않는다. 그럼에도 불구하고 즉 센스 위에서는 武者小路実篤 씨나 志賀 씨의 형식을 그러한 것으로 느끼고 있으면서 그 형식을 문자의 나열로서의 외면 형식으로 연결시키려 하기 때문에 무리가 따르는 것이다.

谷川에 의해서 혼미를 더한 형식주의 논쟁이 올바른 출발점에 다시 되돌아 올 수 있는 정리가 이루어진 것인데, 정리가 끝남과 동시에 형식주의 논쟁 그 자체는 종결되어 버린 느낌이 드는 것은 어쩔 수 없는 것이다.

12) 형식주의 주장의 근거

谷川가 말하는 바와 같이, 센스로서는 谷川의 소위 「내면 형식」에 가까운 것을 인정하면서도 그것을 문자 나열로서의 외면 형식으로 결부시키려 한 것에 무리가 있었던 것은 犬養에만 한정하는 것이 아니다. 형식주의 문학론자의 어떤 누구도 전부 그러했다. 특히 横光가 더욱 그러하였다. 어째서 그런 무리수를 두었는가는 이미 밝혀진 바와 같이 프롤레타리아 문학에의 대항 때문일 수밖에 없었다. 예술파 진영을 지키려는 작가에 있어서 당시 프롤레타리아 문학의 압력이 어느 정도로 강력한 것이었는 가를 알지 못하고서는 이 의문에 대해서 답을 할 수가 없다. 그들은 어떠했든 간에 형식이 내용을 결정하는 것이 아니라 이데올로기 한 점만을 가지고서는 프롤레타리아 문학에 대항할 수 없었던 것이다. 横光가 『형식과 메커니즘에 대해서』(『創作月刊』 소화3년 4월호)에서 요즘 독자가 「작품의 형식을

중심으로 하지 않고 독자의 사상을 중심으로 읽는다」는 경향을 지
적하면서 「형식주의 운동의 제1의 목적은 독자를 향해서 독자의 사
상을 중심으로 하여야 한다고 단정한다. 이렇게 되면 작자가 바라는
곳과는 역으로 인스피레이션이 제멋대로 작동할 것이다. 도대체 왜
작자는 정열과 의지라는 것을 두려워하고 있는가. 이들 작품의 계량
적 성질은 확실하지 않지만 어쨌든 계량될 수 있다고 생각한다고 해
서 틀린 것은 아니지 않는가. 형식이 발전해가는 도식 속으로 끌어
들여도 전혀 문제가 되는 것은 아니지 않는가. 단지 곤란한 것은 의
지나 정열 형식이라고 생각하는 작품이라고 보든가, 아니면 의지나
정열은 여전히 의지나 정열일뿐이라는 것이다. 이것들을 경시한다
는 사실은 이것들을 과신하는 것과 같이 생각한다는 것이다. (중략)
형식이 발전하는 도식에 의해 예술 창조의 과정이라는 운동 존재를
계량하려는 시도 없이는 그 도식은 단지 겉멋에 불과한 것이다. 근
세 유물변증법은 中河 씨의 도식과 비교해서 비교를 할 수 없을 정
도로 정밀한 것인데, 만일 마르크스의 손에서 이것이 상품의 계량에
사용될 수 없는 것이라면 그것 또한 멋에 지나지 않는다는 것이 일
반론이다. 씨는 자신의 논문은 방법론에 중점을 두지 않았다고 말할
지 모른다. 그러나 형식의 동적 발전성이라는 것을 근본 규정으로서
본다면, 그 방법론을 제외하고 예술이론에 대해서는 한 마디도 언급
하는 것은 불가능에 가깝다. 그것은 이 논문집이 「형식은 중요하다」
고 말하는 그 이외에는 아무 것도 말할 수 없는, 즉 饒舌로 끝나는
까닭을 말해주고 있다.(臼井吉見,「근대문학논쟁 上」筑摩書房, 소화
31년 10월, 참고)

4 　　　　　　　　野呂—猪俣 논쟁

　1927년 7월 코민테른·일본공산당이『일본에 관한 테제』(27 테제)
에서 일본 혁명에 관한 전략 규정—소위「2단계 혁명 전략」을 방침
화한 이후, 이 전략을 둘러싸고 労農派와 일본공산당 사이에서는 격
렬한 논쟁이 계속 이어져 갔다. 이 전략 논쟁을 각각 대표하고 있는
것은『労農』(창간은 1927년 12월호)이나『改造』『中央公論』紙上에서
정열적으로 전략론·혁명론·전술론을 전개한 猪俣津南雄(이마타
츠나오)와, 후에『일본자본주의 발달사 강좌』(1932년 5월~33년 8월)
를 간행하고「일본 공산주의에 관한 과학적 연구의 선구」(宇佐美誠
太郎)가 된 일본공산당의 이론가인 野呂栄太郎(노로 에이타로)이다.
　労農派인 猪俣는 일본 자본주의 정치·사회에 있어서의 봉건제는
이미 지나간 遺制로 보는 입장에서 일본 혁명에 대한 전망을「많은
부르주아 민주주의가 가지고 있는 여러 임무를 프롤레타리아트에
부과되고 있음에도 불구하고, 이미 프롤레타리아 혁명의 단계에 들
어섰다」(「전략 문제에 관한 노트 야간」,『일본 무산계급의 일반 전략』
는 것으로 보는 1단계 혁명의 입장에 있다고 보았다. 다른 한편「일

본에 있어서 절대권력 전제 지배하의, 반봉건적 전제국가 형태가 여전히 뿌리 깊은 물질적 기초를 형성한다」(「猪俣津南雄 저, 『현대 일본 부르주아지의 정치적 지위』를 평한다」『思想』 1929년 4월호)에 대해서는 野呂는 당면한 혁명에 대해 급격히 사회주의 혁명에로 轉化하는 부르주아 민주 혁명=2단계 혁명이라 생각하고 있었다.

그러나 野呂가 이 논쟁에 참가하게 된 것은 1929년 이후로서 그 이전의 논쟁자는 猪俣와 渡辺政之輔, 佐野学들의 『마르크스주의』 동인들이었다. 또한 猪俣와 野呂의 논쟁은 직접으로는 전략을 대상으로 했다기보다도 그 전략의 근거가 되고 있는 일본 자본주의의 현단계 규정에 대해 논쟁을 벌였다고 해야 할 것이다.

우선 「27년 테제」로부터 보자. 테제는 명치유신에 대해 「일본 자본주가 발전한 것인데, 그러나 정치권력은 봉건적 요소의 수중으로 들어갔거나, 대지주의 수중으로, 또는 군벌 및 王党의 수중으로 들어갔다」고 규정하고 이 절대주의 국가는 그 후에 자본주의적 관계가 발전을 하기 위해 「부르주아 국가에로 轉化했다」고 하였다. 「근대 일본은 부르주아지와 대지주의 블록에 의해서 지배되고 있었고, 더구나 그 블록에 있어서의 패권은 전자 즉 부르주아지에로 돌리고 있었다」.

이와 같이 同 테제는 일본을 부르주아지가 지배하는 국가로 인식하고 있었음에도 불구하고, 「대토지 소유자가 이 나라의 정치적 및 경제적 생활에 있어서는 중요한 또 독립적인 요소라는 것에는 변함이 없다」는 이유로 그 혁명 전략은 사회주의 혁명에로 성장하는 부르주아 민주주의 혁명이라는 2단계 전략이 되고 있었다. 이 현상 분석과 전략론의 不整合性 혹은 不明瞭性—후의 32년 테제에서는 「사회주의 혁명에로의 강행적 轉化에의 경향을 지닌 부르주아 민주주의 혁명」으로 표현하면서 2단계 규정을 확실히 하고 있다―이 노농파와 일본공산당 사이에 있어서의 해석의 차이가 생기게 되고, 격렬한 논쟁의 초점이 되었다.

다음에는 노농파의 논객인 猪俣의 효論을 보자. 「현대 일본의 정치적 지배권은 이미 부르주아지에 들어갔다」고 보고 노농파의 총수 山川均와 같이 부르주아 권력의 확립을 위해 애쓴 猪俣는 당시에 뿌리 깊게 남아있던 봉건적 절대주의 세력을 「이미 계급적 물질적 기초를 잃은 遺制이고, 이데올로기적 잔존에 지나지 않는다」고 본다. 그는 다시 말하기를 「봉건적 절대주의적으로 움직이는 정치적 여러 세력은 그것들의 遺制와 이데올로기를 통하여 작용하는 것밖에 없다는 것, 바꿔 말하면 그 계급적이고 물질적인 기초를 잃고 있다는 것을 잊어서는 안 된다」(「현대 일본 부르주아지 의 정치적 지위」『太陽』1927년 11월호)는 것이었다.

이렇게 인식하는 猪俣의 전략은 「금융자본 부르주아지를 抱含한 봉건적 절대주의 세력이 아니라, 부르주아지를 지도적 主 세력으로 생각하는 제국주의 블록」(「현대 일본 부르주아지 의 정치적 지위」『太陽』1927년 11월호)에 대한 프롤레타리아트의 전면적 대결밖에는 없다는 1단계의 프롤레타리아 혁명관을 제기했다. 단지 猪俣가 주장하는 1단계 전략은 그 과정에서 수행되는 부르주아 민주주의 투쟁의 필요성에 대해 전부 부정한 것은 아니다. 절대주의가 계급적 기초를 잃었다고는 하나, 아직 遺制로서 잔존하고 있는 한, 「지주에 의해서 스스로의 농업 잉여 생산물이 착취되고 있는 많은 농민이 존재한다」(「농민운동의 근본 문제와 당면 문제」『改造』1928년 4월호)는 이상은, 민주주의 획득을 위한 투쟁은 중요하다. 물론 이와 같은 투쟁은 사회주의 혁명 속에서 프롤레타리아 헤게모니에 의해 수행되어 지는 것이 아니면 의미는 없다. 이들 여러 문제를 총괄해서 猪俣는 「부르주아 민주주의 혁명의 단서는 곧 프롤레타리아 혁명의 단서인 것이다. 바꿔 말하면 프롤레타리아 혁명의 단서는 부르주아 민주주의 혁명의 형태로 나타날 것이다. 양자는 2개의 단계를 확대해 가는 대신에, 하나의 단계로 압축될 것이다」(「일본무산 계급의 일반 전략」, 『勞農』 1927년(소화2년) 12월호) 라고 定式化했다.

이렇게 해서 어쨌든 猪俣는 1단계적 전략으로부터 「27년 테제」의 비판적인 계승—猪俣는 「27년 테제」를 기본적으로는 1단계적 전략으로 이해하고 있었다—을 시도하면서 절대주의 타도를 내세우는 일본 공산당계의 이론 잡지 『마르크스주의』와 전면 대결하기에 이르렀다.

猪俣에게 통렬하게 비판받은 것은 山名正照(渡辺政之輔), 佐野学, 和田叡三, 福本和夫, 松村徹也들 소위 일본공산당 지도자들이었는데, 그들이 모두 「27년 테제」의 논리적 모순을 이미 안고 논전했다고 보기 때문에 猪俣의 논리가 整合한 필법에는 도저히 당할 수가 없었다. 1929년 4월 16일 일본공산당원이 전국적인 규모로 대 검거를 당해 市川正一, 鍋山貞親들 당 간부도 체포되고, 투옥되는 대탄압 속에서 『마르크스주의』는 1929년 4월호를 최후로 마감했다. 당 조직은 궤멸하고 이론 전선도 크게 후퇴했다. 이와 같은 일본 공산당의 대혼란 속에서 『마르크스주의』의 입장을 보다 학문적인 형태를 계속해서 猪俣 비판에로 향했던 것은 野呂였다.

野呂는 이미 1926년부터 1928년에 걸쳐서 「일본 자본주의 前史」 「일본 자본주의 발달사」를 발표하고 있었는데, 일본 자본주의를 내재적 여러 모순의 필연성에 대해 하나의 발전과정으로서 보는 뛰어난 하나의 방법론을 보이고 있었다. 이 방법론을 무기로 하여 다음

1927년 「猪俣 저, 『현대 일본 부르주아지의 정치적 지위』를 평한다」(『太陽』 1927년 11월호) 및 「일본에 있어서 토지 소유의 관계에 대해서」(『思想』 1929년 5월, 9월호)를 발표하고 猪俣 비판에 앞장섰다.

野呂가 비판한 것은 猪俣가 일본 봉건적 절대주의 세력은 이미 그 계급적, 물질적 기초를 잃고 단순한 잔존에 지나지 않는다고 하는 점이다. 野呂는 일본 농업 관계에 나타나고 있는 봉건성, 국가 권력의 봉건적 지주제를 강하게 주장하고 있었는데 「그들은 여전히 직접 생산자인 소작농과 직접 대립하고 그들로부터 그 全 잉여가치를 종종 재생산자의 공제 부분까지를 주로 생산물 형태로 착취하는, 아직 경제상, 정치상의 지배적 지위를 상실하지 않고 있는 근대일본에 있어서 한 지배세력이다. ……여기에 우리들은 일본에 있어서 절대 전제세력의 지배하의, 반봉건적 전제국가 형태가 뿌리 깊게 남아 있는 물질적 기초를 발견할 수 있는 것이다」(『思想』 1929년 5월, 9월호)라 보고 있는 것이다. 이 반봉건적인 생산의 잔존이야말로 정치적 반동화와 경제적 공황을 낳는 主 원인이 되고 있음에도 불구하고, 猪俣는 이들 원인 및 중국 문제나 부르주아지의 인플레 정책을 추구하는 잘못을 범하고 있다고 비판했다.

이 비판에 응답해서 猪俣는 1930년 1월호의 『改造』에 「토지 문제와 봉건제」의 문장을 실었다. 여기서 猪俣는 野呂의 「국가 최고 지주설」—아직 농업에 있어서 자본주의의 발달을 보지 못하고 농민 대부분이 소생산자일 뿐이어서 일본의 경우 여전히 직접적인 생산자라 할 수 있는 국가가 최고의 지주이다—을 마르크스 『자본론』의 誤読에 근거한 것이라고 비판했다.

그 후 猪俣는 1930년 2월에 「몰락 자본주의의 제3기」(『改造』), 6월부터 7월에 걸쳐 「몰락의 転向期에 들어선 일본 자본주의」(『改造』)

를 발표하고 세계적 대공황 하에서 일본 자본주의가 맞이하고 있는 신 단계를 분석하려고 하였다. 여기서 猪俣는 「일본 자본주의가 이미 정체적인 발전 단계에 들어섰고, 상향적 발전 속도는 이미 늦었다고 한다면 현 단계는 이미 하향적 발전—몰락—의 단계에 들어섰다는 것을 의미하고 있는데, 몰락은 이미—추상적 불가피성이 아니라—구체적인 불가피성이 되고 있음을 의미한다. 그리고 그러한 의미에 있어서 일본 자본주의는 몰락의 전향기에 들어섰다고 봐야 한다」고 논했다.

여기에 대해서 野呂는 『프롤레타리아 과학』 1930년 11월호에서 「마르크스주의의 『카웃키적 해석』이라기보다도 마르크스주의 그 자체와는 아무런 인연이 없는 견해에 기초하고 있다」(「『자본 축적과 공황의 이론』을 읽고」)고 격렬하게 비판했다. 또한 계속해서 「일본 자본주의 현 단계의 모순과 공황」(『改造』 1931년 3월호)에서 제1 猪俣는 대중 생활수준이 향상되고 있는 것을 인정하는 카웃키주의에 빠져 있고, 제2에 소위 제3기를 전후 자본주의의 일반적 위기로 가는 진통에 있어서의 한 시기로 규정하는 대신에, 제2기의 상대적으로 안정화에로 진행하는 과정에 있어서의 새로운 한 양상으로서밖에 이해하지 못했다. 따라서 現時의 공황 상황을 올바르게 설명할 수 없었을 것이라고 단정했다.

이 비판에 대해 猪俣는 「마르크스주의의 전진을 위해서」(『改造』 1931년 4월호)에서 「우리들의 비판가(野呂)는 어디까지나 순수 이론가 수준으로 단지 시간만 질질 끄는 『발전』—사실은 단순한 변화—밖에 문제로 삼지 못하고, 또한 할 수도 없는 것이다. 그러니까 이것이 『기본적인 모순』이라고 해서 —바보의 하나로 기억하도록—독점 자본 對 반봉건적 농업의 모순만을 지적하는 것이다」고 반격했다.

다음 5월 野呂는 『中央公論』에서 猪俣의 반 비판에 대해 「전연 반 비판 이름에 어울리지 않은 것이다. ……속이 뻔히 보이는 궤변을 늘어놓고 시시한 잡다한 망발을 연속하고 있는 것에 지나지 않는다」. 「씨는 자본주의 제도의 근본적 모순이라 할 수 있는 『생산력 對 시장의 모순』 대신에 『생산력과 시장의 균형』을 마치 자본주의 발전의 조건으로 보는 것에 의해 자본주의의 근본적인 모순, 자본과 노동의 이해의 不可兩立的인 모순에 대해 은폐하고 있다」.(「『몰락에의』전환기에 선 이론가」)고 썼다.

이렇게 해서 1929년 이래 서로 간에 每號에 비판 논문을 게재할 정도로 가열한 猪俣—野呂 논쟁은 1931년(소화6년) 6월 猪俣가 『中央公論』에 「『猪俣이즘』과 어떤 날의 대화」라고 제목이 붙은 회화체의 문장을 실었는데, 거기서 野呂를 「보챈다기보다 앞잡이 성질」이라고 가볍게 받아넘기면서 이미 1929년 9월부터 『勞農』同人에서 정식 사퇴하고 있다는 것을 분명히 함으로 해서 종지부를 찍었다. 1931년 4월에 일본공산당이 猪俣 전략에 가까운 1단계 혁명 전략— 다가 올 일본 혁명의 성격은 부르주아 민주주의적 임무를 광범위하게 포함한 프롤레타리아 혁명이다—을 방침으로 결정한 것이 猪俣로 하여금 일본공산당=野呂와의 논쟁을 자숙시키게 만들었던 것이다. 혹은 완전히 역으로 1932년에 일본공산당이 「울트라 2단계 혁명 전략」을 새로 채택했던 것이 일본공산당과의 전략 논쟁에 대한 의욕을 상실하게 만들었다고 할 수 있을 것 같다. 이후 猪俣는 혼자 서재에 갇혀 1931년 이래 활발했던 「일본 자본주의 논쟁」에도 적극적으로 참가하려고 하지 않았다.(佐長史朗, 猪俣—野呂 논쟁(松本健一 편, 詳解 現代論爭事典), 流動出版株式会社, 1980.1 참조

5   행동주의 논쟁

1) 페르난데스와 지드

일본에 있어서의 행동주의 제창은 페르난데스의 『지드에의 공개장』의 소개가 시작이었다. 이들 발표는 소화9년 6월호의 『改造』紙上이었는데, 소개자는 小松淸였다. 1933년(소화8년) 1월 30일 히틀러를 수반으로 하는 나치스 내각 성립은 유럽은 물론이고 전 세계를 불길한 예감으로 전율시켰다. 안드레·지드는 그 무렵부터 공공연히 공산주의에 대해 동감을 보이기 시작했다. 3월에는 파리에서 나치스 강연을 하고, 계속해서 N·R·F의 5월호에서 태도를 분명히 하였다. 그 이래 차례로 同誌에 발표한 斷片이나 일기는 이상한 반향을 불러일으켰다. 이 일기 속에서 지드는 돌연 스탈린의 5개년 계획을 찬미하고 그것에 대한 부르주아 측의 무이해와 곡필을 지적하고 있었다. 오랫동안 괴로워하고 있던 그 자신의 인류에 대한 제일의적 모럴리티를 결국 소비에트의 사회주의적 콜레크지비즘에 힙치시키지 않을 수 없었다는 의미를 고백한 것이었다. 지드의 이러한 전향에 대해

그의 자유를 속박하고, 발전을 저해하는 것으로 비판한 페르난데스
도 1934년 2월 6일의 스타빈스키 사건으로 인한 유혈의 동란을 직접
목격하고 감연히 파시즘에 도전하고, 혁명을 필요성을 인식하게 된
다. 그것에 대한 태도 성명이 지드에의 공개장이라 할 수 있다.

나는 충심으로 2월 6일의 사람들에게 감사한다. 그들이야말로 나를
그 분위기(투쟁의)에로 이끌어준 것이었다. 내가 부르는 2월 6일의 사람
들은 결코 사상을 향해서 돌진할 것이라 믿었던 저 정직한 군중을 가리
키는 것은 아니다. 저 모험을 유도한 사람들, 암중으로 활약한 책동자,
그들을 가리켜서 나는 2월 6일의 사람들이라고 부르는 것이다.(중략)수
년 전 아직 우익의 이데올로기와 우익 윤리의 가능성을 믿고 있던 나에
게 2월 6일 사건은 얼마나 그 희망이 허무한가에 대해 명백히 가르쳐 주
었다.

페르난데스는 지드에게 보낸 공개장 속에서 이렇게 말하고 있다.
2월 6일 사람들은 스타빈스키 사건을 이용해서 파쇼 독재를 시도한
프랑스의 파시스트를 의미하고 있는 것은 말할 나위도 없다.

이 공개장의 소개자는 계속해서 『行動』 8월호에 『불문학의 한 轉
機』를 기고하고 있었는데, 프랑스의 진보적인 학자, 사상가, 문학자
가 大同的인 지식 계급 연맹을 만들고, 그러한 사회적 행동으로 진
출한 사실에 대해 말하고, 그것의 의미에 대해서 설명했다. 그들은
파시즘에 대해서 자신과 자국의 문화를 지키기 우해 우선 노동계급
에 호소하였다. 「우리들은 감연히 혁명을 하려고 한다. 노동 계급과
친밀한 협력으로 대자본의 執政으로부터 국가를 구출하려고 말하는
것이다」.

小松에 의하면 지드나 페르난데스의 공감에 의해 고양되고 있던

쿄무니즘은 그 에스프리의 출발을 휴머니즘의 신앙에 두고 있다는 점에서 정통파의 공식적인 쿄무니즘과는 현저한 차이가 있다. 이 차이점에 대해 지적하고, 강조함으로 해서 반동파나 공식적 쿄무니스트는 지드들의 운동을 푸치·부르주아·인텔리겐차의 절망적인 자유주의라고 조소하고 있다. 그들에게는 이 운동이 장래 혹은 새로운 쿄무니즘의 에스프리와 형태를 창시해 간다는 가능성을 내포한다는 것은 상상할 필요도 없다.

　불문학 정신에 있어서의 본질적 변혁을 냉정하게 생각하지 않으면 안 된다. 즉 이전에 다양하게 개성, 특수성에 대한 긍지를 의식하고, 그러한 의식을 강조하고 있던 불문학의 귀족주의가 붕괴하게 되면서 드디어 전체에의 복귀와 그것을 위한 행동주의, 혁명적 구성주의의 이상론에 도달한 정신적 발전에 대해 우리들은 생각하지 않을 수 없다.

2) 船橋聖一의 발언

小松에 의해서 전해진 프랑스 지식 계급의 새로운 움직임에 강하게 자극받은 사람이 船橋聖一이다. 『新潮』 9월호의 문예시평에서 船橋聖一는 약간 정열적으로 자신의 새로운 문학적 결의에 대해 쓰고 있다.

　쓸데없이 말초적인 신경에만 힘쓰고 있던 근대주의 문학이 몰락과 停頓의 고난을 거쳐 새로운 의지의 힘을 다질 때가 온 것이다. 또한 긴 방탕과 不檢束의 강에 표류하고 있던 자유주의가 어쨌든 밝은 방향으로,

건설적인 쪽에로 사상적 방향을 돌릴 때가 온 것이다.

여기서 船橋가 「쓸데없이 말초적인 신경에만 힘쓰고 있던 근대주의 문학」 등을 끄집어낸 데에는 이유가 있다. 小松가 초현실주의나 다다이즘, 그 밖의 모더니즘이 십 수 년에 걸쳐서 프랑스 문학과 사상에 있어서 19세기적 유산을 철저하게 청산을 한 것을 언급하고, 지드들의 새로운 운동은 그것을 이어서 발전시켜 갔다는 것을 분명히 했던 것이다. 이것은 船橋에게 용기를 준 것이었다. 그는 신흥예술파라 불려지는 모더니즘 집단에 속하고 있었던 것이다. 여기에 계속하여 船橋의 주장은 특히 주목해야 할 것이 있다.

문예상에 있어서 공식주의, 정치주의, 선전주의의 유해무익은 우리들이 눈앞에서 이것을 보고 있다. 단지 우리들은 그들 때문에 반동자로서 무고당할 필요는 어디에도 없다. 우리들은 자신의 권한을 가지고 거기에 항의할 수밖에 없다. 그런데도 단지 우리들은 비겁했다. 그리고 위태롭게 반동의 기슭으로 따라가려고 했다. 그러나 그것은 공식주의적 작가의 생각이 좁다는 것과 우리들이 놀랄만한 당황과 비겁 때문이었을 것이다. 예술지상파라든가, 부르주아 문학이라는 이름으로 불려져도 우리들은 침묵하고 있었다. 짜증도 일어나지 않았다. 우리들은 이 수 년 간 혼란이라는 태풍 속에서 의지를 잃고, 더 나아가 자신들의 정열에 대해 회의감을 느끼며 어둠을 방황하고 있는 것에 지나지 않았다. 그러나 지금이야 일본의 새로운 작가들도 근대의 진보적인 의지를 믿음직한 문학자의 심령으로 자각하기 시작했다. 이것이야말로 무엇에도 구애받지 않는 문학의 올바른 역사적 발전이라 할 수 있을 것이다.

船橋가 여기서 「놀랄만한 당황과 비겁」이라고 말하고 있는 것은

프롤레타리아 문학의 이상하리마치 놀랄만한 진출 세력과 그 압력
에 의한 것이었다는 것은 말할 나위도 없다. 「이 수 년 간 혼란이라
는 태풍 속에서」라는 것도 그러한 것이어서, 소화 초기에 시작해서
만주사변 시기의 무조건적인 탄압에 이르는 프롤레타리아 문학의
제압 하에 船橋들이 질식할 수밖에 없었음을 의미한다. 지금 프롤레
타리아 문학운동이 괴멸하고, 일종의 해방감을 느낄 때에 지드들의
프랑스 지식 계급 움직임에 의해 금후의 진로를 시사 받고, 勇躍을
느꼈던 것이다. 만주사변에 시작해서 이미 4년째 군부 지배하의 프
롤레타리아 문학으로부터의 해방감을 통절하게 느끼고 있었던 것이
다. 지드들의 프랑스 지식계급의 파시즘에 대한 도전이라는 것은 바
로 이것의 逆의 관계이다. 「밝은 쪽으로, 건설적인 방향으로의 사상
적인 방향으로 돌려야 할 때가 왔다」고 하는 것과 같이, 막연한 말
투는 물론 여기에 유래하는 것이다.

똑같은 「문예시평」속에서 船橋는 안트파느 · 드 · 생 · 텍쥐베리
의 소설 『야간 비행』을 堀口大学의 번역으로 읽고, 크게 감명받은
것이라고 보이는데 그 감상에 대해 쓰고 있다. 『야간 비행』을 위해
지드가 보낸 서문의 일부를 船橋는 인용하고 있다.

　　인간의 약점이나 단정치 못한 모습, 방종 등을 세인이 친하게 보고,
　알고 있는 곳이기도 하고, 또한 오늘날 문학이 너무나도 교묘하게 묘출,
　제시해 주는 곳이기도 하다. 그것에 반해서 인간이 긴장된 의지력에서만
　도달할 수 있는 자기 초월적인 경지, 저러한 것이야말로 우리들이 알고
　싶다고 하는 것이 아닐까.

지드의 말을 받아 船橋는 그 자신의 결의에 찬 말을 다음과 같이

말한다.

　이 소설에 있어서 리빗엘의 이런 격렬한 의지의 분출이 실감있게 충
만하고 있는 것에 특필할 필요가 있다. 그리고 동시에 일본의 모더니즘
문학이 이러한 의지력을 잃어가고 있다는 것과 일본 프롤레타리아 문학
이 항상 강철 같은 의지를 말하면서도 막상 실감에는 상처를 입히는 왜
곡 때문에 의지에 금이 가는 것에 대한 두 개를 서로 생각해 볼 수 있다.
(중략)근대주의 문학의 재출발, 혹은 모더니즘의 개조는 이러한 의지와
자유의 강력한 新정신을 확실하게 파악하고 걸어가지 않으면 안 되는
것이다.

『新潮』의 문예시평에서 암담한 시대적 환경 속에서 의지와 자유
를 추구해서 근대주의 문학의 재출발에 대한 의욕을 표명한 것인데,
다음 10월호의 『行動』에는 그 주장의 실천화로서 소설 『다이빙』을
발표하고 있다. 이러한 그의 활동은 갑자기 주목을 끌게 되었다. 이
작품은 처를 스프링 · 보드로 해서 사회에 적극적으로 다이빙하려는
사내의 기분을 행동적 의욕의 표출로서 그린 것인데, 후에 勝本淸一
郞가 비평한 것과 같이 어떤 방향으로 향해서 어떤 행동을 하고 싶
어 하는지를 알 수 없는, 예상을 뛰어넘는 것이었다. 이 이름은 아마
앞의 소설 『야간 비행』을 비평한 밴져민 · 맨 · 클레뮤의 말로부터
생각해 낸 것일 것이다. 클레뮤의 『야간 비행』에 대해서는 『세르팡』
에 기재되어 있는데, 船橋는 그 일부를 『新潮』의 문예시평에 인용하
고 있다.

　조종사 파비앙의 다이빙과 같은 밤 어둠 속에로의 진입은 독자의 마
음을 사로잡았던 것이다.

이것으로부터 보면 작품의 테마는 『야간 비행』 그 자체로부터 암시받은 것은 아닐까. 제작 의욕이 넘쳐나는 것에 의해 만들어진 작품이라고는 생각되지 않지만 프랑스 문학 신사조의 수입으로서 우선 이론과 實作이 동반하기 때문에 이상하리만치 주목을 받았던 것이다. 小松는 또한 계속해서 『초현실주의와 그 전후』(『行動』), 『마를로와 행동의 문학』(『세르팡』), 『불문학에 있어서 행동과 휴머니즘』(『세르팡』) 등 프랑스 행동파의 문학에 대해서 해설, 소개하고 있는데, 靑野季吉가 『行動』 12월호에 『능동정신의 대두에 대해서』를 발표하기에 이르러서 이 문제는 문학의 영역을 넘어서서 좀더 넓은 시야에서의 논쟁의 실마리가 되었다.

3) 靑野季吉의 비판

靑野季吉는 8월호의 『新潮』의 『사회 정세로부터의 문학의 괴리에 대해서』에 있어서 「사회 정세로부터의 괴리라는 것은 현재 시민생활의, 조금 아이러니컬하게 말하면 사회 정세와의 밀착은 방공 연습의 사이렌이 울리는 정도인 것이다」고 말하고, 또한 「문학이 사회정세와 함께 한다는 것은 객관적인 것으로 향하는 태도가 필요하고, 사회에 대한 무언가의 행동이 필요하다」고 말하고 있다. 그러니까 정치와 문학, 사회정세와 문학과의 문제가 다시 제출된다는 것은 「참다운 리얼리스트가 그를 방랑적이고, 허무적인 리얼리스트와 구별하는 제일보」라 볼 수가 있다는 것이다.

『능동정신의 대두에 대해서』에서는 12년 이래의 유혈이 낭자한 시가전마저 있었던 프랑스의 험악한 사회적 분위기를 알고 있는 것만 해도 그들이 행동적 경지에로 다가갈 수 있는 기분은 명료하기도 하는데, 이러한 일본 지식계급에 있어서 능동정신의 消長에 대해 논하고 있다. 이것이 가장 발전한 것은 문단적으로는 프롤레타리아 문학이 발흥하고, 사회적으로는 지식계급이 마르크스주의의 사상과 운동에 결집한 시기였다. 이 일본의 지식계급은 사회적, 정치적 장면에 있어서 그들이 이해한 마르크스주의 기준에 근거해서 행동하는 것이 자신의 유일한 길로써 받아들였던 것이다. 이 굳건한 능동정신은 여러 가지 주관적, 객관적 사정 하에서 끝내는 억압받고, 퇴진할 수밖에 없었다. 그 후는 소극적이고 비행동적인 정신이 표면에 나타나면서 시대의 불안에 떨고, 초조하고, 도피하였다. 그 동안에는 자기혐오나 자기증오에 빠져 허무 속에서 구원을 구하는 것이 필요하게 되었다. 거기로부터 희미하지만 지식 계급 사이에 능동적인 정신이 싹터 왔다. 이것은 어디까지나 싹이 터는 것에 불과하고, 발족에 지나지 않는다. 그러나 어쨌든 어려운 시대에 재차 능동적 정신이 대두해 온 것, 그 성격이 이전의 그것과 다르다는 것, 여기에 靑野는 새로운 의미를 부여하려는 것이다.

靑野에 의하면 새로이 대두한 능동 정신은 단순히 시대의 정열에 사로잡힌 무비판적이고, 무자각적인 것이 아니고 이미 프롤레타리아 운동에서의 실천을 목격하고, 그 아픈 경험에 의해서 교훈되어진 것이 무엇보다도 우선 주목할 가치가 있다는 것이다. 이것은 그 능동 정신이 지식계급이 가지는 특성을 인정하고, 어디까지나 자신이 가진 능력의 자각에 입각해서 일어나고 있는 것을 통해서 그것은 나타나고 있는 것이다. 프롤레타리아 운동에서 발휘된 이 일본의 진보적인 지식 계급의 능동정신은 공식적인 계급운동 이론에 휘둘려서 지식계급이 스스로를 무시하고, 부정하고, 스스로를 노동계급으로 예속(계급적으로)시키는 것 내지 융합시키는 것에 의해 성립하고 있었다고 봐도 좋다. 그곳으로부터 자연발생적인 배반이나 전향에 대한 심리적 동기가 생겨났다는 것은 누구라도 아는 바이다. 이번에는 그 점에 있어서 대단히 비판적이기도 하고, 자각적이기도 하다. 무엇보다 그들이 지식계급자여서 그 계급적 특성은 어떻게 할 수도 없는 것이고, 오히려 그 계급적 특성의 입장에 서서 그것을 발휘함으로 해서 사회의 진보적인 동향에 적극적으로 참가할 수 있게 된 것이다. 이것은 기계적으로 공식적으로 노동계급에 예속되고, 융합해 가는 것에 대해 불가능하다는 의미와 무의미하다는 의미가 자각되는 것이다. 정신의 자유라든가, 적극적 자유주의라는 말이 그것을 암시해 주고 있다.

青野는 여기서 다른 의문을 제출하고 있다. 이 새로운 능동적 정신이 사회적 행동으로까지 성숙해 갈 경우, 프랑스 지식 계급의 예에서 봐 온 것처럼 지식계급으로서의 성능과 자격을 충분히 자각하면서 노동계급과 친밀하게 협력하는 것이 목적 달성의 유일한 길로써 인식할 수 있을 것인지 의문이라는 것이다. 그러나 프랑스 지식계급의 능동정신과 일맥상통하는 것도 부정할 수가 없다.

최후에 青野는 이상의 所論이, 소위 능동정신의 대두에 대해서 너무 과대평가했는지도 모른다. 또는 그 내용이나 동향에 대해서 안이한 견해를 가졌는지도 모른다. 단지 여기서는 그 능동정신의 대두에 대해 지적하면 되는 것이라고 부언하고 있다.

이미 밝혀진 바와 같이 青野의 所說은 船橋들의 그것과는 큰 차이가 있다. 青野는 행동주의라는 말을 사용하지 않았다. 능동정신이라고 말하고 있다. 이것은 최후까지 변함이 없다. 이 신중한 말투에 의해서 알 수 있는 바와 같이, 青野는 이것을 한 개의 체계를 가진

주의라고 잘못 정의내려지는 것에 대해 두려워하고 있는 것 같다. 불안, 동요, 초조, 도피 속으로부터 시대에 항거해 일어서려는 지식 계급의 능동적인 움직임을 어쨌든 당시로서는 높이 평가하지 않을 수 없었다. 프롤레타리아 문학의 패퇴(이 해의 2월 11일에는 일본프롤레타리아작가동맹이 해산한다. 전 해의 2월 20일에는 小林多喜二가 탄압의 희생자가 되어 옥중에서 무참하게 죽음을 맞이하고, 같은 해 7월에는 공산당 지도자 佐野学, 鍋山貞親들의 전향성명이 있었는데, 이것이 프롤레타리아 문학 진영에 큰 타격을 주었다. 프롤레타리아 문학 진영으로부터 탈락하여 전향을 표명하는 작품이 속출한 것도 이 전후였다)에 의해 창작력이 위축받을 수 있었던 것, 무엇보다도 기뻐하고 있던 船橋들과는 소위 능동정신의 대두에 대한 생각에 있어서 차이가 생긴다는 것은 당연하였다. 船橋들은 자신의 문학만 잘 하면 그만이었다. 작가로서는 당연하다고 할 수도 있다. 이것은 阿部知二만 하더라도 그렇다. 『불안과 부흥』(『新潮』 소화9년 8월호)에서 그는 말하고 있다.

    소위 오늘날 대가들은 우리들이 할 수 없는 일을 해 왔기도 하고, 지금도 우리들이 모방하려고 해도 할 수 없는 일을 하고 있다. 이것은 명백한 사실이다. 그러나 우리들이 그런 것을 쓰고 싶다고 생각하는 작품을 만들고 있는지에 대해서는 의문이다. 『春琴抄』를 걸작으로서 敬服하는 것과 『春琴抄』와 같은 것을 겨냥해서 우리들이 정진하는 것과는 성격이 다른 문제인 것이다. 확실하게 말하면 우리들도 그러한 것을 추구하고 싶다. 그러면 우리들은 어떠한 것을 따라 추구했느냐 하고 반문해 봤을 때, 거의 대부분의 현대 청년들은 그것이 무엇이었는지에 대해 확실하게 이해하고 있지 못하다고 대답할 수밖에 없다.

阿部에게 있어서 문제는 『春琴抄』에의 대항이다. 문학자로서 송시즘의 폭력에 어떻게 항거해야 하는가 하는 것은 적어도 阿部에게는 관심사가 못 되었다.

青野의 論은 지식계급의 일원인 문학자로서 시대의 탄압에 대한 저항이라는 입장으로부터 벗어나 있다는 점에서 이들과는 큰 차이가 있다. 그리고 주목해야 할 점은 패퇴하고 사라진 프롤레타리아 운동의 실천에 대해 목격하고, 그 아픈 경험으로부터의 반성과 비판 위에 선 발언이라는 것이다. 한마디로 말하면 지식계급의 자주성에 관한 문제를 다시 제기하고 있는 것이다. 프롤레타리아 운동에 있어서 지식계급이 예속됨으로 해서 생기는 무참한 탈락에 대한 반성과 비판을 통해서 새로이 대두되고 있던 능동정신을 평가하고 있는 것을 간과해서는 안 된다. 青野 발언이 문학의 문제를 넘어서서 지식계급을 둘러싼 새로운 논쟁의 발단이 된 것은 결코 우연이 아니다.

4) 大森義太郎의 공식론

문단에 있어서 능동정신, 또는 행동주의의 제창이 새삼스레 지식계급에 대한 논의를 불러일으켰던 것은 자연스럽고 당연하기도 하였다. 원래부터 페르난데스들, 즉 프랑스 지식계급의 반 나치스 활동에 자극을 받은 것이기는 하지만 시대의 탄압에 대한 지식 계급으로서의 저항이 많든 적든 떠나서 핵심적인 것이었던 것은 말할 필요도 없다. 『능동 정신의 대두에 대해서』에서 青野가 지적하고 있는 바와 같이, 지식 계급으로서의 성능과 자격을 충분히 자각하면서도 노동계급과 잘 협력하느냐 하는 것이 목적 달성의 유일한 길인지 어떤지는 솔직히 의문이다. 따라서 이 새로운 움직임에 대한 靑野는 자신의 평가가 포장되고, 견해도 또한 안이할지도 모른다는 것을 두려워하고 있는 것이다. 그러나 여기서부터 직접 지식 계급 논의가 시작된 것은 아니다. 다른 방면으로부터 의외의 형태로 시작되어진 것이다.

소화9년 11월의 『改造』 所載의 大森義太郎의 『현대 지식 계급의 곤혹』이 그것이었다. 이 논문은 広津和郎의 『비바람 강해지려니』의 독후감으로부터 만들어 진 것이다. 이 소설은 소화8년 8월부터 소화9년 3월까지 『報知新聞』에 연재된 장편이다. 주인공인 청년이 좌익 투사인 젊은 여성과 사랑에 빠지게 되는데, 어두운 시대에 대한 반항으로부터 빠져나와 洋裁店을 내어 살아가려는 이야기이다. 통속적이기는 하지만 이 시기 지식 계급의 우울한 심정을 어느 정도 대변한 것이다. 大森는 등장인물이 어느 쪽도 스테로이프로서 살아온 인간을 그리지 못하는 것에 대해 불만을 느껴 一轉해서 여기에 그려지는 지식 계급은 곤혼스러운 모습으로 냉소짓고 있는 것이다. 노동 계급의 전열에 참가하지 못하는 한, 지식 계급이 살아갈 길은 없다고 생각하는 것이다. 마르크시즘에 의한 공식론의 평탄한 해설에 지나지 않는 것이다. 이 논문이 예상외의 반향을 불러 온 것은 시대의 암흑에 항거하여 살아가려는 지식 계급의 자주적인 행동이 보여지는 작금에 있어서 이러한 뻔하고 상식적인 공식론에 의해 도리어 기대에 배반당하는 것에 기인한다.

5) 능동정신의 대두

이것에 대한 불만과 반발이 주로 능동정신에 관심과 동감을 가진 문학자에 의해 표명되어진 것은 당연하다고 할 수 있다. 예를 들면 『行動』 12월호의 좌담회는 전면적으로 이것에 대해 언급하고 있는데, 春山行夫에 의하면 오늘날 문제가 되고 있는 것은 지식 계급 자신의 생활이나 사상을 새로이 보자는 것이고, 또한 그 능동정신이어서 大森는 이러한 중요한 점을 고의로 간과하고 있다는 것이다. 사회적 존재인 지식 계급의 인과적 분석과는 그 문제가 다르다는 것이다. 大森의 論에 대해서는 많은 문학자의 발언이 있었는데, 결국은 春山의 의견과 그렇게 차이는 없었다. 大森는 소화10년 1월의 『行動』에 『統 현대 지식 계급론』을 쓰고 이들에 응수했다. 大森에 의하면 인텔리 자신이 어떻게 생각하든 우리들 임무는 그들의 층을 사회적 존재로서 인과적으로 분석하는 수밖에 없다는 것이다. 요컨대 인텔리 층은 부르주아지라든가, 프롤레타리아트라든가 어느 쪽이던 향배를 결정하는 수밖에 없는 것이고, 지식계급의 독립성이나 자주성을 주창하는 것은 迷妄일 뿐만 아니라 반동에 지나지 않는다는 것이다. 더구나 「숫자도 얼마 안 되는 조그마한 문단인의 움직임 따위는 나의 안중에 없다」는 것이다.

일찍부터 『능동 정신의 대두에 대해서』를 쓰고 지식계급의 새로운 움직임에 대해 적극적인 공감과 기대를 보였던 靑野가 大森의 論을 반박한 것은 당연한 것이다. 『지식 계급론에 관한 고찰』(『行動』 소화10년 2월호)이 그것이다. 그것에 의하면 大森는 단순한 계몽가나 선동가와 달리, 지식계급의 현재의 모습에 대해 실망을 금치 못한다고 하였다. 물론 이러한 계몽적 일반론에는 적지 않은 의문이 있는 것은 사실이다. 반동의 탄압 하에서 어떻게든 그 출로를 발견하고 자신의 인텔리젼스를 위기로부터 구하려는 인텔리겐차의 자주적인 움직임을 전면적으로 부정하는 것은 틀린 것이다. 소위 능동정신과 같은 미약한 것에도 반 파시즘적인 것을 찾으려 하고, 그러한 것에로 인도하는 것이 중요하다고 생각하는 것이다. 大森는『行動』 3월호에『현대 지식 계급 제3론』을 쓰고 靑野에게 직접 답하고 있지만 물론 이것은 前說의 되풀이 이상의 것은 아니다.

　이것보다 전에 大森는『東京日日新聞』에 1월 20일부터 4회에 걸쳐서『능동정신의 삼중창』을 쓰고 있는데, 능동정신의 반동성에 대해 격렬한 어조로 공격하고 있다. 능동정신의 주장은 지식계급 독립론, 지식계급지상주의에 근거하는 반 마르크스주의적인 것이어서 근본적으로 반동적이라 할 수 있다. 그 놀랄만한 지리멸렬함과 혼동 속에서 반동적 성질만은 확실하게 보이고 있는 것이다. 이 論을 더욱 전면적으로 전개한 것이『소위 행동주의의 迷妄』(『文芸』 소화10년 2월호)에서였다. 「소위 행동주의는 일본에서는 완전히 사기이다」. 이러한 서두로 시작되고 있는 이 문장은 우선 프랑스 행동주의와 일본의 그것은 확실히 구별한다. 프랑스 행동주의는 베르그송 철학을 근거로 해서 샌디칼리즘과 같은 것을 지향하고 있다. 그 의미는 그들의 행동주의는 종전의 프랑스 지식계급을 지배하는 사상이라는 것, 단순한 파괴주의 · 맹목주의 · 야수주의를 완전히 청산하고 있지 못하다. 그러나 움직일 수 없는 정직함, 진보적 입장을 가지고 있다. 두 개의 점에 있어서 확실히 그러하다. 하나는 반파시즘, 그리고 마르크시즘(코뮤니즘)에의 방향을 확실히 하게 만드는 것이다. 지금 하나는 지식계급을 지식계급으로서 독립시켜서 보는 것이 아니고, 노동계급과 함께 한다는 결의를 보이고 있는 것이다. 일본의 경우는 사회정세의 급변에 의해 마르크시즘이 세력을 잃었을 때 주창된 것으로 어떤 객관 사정에 의해 촉발된 것이 아니라 일련의 작가, 평론가들의 「夜店 상인식의 팔아넘기는 것」에 그치고 있었다. 船橋들에 의해 자주 주창되고 있는 일본 행동주의는 무엇보다도 우선 마르크시즘의 반대물로서 나타난 것이다. 여기로부터 大森는 조급히 일본 행동주의가 파시즘에 이르는 가능성을 끄집어 내고 있다.

소위 행동주의가 파시즘에 이르게 될 가능성은 그 자신 속에 충분히 있다. 제일로 일본의 소위 행동주의가 反 파시즘적이라는 것이다. ─이미 봐 온 바와 같이 근본적으로는 파시즘이냐 마르크시즘이냐 하는 식으로 문제가 되고 있는 오늘날, 반파시즘의 길이 철저하면 철저할수록 파시즘에 이를 수밖에 없다는 것이다.

이렇게 하여 大森는 吉川英治의 일본청년문화협회의 운동을 예를 들면서 지금 당장 문단에는 吉川들의 뒤를 따르는 자는 나오지 않을 것 같다고 하였다. 그러는 동안 속속 추종자가 나오게 될 것이다. 우리들은 그것에 대해서 지금부터 경계할 필요가 있다고 하면서 암암리에 행동주의 향방이 그것에 있다는 식의 말투로 이 一論을 맺고 있는 것이다.

6) 예술파의 능동성

大森의 論은 다양하게 전개되고 있는데, 요컨대 일본 행동주의의 주장은 기본적으로 반마르크시즘이기 때문에 반동적이라는 것에 있다. 여기에 大森에 의해 대표되는 당시 어떤 종류의 마르크시트도 독선적 태도가 문제였다. 반마르크시즘이 바로 파시즘으로 통한다는 지나친 자부심의 迷妄에 대해서는 조금의 반성도 보이지 않았다. 大森는 자주 프랑스 행동주의의 정당성에 대해 설명하고 있었고, 일본과의 차이점에 대해 지적하고 있었다. 프랑스에 있어서 마르크시즘(코뮤니즘)과 일본과의 차이점에 대해서는 생각해 본 일조차 없다는 것이다. 무엇보다도 우선 반마르크시즘 즉 파시즘이라 할 때, 단순한 독선론을 마르크시즘 그 자체로 봐야 하는지가 문제였다. 大森에 의해 전형적으로 나타난 일본 마르크시즘의 독선적인 경향이 파시즘에 대한 국민적 저항에 있어서 하나의 장애였던 것이다.

船橋聖一도 『예술파의 능동』(『行動』 소화10년 1월호)에서 이렇게 말하고 있다. 프롤레타리아 문학의 정치주의에 대한 저항으로 생겨난 예술파가 오늘날 반드시 예술성의 저항이 없는 사회 정세에 있어서는 어떠한 방향으로 가야 할까. 이것은 예술파 내부의 중요한 주제였다. 프롤레타리아 문학이라는 장애가 없어지게 되어 좋다는 생각은 착오인 것이고, 반동이 된다는 사실을 인지해야 한다. 그는 여기에 예술파의 능동성이 주장되는 이유가 있다고 해서 다음과 같은 결론을 이끌어 내고 있다.

> 예술파는 종래의 사명이었던 저항 정신으로부터 시작하였고, 또한 그것으로부터 움직이지 않으면 안 된다. 문학 그 자체의 입장으로 되돌아가지 않으면 안 된다. 프롤레타리아 문학에 대한 안티테제의 입장이 아닌 진테제의 입장에 서지 않으면 안 된다.

원래부터 이러한 결론이었다 하더라도 그것은 너무나도 애매하고

추상적이었다. 문학 그 자체가 가지고 있는 본래의 입장으로 되돌아
가던가, 프롤레타리아 문학에 대한 진테제의 입장에서 보더라도 구
체적으로 무엇을 의미하는 지가 지극히 막연한 것이다. 그러나 효論
전체를 통해서 알 수 있는 것은 프롤레타리아 문학이라는 대립각이
사라진 현재 주의하지 않으면 또 반동이 되기 쉬운 것에 대해 스스
로 경계심을 갖자고 하는 것은 명료하다. 의식하지 못하더라도 반동
이 되는 것에 대해 스스로 두려워하고, 경계하는 문학자를 大森는
파시즘이라 지칭하고 있는 것이다. 더구나 한쪽에는 파시즘에 의해
침략전쟁 준비가 착착 진행되고 있을 때였다. 원래부터 船橋들의 행
동주의를 지목해서 반마르크시즘이라고 말하는 것은 맞지 않다. 문
학에 있어서 정치주의에 대한 저항이고 반발이기도 했던 것인데, 프
롤레타리아 문학의 패퇴와 함께 파시즘 탄압 속에서도 지식계급의
자주성을 추구하려는 자각임에 틀림없다. 大森가 『소위 행동주의의
迷妄』 속에서 공격하고 있는 船橋의 言説 등은 모두 그와 같은 요구
에 근거한 것이라 해도 좋다. 예를 들면 『리베라리즘 再論』(『文芸』
소화10년 1월호)에서 이전 프롤레타리아 문학에 있어서 모든 작가,
평론가가 직접 정치 운동에 참가하도록 요구받고 있었는데, 이 「인
텔리겐차에 대한 기계적인 계급이론의 적용」이야말로 오늘날 지식
계급이 빠져있는 비참한 상태의 원인이 되고 있다는 지적에 대해서
도 大森는 이 공격은 반드시 틀린 것이 아니라면서도 「문제는 船橋
君이 마르크시즘의 근본 이론, 즉 일반적으로 계급에 관한 것만이
아니라 지식 계급에 관한 근본 규정을 긍정하느냐에 달려 있었던 것
이다」고 꾸짖고 있는 것이다.

7) 행동주의 발생의 근거

이 사정은 春山行夫가 『신프롤레타리아주의 문학의 동향』(『文芸』 소화10년 1월호)에서 행동주의는 마르크시즘에 대한 지식계급의 비판에 근거한다는 말을 예로 들어서 마르크시즘과 프롤레타리아트는 서로 어울릴 수 없는 적이라 부르는 것과 그대로 조응한다.

마르크시즘 공식론의 강제성에 저항하는 것은 전부 마르크시즘의 적이었던 것이다. 船橋가 『리베라리즘 再論』에서 「인텔리겐차로서의 자신 또는 작가로서의 자신에 전폭적인 신뢰를 보낼 수가 없었고, 양심적이라는 감상주의에 만족하려는 리베라리즘」—좌익 이론에 대한 열등의식으로부터 벗어날 수 없었던 리베라리즘을 자기비판하고 있는 것도 또한 능동 정신의 문학이론이 종래 프롤레타리아 문학에 대한 是正이라 말하고 있다(『東京日日新聞』『능동정신에 대해서』 소화10년 11월)는 것도 大森로 대표되는 독선적인 좌익 공식론에 대한 비판과 반발임에 틀림없었던 것이다.

능동정신의 주장 또는 행동주의에 대한 마르크스주의자로부터의 공격은 大森에 그치는 것이 아니다. 『각 인물의 말투』(『新潮』 소화10년 3월호)의 岡邦雄는 船橋, 靑野들의 공격에는 미치지 못하지만 大森의 말을 일축해서 「우리들은 우리들의 공식에 서서 생각해 보면 행동주의 문학을 완전히 프랑스도 일본도 아닌 것으로 부정하는 자이다」고 비난하면서, 「이러한 뿌리도 없는 문학론을 가령 잠시라도 꽃을 피웠던 적이 있었지만 그러나 지금은 이러한 암울함, 괴로움에 가슴이 먹먹해진다」고 맺고 있다. 같은 마르크스주의라도 戸坂潤은 행동주의 발생의 근거를 구체적으로 이해하고, 파악하고 있는 듯이 보인다. 戸坂에 의하면 일본 행동주의는 「하나의 사정에 두 개의 측면」이 함께 발생한 것이라고 말하고 있다. 하나는 마르크스주의 퇴조라는 객관적 사실인데, 지금까지 주관적으로 마르크스주의 또는 마르크스주의적 문학활동의 주류에 의해 압도당하고 있던 비마르크스주의적 내지는 반마르크스주의적이기도 했던 一群의 문학자들이 비로소 일종의 자유와 의욕을 다시 살릴 수 있다는 의식을 희미하게나마 자각하기 시작했다는 사정이다. 또 하나는 마르크스주의 퇴조의 원인이기도 했던 파시즘의 폭력을 일본 상황에 입각하여 자각하지 않을 수 없었다는 사정이다. 『일본 행동주의 문학에 한정해서』(『新潮』 소화10년 2월호)에서 尸坂는 이상과 같이 말하고 있다. 그러나 이들 一群 문학자는 파시즘의 폭력에 대한 자각보다도 마르크스주의 문학운동(尸坂는 프롤레타리아 문학을 마르크스주의 문학으로 부르고 있다)의 정신적 압박감에서 해방을 느꼈다고 하는 편이 훨씬 정확하다고 尸坂는 보고 있을 것이라는 『인텔리 의식과 인텔리 계급설』(『文芸』 소화10년 1월호)에서 그 전에도 한번 지식계급에 대한 논의가 행해진 적이 있었다. 그러나 그 때와 현재는 사정이 다르다는 것을 지적하고 있다. 그 때는 인텔리가 자기 자신에 대한 회의, 불만, 때로는 자신조차 문제 제기의 심리적 동기가 되었던 것처럼 보인다. 현재 보이고 있는 풍조는 그것과는 다르다. 문학이 정치와 마르크스주의 감시로부터 해방되어 문학자가 안심하고 있다는 낙관 상태가 다시 인텔리 문제를 다시 검토해 볼 수 있는 용기를 그들에게 주고 있는 것이다. 그러니까 가령 오늘날의 고뇌를 말하는 어떤 문학평론가도 불안에 떨고 있는 전향 평론가들도 전체와의 관련에 있어서는 결코 비관적인 것만은 아니다. 이전과는 달리 그들의 고뇌와 그들의 불안은 오히려 불안주의라는 곳으로 확대되는 느낌을 던져주었다. —大森나 岡와는 달리 尸坂의 비판은 이와 같이 구체적이면서도 현재의 사태에 대한 정확한 통찰에 근거하고 있다. 『일본 행동주의 문학에 한정해서』 에서는 앞의 論에 계속해서 요컨대 인텔리 문제의 요점을 「인텔리겐차의 주체적 조건」에 걸려있는 문제라고 지적하고 있는데, 인텔리의 적극성은 인텔리겐차의 인텔리젠스를 주체적으로 문제시하고 있는 것에 의해 비로소 해결해 나갈 수 있다는 것이다. 따라서 문제를 객관적이고 일반적으로 제기된다고 한다면, 인텔리겐차는 적극적인 것도 능동적인 것도 있을 수 없다고 말하고 있다. 말할 나위도 없이 大森 類의 공식적 비판의 맹점에 대해 지적한 것이다. 그곳으로부터 戸坂의 결론이 나오는 것이다.

井伏 씨들 문학자들은 말할 나위도 없이 인텔리겐차의 문제를 자신들의 문제로서 취급하고 있는데, 그들은 어리석은 문학자이기 때문에 인텔리겐차 문제를 문학자, 작가 중심으로 생각하려는 것 같다. 즉 인텔리젠스라 하면 그들에 있어서 무엇보다 작가적 인텔리젠스가 되는 것이다. 그러니까 이 인텔리젠스의 자각으로서 나타나는 행동주의가 된다는 것도 우선 창작방법을 생각하지 않으면 안 된다. 大森 씨가 이러한 관계에 근거해서 행동주의는 2, 3의 문학자가 자신들 주관적으로 말하기 시작한 것에 지나지 않는다고 할 수 있다.

船橋들 행동주의의 주장이 예를 들면 靑野가 기대하는 바와 같이, 파시즘에 대해 저항하는 모습은 보다 많이 작품제작의 수단으로 여기는 것을 의미하는 것으로 戸坂는 보고 있는 것이다.

8) 행동주의자의 인텔리 옹호

일본 행동주의를 일종의 낭만주의적 풍조로 보고 있는 것에 矢崎彈이 있고, 또한 森山啓가 있다. 矢崎는 이것을 「네오·로맨티시즘에 의한 움직임」이라고 보고 있고, 森山는 「반현실주의의 로맨티시즘」이라 규정하고 있다. 『행동주의·신낭만주의 비판』(『文芸春秋』 소화10년 1월호)의 勝本清一郎도 같은 의견인데, 德永直, 森山啓, 窪川鶴次郎들이 행동주의를 무조건적으로 비난하고 부정하는 것에 대해 의문을 표시하고, 그들을 무조건 적시해서는 안 된다고 말하고 있다.

勝本가 말하기를 船橋의 소설 『다이빙』은 처를 스프링 보드로 삼아 세상에 적극적으로 다이빙하려는 남자의 기분을 행동적 의욕의 표출로만 보는 것에 그치고 있어서 그가 어떠한 사회세력을 적으로 보고, 어떠한 방향으로, 어떠한 행동을 하고 싶어 하는지 전혀 추측이 가지 않는 작품이라 하였다. 芹沢光次良의 『소금 단지』를 보더라도 그 의식이 느끼는 정도는 크게 변함이 없다. 굳건한 행동력을 가지고 있는 代議士에 마음을 빼앗기고 있는 인텔리겐차의 마음을 그리고 있는데, 이 代議士의 입장은 현실 일본에 있어서 파쇼인지, 아니면 소위 신관료주의인지, 부르주아 민주주의자인지, 좀더 다른 자유주의자인지, 전혀 구별이 가지 않는다는 것이다. 요컨대 그들 낭만주의적 풍조가 가지는 정체는 이러한 정도에 불과하다는 것이다. 더구나 이들이 보다 진보적인 방향으로 다음 단계를 내딛는 것은 실로 용이하지 않는 사회적 정세에 이런 풍조가 드리워져 있다는 것을 의미한다는 것이다.

『都新聞』(소화10년 1월 21일)에『이 무렵의 문학적 감상』을 싣고 있던 中野重治는 작년 가을 陸軍省의 특별 지명으로 정식 초대를 받은 吉川英治 외에 5명의 작가가 일본에서 처음으로 육군 특별 대연습에 참가한 것에 의미를 두고 있다. 그 위에 그는 능동주의자 및 능동주의에 대해 언급하고 있다.

　나는 지금의 문학적 능동주의자 중에 사실상의 수동정신과 함께 하는 참다운 능동정신—역사의 흐름을 사실상 추진하고 있는 진보적인 요소를 간과할 수 없기도 하고, 그것을 높이 평가하고, 그것의 발전을 강하게 비는 것이다.

이와 같이 말하고 계속해서 그는 언급한다.

　능동주의가 가지고 있는 진보적인 요소와 함께 공존하는 보수적이고 반동적인 요소로부터 轉化하지 않고, 단지 능동주의에서의 일반적인 요소로 낮게 평가한다는 것은 나에게는 불가능하다. 그것은 이 진보적인 요소가 지니고 있는 성격을 오늘날과 비교하여 평가하지 않고서는 우리들 자신, 자신의 능동정신을 질적으로 높일 수가 없기 때문이다.

이 논의를 전면적으로 전개한 것이 『3개의 문제에 대한 감상』(『文学評論』 소화10년 2월호) 속의 『문학상의 파쇼와 능동정신』의 一篇이다.

中野에 의하면 大森가 말하는 대로 능동정신이 있는 자는 지식계급 독립론과 약한 반마르크스주의를 표명하고 있다는 것이다. 그러나 그것이 그들의 전체는 아니다. 그들은 그 논리의 모순에도 불구하고 다음과 같이 말하고 있다. 中野는 船橋의 말을 인용한다.

소설가가 만일 존경을 받는다고 한다면 결코 이유는 그것들(머리가 좋은 것, 소설이 뛰어난 것, 학문이 있는 것)에 있는 것이 아니라, 민중 또는 인류를 위해 자신을 희생하여 가장 거짓이 없는 진실된 생활을 위해 싸우는 것이야말로 존경을 얻을 수 있는 것이 아닐까. 이것은 일반적으로 잊을 수 있는 것이다. (『작가 생활에 대해서』『行動』소화10년 2월호)

부르주아지에 대해서 필요한 것은 지금까지는 지식인에 있어서 재능을 발견하기보다 복종과 유순이고, 문화의 계승자로서의 소극적인 기술과 철저한 예속이 요구되고 있는 것이다. (중략) 그러나 거기에 (프롤레타리아 문학에 대한 저항의 「예술파」로서)언제까지나 그대로 서 있는 것이 문학 전체의 전진인 것이고, 진보적인 동향에 대해서 이번에야말로 크게 잘못된 것이고, 완고한 반동이 될 것이라는 것을 예술파는 명료하게 기억해야 할 것이다.(『예술파의 능동』『行動』소화10년 1월호)

계속해서 芹沢도 인용한다.

소설가에게는 쓰는 것만이 구원이나 안심이 되는 것은 아니다. 소설가에 있어서 현실은 단지 자연스러워서는 안 된다. 소설가는 이러한 현실(자연)과 또한 이러해야 할 현실(윤리) 사이에서 자신의 창작 속에 이러한 두 개의 모순에 대해 타협해 가지 않으면 안 된다. (중략) 요즘은 이것에 대해서 깊이 생각하지 않는 젊은 작가가 많을 것이다. 그런 고로 소설가에게 여러 가지 작품 이전의 문제가 무겁게 다가오는 것이다. (『文芸時代』『新潮』소화9년 11월호)

이것을 인용한 위에 中野는 이렇게 말하고 있다. 물론 이들 말 전체가 아닌 부분이다. 그러나 능동주의를 일반적으로 반동으로 규정짓고 있는 大森는 사실상 그들 속의 이러한 부분도 말살하고 있다는 것에 대해 부정하지 않는다. 또한 中野는 永井街子를 인용한다.

　거기서 인텔리겐차는 그 밖에는 길이 없을까 하고 물었을 때 자기 자
신을 지키는 수밖에 없다고 말하는 지극히 평범한 그러면서 성실하게
개인주의적인 이해에 입각해서 인텔리 옹호를 부르짖게 이르렀다. 거기
서 능동정신이라는 계급을 무시한 주장에 의해 우익적이 되려고, 혹은
당연한 프롤레타리아적인 말을 사용하려고 이것과 전혀 상관없는 편의
주의에 빠져 버렸던 것이다. 단지 이런 편의주의가 프롤레타리아 및 진
보적 인텔리겐차에 대해 아무런 도움도 되지 못하기도 하고, 그들이 던
지는 좌익적 언사 때문에 그들도 또한 우리들 편이 아닐까 하고 망설일
필요가 없는 것이다.(『능동정신에 대해서』 『婦人文芸』 소화10년 2월호)

　永井의 행동주의 비판에 대한 中野의 의견은 이러하다. ―그들 행
동주의자는 「자기 자신을 지키는 것이 무엇보다 중요한 것이라고
말하는 지극히 평범한 그러면서도 진실로 개인주의적인 이해에 입
각해서 인텔리 옹호를 부르짖기에 이르렀다」. 그러나 이 외침은 부
르주아지에 대한 소 부르주아지로서의 반항, 부르주아적 문화 반동
에 대한 지식 · 문화 옹호를 위한 소 부르주아적 반항으로서 나타나
고 있다. 문제는 그들 말에 있어서의 지리멸렬함에 있는 것이 아니
라, 이론적 지리멸렬함과 반 프롤레타리아트적 성질을 가지면서도
또한 부르주아적 반동에 대한 저항정신으로 등장하고 있다는 점에
있다. 만일 부르주아지에 대한 부분적 반항이 완전히 프롤레타리아
적이고, 마르크스주의적이었다면 프롤레타리아트와의 동맹은 있을
수 없다. 구별이 있기 때문에 동맹이 있는 것이다.
　永井의 행동주의 비판은 大森와 연결되는 것이기 때문에 좌익의
공통적인 것이라고 해도 좋다. 大森의 경우는 그것을 전형적으로 노

출시키고 있는 것이다. 일본 좌익에 공통적으로 존재하고 있는 이러한 생각, 이러한 태도에 대한 中野들의 비판을 좀더 내면화하고, 반성하는 형태로 이어 간 것이 전후 10년의 小田切秀雄였다. 小田切의 『인간의 신뢰에 대해서』 『제휴의 인간적 근거』 등은 中野의 이러한 생각을 새로운 조건하에 전개할 수밖에 없다는 것을 말한다. 小田切는 이들 논문에서 공산주의자가 가지고 있는 말할 수 없는 우월감과 그것과 함께 하는 진보적 인텔리겐차의 공산주의에 대해 말할 수 없는 열등감을 문제로 삼고 있다. 이 양쪽의 콤플렉스가 얼마나 일본 정치운동이나 문화운동을 왜곡시켜 왔는지는 측정할 수 없을 정도로 깊다. 특히 小田切가 문제로 삼고 있는 것은 공산주의자의 일부에 뿌리 깊게 내려있는 「생활적·사상적 퇴폐」에 대해서 이다. 小田切에 의하면 「퇴폐와는 관련이 없는 마르크스주의라는 사상체계를 믿고, 스스로 자신의 생활 및 사상은 건강하다고 믿고 있는 퇴폐」이다. 그 최적의 예가 행동주의 비판에 있어서 大森일 것이다. 大森가 공산주의자인지는 모른다. 그러하던 그렇지 않던 일본 공산주의자 일반의 약점을 노골적으로 드러내고 있는 것은 변함이 없다.

大森의 행동주의에 대한 「공식적, 추상적, 방관적, 노동파적」 비판을 반박해서 왜 프랑스 행동주의의 대표적 작품인 안드레·마르로의 『정복자』에 대해서 논급하지 않는가 하고 발언한 사람에 藤森成吉가 있다.

『행동주의 비판』(『文芸』 소화10년 4월호)에서 藤森는 『정복자』를 읽고 깊은 감명을 받아 이것에 의해 프랑스 행동주의의 근저를 처음으로 알았다고 말하고 있다. 주인공 가린의 의욕과 힘은 어디로부터 오는 것일까. 그것을 추구하여 「이 세계의 공허함을 확실히 의식하지 못하고 또한 그 盲執 없이는 우리들 힘은 생겨나지도 않고, 참다

운 생활이라는 것은 있을 수 없다」는 것에 대해 쓰고 있다. 그리고
프랑스 행동주의 이론이 종래의 인텔리겐차적 관조의 쇠사슬로부터
자신을 해방시키려는 하나의 시도인 것을 다시 확인하고, 거기에 나
름의 의미를 발견하려 하고 있다.『정복자』에 의해서 프랑스 행동주
의의 사회적 실천에 대한 근원에 일종의 허무감을 발견할 수 있다는
것은 올바른 판단이었다고 봐야 한다. 그러나 문제는 일본의 행동주
의이고, 일본의 능동정신이다. 프랑스가 어떠했든 소화9년부터 10년
에 걸쳐서 더욱 확대되어 가고 있던 일본의 대륙침략에 수반하는 정
치적 사회조건 속에서 일본 문학자가 주장하는 능동정신 및 행동주
의의 규명이야말로 당면한 문제였던 것이다.

9) 小松淸의「이론 체계」

  프랑스 행동주의의 최초의 소개자인 小松淸가『능동정신과 문학
적 실천』(『文芸』 소화10년 4월호. 이것은 후에『행동주의 이론』이라
改題되어『능동주의 팜플렛』에 수록되었다)이라는 행동주의에 관한
이론적 해설을 쓴 것은 大森가「일본의 소위 행동주의는 독자 제군
이 이제까지 봐온 대로 완전히 지리멸렬이다. 어떠한 이론 체계도
갖고 있지 못하다. 모조품, 가짜와 같은 粗惡함이다」(『소위 행동주의
의 迷妄』『文芸』 소화10년 2월호)고 미리 못을 박고 있는 것에 대항
하려고 했기 때문이었다. 프랑스 문학에 있어서 처음으로 행동주의
발생의 사적 고찰로부터 출발해서 행동주의의 철학적 근거, 예술적
영역에 있어서 행동주의의 입장과 그 가능성에 대해 서술하고 있다.
나름의 체계를 정비한 행동주의 해설인 것이다. 그러나 이것은 프랑

스의 행동주의 것이지, 일본 것은 아니다. 여기서 小松의 해설 속 主
要 부분을 끄집어 내면 다음과 같다.

一, 행동적 휴머니즘은 초현실파에 대해 理智 및 의지의 중요성을 강
조하고, 주지주의에 대해서는 인성의 비이지적, 또는 반이지적 현실의
힘을 주장한다. 이 태도는 주지주의와 반주지주의의 절충으로부터 생겨
난 것이 아니라, 확대되고 심화되었고 따라서 더욱 유기적인 통일 속에
나타나는 의식적 인식에 의해 촉발된 통합적 태도이다.

二, 행동주의 문학은 종래 여러 문학 형식에 보이는 바와 같이, 인간
의 이지적 통제에 의한 인간성의 전체적인 상황에 대해 믿고 있지 않다.
그러기 때문에 예를 들면 행동주의에 있어서는 소설의 구성은 개념적으
로 양식화된 의도적인 합리적 발전이 사라지고, 그 반대로 매 순간마다
그 형식을 재구성해 가는 자발적인 창조적인 전개가 이루어진다. 이것은
소설 구성에도 타당할 뿐만이 아니라, 소설에 있어서 인물의 생활적인
모습에 있어서도 그러하다. 또한 이것은 문학적 행동에서만이 아니라,
모든 예술행동에 있어서도 같은 현상이 나타나 동기 또는 의도적인 순
간이 제작 동기로 나타났을 때, 매 순간마다 나타나는 비약적인 변화나
섬광에 의해 창조적이고 행동적인 진실이 입증되는 것이다.

三, 행동 휴머니즘에 있어서 개인주의는 17세기 휴머니즘의 근대적
인 의미에서의 연장이 아니라, 적어도 혁명과 기계를 알고 거기에 제재
를 받은 많은 사회적 또는 전체적 조직 속에서의 의식 있는 개인주의이
다. 즉 고립적이고 정적인 자아의 의식이 아니라, 전체적인 종합 속에 스
스로를 의식하고 전체적 환경의 발전과 함께 자아를 새롭게 구성하고
창조해가는 것을 희망하는 상관적, 능동적 자아의 의식이다. 그런 고로
문학적 행동주의는 많은 사회성과 또는 혁명주의적 입장을 취한다.

四, 행동주의는 인간성의 원시성(예를 들면 에로티시즘)과 근대문화의
물질로서 스스로를 훈련한다. 즉 행동주의는 육체와 기계의 발견에 의해
그것들에 의해 작용되고 또한 반작용하는 개인의 감성, 지성, 의욕의 방

향과 상태를 표현함으로 해서 근대적 인성을 계시한다.

小松는 이상과 같은 프랑스 행동주의의 이론에 의해 일본의 행동주의가 어떻게 다른 것인가를 분명히 하고 싶었을 것이다. 그러나 이것은 오히려 당연한 것이었다. 17세기 이래의 휴머니즘 전통이 파시즘의 대두에 의한 사회적, 정치적 불안에 직면해서 질적 변환을 이루었던 프랑스 행동주의가 전통의 지반을 가지고 있지 못하는 일본에는 있는 그대로의 형태로 나타날 수는 없다. 小松의 해설에 의해서도 프랑스 행동주의가 얼마나 깊게 그 나라의 문화 전통과 연결되는지를 생각하지 않을 수 없다. 예를 들면 프랑스 행동주의가 「인간의 이지적 통제를 통한 인간성의 전체적 파악」에 대한 반항으로 나타나고 있다는 점에서, 일본에서는 반항하지 않으면 안 될 정도의 「이지적 통제를 통한 인간성의 전체적 파악」이 필요없다는 것이다. 河上徹太郞가 『행동주의에 관한 한 私見』(『文芸』 소화10년 4월호)에서 「행동주의가 입에서 나온 것은 일본 문단에 있어서 실증정신의 결핍에 대한 반동이다」는 생각이 바르다고 한다면, 사정은 프랑스와는 반대라고 봐야 한다. 문예의 전통에서는 다른 사정이 있고, 당면한 사회적 정치적 사정에 있어서 어느 정도 공통적인 곳이 있는 행동주의였다고 한다면 프랑스와 닮아 있어서 비난하는 것은 옳지 않다. 문제는 당시 일본 사회에서 그러한 것이 어떤 의미를 지니고, 어떤 역할을 하려 했던가가 문제이다.

그러니까 小松가 『행동주의의 사회적 전망』이라는 副題를 가진 『大森義太郞씨에의 공개장』(『行動』 소화10년 3월호)에서 『지드에의 공개장』이나 『불문학의 한 転機』에서 일관되게 보이고 있는 프랑스 지식 계급의 태도는 무엇보다 파시즘에 대한 반대였다. 프롤레타리아와 협력하고 있던 일본 지식 계급인의 일부가 그러한 곳에 큰 충격을 받았다고 한다면 그들의 반발은 그 발생적 동기와 사상적 기초에 있어서는 당신들이 마음 아파하는 것처럼 파쇼적 반마르크시즘적 경향을 띠는 것이 아니라는 것은 앞의 이유로부터는 단언할 수 없다는 것이다. 그러면서 이것에 계속해서 그는 말한다.

솔직히 말해서 나는 그것들이 프롤레타리아 방향에로 나아가야 할 이데올로기 입장에 서지 않으면 안 되는 것이지만 그러나 그것은 반드시 일본 마르크스트들이 직접적인 제휴를 제기한 것은 아니라고 본다. 왜냐하면 현재 느슨한 결성과 조직밖에 없는 일본 프롤레타리아 중에서도 거의 지도능력을 가지고 있지 못하는 마르크시트(중략)들과 협력하는 것은 즉 스스로의 존재를 부정하고, 그 생장이 절멸할 수밖에 없다는 것이다.

이상과 같이 말하고 있는 것은 이 경우 중대한 발언이라 볼 수 있다. 이것에 대해서 大森는 다음과 같이 응수한다.

일본 능동정신이 프롤레타리아 운동에 의해 뒷받침되지 못하는 결과는 프랑스의 행동주의와는 달리, 진보적이기 위해서는 가장 중요한 프롤레타리아와의 협력이라는 것을 잊고 있습니다. 지식계급이 지식계급으로서 프롤레타리아트와는 별개의 길을 나아가려 하고 있습니다.

변함없이 똑같은 사항을 되풀이 하고, 잘못된 것은 전부 상대방에게 있는 것처럼 말하는 독선적인 언동에는 조금도 변함이 없다는 것이다. 小松가 제기한 중요한 문제는 마르크시즘의 이론을 대중 앞에 확립하는 것이 무엇보다도 필요불가결하다는 취지를 강조한 것에 지나지 않는다.

10) 線香 불꽃처럼 사라진 행동주의

일본 행동주의가 이론적 체계를 가지고 있지 못하다는 비난에 대해서는 靑野季吉의 『행동주의의 문학적 실천에 대해서』(『文芸』 소화10년 4월호)가 그것에 대해 대답하고 있다. 靑野에 의하면 일본 행동주의가 이론 체계를 형성하지 못하는 것은 결코 이 정신의 허망함을 말하는 것은 아니다. 반대로 그것은 그 정신의 필연성, 진실함을 이야기하는 것이다. 일본의 능동화된 문학자 인텔리가 똑같이 프랑스의 행동주의 문학과 이론을 그대로 받아들여서 갑자기 그 이론체계를 맹종하려 하고, 그것에 의해서 기성의 완성된 이론의 공격에 저항하려는 그것이야말로 이상하다고 하지 않으면 안 된다.

이 나라의 능동정신은 자기를 조정하고, 고양하고, 조직화하는 금후 과정에 있어서 행동주의 문학과 이론으로부터 큰 시사를 받아 성장해 갈 것이다. 그것은 당연하다. 그러나 그것과 동시에 자신의 진보성을 확보한 위에 마르크스주의 문학과 이론으로부터도 배워야 할 많은 것이 있다. 이러한 과정은 그 나라의 지식인이 처해 있는 특수한 조건과 특별한 전통이 그러한 사실을 말해주는 것이다. 나는 그 과정이 급속도로 진행되고, 또한 급속도로 진행되어질 위험성을 간과할 수 없다는 것이다. 그러한 결과는 능동정신의 왜곡을 가져올 것이고, 가능성이 있는 발전을 저해하게 되는 것이다.

그러나 靑野의 이 경고가 최후로 있은 이후 일본 행동주의는 향불처럼 사라졌다. 그리고 이것에 대신하여 다른 향불——橫光가 점화한 순수 예술론 방향으로 일본 문학자의 관심은 옮겨가고 있었다.
프랑스만큼 전통 기반이 일본의 경우는 부족한 면이 있기는 하지만 三木淸가 말하는 것처럼, 「능동정신 그 자체는 오늘날의 능동정신보다 훨씬 넓고, 깊고 또한 능동주의가 제창되기 훨씬 이전부터 존재하고 있었던 것이다. 그것은 바로 불안이라고 불려지고, 곤혹이라고 불려지는 것으로 표리를 이루고 있는 것인데, 본래는 이미 그 속에 있었다」는 것이다. 또 하나 靑野에 의하면 「능동정신은 일본 지식인의 불안과 곤혹을 지반으로 하여, 지식인으로서의 자기 검토를 위해 대두한 정신이라 할 수 있는데, 거기에 이 정신의 무게와 깊이가 함축되어 있다」(『행동주의의 문학적 실천에 대해서』는 것이다. 그러나 일본의 능동정신 또는 행동주의는 급작스럽게 불타오름과 동시에 사라져 버렸다. 그리고 그 흔적에는 많은 문제가 그대로 남아 있다. (臼井吉見, 「근대문학논쟁 上」筑摩書房, 소화31년 10월, 참고)

6 고대사 논쟁

1) 戰前의 경우

일본에 있어서 고대사 논쟁은 1920년대 말부터 40년대에 걸쳐 행해진 소위 「아시아적 생산양식 논쟁」에 유발되어 직접적으로는 1932년 2월 소련의 레닌그라드에서의 「아시아적 생산양식」(『歷史科學』 1932년 9월호 무川二郞 번역)이 소개되자 활기를 띠게 되었다. 주요한 논쟁은 일본 고대사회 구성론 및 일본 고대의 노예제에 대해서였다.

1936년 12월 伊豆公夫는 논쟁이 개념 규정 혹은 현실의 정치적·사회적 삶과 관련되는 실천적인 면을 떠나 쓸데없이 다른 것에로 빠지는 경향을 지적하고, 현실에 대한 이론을 정립하는 일이 너무 늦다고 비판했다. 이와 같은 伊豆의 역사 인식은 1935년 프랑스에 인민전선이 결성되고, 코민테른 제7회 대회에서 인민전선 전술이 채택되었던 것에서 출발한다. 또한 중국공산당도 8·1 선언을 발표하면서 통일 抗日을 호소하고 있었고, 일본도 천황기관설 문제를 계기로 「国体明徵」 운동이 일어나 내각조사국이 설치되어 혁신 관료의 활동이 시작되면서 相沢 사건이 일어나게 되고, 군부 내의 파쇼적 지도권 싸움이 일어나는 시대적 배경으로 하고 있었다. 그리고 그의 눈에는 이미 1937년의 近衛 제1차 내각 성립에 이어 중일전쟁이 시작되고 있었던 만큼 그 현실에 대한 실천의 史眼은 더한층 엄격해진 것이었다고 할 수 있다.

渡部義通는 아시아적 정체성론의 극복에 그 제1 주안을 두고 있었는데, 그것을 위해 그는 우선 「세계사 과정의 보편적 법칙」의 관철을 위해 최선을 다했다. 그렇기 때문에 그의 고대사회 연구는 「원시 씨족 사회보다 노예사회에로—세계의 어느 나라도 필연적으로 그렇게 걸어왔던 이 구성사적 層序가 일본에도 継起하지 않을 수 없었다」는 것을 추구하고 있다. 그 방법적으로는 「보편성은 항상 특수 형태 속에서 구현한다. 세계사적 법칙은 각국의 구체적 역사 조건에 조응해서 각각 변화한 형태」로 관철되어 구체화되고 있는 것이라고 말하면서 「노예제의 일본적 형태」론을 주장한 것이었다. 확실히 渡部는 아시아의 여러 가지 역사적 특징을 재료로 하여 그 고유한 발전을 추구한다는 비세계사적 자가당착에 빠지는 방법은 쓰지 않았다. 그러나 그것은 언제나 그리스·로마적 형태가 일본 고대사회의 기준으로서 작용하고 있었는데, 「동양 여러 나라의 노예 소유자의 구성과는 필연적으로 다르다」고 단언하게 된다. 즉 일본 고대사회와 세계사적 관련은 渡部의 경우 유럽 고대세계와 연결은 있을 수 있어도, 그 중간의 관계라 할 수 있는 사실상 일본과 밀접한 관계를 맺고 있던 중국·조선은 빠졌다. 이러한 개념 操作의 사고는 福田德三가 독일 역사학파의 태두인 프렌타노의 독일 봉건제의 강의를 듣고 일본의 봉건제와 궤를 같이하고 있다고 경탄한 사실이나, 혹은 稲葉岩吉가 조선사에 있어서 봉건시대 말살을 조장하는 것 같은 위험성을 내포하는 것이었다.

1936년 12월에 停刊된 『歷史科学』의 후계지 『歷史』 1938년의 「일본역사의 특수성」 특집호의 秋沢修二 논문은 일본사회의 후진성을 인정하면서도 「支那 사회의 아시아적 정체성」은 일본의 후진성과는 다른 것이라고 말한다. 그러면서 현대도 그 현실적 遺制가 존재한다는 것을 입증하면서 日帝의 중국, 더 나아가서 아시아 침략에 하나의 계기를 주게 된다. 또한 전진적이고 자립적인 일본과의 결합에 의한 支那의 자립화를 의미하는 新東亜 질서의 재편」이라는 일제의 아시아 침략을 합리화하려는 착오의 논리도 끌어내게 된다.

相川春喜는 秋沢의 착오에 빠지지 않고 아시아적 생산양식의 구체적 심화를 행하기 위해서는 일본형의 창출이 필수라고 생각했다. 즉 相川는 착오가 생기지 않게 하기 위해서는 일본 편중(=아시아 여러 나라를 일본 밑으로 보고 경시한다)이 되는 것을 막아야 했던 것이다. 그러나 이 방법론으로는 또 하나의 오류인 아시아적 특수성이라 할 수 있는 아시아가 가지고 있는 일체성은 떨어질 수밖에 없었다. 相川는 「소위 아시아적 공통성에서 인도형・支那型・이집트형 다시 일본형 해석에의 심화―이러한 특수화에 대한 방향이 잡혀져야 할 것이고, 이렇게 해야만 그 일반적인 지위, 세계적인 의의가 규명되는 ―아시아적 특징만이 보편성을 가질 수 있는 ―일본형은 분명하게 되지 못한다. 또한 일본형의 구체적 분석을 뒤엎는 위험마저 수반하」는 것이기 때문에 방법적 시점에 대한 전환을 촉구한 것이었다. 이것이 相川의 생각이었다. 일본형을 가지고 아시아적 특수성=공통성으로 대치한다는 것은 「講座派」 속에서도 山田盛太郎・平野義太郎・小林良正들의 방법론에 근거한 것이다. 그 결과는 아시아적 특수성의 규명, 정체성론의 극복은 결국 해결되지 못하고 전후로 넘어가 버렸다.

2) 전후의 경우

일본의 8·15 패전은 중국 혁명의 진행과 아시아 여러 나라의 해방·승리를 의미했다. 조선전쟁에 있어서 미국 패배는 고대사 연구자에 있어서 아무런 연관이 없는 것은 아니지만 1930년대의 아시아적 정체성론 극복의 과제를 남겨둔 것에 대한 심각한 자기비판을 동반하는 것이었다. 이런 의식에 입각해서 「영웅시대 논쟁」을 시작으로 민족·민족문화를 둘러싼 논쟁이 행해졌다. 이 과정에서 주도적 역할을 한 것은 石母田正와 藤間生大였다. 그들에게는 각각『역사와 민족의 발견』『일본민족의 형성―東亞 여러 민족과의 관련에 있어서―』의 저작이 있다.

그러면 이들 논쟁 전개에는 어떠한 방법과 이론을 가지고 이루어졌을까, 그것을 생각해보자. 그것은 주로 1947년의 마르크스의 遺稿『자본제 생산에 선행하는 여러 형태』에 근거한 것이었다. 또 하나는 「日中分岐論」일 것이다. 石母田가 제창한 이 논쟁에 대해서 鈴木良一가 반론했다. 鈴木는 分岐에 역점을 두는 것은 논리적으로 고대에 있어서의 동일한 유형을 무시하는 것이라고 설명했다. 이 日中分岐論의 개념 설정은 역사발전 과정에 있어서의 전형적인 유럽형이냐 정체적인 아시아형이냐 하는 2개의 길을 규정하는 것인데, 일본의 경우 전자의 과정과 중국에 있어서 후자의 과정을 유도적으로 논증하는 길밖에 없다. 정체성론을 극복할 수 있는 것은 없다.

따라서 日中分岐論이 정체성론 극복을 위한 당면의 과제가 되었다. 門脇禎二는 石母田·藤間들의 「친족 공동체」「가족 공동체」「고대 국가」론에 대해서 「농업 공동체의 아시아적 형태」를 내걸고 생산 관계의 변용을 세대 공동체로 연결되는 가족 구성의 여러 형태·여러 단계의 방법을 취하려고 했다. 이 사회구성을 基底的 시각으로 보는 이론은 고대사회의 기본 모순에 대해서도, 고대 국가론에 관해서도 새로운 이론 발전의 전망으로 비쳤던 것이다. 門脇의 「농업 공동체의 아시아적 형태」의 시각은 기본적으로는 塩沢君夫의 『고대 전제 국가의 구조』에 근거한 것이었다.

그 위에 吉田晶는 塩沢·門脇들의 이론을 발전적으로 받아들여 『일본 고대사회 구성사론』에서 「아시아적 생산 양식이라는 것은 전제 군주 또는 수장에 의해 개개의 공동체 성원에 있어서의 주체적인 토지에 대한 소유관계를 명백히 부정한 소유의 형태를 기초로 해서 성립하고 있고, 그 역사적 성격은 이상과 같은 아시아적 공동체의 존재를 전제로 한 총체적 노예제」라고 규정했다. 즉 塩沢들의 說에 근거하면서 아시아적 공동체의 계급제 특징인 총체적 노예제를 규정하는 것에 의해 아시아적 동일성을 실증하려고 한 것이었다.

3) 1970년대의 경우

이 시기의 고대사에 대한 견해는 시대인식에 뛰어난 근현대사를 전공하고 있는 사람들로부터 도화선이 시작되었다. 그것도 침략한 측의 학자로부터가 아니라 침략당한 측의 근대사가에 의해서 우선 문제가 제기가 된 것은 당연하다고 하면 당연한지도 모른다. 북한의 金錫亨은 1963년 논문 「三韓 三国의 日本列島 내의 分国에 대해서」

에 이어서 1966년에는『초기 朝日 관계사』를 저술했다. 또한 朴時亨
도『광개토왕릉비』를 上梓하고 있는데, 이것이야말로 일본 고대사
에 대한 通說을 뒤엎고 일본고대사는 크게 바꾸지 않으면 안 된다는
문제를 제기했다.

金錫亨의 제기는 4세기 후반부터 2세기 사이에 걸쳐서 大和 정권
이 조선 남부를 지배하고 있었다는 정설에 대해서 史實 및 상황 증
거가 되는 것이 없고, 도리어 역으로 三韓 사람들이 일본에 건너가
서 서일본이나 機内 각지에서 개척의 정신으로 그 역할을 다하고,
分国까지 만들었다는 대담한 것이었다. 이 예리한 핵심을 찌른 물음
에 대해서 일본의 학계에서는 대략 묵살하는 형태로 대응했기 때문
에 아카데미즘이라기보다는 도리어 저널리즘을 활기차게 만들었다.
이것이 또한 60년대 후반부터 일어난「고대사 붐」이 되는 하나의 불
쏘시개 역할이 되었다. 아카데미즘의 침묵 속에서도 直木孝次郎은
조선 측의 학설을 진지하게 받아들이면서「이들 說이 정확하다면 4
세기 말부터 6세기 중반까지 일본이 任那에 거점을 두고 조선 남부
를 지배했다고 하는 통설은 붕괴되고, 일본고대사는 다시 쓰지 않으
면 안 된다. 논의는 또한 지금 진행 중이어서 新説이 모두 바른지
어떤지는 금후의 문제이다. 그러나 이전의 조선침략사관이 전후도
뿌리 깊게 잔존하고 있고, 그 때문에 記紀 비판이 철저하게 끝나지
못하고 있고, 日朝 관계사에 있어서도 많은 문제점을 지니고 있는
것은 사실이다. 반성을 요하는 것이다」고 서술했다.

한편 朴時亨도 광개토왕비의 碑文 중에「倭以辛卯年来渡海破百残
□□□羅以為臣民」이라든가,「倭人満其国境潰破城地」「追至任那
加羅」등의 조항을 새로이「皇国史観」적 입장이 아닌 것에서 다시
읽었다. 예를 들면「百残任那新羅」라는 숨겨진 글자의 보충을 百

殘聯侵新羅라고 보충하고 그 전후를 「倭는 辛卯年에 건너와서 (고구려가) 바다를 넘어 이것(倭)을 쳐부수었다. 백제는 (倭를 끌어들여) 신라를 침략하고 臣民으로 만들었다」 등이 그것이다. 이것에 의해 『日本書紀』를 史実로 여기고 있는 최대의 근거 자료가 되었던 金石 자료의 해석도 一義的이 될 수 없다는 것을 보여주었다.

게다가 해석 이전의 碑文 拓本이 일본에 들어온 경위에 대한 의혹을 제출한 것은 中塚明였다. 이 中塚의 의문을 받아 佐伯有清가 1972년에 비문을 일본에 가지고 온 것은 「酒句景信大尉」라 단정하고 있고, 永井哲雄도 酒句의 행동을 다시 생각해 봐야 한다면서 酒句는 清国에 스파이 활동을 하기 위해 파견된 정보 장교의 한 사람이라는 것을 확실히 했다. 이와 같은 연구의 노력을 자세히 정리하고 실증 검토해 가는 과정 속에 李進熙의 연구 성과가 개화하게 된다. 李進熙는 육군참모본부에 의해 광개토왕비의 「石炭 塗布 작전」이 행해지게 되고, 또한 자의적으로 해독을 한 것에 대해 따졌다. 그러나 在野의 古田武彦이나 井上光貞를 비롯한 학계에서는 李進熙가 주장하는 두꺼운 石炭의 塗布는 찾아볼 수 없었다고 하고 있고, 참모본부의 해독 작업이나 酒句의 스파이 説 등에 대해서도 부정하고 있는데, 「石炭의 塗布 작업이 아니고 이데올로기적 가공」이라고 단정하면서 결국은 공중에 지은 楼閣이라고 다시 반박했다. (松本健一 편, 詳解 現代論争事典, 流動出版株式会社, 1980.1 참조)

7 아시아적 생산양식 논쟁

K·A·빗트포겔의 명저『支那의 경제와 사회』(平野義太郎 번역, 中央公論, 原著 1931년 일본번역 소화9년) 속의 「日本版에 대한 序文」의 冒頭에 대한 인용은 짧은 문장이기는 하지만, 소위 「아시아적 생산 양식론」이 지니고 있는 문제의 많은 것을 시사해 주고 있는 것처럼 생각된다.

원래 「아시아적 생산양식」이라는 개념은 1850년대의 마르크스의 여러 論稿에서 유래한다. 즉 1953년 영국의 인도 지배에 관한 논문, 1957, 8년의『자본제 생산에 선행하는 여러 형태』(草稿) 및 1959년의『경제학 비판』에 나타나고 있는 사고성이 그것이다. 그 중에서도『경제학 비판』서문에 보이는 사회구조와 변화에 관한 記述, 즉 「아시아적」「고대적」「봉건적」「자본가적」이라는 4개의 생산양식의 구분이 후세에 가장 유명한 것으로서 취급된다. 그런데 「아시아적 생산 양식론」과 관련되는 문제점은 이 이후의 마르크스 및 마르크스주의 사고의 도정 속에서 어떻게 취급되어졌는가 하는 것이고, 또 하나는 왜 이 문제가 20세기에 들어와서 현실적 정치문제와 관련해

서 클로즈업되게 되었는가 하는 것이다. 최후의 문제로서는 이 문제
가 戰前 戰後의 일본 사상사에 준 영향도 생각해야 한다는 것이다.

우선 「아시아적 생산 양식론」이 이후의 마르크스 사고의 도정 속
에서 어떻게 취급되어졌는가 하는 것인데, 결론부터 말하면 마르크
스 자신은 평생 이 개념을 放棄해 둔 것은 아니었지만 극히 불명확
한 채로 해 두었다는 것이다. 문제는 2개 있다. 하나는 이 「아시아적
생산양식」 사회와 원시적 공동사회의 관계이다. 「아시아적 생산양식」
사회는 원시적 공동사회라는 비계급 사회로 인정될 것인가, 아니면
원시적 공동사회보다 다음 단계인 계급사회의 전제 형태로 남는가
하는 문제이다. 마르크스 자신은 이 관계를 확실하지 않는 채로 해
둔 것은 말할 나위도 없다. 또 하나의 문제는 러시아의 공동체(미르)
인데 아시아적 형태, 즉 「베라·자스릿치 앞으로 보낸 편지」에서 보
이는 바와 같이, 이 부분은 긍정적으로 대답해야 할 것 같다. 덧붙여
이 편지에서 보는 한, 당시 마르크스는 러시아·나르드니키의 견해
에 동정적이었다고 생각된다. 이것에서 보이고 있는 의미는 마르크
스主義史에서 그 의미가 가지는 것이 크다고 봐야 한다. 마르크스가
나르드니키의 견해에 동정적이었다고 하는 것은 레닌적 견해에는
찬성하지 않았다는 것을 의미한다.

그런데 이와 같은 취급을 받고 있던 「아시아적 생산 양식론」이
갑자기 클로즈업되게 된 것은 20세기도 20년대 중순 이후부터 30년
대 초에 걸친 시기였다. 이 시기 중국, 인도를 비롯한 아시아, 아프
리카 여러 나라는 사회주의 혁명파에게 리드를 받는 반식민지 투쟁
을 전개하기 시작한 端緒期에 있었다. 이 시기 예를 들면 머져르가
중국 사회에서 본 것은 「아시아적 생산 양식」 사회라는 논의가 활성
화 되고 있었는데, 마르크스주의 진영에 큰 충격을 주게 되었다. 그

위에 중국공산당의 27년 농업 강령 초안이 머져르적 견해를 받아들였기 때문에 그 충격은 더욱 큰 것이었다. 이것은 만일 중국사회가 「아시아적 생산 양식」 사회라면 반봉건 투쟁은 이상한 것이 되기 때문이다. 그러나 이러한 정치적 실천 문제도 그 현실 사태는 어떠했는가 하는 것이었다. 머져르의 견해에 동의하는 사상가에는 랴자노프, 봐르거 등이 있었다. 독일에서는 빗트포겔이 그 대표였다.

거기서 이 「아시아적 생산 양식론」과 관련되는 이론적 문제와 정치적 실천 문제에 있어서의 혼란을 조정하기 위해 1931년 2월 레닌그라드에서 마르크스주의 동양학자협회, 레닌그라드 동양연구소 공동 주최의 대토론회가 열렸다. 이것을 후세 「레닌그라드 토론」이라 불려지고 있었다. 그러나 이 토론은 작위적인 의도 하에 개최된 것이었다. 이것은 랴자노프, 봐르거, 머져르라는 유력한 「아시아적 생산 양식론」자들이 의도적으로 배제되었기 때문이다. 물론 토론은 「아시아적 생산 양식론」에 대한 비난 일색이었다.

이와 같은 스타일리스트들에 의해 날조된 「레닌그라드 토론」이 소화 초기의 일본 마르크스주의자에게 소개되었기 때문에 그 논쟁은 누구라도 알 수 있는 정도의 것이었다. 일본사의 적용에도 시도되었는데 그 토론에 있어서 주류파 고데스의 견해(「아시아적 생산 양식」=「봉건주의」)에 자신의 견해를 동일화시켜 나가는 가에 대한 싸움이 전개되었다고 해도 과언이 아니다. 말할 나위도 없이 「아시아적 생산 양식」이 현실의 아시아에서 영향력을 가진다는 견해는 코민테른의 터부에서도 알 수 있기 때문이다.

冒頭에 소개한 빗트포겔은 그 토론 외적인 곳에서는 중국 연구에 몰입한 독일 공산당원이기도 하고, 소위 「프랑크푸트 학파」의 일원이기도 했다. 「프랑크푸트 학파」 소련 학자 중에서 랴자노프를 객원 교수로서 맞이하고 있었는데, 그 때문에 일찍부터 빗트포겔은 랴자노프의 영향을 받고 있었다고 생각해도 좋다. 마침 「레닌그라드 토론」이 행해진 해에 완성된 것이 『支那의 경제와 사회』였다. 빗트포겔은 방대한 漑灌 治水를 필요로 하는 중국 농경사회와 관료제를 「아시아적 생산 양식」이라고 보고 있었고, 현대중국에까지 영향을 미치고 있는 것으로 보았다. 게다가 그는 이와 같은 「생산 양식」에 근거한 중국인의 사회생활이나 사회의식도 논하려고 하였다. 그 연구는 많은 조사 자료에 근거하지 않으면 안 되었기 때문에 그는 戰前의 일본, 중국에도 발을 넓혀 갔던 것이다. 平野義太郎를 중심으로 하는 일본측 학자와의 접촉이 이와 같이 해서 이루어진 것인데, 이것이 일본에 있어서 그의 지명도를 높이게 되었고 「아시아적 생산 양식론」이라 하면 일본에서는 그의 이름이 떠오르게 될 정도로까지 되었다.

그러나 그의 『支那의 경제와 사회』가 일본어로 번역이 된 무렵(소화9년)은 무川二郎들에 의해서 「레닌그라드 토론」의 내용이 소개된 후(『아시아적 생산 양식에 대해서』 白揚社, 소화8년)였기 때문에 일본 마르크스주의자들에 대한 그의 영향력은 좋은 것만은 아니었다. 코민테른의 터부시에 대항하는 그의 견해는 부정의 대상이 된다고 봐도 좋을 것이다. 드물게 「아시아적 생산 양식」의 의미를 인정하려는 무리도 모두 「고대사」의 어느 부분에 위치를 부여해야 좋을 것인지에 대해서도 마르크스의 한 마디 한 구절을 모방해서 논의해야 하기 때문에 일본 마르크스주의자들의 정신적인 취약함은 여기에 극한에 다다렸다고 봐야 할 것이다.

그렇다고 하나 빗트포겔과 일본 측의 소개자들에게도 문제가 없는 것은 아니었다. 그것은 우선 빗트포겔의 論으로 대표되는 「아시

아적 생산 양식론」은 「아시아적 전제」 「아시아적 정체」라는 것과
겹치고 있었고, 당시 중국에는 내적인 극복을 해야 할 계기가 발견
되지 않았다는 것이다. 빗트포겔의 「아시아적 생산 양식론」의 배후
에는 그것과 대비되어야 할 자유롭고 활력에 넘친 서구 근대 시민사
회에 대한 기대심리가 내재되어 있었다. 제2차 대전 이후 그가 반공
주의로 전환함에 따라 이러한 생각이 전면에 나타나게 된다.

  이것에 반해서 빗트포겔의 소개자 平野義太郎의 전신은 너무나도
일본적이었다. 단순한 고대사 해석 논쟁에 그치지 않는 빗트포겔을
흉내낸 「아시아적 생산 양식론」은 앞에도 서술한 바와 같이 아시아
인의 현대 정치의식, 사회의식에까지 확산되어 내발적인 개혁의 힘
을 아시아 또는 중국의 경우 그것을 인정할 수 없다는 논의에 빠지
게 되었다. 마침 일본은 만주사변부터 日中전쟁에의 전선 확대에로
나아갔으며, 일본 국내적으로는 좌익부터 자유주의에 이르는 여러
사상에 대한 총 탄압의 시대에 들어서고 있었다. 이러한 상황에 맞
춰 일본 마르크스주의자의 산사태와 같은 전향 현상이 일어난 것도
주지의 사실이다. 이 때 마르크스주의 내의 「生産力論」者들이 전향
에 대한 자각도 없이 시국에 편승하고 있었던 것도 이제까지 많은
연구자들에 의해 지적받아온 것도 사실이다. 「아시아적 생산 양식론」
자도 같았다. 빗트포겔들이 서구적 역사 이념, 가치 이념에 근거하
여 부정적으로 보아온 「아시아적인 것」을 서서히 중립적이고 또한
긍정적인 것으로 취급하게 되어 온 것이다. 결국은 「아시아주의」에
가까운 선까지 후퇴하게 되고, 근대 일본군에 의한 「오랜 아시아」
해방정책에 사상적으로 손을 빌리는 곳까지 후퇴하게 된다.

  제2차 대전 이후의 일본 학계에서도 「아시아적 생산 양식론」은
계속되고 있다. 더구나 1939년 발견된 마르크스의 草稿『자본제 생

산에 선행하는 여러 형태』(1857, 8년)가 1947년 9월『역사학 연구』에
실린 이후, 문헌해석학을 중심으로 한 논쟁이 이어지게 된다. 전후
의 논쟁사에 이름을 올린 주요한 인물을 들어보면 渡部義通, 石母田
正, 服部之総라는 전후사에 그 이름을 올릴 수 있는 인물군이 등장
한다. 전후도 1960년대 전후가 되면 福富正実, 本田喜代治, 大田秀
通, 芝原拓自, 河音能平, 塩沢君夫, 安良城盛昭라는 사람들이 그 이
름을 나란히 했다. 더구나 1960년 전후의 전후 제2기의「아시아적
생산 양식론」은 이 論의 국제적인 재흥의 시기와도 겹치게 되었다.

그것은 1964년 프랑스에서 잡지『팡세』가「아시아적 생산 양식론」
의 특집호를 내고, 다음 1965년에는 소련 과학 아카데미, 아시아 여
러 민족연구소가「동양 여러 나라의 역사적 발전에 있어서 일반적
인 것과 특수적인 것」이라는 논제로 토론 집회를 개최하게 되었기
때문이다. 이 프랑스와 소련에서의 거의 같은 시기에서의 문제 제기
는 일본 학계를 비롯해, 각국의 더욱더 가열찬 논쟁을 재촉하는 계
기가 되었다. 원래부터 프랑스는 아시아・아프리카의 旧 식민지에
서의 독립운동에 대한 평가, 소련은 중국과 소련 대립 속에서의 아
시아・아프리카의 반식민지 투쟁을 배후에 가지고 있었던 것이다.
프랑스, 소련에서의 논쟁에 베아르가 더한 논쟁은「아시아적 생산
양식론」을 더욱더 결론이 없는 것으로 향하게 만들었던 것이다.

오늘날의「아시아적 생산 양식론」은 크게 말해서 고대사 논쟁에
한정되어져야 할 것인지, 아니면 현대 아시아에도 그 나름대로의 영
향을 가지고 있는 것으로 봐야 할 것인지에 대한 2개의 이데올로기
그룹으로 나누어지게 되었다. 물론 이것이 학문상의 논쟁이라는 형
태로 나타날 때는「아시아적 생산 양식」은 독자적인 생산양식이라
는 형태를 취하게 된다. 그러나 원래부터 이 논쟁은 마르크스의 카

테고리 개념을 미리 정리해 둔 상태에서 역사적 사실을 어디까지 해
석할 수 있을 지에 대해 논리의 줄거리를 어떻게 첨가하여 이용하는
가에 있었다. 따라서 마르크스 문헌학(이 자체가 이데올로기이다)이
달라지면 역사적 사실의 해석도 달라질 수밖에 없다. 따라서 이 논
쟁은 고대사 논쟁에 한정되는 한, 특수한 문제의, 특수한 解釈 論議
라 할 수 있는데, 한정된 사람들 사이의 好事的 화제일 수밖에 없을
것이다. 문제는 역시 현대 아시아에도 이러한 것이 영향력이 미친다
는 것에 문제가 있다. 「아시아적 생산양식」이 순수하게 경제학상에
서 말하는 「생산양식」만을 의미하지는 않고, 널리 정치 사회의식에
까지 확대될 수 있다면 이 論의 분위기는 감각적으로 「아시아적인
것」으로 느낀다는 것이다. 세계사가 단선적 발전을 이룰 리가 없기
도 하지만, 그럴 필요도 없다는 것이 이 10년 이래의 문제의식을 살
펴보면 이 論은 재삼 논급할 필요가 있을까 하고 생각된다. (松本健
一 편, 詳解 現代論争事典, 流動出版株式会社, 1980.1 참조)

8 사회주의 리얼리즘 논쟁

    일본의 마르크스주의 예술운동은 어떠한 의미에서 봐도 反面教師
라 할 수 있다. 그 작품의 성립과정과 조직도 그곳으로부터 교환된
여러 가지 논쟁도 그렇다. 그것은 마르크스주의 문학자들의 패배 과
정에서 보였던 좌익에서의 전향과 전쟁 협력자로서 다시 전향을 하
고 있었다는 사실은 그것이 너무나도 추악함을 보였기 때문만은 아
니다. 그들이 표현한 사상이나 작품, 조직의 연장선상에서 추구하고
있다고하는, 소위 그들이 주장하는 것과는 정반대의 것만 볼 수 있
었기 때문이다. 예를 들면 小林多喜二의 옥중사로부터는 권력에 항
거하여 불퇴전의 싸움을 이끌어내고, 혁명에 순직한 혁명가의 로맨
티시즘을 드러낼 것으로 믿었지만 그렇지 못했다. 내출혈으로 퉁퉁
부은 사체와 고통으로 옥죄였을 죽은 얼굴의 추악한 시체만을 상상
할 뿐이다. 나체로 누운 小林多喜二의 사체를 앞에 두고 「코프」(일
본 프롤레타리아 문화연맹) 작가들이 나란히 사진을 찍고 있는 유명
한 기념사진이 있는데 도리어 그와 같은 행위를 하는 신경이 이상하
게 느껴질 뿐이다. 그것은 死者에 대한 예의가 아니라는 것만이 아

니다. 어느 시대, 어느 국가에서도 사체를 사람들 앞에 내놓는 것은 권력이 대중에 대해 좀더 야만적으로 보이기 위한 것이고, 그것도 극악인에 한정된 것이다. 그리고 살인보다도 권력에 대한 반항자는 무엇보다도 극악인의 낙인이 찍혀졌던 것이다. 그것을 스스로의 손에 의해 행하는 행위 자체가 이상한 것이다. 증언으로서 남길 의도가 있었다면 왜 문학으로서 그것에 도전하지 않았는지, 다른 사람들도 왜 그렇게 하지 않았는지에 대한 의문이다. 단 이 사진과 小林多喜二가 맞아죽은 죽음이라는 사실이 남아 있을 뿐이다.

거기에는 마르크스주의 문학운동의 고양과 쇠퇴가 진행되던 끝에 전향이라는 역사가 남아 있을 뿐이고, 거기로부터 파생된 문학작품도 사상도 北村透谷나 石川啄木의 그것을 넘어선 적은 없다. 한 사람의 마르크스주의 문학자의 고뇌나 그 조직 내부의 모순을 표현한 작품이 전무한 것은 왜일까. 왜 「나프」(全 일본 무산자 예술 연맹)의 『쓰여지지 않은 一章』에서 『우울한 黨派』가 탄생되지 않는 이유는 뭘까. 왜 프롤레타리아 문학작품보다도 전향 문학작품이 뛰어난 것일까. 왜 문학자가 정치에 예속하고, 다음에는 전쟁 권력에 종속해 갔던가. 의문의 꼬리는 계속 확장되어 갈 뿐이고, 따라서 프롤레타리아 문학운동에의 부정의 논리는 예리하게 그 본질을 꿰뚫어 간다. 왜냐하면 그 본질적인 핵에는 음습하고 어둡게 썪어가는 시체를 볼 수 있기 때문이다. 문학의 볼세비키화라는 슬로건 앞에 비합법 공산당에로 집약시켜버리는 정치방침도, 또한 공산당 중추로 암약하는 공안 스파이도, 공산당 린치 살인사건도, 전향과 옥중 비전향도 그것들의 핵에는 小林多喜二의 사체 주위에 둘러 앉아있는 「코프」작가들의 스냅 사진과 오버랩 되어 보였기 때문이다.

「사회주의 리얼리즘 논쟁」은 프롤레타리아 운동 진영에서의 미증

유의 혼란과 급격한 해체의 시기에 해당한다. 이 논쟁의 출발을 德永直의 「창작 방법상의 新 전환」(『中央公論』 소화8년 9월호)이라 본다면, 소화8년부터 10년까지에 해당된다. 시대는 뉴욕의 월 街에서 일어난 주식 대폭락으로 시작되는 全 세계 대공황의 영향을 받아 실업과 인플레, 그리고 노동쟁의가 전국에 만연하고 있던 시기이다. 소화6년 9월 18일 만주사변이 발발한다. 그것은 진흙투성이의 15년 전쟁에 대한 개막의 신호이기도 하다. 마르크스주의 문학운동은 「나프」로부터 「코프」에로 재구성된다. 그것은 공산주의 예술운동의 확립, 예술운동의 볼세비키화라는 슬로건에 의해 성립했다. 공산당을 정점으로 한 완전한 피라미드형의 정치지상주의적인 관료조직의 완성을 의미하고 있었다. 이 조직을 만들어낸 것은 藏原惟人이고, 그 사상은 러시아 문화관료 쥬터노페들에 두고 있었다.

언뜻 완벽하게 보이는 이 조직도 적의 탄압 앞에서는 하룻밤만에 와해되어 버렸다. 그 동력을 공산당과 마르크스주의 문학운동은 비참하게도 체현해 버린 것이다. 그 대탄압의 대량 체포는 소화7년 3월 하순 中野重治, 窪川鶴次郎, 壺井繁次들 「코프」 중앙부의 작가를 비롯해, 400여 명이 일제히 검거된 것으로부터 시작된다. 그리고 岩田義道, 野呂榮太郎들이 옥중에서 급사하게 되고, 소화8년 小林多喜二의 학살로 피크에 달한다. 이 탄압에 의해 「코프」 지도부는 비합법 생활에 들어갈 수밖에 없었고, 「코프」 등의 문화단체도 反非 합법활동을 할 수밖에 없게 되었다. 드디어 「코프」 기관지 『프롤레타리아 문학』은 소화8년 10월호로 발행 불가능에 빠지게 되었다.

그 핵심이라 할 수 있는 비합법화와 검거에 의한 눈사태와 같은 붕괴는 직접적으로는 지배 측의 전쟁 수행을 위한 체제에로의 재편성을 위한 탄압 때문이었다. 그러나 바깥으로부터 아무리 강력한 탄압을 받았다하더라도 하나의 조직이 그것 하나만으로 쉽게 붕괴되는 것은 아니다. 그 패배를 자초한 것은 내부의 모순이 표출되고 있었고, 내측으로 해체하는 수밖에 없었다. 프롤레타리아 문학운동의 해체를 한 마디로 말하면 「政治至上」을 과제로 한 문학의 관료적인 조직 형태를 피라미드·형태로 만든 모순의 결과라 볼 수 있다. 그것은 그것을 구성하는 문학자의 한 사람 한 사람이 스스로의 문제 때문에 혁명을 사상화하려 했던 內省의 영위와 자립의식을 포기하게 만들었다. 그것으로부터 파생되는 것은 정치에 의한 문학의 지도이고, 개인의 문학적 자립을 포기하는 것이고, 문학자와 대중의 계급구조이고, 문학적 모티브가 형성이나 정책 고유라는 순간적인 유효성 밖에 가질 수 없다는 문학의 독선과 敎唆를 의미한다. 혹은 黨 신화라 할 수 있는 천황제에의 체현과 무책임제인 것이고, 프치부르·인텔리겐차 밖에 없는 문학자가 대중을 仮裝하는 擬態라는 모순이 노정되고 있는 것이다. 그 모순의 본질은 작가 개인의 혹은 한 사람의 인간이라고 고쳐 말해도 좋을 것이지만, 주체성의 포기와 문학의 무엇보다도 중요하다고 할 수 있는 인간 내부세계를 구축하려는 사상적 영위를 잃어버린 것에 있다고 볼 수 있다.

「사회주의 리얼리즘 논쟁」은 小林多喜二의 학살, 「고프」의 해체라는 마르크스주의 문학운동의 붕괴기에 행해진 결과, 이와 같은 모순이 노출되는 것으로 그 한 사람 한 사람의 논쟁은 문학의 기초를 開陣하는 데에 도움이 되는 길이라고 할 수 있다. 이 논쟁은 소비에트 공산당 예술의 특수성을 무시하는 기계론적인 방법으로서 「유물변증법적인 창작 방법」이 비판받고 있었는데, 그것은 사회주의 리얼리즘론에의 정책 전환을 받아들이는 것에 의해 생겨났다. 탄압·대량 체포, 그리고 사회주의 리얼리즘 수입은 「고프」 조직의 통제가

안 듣게 되었다. 그 결과 하부에 쌓여있던 불만들이 노출이 됨과 동
시에, 자유스러운 발언이 가능하게 되었다.

소화8년 6월 공산당 최고 간부 佐野学・鍋山貞親의「황실을 민족
적 통일을 중심으로 하는 사회적인 감정이 근로자 대중의 가슴 속에
자리잡고 있다」고 한 上申書에 쓴 전향과, 그 해 8월의 小林多喜二
의 학살 직후에 쓰여진 德永直의「창작방법상의 新転換」이「사회주
의 리얼리즘 논쟁」의 시작이 된다. 그는 예술지상주의적인 色彩를
강하게 드러내면서 소비에트의「유물 변증법적인 창작 방법」의 비
판을 구실로「고프」중앙에 대한 비판을 전개한다. 이와 같은 조직
적인 느슨함에 의해 이 논쟁은「사회주의 리얼리즘 논쟁」그 자체에
의문이 제시되기도 하였다. 川口浩는「부정적 리얼리즘에 대해서」
(『文学評論』소화9년 4월호)에서 사회적 리얼리즘은 포지티브적이고
능동적인 리얼리즘이라고 해석하면서 그것에 대해서 일본적인 현실
이 참을 수 없는 곳까지 오게 된 것은 네거티브라고 규정하고 있는
데, 부정적 리얼리즘을 제창한다. 川口浩의 論에 대해서 森山啓는
「『부정적 리얼리즘』비판」(『文学評論』소화9년 5월호)에서 사회주의
리얼리즘론은 川口浩가 말하는 것과 같은 한쪽은 네거티브에서, 다
른 한쪽은 포지티브라고 규정되어야 할 것이 못 된다고 비판한다.

러시아 직계의 정통 마르크스주의 문학자인 森山啓의「『부정적
리얼리즘』비판」과 中野重治의「사회주의 리얼리즘의 문제」를 비판
하는 형태로 연극가인 久保栄는「사회주의 리얼리즘과 혁명적(반자
본주의) 리얼리즘」(『文学評論』소화10년 5월호)을 쓴다. 이 論이 탁
월하다는 것은「사회주의 리얼리즘론」에 반대하고, 반자본주의적
리얼리즘 혹은 혁명적 리얼리즘을 그곳에 대치시킨다는 전술 논쟁
의 수준을 넘어서는 곳에 있다. 이 論은 黨・정치・정책이라는 좁은

테두리를 넘어설 것을 주장하고, 일반적 수준에서 예술을 해소하는 것이 아니라 여러 가지 예술이 가지는 특색을 자각하면서 그 공격성의 높이에 의해 통일전선을 형성하려는 뛰어난 조직론인 것이다. 그는 또한 예술운동을 혁명적 인텔리겐차 운동으로 그 위치를 부여하고 있는데, 「사회주의 리얼리즘론」의 일면적이고 부분적 수입에 대해 일본적 현실을 무시한 기계적인 공식주의라 비판하고 있다. 그리고 그들의 잘못은 자본주의적 현실 속에 실재적으로 존재하고 있는 사회주의를 현실성이라 잘못 착각하고, 관념체계를 경제체계와 섞어 생각하는 곳에 있다고 말하고 있다. 그는 이 혼동에 대해 논리적으로 비판하고 있는데, 사회적 모멘트가 우위에 서야만 종합적이고 생활적인 진실을 그려낼 수 있다는 것이다.

　만일 소비에트 예술이 가지는 이러한 특수성을 무시하고, 사회주의 리얼리즘의 슬로건을 너무 기계적으로 우리들의 반자본주의 예술의 내용과 형식의 관계에 있어서 기술에 대한 강조만이 우리들이 생각하고 있는 곳에서는 그 비중을 잃게 되고, 역으로 그 슬로건의 내용은 예술적인 면에서는 세계관의 지나친 과소 평가와 형식주의에로 빠지는 상황을 만들기에 이르게 된다. (「사회주의 리얼리즘과 혁명적(반자본주의) 리얼리즘」)

여기에 이르러 비로소 마르크스 예술관은 형식주의, 아지 · 프로주의 영역을 깨고 예술의 질과 인간과 사회의 내면 문제가 정면으로 등장할 수 있게 된 것이다. 그러나 시대는 이미 완전히 마르크스주의 예술을 유지할 수 있는 토양이나 현실을 상실하고 말았다. 단 하나 久保榮 자신이 스스로 이 사상에 의해 써 낸 희곡 「火山炭地」는 프롤레타리아 문학 속에서도 뛰어난 작품의 하나인 것은 틀림이 없다.

「사회주의 리얼리즘과 혁명적(반자본주의) 리얼리즘」이 쓰여진 것은 소화10년이다. 이미 전 해에 「일본 프롤레타리아 작가 동맹」에서는 나르프의 해체 성명서를 내고, 마르크스주의 예술의 깃발을 스스로 내리고 있었다. 이 시기에 이르러서 옥중 전향자는 90%까지 이르고 있었다. 이 패배로서 프롤레타리아 문학은 문학 주류로부터 완전히 벗어나고 있었고, 그것에 대신해서 「文芸復興」의 소리와 함께 大家가 부활하여 미친 듯이 피는 벚꽃처럼『文学界』『行動』『文芸』들의 상업 문예지가 차례로 창간된다. 이 시기 島崎藤村의 「새벽녘」, 川端康成의 「禽獸」, 谷崎潤一郎의 「春琴抄」라는 대표작이 발표되고 있었다.

급격한 변동 시대의 에포크에 좌익 조직 내부에서 이루어진 마르크스주의 예술 논쟁은 그 시대의 분위기를 체현하고 있었지만 전부 지금 생각해 보면 공허한 마츠리(축제)와 같았다. 그렇다면 「사회주의 리얼리즘 논쟁」은 그 마츠리의 최후의 의식이었던 것이다. ─프롤레타리아 문학작품을 포함해서 무엇이든 그 개성이 바래고 있었던 것이다. 지속적인 실증과 원리적인 비판 뒤에 소위『戦旗』派에 의해 주도된 일본의 프롤레타리아 문학운동에 대해 전면적으로 오류의 운동이라고 판단한(『戦旗』派의 이론적 동향) 것은 吉本隆明였다. 그러나 여기서 오류에 빠지고 있는 부분은 사상적으로는 극복하였다 할지라도 그와 半面에 그것이 무효성에 가깝다는 것이다. 그것은 어떤 시대일지라도 문학이 현실적인 혁명에 기여하기를 바랄 때, 그 모순에서 빠져 나올 수가 없기 때문이다.(高野庸一, 「사회주의 리얼리즘 논쟁」(松本健一 편, 詳解 現代論争事典, 流動出版株式会社, 1980.1 참조))

9 「転向」 논쟁

1) 전향 작가의 節操

「전향을 이유로 해서 프롤레타리아 문학을 비난하는 것이 유행하고 있다. 節操가 없는 곳에 무슨 프롤레타리아 문학이 있는가 하는 것이다」.—이렇게 林房雄가 쓴 것은 소화9년 8월 25일의 『読売新聞』의 문예시평인 『참다운 節操에 대해서』였다.

전향에 대한 林房雄가 말한 것에 대한 반응은 예를 들면 그로부터 1개월 정도 후에 나온 『行動』 10월호의 『사회 狀勢와 문학에 대한 좌담회』 등에 노골적으로 나타나고 있다.

岡田三郎—아까도 말했지만 이것은 문학상만의 문제가 아니라, 실제 생활상의 주의에 대한 차이를 가지고 우리들은 그 시대에 혁명이 만약 일어난다면 죽을 것 같은 입장에 빠질지도 모른다고 생각했다. 죽이는가, 죽임을 당하는가 하는 것이다. 즉 적이냐 아군이냐 하는 것이다. 현재도 그러니까 그들에게 적이냐·아군이냐 하는 것은 확실히 묻고 싶은 것이다. 단순히 문학상의 문제로 생각한다면 간단할지는 모르지만 나는 아무래도 그러한 것에 구애받고는 못 견디는 것이다.

中村武羅夫―좌익사상이라는 것은 도대체 어떠한 것일까. 컵 속에 맥주를 넣으면 맥주가 되기도 하고, 사이다를 바꿔 넣으면 사이다가 되어 버리는 것인지도 모른다. 이번 전향파 작가의 작품을 보면 모두 사이다가 되어 있는 것이다. 조금도 맥주가 남아 있지 않는 것이다. ……실제 林라든지 村山라든지 片岡라든지 하는 사람들의 작품을 보더라도 그러한 것이 없다. 그러한 풍으로 편리하게 도대체 가는 이유가 무얼까.

青野季吉―처음 컵 속에 들어간 것이 맥주라고 생각하기 때문에 이상하지만 처음부터 사이다였다고 생각하면 크게 이상한 것은 아니지요. 나는 실제 그러한 풍으로 생각하고 있었으니까. 그러한 것은 사회주의 의식이 아니지요.

이 좌담회에는 이상의 3인 외에 杉山平助, 阿部知二, 舟橋聖一가 출석하고 있었다. 또한 9월 18일의 『報知新聞』에 矢崎彈이 『전향작가의 誅伐』을 쓰고 있었는데 거기서 中村武羅夫의 말을 인용하고 있다.

좌익운동이 절대의 진리라면 가령 사회의 객관 상황이 어떠하든 일단 그 진리를 몸에 지닌 이상 전향 따위는 생각할 수 없을 터이다. 전향해서 진리에 반역하고, 이전에 타도의 대상이었던 적의 軍門에 항복하고, 그 연민을 애타는 것은 조금마한 節義를 마음에 간직하고 있는 인간이라면 도저히 참을 수 없는 것이다. 그런 치욕에 가득 찬 생활에 살아갈 것이라면 오히려 혀라도 깨물어 죽는 편이 좋을 것이다.

「혀라도 깨물고 죽는 편이 좋다」고까지 극언한 中村武羅夫는 그렇게 문제가 되지 않았지만, 板垣直子의 『行動』 9월호에 실린 『문학의 新動向』에서의 발언은 각 방면을 자극했다. 원래 이 문장은 島木健作를 칭찬하기 위해 쓰여진 것이었다. 島木와 비교함에 있어서 일본 프롤레타리아 작가들이 일반적으로 「침체 기미의 생활 경향」이 부족하다는 사실을 지적하고 있었는데, 그것으로부터 전향작가의 節操를 문제 삼았던 것이다. 나치스에 붙잡힌 루돌피·렌이 파시스트 사법관 면전에서 「자신은 코미니스트를 승인하고 이해한다. 코미니스트 이론은 정당하기 때문에 자신은 코미니스트이다. 그것은 진리이기 때문에 全能이다」고 명언하고 있다. 이 해의 1월 6일에 라이프치히에서 루돌피·렌이 사형을 선고받은 사실을 인용하면서 板垣는 쓰고 있다.

프롤레타리아 작가는 사상적으로 살아가야 하는 한, 전향이라는 것은 있을 수 없는 것이다. 부분적 수정은 가능하겠지만 생활 태도를 근본적으로 변화하는 것은 불가능하다. 그러한데도 만일 전향을 했다고 한다면 그는 본능에 집착하고, 그것에 자신의 올바른 길을 양보한 것이다. 이러한 第二義的인 생활자로부터 第一義的인 문학이—어느 쪽의 의미로부터도—생겨날 것이라고는 상상할 수 없다.

2) 林房雄의 전향 과시

林房雄는 앞의 『참다운 節操에 대해서』에서 「그들의 경력은 무엇이냐. 그대들에게는 전향에 대해 말할 수 있는 자격이 있는가. 그대들은 처음부터 좌도 우도 될 수 없었다. 전향도 일어날 필요도 없는 해바라기 같은 경력의 소유자에 지나지 않는다」고 전향 비난에 대해 역습하고, 板垣直子에 대해서는 이렇게 말하고 있다.

　文部 思想 善導官인 板垣直子 선생은 프롤레타리아 작가가 사상적으로 임하는 한, 전향은 있을 수 없다. 그 전향한다는 것은 요컨대 목숨이 아깝다는 것이다. 이러한 第二義的인 생활자로부터 第一義的인 문학이 생겨날 리가 없다. 일본 프롤레타리아 작가는 독일의 루돌피·렌과 같이, 일본의 小林多喜二와 같이 정절을 굽히지 않고 죽어야만 한다고 말하고 있다.

이러한 비난을 한 뒤에 林房雄는 다음과 같은 식으로 제언한다.

　그렇다. 나는 사람들이 말하는 것처럼 처음으로 그리고 자신감을 가지고 전향했다. 이래 旧 작가 동맹의 동료들에게 전향 勸誘係의 역할을 다해왔다. 그렇다. 자신을 가지고 그 역할을 다해 온 것이다. 독일에서의 루돌피·렌과 같이 죽는 것, 프랑스에서의 지드와 같이 左로 전향하는 것, 일본에서의 우리들처럼 右로 전향하는 것―이 3개가 똑같은 용기와 같은 양심의 발로라는 것을 사람들은 알지 못한다.

이 기괴한 발언은 별도로 치고라도 板垣가 林가 말하는 식으로는 말하지 않았다는 것은 앞의 인용에 의해서도 분명하다. 루돌피·렌과의 대비를 가지고 일본 전향작가를 논하고 있는데, 루돌피·렌과 같이 小林多喜二도 같이 죽어야 한다고는 결코 말하지 않았다. 아마 板垣直子의 문장으로부터 받아들인 자신의 소감 그대로 써 내려 갔기 때문일 것이다. 어쨌든 林의 전향에 대한 과시와 林에 의해 전해진 板垣直子의 발언은 의외의 반향을 불러일으켰다.

　林 자신의 어리광부리듯 하는 제언에 대해서는 잠시 접어둔다. 林가 전한 板垣直子의 전향 비판에 대해서는 우선 9월 16일의 『東京朝日新聞』에서 金子洋文의 『전향작가에의 비난』이 이것에 대해 언급하고 있다. 金子洋文에 의하면 板垣直子의 전향 비판은 고압적이고 기계적이다. 프롤레타리아 작가는 전향이라는 것은 있을 수도 있고, 그것은 그것으로 지장이 없다. 고르키도 전향했고, 토르라도 전향했다. 단지 그들의 전향은 정치적으로도 문학적으로도 명백한 이유가 있었지만 일본 전향작가의 경우는 논의만이 많을 뿐이고, 중요한 문제가 되는 점은 애매모호하게 남겨두고 있다. 요컨대 전향의 내용 여하에 관계할 뿐이다.

　『新潮』 11월호의 『전향작가론』에서 杉山平助는 林에 의해 전해진 板垣直子의 전향 비판에 대해 언급하면서 설명하고 있다. 「第二義的인 생활자로부터 第一義的인 문학은 만들어지지 않는다」고 말하는 板垣直子의 주장은 원칙론으로서는 틀림이 없다. 이 원칙 적용에 있어서 그녀가 「피상적인 독단」이라고 한다면, 그 점은 반박을 받아 마땅하다. 타인에 대해서 위압적으로 第一義的인 생활을 강요하고 있는데, 그녀 자신은 과연 第一義的인 생활을 보내고 있는가. 그렇지 않으면 전향은 세간의 눈이 미치지 못하는 곳에서 관리들과 상대해 온 일이기 때문에 그 진상을 정확히 모르는 것이기 때문에 당사자만이 제일 정확히 알 수 있다는 것이다. 그들 자신들이 그런 말은 하고 있어도 정말로 자신의 혼을 다하여 직시하고 있는지는 미지수이다. 그러나 그들은 어쨌든 그 시대의 감정에 최선을 다하여 진실로 살아온 인간들이다. 그런데 이 사회는 그런 보고를 냉정히 들을 만큼의 여유를 갖고 있지 못하다. 난지 진실로 우리들을 설득시킬 만큼의 힘을 가지고 있는 보고가 되고 있지 못하다는 것이다. ―杉

山平助가 말하고 싶은 요점은 대개 이상과 같은 것이었다.

『東京朝日新聞』(소화9년 12월 12~15일)의 『문학자에 대해서』에서 貴司山治는 이들 비판에 대응하고 있다. 전향작가가 여기저기서 비난받고 있는데, 자신으로서는 그것들의 비난은 정당하다고 본다. 전향작가가 저널리즘 상에서 여전히 환영받고 있는 현상들에 대해서는 이러한 작가들로부터 이전에 문학적으로 압박받았다고 생각하는 부르주아 작가의 일부가 전향했다는 것인데, 적인지 아군인지 그 입장을 분명히 하라는 비난의 소리가 들린다는 것이다. 中村武羅夫, 岡田三郎들의 이런 비난도 우선 그 이유가 충분한 것으로 납득이 간다는 것이다. 다음에 板垣直子의 「전향작가의 第二義的 생활로부터 第一義的인 문학이 태어날 리가 없다. 그들은 전향하지 않고 某某와 같이 죽어야 한다」는 비난을 받는 것은 우리 몸을 움츠리게 만들고 가슴이 후비게 만든다는 생각이 든다. 또한 人情 검사의 論告와 같은 杉山平助의 전향작가론은 나쁜 것만은 아니지만 도덕적 성격이 부족하다는 비난과 동정을 함께 섞은 결론에는 조금 애매한 느낌이 든다. 전향작가에 대한 비난은 대개 이상의 3개이지만, 이들 모두에는 그 나름대로 일리는 있다. 우리들은 두, 셋의 비평가의 눈을 감출 수는 있다. 그러나 대중의 눈은 속일 수 없다. 대중 앞에 정직할 것, 있는 그대로 그 裁斷에 몸을 맡길 것, 이것으로부터 패배는 더욱 올바른 쪽으로 轉化할 것이다. 또한 부르주아 문학에 우위에 두는 방법과 이론을 그대로 유지하고 있다. 전향작가는 전향은 했지만 또한 많은 부르주아 작가들보다도 앞서서 나가고 있다. 전향작가는 패배했다고 말하지만 문학을 위해 목숨을 거는 정치적 경험을 했다는 것이 그 문학의 토대가 되고 있는 것이다. 일반적으로 부르주아 작가보다도 전향작가 쪽이 아직도 많은 것을 가지고 문학에 경주하고 있다. 그러나 板垣直子가 말하는 바와 같이, 전향작가의 생활은 第一義性을 잃었던 것이다. 그런 의미에서 전향작가 문학은 프롤레타리아 계급의 요구로부터 말하면 第二義的인 작품이 되는 것이다. 그러나 전향작가의 第二義的 작품에 미칠 만큼의 내용이 있는 또 다른 작품들은 정말로 그렇게 쓸모가 없는 것뿐인가. 예를 들면 村山知義의 『白夜』에 필적할 만큼의 남녀 관계의 적극적인 현실을 잡아 잘 그려낸 작품이 최근 부르주아 작가의 작품에 하나라도 있었던가. 더욱 窪川鶴次郎의 『風雲』과 같이, 옥중에서 서로 사랑하는 연인 사이의 절묘한 인간생활의 장면을 자신의 경험을 토대로 여실히 잘 그려낼 수 있는 부르주아 작가는 과연 있을까. 전향작가는 우선 第一義性을 잃은 생활이지만 또한 충분히 일본문단에 우위에 선 입장을 유지하고 있다. 금후도 더욱더 활동을 계속해 가게 될 것이다. 전향작가는 또한 일본문학을 한 단계 높게 끌어올리는 크레인적 존재이다. ─貴司山治의 説은 줄거리는 이와 같은 것이었다.

3) 中野重治의 『「문학자에 대해서」에 대해서』

이러한 놀랄만한 여유있는 所論에 대해서 「침묵하고 있을 수만 없는 것」에 대해 토로한 이는 中野重治였다. 『「문학자에 대해서」에 대해서』(『行動』 소화10년 3월호)에서 中野는 貴司의 주장을 정면으로부터 반박하고 있다. 「자네가 말한 모든 말에 반대라고 결코 말하는 것은 아니다. 그러나 문제는 본질적인 점에서는 반대한다」. 「요컨대 자네는」 하고 中野는 계속하고 있다.

第一義的 생활을 잃은(것이라고 자네는 말한다) 전향작가들에게 第二義的 작가로서 살아갈 길을 부여하고(그리고 그래도 지금의 문단 속에서 문학을 향상시키는 크레인이란다) 그것으로 전향작가를 비난으로부터 변호함과 동시에, 그들을 격려할 수 있다고 나는 이해한다. 그것들 모두에 나는 반대한다.

貴司는 전향작가의 문학적 길을 第二義的 문학자의 길에서 찾고 있는 것만은 아니다. 그것에 대한 근거를 「그들의 과거, 그들의 생활경험」에서 발견하고 있다. 中野는 반대로 그것을 그들의 第一義的 문학자의 길에서, 즉 「그들의 장래, 그들의 문학실천」에 찾아내려 하는 것이다. 전향작가들이 貴司가 말하는 것처럼 목숨 건 정치적 경험을 해 온 것인지 어떤지는 모르지만 많은 경험을 해 온 것은 사실이다. 그것을 지불이라고 볼 수 있다. 그러나 이 受取(영수증) 계산방법은 「지불했기 때문이라고 해서 혼자서 들어오는 것」은 아니다. 「스스로 노력해서 얻은 것이 아니라면 받아들일 수 없는 성질」인 것이다.
자네의 지불 계산방법은 모든 것이 기재되어 있지만 큰 것은 기재되어 있지 않다 —고 中野는 말한다. 큰 것, 즉 전향의 사실이다. 이것은 中野의 말에 의하면 「전향작가들로부터 第一義的인 것을 빼앗아 갔기도 하고, 빼앗고 있기도 하고, 장래에 걸쳐서 빼앗고 있는 것」이다. 그 때문에 貴司로 하여금 「오히려 죽어야 할 존재였다」는 비난마저 듣게 되는 것이다. 그것이 貴司의 지불 계산방법에는 기재되어 있지 않다. 貴司가 말하는 「패배는 했지만 목숨을 건 경험」은 아니다. 「목숨을 걸었는데도 스스로 패배했다는 경험」을 말하는 것이다.

이런 것이야말로 어떤 작가도 이전에는 없었던 第一義的인 패배, 깊은 치욕에 가득 찬 최대의 지불인 것이다. 그리고 그것에 의해서 그것이 만일 우리들이 그러하기 위해 노력하는 것이라면 第一義的인 문학실천의 가장 강한 토대가 될 수 있는 것이다.

中野에 의하면 전향작가가 전향에 의해 잃어버린 것은 第一義的인 생활이고, 第二義的・第三義的 생활은 아직 남아있다고 보는 것은 안이한 생각이라는 것이다. 第一義를 잃어버린 것에 의해 第二義도 第三義도 모두 일거에 잃었던 것이다. 이제까지 사회적으로 第一義에 살아가는 것을 자신의 第一義的 삶의 방식으로 봐 왔기 때문이다. 문제는 거기로부터 재차 상승해야 함에도 그 목표는 그냥 第一義的 생활에 머물러 있다는 것이고, 그대로 있을 수밖에 없다는 것이다. 여기서 中野는 결론을 내린다. 그것은 센티멘탈한 심정일 뿐이지만 결론은 내린다.

내가 ××당을 배반하고 그것에 대한 인민의 신뢰를 배반했다는 사실은 오랫동안 사라지지 않을 것이다. 그렇기 때문에 나는 혹은 우리들은 작가로서의 신생의 길을 第一義的 생활과 제작 그 이외의 것에는 두지 않는다. 만일 우리들이 스스로 항복한 것에 대한 치욕의 개인적 요인에 대한 錯綜을 문학적 錯綜 속에 그 내용을 부여한다. 그렇게 함으로 해서 문학작품으로 기치를 내걸은 자기비판을 통하여 일본 혁명운동의 혁명적 비판에 참가하였다면 우리들은 그 때도 과거는 과거로서 있었던 것이다. 그 과거의 사라지지 않는 질환을 떠올린 채로 인간 및 작가로서 第一義의 길을 살아가는 것이다.

貴司의 비속하고도 비굴한 빌인에 침묵할 수 없었던 中野의 이 항의는 그 후 발표된 소설 『마을의 집』에서 「내 몸을 살리려 생각하

였다면 펜을 꺾었어야」 云云의 아버지로부터 책망을 듣고서는 「단
지 그는 지금 펜을 꺾는다면 정말로 마지막이 될 것이라고 생각했
다. 그는 그 생각이 논리적으로 납득이 될거라 생각했는데, 자신 스
스로 아버지에 대해서조차 느낄 수조차 없었던」 勉次가 「잘 알겠습
니다만 역시 써 보고 싶습니다」고 단언하는 곳에 그것이 그대로 조
응하는 것이다.

4) 村山知義의 재출발

中野가 말하는 「어떤 작가도 이전에 느끼지 못했던 第一義的인
패배」, 「깊은 치욕에 가득찬 최대의 지불」—여기에 같은 작가로서의
재출발의 근원을 찾으려고 한 이가 村山知義가 있다. 中野의 문장이
쓰여지기 전 9월 19일의 『報知新聞』에 村山는 『작가적 자부』를 쓰고
있었다. 당시 전향의 문제가 작가에 있어서 중대한 문제였던 것이다.

　　외부적인 것이 아니라 내부적인 것, 작가가 자신에 대한 의혹, 절망의
　　문제이다. 그러나 이러한 구렁텅이에서 우리들은 허무함에 만족할 수 없
　　는 것에 대해 분노가 폭발하는 것이다. 이 싸움에서 진다면 그것이야말
　　로 그 사람은 완전히 경멸당해도 좋다. 또한 이러한 기초 위에 생겨난
　　것이기도 하다.

그는 『新潮』 10월호의 『작가적 재출발』에서도 같은 의미의 말을
쓰고 있다. 「우리들은 이미 정치와 문학, 조직활동과 창작활동의 연관
에 있어서 그것이 기본적으로는 정당해도, 구체적 실천에 있어서는

기계적인 잘못에 빠져 있었다」고 쓰고 있는 村山는 계속해서 말한다.

　　이들 문제 해결방법에서 내가 얻은 결론은 내가 이러한 현상 속에서 타협하지 않고, 물을 자르듯이 하지 않고, 퇴각하지 않고서는 진실로 훌륭한 소설조차 쓸 수 없다는 것이다.

「이들 문제의 해결방법」이라고 村山는 쓰고 있는데, 「정치와 문학」 「조직활동과 제작활동의 변증법적 통일」에 대해서 무엇을 어떻게 해결했다는 의미인지. 그러한 중요한 것에는 무엇 하나 언급되고 있지 않다. 다음과 같이 쓰고 있을 따름이다.

　　우리들은 이미 자신을 안이하게 생각하고, 숨기고, 속이는 것으로부터 완전히 벗어나 있지 않으면 안 된다. 그렇지 않으면 이 곤란을 극복하고, 승리의 자그마한 길을 달릴 수가 없는 것이다. (중략) 나는 지금처럼 작가적 자부심에 불타고 있을 때도 없었다. 만일 내가 훌륭한 소설을 쓸 수 있다고 한다면 이러한 마음자세와 자부심 기초 위에 섰다고 봐야 한다.

이 마음자세는 너무나도 단순하고 상식적이다. 전향이라는 역사적이고 정치적 사건이 금후 자신의 문학과 어떻게 관련하는가에 대한 구체적인 문제에는 조금도 언급한 곳이 없다. 주관적으로 양심을 토로한 것에 지나지 않는다. 패배한 인간으로서의 개인적인 성격이나 심경을 분석 폭로해서 자신의 약점을 어느 정도 비판해 본들 그것은 그것으로 하나의 문학이 될 수 있을 것이지만, 그것이 프롤레타리아 작가로서의 第一義의 일이라는 곳까지는 미치시 못한다. 宮本百合子가 『文芸』 12월호의 『겨울을 넘기는 꽃봉오리』에서 전향작가들이 그 작품 속에서 중요한 「전향의 과정과 그 이후의 사상적 경향」에 대해 그 태도를 분명히 하지 않는 것을 지적하고, 「문학에 있어서 재능이나 작가로서의 이력이 있는 村山, 藤森, 中野, 貴司 그밖의 사람들은 자타 공히 그 문제가 심각하다……경험 속에서 우러나오게 해서 사람의 마음을 깊게 파고들고, 역사를 또렷하게 제작하지 않았을까」고 말하는 것은 전향작가들에 대한 올바른 의문일 것이고, 비판일 것이다.

　　우리들이 진실로 알고 싶은 것은 그와 같은 갈등의 어둠과 밝음을 가진 인텔리겐차의 일단이 자신 청년기의 어느 한 때에 여러 가지 모순을 짊어진 채, 계급적 이행을 한 것은 역사적으로 어떠한 필연에 의한 것이었을까. 그리고 그것으로부터 10년에 걸친 그들의 활동은 어떤 역사적 특색을 가지고 있는 탓으로 오늘날 이 곤란한 정세 하에 그들이 좌절하지 않으면 안 되었던 것에는 어떤 그 내적 모순이 잠재해 있었을까.

　이러한 전향 문제는 소위 전향작가의 단순히 개인적인 양심에서만 걸려있는 것은 아니라는 것이다. 杉山平助가 『전향작가론』에서 「村山는 그렇게 훌륭한 인물은 아니었다. 그러한 村山로서는 이러한 것은 어쩔 수 없는 것이었고, 村山와 같은 정도의 인간이라는 것을 자각하는 것은 그것을 배우는 것도 나쁜 것은 아니다」고 말하고 있는데, 그리고 그러한 점도 간과할 수는 없겠지만 그것만으로는 역시 너무나도 일면적이라는 것에서 벗어날 수 없다는 것이다. 板垣直子의 「탈락할 인격 소유자는 탈락하는 것이다」(『전향작가와 그 진로』『国民新聞』소화9년 10월호)는 너무나도 자명한 일반론만으로는 정리할 수 없는 것이 있다. 板垣는 다시 「외부적 状勢에 따라 좌경하고, 혹은 전향했다고 하는 것은 근본부터 있을 수 없다. 그것은 처음부터 사상적으로 변화가 없었던 것과 같은 것이다.(『재차 전향문제에 대해서』『新潮』 소화9년 11월호)고 강조하고 있다. 片岡鉄兵 등을 예를 들 필요도 없이, 그것은 그대로 남아 있음에도 불구하고 문제는 그것으로 끝나는 것이 아니다. 春山行夫의 「일개의 좌익 종군 기자 존재에 지나지 않았던 일부 문사의 전향 등이 과연 전향인지 어떤지 조차 의심이 간다.」(『전향작가의 문제』『国民新聞』 소화9년 9월 2일)에 대해서도 같은 생각인 것이다. 개인의 인격, 양심, 정신력에 관련된 문제라는 것은 말할 나위도 없는데 그것에 수반하는 문제도 그렇게 간단하지가 않다. 반쯤은 일본 역사 속에 깊게 뿌리내려 있는 문제이기도 하다. 문제는 개인적임과 동시에 역사적인 것이다.

다시 宮本百合子에 의하면 전향 문제는 「우리들 모두에게 문제가 된다. 왜냐하면 우리들 모두는 어떠한 형태로던 오늘날 그와 같은 것에서 탈출구가 보이는 역사에로 이어가지 않으면 안 되기」 때문이다. 그러한 의미에서 宮本의 다음 말은 전향작가와 그 작품에 대한 올바르고 뛰어난 비판이 될 것이다.

만일 각각의 주인공으로 하여금 거기에 이르지 않으면 안 되게 만드는 錯綜, 또한……배치된 분규, 혼미 등을 그려내어 비극적으로 작품을 긴장시키게 만들 수 있다면 사람은 어떤 형태로든 오늘날의 현실에 위압을 행사하는 권력에 대해서 침묵을 강요당할 것이라고 생각한다. 그렇지만 이들 작자들은 입을 맞춘 듯이 현실적인 그런 면을 도려내지 못하고, 자신의 부분만을 떼어내어 그런 관계에 있어서 자신 일개의 약점, 어둠으로 전이시켜 가게 되고, 이것은 결국 마음에 상처 입은 진혼가를 노래하고 있는 것과 같은 것이다.

5) 약한 자의 상처 입은 진혼가

「오늘날 그와 같은 것을 가지고 탈출구가 보이는 역사」 속으로 宮本百合子는 아마 무의식중에 일어나는 일본 프롤레타리아 문학운동에 동반하는 기계적인 잘못도 포함되고 있는 것을 잊어서는 안 된다.

林房雄가『유다 이야기』(『国民新聞』소화9년 18~21일) 속에서 「작가를 문학으로부터 제외시켜 정치에로 끌어들인 점은 절대로 잘못이다. 정당에서는 작가를 어디까지나 문학 속에 살게 해야지 정치에로 관심을 유도하지 않도록 노력하지 않으면 안 되었다」든가, 「나는 죽을 때까지 프롤레타리아 문학을 합니다. 정당에 돈을 기부하여 법에 저촉되는 것은 작가로서는 치욕이라 생각하고 있습니다. 이번에 만약 저촉이 되는 일이 일어난다면 그것은 바로 나의 작품에 의해 저촉당하는 것일 것입니다」고 인용되고 있는 공판정에서의 발언이라든지, 아마 당시에는 林房雄 일류의 放言으로 밖에 받아들일 수 없었던 것임에 틀림없다. 물론 큰소리를 친 것임에는 틀림없지만 그것만이 아니다. 무엇보다 우선 문학과 정치의 기계적인 결합, 창작활동과 조직활동의 공식적인 통일 등 프롤레타리아 문학운동에서의 관념적인 정치주의에 대한 반항이었다. 많은 작가를 전향으로 이끌었던 근거에는 세계에 그 유례가 없는 치안유지법과 함께, 특공적인 이 정치주의를 간과할 수 없다. 그것들도 포함해서 전향의 문제는 깊게 일본 역사 그 자체 속에 뿌리내리고 있는 것이다. 둘, 셋의 지도자의 책임으로만 돌릴 수 있는 성질의 것이 아니다.

亀井勝一郎는『예술적 기질로서의 정치욕』(『転形期의 문학』 소화9년 9월)에서 「그 정치적 포지션의 강고함이 무엇에 의해 보증받을 수 있을까 라는 것과 함께, 그것에 의해 그의 예술이 더욱더 예술다

울 수 있게 하기 위해서는 어떻게 해야 할 것인가 하는 두 개의 것」
이 결국 대다수가 문제점으로 남겨졌다고 말하고 있다. 이것이 불안
과 위기에 있어서 작가의 마음을 교란한 것이었다. 「당연한 것으로
서 그 위기의 해결책으로 안정화의 방향으로 나아갔던 것이다. 이론
화될 수 없는 문제를 더욱더 이론화 해 가면서」. ─龜井의 말은 이
경우 대단히 암시적인 것이다.

　항상 결론만이 중요하고, 과정은 거의 문제로 삼지 않으면서 눈부
시게 걸어온 근대 일본의 역사 속에 전향의 문제도 또한 끝없는 복
잡한 근원을 간직하고 있는 것이다. (臼井吉見,「근대문학논쟁 上」筑
摩書房, 소화31년 10월 참고)

10

대륙정책 논쟁

만주건국(1932년 3월 1일)의 직전에 이루어진 蠟山政道 동경제국 대학 정치학 교수의 건국 구상과 이것에 대한 橘樸(『滿州評論』 편집 책임자)의 비판 및 건국 구상이라는 것은 서로 대립하고 있던 일본 對 滿 정책의 두 조류를 대표하는 극히 상징적이고 사상사적 의미를 가지고 있었다.

만주사변 이래 약 4개월 관동군은 건국 선언을 발표할 시기를 가까이 두고 1932년(소화7년) 1월 중앙의 정치학자 의견을 청취하고자 蠟山政道 등 소장 전문학자를 만주에 초빙했다. 관동군의 수뇌부인 本庄 사령관을 비롯해 板垣征司郞, 石原莞爾 참모들도 당시 이미 만주의 독립, 독립국가 건설을 결의하고 있었는데 그 구체적인 국가 내용을 考究하고 있었다. 또한 『滿州評論』에 근거해 시국의 엄정한 비판에 앞장서고 있던 橘樸도 전 해 가을부터 연말에 걸쳐서 「왕도의 실천으로서의 자치」(『滿州評論』 소화6년 12월 5일), 「만주 신국가 건국 대강 私案」(『滿州評論』 소화7년 1월 2일)을 발표하고 건국의 필연성 및 신국가의 성격에 관한 견해를 피력하고 있었다. 관동

군으로서는 전 해 11월에 滿鉄의 松本俠의 起草에 의한 「滿蒙 자유
국 설립 大綱」을 토대로 해서 1932년 1월 22일에는 新滿蒙 자유국
최고 기관에 대해 협의하고 있었는데, 「滿蒙 자유국은 어디까지나
공존 공영 속에 주민이 일치 융합하여 만들어 내는 것을 주안으로
삼을 것, 즉 일본의 영토적 야심을 포함시키지 않는다」(片倉衷 「만
주사변 기밀 정략일지」)고 결정하고 있었다. 蝋山政道들과 軍의 회
합은 그 직전이었다고 추정된다. 그렇다는 것은 蝋山政道는 군과의
회합에 출석한 후 1월 23일에는 滿鉄사원 클럽에서 강연하고 있었
기 때문이다. 軍이 蝋山政道의 견해에 대해서 어떠한 대응을 보였는
지는 불명인데, 아마 의견 대립은 해소되지 못했다고 생각된다. 이
점은 蝋山政道 구상이 너무나도 松本俠 구상과는 동떨어지고 있었
다는 점으로부터도 추측할 수 있다.

　蝋山政道의 건국 구상이 어떠한 성격을 가진 것이었는가에 대해
서는 그가 滿鉄 사원 클럽에서 강연한 「만주 시국에 관한 관찰」(『新
天地』 소화7년 2월)이 참고가 된다. 橋樸는 이 강연 기록을 『新天地』
에서 읽자 곧 이것에 대한 비판을 하게 되는데, 「독재인지 민주인지」
(『滿州評論』 소화7년 2월 27일)라는 제목으로 행하고 있었다.

　우선 蝋山政道의 견해는 상세하게 보면 만주에 세워져야 할 정치
조직은 寡頭的이고, 독재적이고, 민족이 다른 민족을 지도한다는 정
치조직이어야 한다고 주장하고 있는데, 이것은 일본 정부가 주장하
고 있던 정의의 내용과 합치하고 있다. 즉 일본이 행하는 적극적인
정의는 만주에 그와 같은 신정치 조직의 수립자가 되는 것을 의미했
다. 그러나 만주에는 3,000만 漢民族이 거주하고 있었고 중국 토지
와 밀접한 관련이 있었다. 그러한 곳에 새로운 제도를 설치하고 통
일하기에는 이것을 어떻게 처리해야 할까, 거기에는 하나의 方略(權

道)이 필요하다. 같은 중국 민족의 거주지역인 중국 본토와 만주를 다른 정치조직으로 분리시키는 것은 중국인이 납득하지 않을 것이다. 그것을 위해서는 「하나의 方略으로서 상호 이익은 반드시 손해가 아니라, 또한 단순한 변명이 아니라 진실한 의미에 있어서 공존공영의 이익이 존재한다고 하는 方略을 세우지 않으면 안 된다」고 말하는 것이다.

이상의 蝋山政道의 견해에 대해서 橘樸는 3점에 대해서 대립각을 세웠다. 제1점은 건국 문제에 대한 입장의 차이이다. 말하자면 「蝋山 씨는 신국가 건설이라는 것이 부여된 문제, 즉 旣定의 문제로서 취급하고 있는 것에 반해서 우리들은 이것은 피하기 어려운 요구라고 생각하여 받아들인다. 蝋山 씨도 만주에 거주하는 지나인의 신국가 건설에 대한 태도를 잘 알고 있을 것이지만 우리들은 지나인이야말로 만주의 독립을 열망하고 또한 어느 정도로 이것을 이미 실천한 선구자라고 믿고 있다」고 하고 있다. 그 경우 만주의 중국인이 내건 保境安民의 표어는 근세 국가의 건설을 의미하는 것이 아니었지만 중국 본토의 현상에 비추어 보면 소위 保境安民의 욕구는 필연적으로 또한 절대적인 것이 될 수밖에 없었다고 단정한다. 여기에 橘의 건국 문제는 피하기 어려운 요구라는 기본적 입장에 대한 근거였다. 이러한 입장은 松本俠의 「滿蒙 자유국」론에도 또한 당시의 관동군 수뇌부의 생각에도 공통적인 데가 있었다.

蝋山의 「旣定의 문제」로서 건국 문제를 취급하려는 입장과 橘의 「피하기 어려운 요구」로서 대응해야 한다는 입장의 대립은 정치조직의 주체에 관한 인식에 있어서 더한층 명료하게 된다. 蝋山에 의하면 「일본민족이 여기에 중국 全土를 전부 들어 한 덩어리로 된 국가가 아니기 때문에, 이 지역에 하나의 국가를 건설하지 않으면 안

된다는 것입니다. 새로운 정치를 세우지 않으면 안 된다면 무엇보다
도 우선 그들을 납득시킬 수 있는가 하는 것이 문제라고 생각합니
다. 거기에는 아무래도 이 민족이 상호 이익을 이 토지에서 나눌 수
있는 일이 이루어져야 한다고 합니다」고 한다. 즉 蝋山의 입장으로
부터 보면 건국 내지 신국가의 수립자·지도자는 일본민족인 것이
고, 만주에서의 그 밖의 여러 민족은 단순한 追隨者에 지나지 않기
때문에 그들을 납득시킬 수 있을지는 의문이 든다는 것이다. 이것에
대한 橘의 견해는 다음과 같다. 즉 「일본인이 여러 가지 이유로부터
이 반년 이래 만주의 독립을 희망하고 있는 것과 같이, 그것보다도
훨씬 일찍부터 지나인도 역시 통절하게 그들 본토와의 정치관계를
단절하려고 희망해 왔다. ……신국가의 건설은 在住 여러 민족이 반
대할 이유가 없는 것만이 아니라, 적어도 일본인 및 지나인은 함께
각자의 입장으로부터 만주의 독립을 욕구하고 있고, 또한 이 양 민
족은 현재 적극적으로 건국 사업에 협력하고 있다. 즉 신국가의 수
립자이고, 중요한 주체이기도 한 민족은 결코 일본만이 아니고, 지
나인은 물론 기타 여러 민족이 포함되는 것이다」고 말하고 있는 것
이다.

　이와 같이 新 국가수립의 주체를 일본민족이라 우선 전제를 깔았
던 蝋山의 입장으로부터는 그 밖의 여러 민족을 납득시킬 만한 「方
略」이 필요하게 되는데, 新 국가수립의 주체를 일본민족이 아니라
중국인은 물론 그 밖의 여러 민족을 포함시킨다고 하는 입장으로부
터는 이론상 蝋山가 말하는 「方略」의 필요는 없어진다.

　이와 같은 양자의 건국에 대한 인식의 차이로부터 第3点인 신국
가의 통치기구에 관해 대립하는 견해가 나타났다. 蝋山에 의하면 신
국가의 정치 조직은 어떠한 寡頭的 독재적인 것에 있어서는 어떠한

민족이 다른 민족을 지도한다는 조직이 아니면 안 된다. 그 이유 내지 근거로서 제일로 들고 있는 것은 만주라는 토지는 한민족에서만 식민지가 아니라, 다른 민족에 대해서도 다른 외국인에 대해서도 식민지라는 인식이다. 제2는 거기에 사는 여러 민족 사이에는 문화적 발달 및 경제·정치상의 힘의 차이가 존재한다는 것이다. 만주라는 토지는 이상의 2개의 사항이 결합한 특수 사정이 있는 토지이기 때문에, 이와 같은 토지에 적응하는 정치조직은 평등한 공민권은 버리고 능률적이고 공정한 정부, 즉 寡頭的 독재적 정치체제가 아니면 안 된다는 것이다. 이러한 견해는 바로 만주를 식민지로서 경영 통치해야 한다는 것으로 받아들여야 한다는 것이다.

蠟山의 독재 정치조직론에 대해서 橘는 그 근거의 하나인 여러 민족관계에 있어서 여러 가지 차이점 내지 대립을 인정해야 하는데, 그 조절 방법으로서 蠟山의 독재적인 정치를 주장한 것에 대하여, 그것은 하나의 대증요법일 뿐이지 원인 요법이 되어야 한다고 주장한다. 원인요법은 「각 민족이 가진 중요성에 입각한 웨이트를 부여하고, 이 웨이트의 차이점을 인식한 데모크라시의 원칙에 의해 복잡하고 또한 미묘한 민족 관계를 처리해야 하는 것」을 의미한다. 이 방법에 의하면 상호간에 웨이트를 달리하는 각 민족들이 문제가 있을 때마다 각자의 입장으로부터 이합 집산함에 따라 자연적인 균형 상태를 만들어 냄과 동시에, 그와 같은 관계에 있어서 우수한 민족 측에 어느 정도의 지도권이 자연스레 생기는 문제는 방해하지 않을 것이라고 말하고 있다.

다음에 민주제의 중요한 요소로서의 공민권 문제가 있다. 蠟山는 「능률 있는 공정한 정부, 부패 없는 정부를 만든다는 것은 공민권보다 중대한 일이라고 생각한다」고 말하고 독재 정치를 주장하였는데,

橘는 이것에 대하여 다음과 같이 민주 정치를 주장하였다.「내가 이해하는 바로는 전제정치가 망하고, 민주정치가 이것에 대신한 동기는 국민이 廉潔한 정치를 요구했다는 것에 있었다. 더구나 역사적으로 민주정치는 확실하게 인민의 前記와 같은 요구를 충족시킬 수 있어야 한다. 이렇게 하여 만주는 물론 조건부이기는 하지만, 어쨌든 前記와 같은 역사적 단계에 있기 때문에, 단순히 능률 때문에 민주제를 버리고 独裁制를 선택했다고 하는 주장에는 공명할 수 없다」고 말한다. 橘가 말하는 민주제라는 것은「민주정치 특히 사회민주주의 국가를 목표로 하여 건설하고 또한 경영」해야 할 제도이기 때문에 그것은「왕도정치론」의 당연한 귀결이라고 보았다. 그리고 이 목표와 만주사회의 현상과의 갭을 줄이기 위해서는 우선 가족에게 法人格을 주어 합법적으로 가족을 대표하는 개인에게 공민권을 준다. 이것에 의해 인민 또는 가족 간에 존재하는 민족적 경제적 정치적 능력의 차이는 완화될 것이라는 기대가 어렵다 하더라도 이 새로운 제도에 의해 여러 민족이 그 사회조직의 현상에 따르면서 민주주의의 관념을 키우고, 또한 그것의 정치적 경제적 및 사회적 운용방법을 修得할 수 있다고 주장하는 것이다.

이상의 蝋山와 橘의 건국문제에 관한 입장 및 사상 상의 대립은 만주를 식민지로 생각하는 일본정부의 관료와 현지에 사는 在野의 識者 사이의 입장 차이로부터 생긴 것이다. 現地派를 대표하는 橘의 사상은 千冲漢을 중심으로 하는 만주의「保境安民」사상에 연원하고 있고, 또 松本侠의「滿蒙 자유국 建設案」, 만주청년연맹의「滿蒙 自由国 案」도 이것과 연결되고 있다. 당시 관동군 수뇌 중에서도 이러한 것에 긍정하는 石原莞爾 등은 이색적인 존재라 볼 수 있는데, 자신의 생각에 무엇보다도 철저하였다. 笠木良明, 口田康信들의 농

본주의자도 만주를 大乗相応의 땅으로서 「菩薩行이 이루어지는 건
국의 방향」이 되어야 한다고 믿고 여기에 합류하고 있다.

그러나 1932년 중반 이후 관동군 수뇌부의 교체를 계기로 해서
민족 協和를 슬로건으로 하여 국가를 지도해야 할 유일의 정당으로
서 조직된 協和会도 관동군의 독재정권에 흡수되면서 그 기능을 상
실해 버렸다. 역사의 수례바퀴는 蝋山政道가 생각하는 방향으로 달
려가기 시작한 것이다. 이러한 정세의 변화에 대해서 橘는 다시 「만
주에 있어서 合作社 운동에서의 대중성의 기초를 단순히 피지배자
층의 경제적 이익을 중지하는 것에만 만족하지 않고, 더욱 나아가
데모크라시 건설에 百折不撓의 노력을 바쳐야 한다고 말하고 있다」
(『滿州評論』 소화9년 9월)고 주장하고, 근로농민의 해방을 실천적
방안으로 제시했다. 橘의 농촌협동 조합론은 만주정부가 企図하는
일본의 산업조합 방식과도, 조선의 그것과도 달라서 중국농민의 역
사적, 사회적 전통에 근거하는 「자조의 정신」을 활용한 것이었다.
그것과 동시에 橘는 이전의 現地派 농본주의가 계급적 관점이 배제
된 것을 자기비판하고, 중농 이하 빈농을 지주·상인·고리대업자
의 삼위일체의 지배로부터 해방시키는 방향으로 정했다. 그것을 위
해서는 농민을 조직하여 조직적 경제생활에 대한 훈련과 습관을 부
여하여 농민이 자발적, 능동적으로 그 조직을 민주화시켜 가고, 조
직의 주인공이 되어야 할 정치적 変局에 대해서 적극적으로 맞설 수
있는 소지를 양성할 수 있다고 생각한 것이다.

만주 땅이 蝋山政道가 구상한 선에 따라서 일본의 완전한 식민지
로 변해갈 무렵 橘의 근로농민 해방사상에 이어서 그의 제자 佐藤大
四郎를 중심으로 하는 소수의 사람들이 北満의 綏化県에서 빈농 중
심의 농촌협동조합 운동을 전개했다. 그러나 이 운동의 성공은 공산

주의 운동이라고 치부되어 강권이 발동되면서 끝내 좌절당했다. 그
렇다고 하나 장기적 시야로부터 보면 일본 독재정치의 패배에 대비
해서 일본인의 光榮 있는 족적을 만주 땅에 남겼다고 봐야 할 것이
다. (山本秀夫, 대륙정책 논쟁 (松本健一 편, 詳解 現代論爭事典, 流
動出版株式会社, 1980.1 참조))

11 中国 촌락 논쟁

동양적 전제주의의 사회적, 경제적 기초를 촌락공동체에 찾아낸
이는 마르크스였다. 마르크스는 「중국·인도」론이나 「경제학 비판
서설」 속에서 동양사회의 촌락공동체를 논했다. 「序言」 속에서 마르
크스는 「극히 대략적으로 아시아적·고대적·봉건적 및 근대적 부
르주아적 생산양식으로 경제적, 사회구성의 継起的인 여러 시기로
구별할 수 있다」고 서술했다. 마르크스가 촌락공동체라는 것에서 주
목한 것은 그의 사적 유물관의 법칙을 세계사 속에서 통일시키려는
위에 서구사회와 비교하여 역사가 뒤떨어지고 있는 동양사회를 설
명하기 위해 필요했기 때문이다. 즉 마르크스가 내세웠던 공동체는
원시 공동체가 해체되는 특수한 단계에서의 상태, 혹은 노예적 계급
분화의 특수형태라고 보고 있었다. 마르크스는 촌락공동체 또는 그
기초 위에 성립하고 있다는 동양적 전제주의를 논하는 것에 관심이
있었던 것이 아니고, 자본주의 이전 사회의 각 발전 단계에서의 소
유 형태 및 생산양식의 내적 관련과 그 발전의 관련성에 관심이 있
었고, 동양사회를 이해하는 위에 그것을 공동체에 착목한 것이었다.

마르크스가 기본적 형태로서 「序言」에서 제시한 소유의 역사적, 이론적 단계에서의 아시아적·고대적·봉건적이라는 도식은 전후 소개된 『자본주의적 생산에 선행하는 여러 형태』(1947년에 일본에 소개)에서는 하나는 아시아적 형태 둘, 고대적 형태 셋, 게르만적 형태의 3개로 나누고 있었다. 「序言」의 도식을 직접적으로 뒷받침하는 유일한 소묘였다. 하나의 사상으로 조잡한 자료를 근거로 해서 만들어진 마르크스의 촌락공동체상은 여러 가지 해석이 나올 수 있도록 되어 있었다.

마르크스가 남긴 과제는 촌락공동체를 전제주의에 대한 이론화의 실패, 그것에 대한 精緻한 이론을 구축하는 그 기초가 될 자료작성을 위한 자료였다. 그러나 후자의 실증적인 뒷받침을 위한 성과는 전자와 비교하여 너무나도 빈약했다. 그렇지만 中江丑吉의 「지나 봉건제도에 대해서」(1931년)나, 橫川次郎의 「지나에 있어서 농촌공동체와 그 遺制에 대해서」(1935년) 등의 실증연구에 관한 성과가 나왔다. 이러한 성과를 이어서 정면으로부터 이 문제에 도전한 것은 사회학 방법으로 접근한 淸水盛光이다. 淸水가 윗트폴게일의 「물의 이론」과 비교해야 할 「공동체의 이론」을 만드려는 집념으로 세상에 던진 것이 『지나 사회의 연구』(1939년)이다. 여기서 그가 「원래 내가 同族部落의 존재를 연구대상으로 삼은 것은 舊 지나 부락의 봉건성과 舊 지나 사회의 環節的 성질에 대해 연구해 보이기 위한」 것이라고 말하고 있는 것처럼, 이 선험적 의도는 데루켐 등의 방법을 받아들여 「環節 사회」라는 규격화로 그것을 이론화하려고 했다. 사회과학적 방법에 의한 이와 같은 테두리·개념설정은 그 나름으로는 구분이 가능해도 테두리 안으로 받아들일 수 없는 것은 사라진다고 하는 것은 무리가 따른다고 봐야 한다. 가령 淸水는 중국 촌락의 수장

을 통하여 행해지는 정부의 촌락 통치—타율적 자치—의 기저에는
정부 지배와는 별개로 생겨나는 촌락민의 자율적 자치가 있는 것이
고, 후자의 존립 기반은 촌락의 공동체적 성격이라고 할 수 있다. 게
다가 계급 분화에 의해 공동체적 성격은 파괴되고 있는데 그러면서
도 여전히 공동체는 유지된다고 했다. 그러나 淸水가 말하는 것을
잘 읽어보면 계급 분화가 되어 공동성을 파괴할 가능성을 찾아내는
것인데, 그런 테두리에 구애받아서 「環節 사회」라는 기준을 움직일
수 없는 고정불변인 것처럼 보는 것이다.

　이와 같은 성과를 발판으로 더한층 연구 성과를 내기에는 아무래
도 현지에 가서 철저한 실태 조사가 필요하였다. 東亞硏究所 제6 조
사위원회의 학술부 위원회에 발안에 의해 동경대학 법학부 관계자
와 滿鉄 조사부 北支 경제조사소 慣行班의 협력으로 실태조사·자
료 작성과 그 분석·보고 작업이 개시되었다. 관행반은 현지에서 촌
락·가족·토지 매매·소작·수리·公租 公課·금융·거래의 부문
을 나누어서 조사를 진행했다. 이 조사에서 행해진 질문 응답에 대
한 등록과 일부의 문서 자료는 전후(1952~58년)『중국 농촌 관행
조사』라는 이름으로 공표되었다.

　滿鉄 慣行班의 손에 의해 현지에서 수집된 실태조사 자료는 동경
대학 법학부 관계자에게 보내져 그것을 근거로 여러 가지 보고서나
논문이 세상에 나오게 되었는데, 그러나 촌락의 경우는 완전히 같은
자료를 가지고도 정반대의 결론이 나온 것이다. 이것이 平野—戒能
논쟁이다. 논쟁의 정점은 冒頭의 인용문에 나타나 있다.

　平野義太郎는 중국 촌락의 공동체적 성격을 旣定의 것으로 받아
들여 그것에 근거를 부여하는 것에 역점을 두고 있다. 이러한 平野
생각의 배후에는 「아시아는 하나」라는 인식이 있었는데, 특히 동양

사회에서의 「촌락공동체」에 그 기초를 두려고 한 것이었다. 平野의 이상할 정도의 열심히 뛰는 모습은 시대인식에 뿌리내려 있었는데, 「大東亜 共栄」의 사회 경제적인 기초 및 정신적 기초를 찾아내기 위해 중국 촌락의 공동체적 성격에 대해 파악하려고 한 것이었다. 예를 들면 농민의 농작업에서의 공동 노동, 수리에서의 집단적·互助的 행동 및 규범, 혹은 오락이나 행사, 청소년 훈육·양성에 있어서의 공동적 성격에 대해서까지 자세하게 조사했다. 平野의 「大東亜 共栄」적 발상은 大東亜의 공영 자체를 논하고 전개시켰던 것이 아니라, 일본의 대륙침략을 합리화하려는 것과 対 米英 戦에로 향하는 시점에서 일본 진로를 아시아로부터 특히 중국으로부터 공감을 얻기 위해 노력한 것으로 거기에는 많은 모순을 안고 있었다. 그러나 平野는 福沢 이래의 「脱亜入欧」 노선에 일본은 결국 참가할 수밖에 없었다는 것이었는데, 일본은 역시 아시아의 한 나라일 뿐 아니라 그것을 위한 이론적 근거가 필요하다고 느꼈던 것이다. 거기서 平野가 주목한 것은 중국 촌락에 있어서 공동체적 성격이었다.

그리스·로마로부터 근대에 이르는 구미 사회는 개인주의·자유 경쟁과 정복 지배와의 관계는 대립·항쟁이 중심인 것에 반해서, 아시아의 사회적 본질은 가장·本家를 중심으로 하는 가족적 질서의 생명적 협동 일체, 친화·礼讓이라는 점에 있다……그리스·로마의 지중해 문명, 근대 구미의 사회가 자유경쟁에 가치를 두고, 이윤 획득의 상업에 중점을 두는 것에 대해서 아시아의 특질은 농촌협동체를 기저로 해서 가족 隣保의 연대 互助에 의한 쌀 작농업이 사회적 본질의 향토를 생활의 기본으로 하고, 생명적 협동·総親和를 향토생활의 원리로 한다……다채로운 아시아 문화도 전부 이러한 향토적 농촌공동체 위에 개화한 것이라 말할 수 있다.

平野는 정치세력으로서의 구미 배격에 그치지 않고, 문화의 일반적인 요소도 포함한 歐美 세계의 문명을 부정하고, 아시아를 그곳에 对極시킨 것이다. 이것에 반해서 戒能通孝는 정면으로부터 이것에 반대했다. 원래 戒能의 연구대상은 法―중국의 토지제도·法―이었는데, 중국 촌락은 중국의 토지제도를 낳는 기반이었던 관계상, 중국 촌락으로 그 시야가 확장되고 있었다. 戒能에게는 反 서양, 反 근대라는 시점은 애초부터 없었던 것이고, 세계사 전체의 테두리 속에서 아시아를 생각하고 또한 아시아를 구분하려고 했다. 이러한 관점에서는 서양 对 아시아라는 관계는 필요 없는 것이고, 서양도 아시아도 세계사 속에 문제없이 정리될 수 있는 것이고, 또한 중국도 일본도 아시아 일반으로 편입하려는 것에는 무리가 있다고 보았다. 이 戒能의 생각에는 근대에 대한 긍정이 전제되고 있는데, 그것을 측정하는 수단―기준―이 되는 것이 촌락사회에서의 근대적 토지 소유권에 대한 실태였다. 戒能는 마르크스가 말하는 게르만적 공동체의 실태와 변용을 구별하기 위해 독일에서의 촌락의 생성·발전, 그리고 근대에의 이행에 대해 면밀히 조사하고 그 결과로 촌락(공동체)은 근대국가·사회의 전제가 되고 있다고 하면서 촌락과 근대에는 모순이 없다고 하였다. 이와 같은 연구가 기초가 되어 戒能는 일본 및 중국의 촌락에 대해 검토하였던 것이다. 그런데 일본 촌락에서의 토지 소유제도의 실태는 중세 이래로 서구와 유사하다고 볼 수 있는데, 그 계보에 속하는 것으로 보고 있다. 한편 중국은 서구 및 일본과는 다른 것이라고 단정했다. 이것은 平野의 大 아시아주의적 견해와는 완전히 다른 것이었다. 戒能에 대해서는 大東亞 共榮의 기초가 되는 촌락 구조가 일체성을 형성한다는 것은 허구로서 서양도 아시아도 세계사의 흐름 속에서 받아들여야 한다고 말하는 것이다.

게다가 戒能는 중국 촌락에서의 공동체적 성격은 부정했다. 중국 촌락에 있어서의 공동체적 성격을 부정한 것이다. 平野는 서구나 일본 봉건시대에는 촌락에 농민의 조합 동료적 결합이 있었는데, 거기에는 농민의 주체적 참여가 이루어지고 있었고 또한 그곳의 지방 관청 등의 실력자와 농민 사이는 기본적으로 대립관계가 아니라 협력관계에 있었다고 했다. 그것에 대해서 戒能는 중국촌락은 개개인이 독립적이어서 실력이 형식을 구속하는 질서가 형성되는 권력구조 사회라고 보았다. 따라서 마을 관리인 숲首나 촌장은 토지를 가진 권력자였기 때문에 농민(촌민)과는 협력 상태에 있는 것이 아니라 대립 관계에 있다고 보았던 것이다.

戒能는 중국 촌락의 공동체적 성격을 부정하고 오히려 비공동체적 성격을 적출했다. 戒能의 추구는 이러한 것으로 귀결했다. 이 정리방식에는 戒能의 촌락, 혹은 봉건적 토지 소유관계를 통해서 볼 수밖에 없다는 시대인식이 있었는지 모른다. 즉 근대─서양근대─의 긍정과 서구 및 일본에서의 봉건적 촌락의 조합 결합이 근대로 가는 전제가 되는 사회구조인데 중국 촌락에는 그것이 없다. 이러한 견해에는 大東亞 共栄, 혹은 大東亞의 일체성 등의 주장은 어처구니 없다는 시점이 내포되어 있다. 이것은 법학자의 시대인식으로서 실천적 태도로부터 나온 것이다. 그러나戒能의 인식은 한편으로는 중국 촌락의 정체성을 읽을 수 있다. 즉 그러한 촌락을 안고 있는 중국사회는 금후 어떠한 발전을 이룰까. ─戒能의 이론으로부터 보면 명확하지 않다.

이것에 대해서 平野의 旧 중국 촌락의 「공동체적」 성격 규정은 대단히 포괄적이었다. 戒能는 토지 소유관계에 있어서의 유럽과 비교 연구한 것으로부터 「공동체」의 개념 설정을 치밀하게 하였다. 平

野는 旧 중국 촌락에는 서구가 없다. 왕도적인 「생활 협동체」만 있을 뿐이라고 선구적으로 생각하고 있는데, 중국 농촌에서의 공동체적 관계를 찾으려고 노력하였다. 촌락의 생활 전반에 걸친 구체적인 사례에 의해 촌민의 실생활 전반 및 도덕·의식에까지 어떤 「공동체」적인 것을 발견하려고 했다. 예를 들면 촌락민의 집회나 회합을 비롯해 농작업·치수 등의 기본적인 것에서 제사, 신앙, 雨気 오락, 관혼상제에 이르기까지를 조사하여 「공동체」적 성격을 뒷받침하려고 했다. 확실히 이러한 여러 사실은 旧 중국 촌락의 생활에 있어서 중요한 일이기는 하지만 그러나 이것은 어디까지나 중국적인 생활양식이기 때문에 역사적인 토지 소유관계에 성립하는 촌락의 표면상의 형태인 것이고 결코 초역사적인 것은 아니다. 마르크스가 생각한 공동체는 역사적인 것이어서 戒能도 역사적으로 그것에 대해 비교 연구하려고 하였다. 平野는 「大 아시아」라는 구상에 너무 구애받아 정치적으로 변질되었다고 볼 수 있는데, 戒能은 순학술적으로 平野에게 대적하고 그러한 방법에 의해 열심히 현실정치에 대해 비판하였다고 할 수 있다. (金容権, 중국촌락 논쟁(松本健一 편, 詳解 現代論争事典, 流動出版株式会社, 1980.1 참조))

12   일본 자본주의 논쟁

1) 자본주의 분석 · 농업문제 논쟁

1932년 5월부터 다음 해 8월에 걸쳐서『일본 자본주의 발달사 講座』(전7권)가 간행되었다. 이 강좌가 기획된 것은 일본공산당이 종래 2단계 혁명 전략을 버리고, 「다시 소생해야 할 일본 혁명의 성질은 부르주아 민주주의적 임무를 광범위하게 담아낼 수 있는 프롤레타리아 혁명」=1단계 혁명 전략을 주 내용으로 하는 「31년 정치 테제(초안)」를 새로이 방침화한 직후였다. 거기서 이 시기에 공산당 이론가에게 부여된 임무는 프롤레타리아 혁명에 副次하는 부르주아 민주주의적 임무라는 것은 무엇인가 였다. 특히 일본농업에 뿌리 깊게 잔존하는 반봉건적 생산 · 착취 관계를 어떻게 위치지을 것인가 하는 점에 있었다. 野呂栄太郎의 리더십 하에 기획 · 간행된『일본 자본주의 발달사 강좌』의 기조도 이러한 점에서의 실증적 분석에 두었다. 그 때문에 재차 2단계 혁명 전략에로 회귀하는 「32년 정치 테제」를 일본공산당이 채택해도『일본 자본주의 발달사 강좌』간행

상 큰 영향은 없었다. 오히려 명치 이후의 천황제 지배의 구조와 그
것을 지탱하는 반봉건적 토지 소유관계의 실증적인 분석에 힘을 쏟
고 있던 『일본 자본주의 발달사 강좌』의 각 논문은 학문적인 형태
로 1932년 정치 체제의 정당성을 뒷받침한 것이라 할 수 있다.

　그런데 「講座派」의 중심적 이론가로 간주되었던 山田盛太郞와 平
野義太郞의 논문이 1934년에 각각 단행본으로 정리되어 출판되자
(山田 『일본 자본주의 사회의 기구』, 大森義太郞, 向坂逸郞, 大內兵
衛, 岡田宗司, 土屋喬雄, 伊藤好道, 櫛田民蔵 들의 소위 「勞農派」이
론가가 「강좌파」이론가의 비판을 개시하고, 이것에 대해 平野, 服
部之総, 小林良正, 木村莊之助(河合悅三), 戸田慎太郞, 坂本三善, 山
田盛太郞, 相川春喜(矢浪久雄), 関根悅郞, 立田信夫(井上晴丸)들의 「講
座派」이론가들이 이것에 응전하고 비판, 반론, 再批判의 격렬한 대
논쟁이 전개되었다. 이 논쟁은 「일본 자본주의 논쟁」이라고 불려져
일본 마르크스주의 이론 전선을 二分하여 싸웠는데, 1936년 7월의
코므・아카데미 사건(講座派 일제 검거 사건), 1937년 12월, 1938년
2월의 인민전선 사건(함께 勞農派의 검거)이라는 탄압 속에서 여지
없이 종결되었다.

　이상과 같이 『일본 자본주의 발달사 강좌』 간행을 계기로 개시되
어 거의 4년간에 걸쳐 전개된 「일본 자본주의 논쟁」은 대략 3개의
분야로 분류할 수 있다. 즉 하나, 일본 자본주의의 구조적 특질에 대
해서 논쟁이 있었던 일본 자본주의 분석 논쟁. 둘, 일본 자본주의의
기저를 이루는 농업생산 관계의 역사적 특질을 둘러싼 농업문제 논
쟁. 셋, 명치유신의 역사적 성격을 둘러싸고 논쟁이 있었던 幕末=유
신사 논쟁—인데, 셋째의 幕末=維新史 논쟁은 다른 그것과 다소 성
격을 달리 하고 있기 때문에 편의상 2)에서 취급하기로 하고, 여기

서는 하나, 둘 만을 대상으로 했다.

하나, 일본 자본주의 분석 논쟁 —이 논쟁이 시작된 것은 당시 「講座派」의 代表格으로 주목받았던 山田盛太郎의 『일본 자본주의 분석』이다. 山田는 「再生産論의 일본 자본주의에의 구체화」라는 독자적인 방법론으로 「일본 자본주의의 기본 구조」를 분석한다. 이 방법론은 山田에게 있어서 「자본주의 경제 기구의 재생산의 총괄적 표식에 그치지 않고, 더욱 변혁의 기저를 관철하는 철과 같은 필연성을 내세우는 기준을 제시한다」(『재생산 과정 표식 분석 서론』)는 것이었다. 또한 구조분석을 위한 열쇠는 일본 자본주의의 「근본적 특질이 구조적으로 응집되어 있는」 산업자본의 확립 과정을 어떻게 규정하는 가에 있었다. 즉 「이 과정은 거의 명치30년 내지 40년을 劃期하는 곳, 즉 바로 청일전쟁·러일전쟁 시기를 거치는 과정이어서 이것에 의해 일본 자본주의의 군사적 半 農奴制的 형태는 종국적으로 결정되는 것이다」고 했다. 또한 이 형태(특수 일본형의 자본주의)의 기저를 이루는 것은 「반봉건적 토지 소유제=半 農奴制的 영세 農耕」이라 할 수 있는데, 그러한 위에 일본 산업자본은 확립되었다고 해석하고 있다. 즉 일본 자본주의는 반봉건적인 농업 생산관계를 토대로 하여 발전했다, 혹은 半 農奴制的 영세 경작을 전 수탈 기구의 기본으로 하는 이외의 발전은 없었다. 이렇게 보는 것이 山田 이론의 골자이다.

이 山田 이론에 대한 최초의 비판자가 「勞農派」의 岡田宗司였다. 岡田宗司는 『改造』 1934년 8월호에 「일본 자본주의의 기초 문제」를 쓰고 있었는데, 「半 農奴制的 영세 경작이 일본 자본주의의 기초를 형성한다」는 山田 說은 하나의 망상에 지나지 않는다고 비판하고 있다. 그는 자본주의의 기초는 어디까지나 임금 노동에 있다고 주장

했다. 이것에 대해서 「講座派」에서는 坂本三善이 「일본 자본주의의
구체적 파악에 대해서」(『歷史科學』 1934년 9월호), 八島淳次郎가
「일본 자본주의의 구조적 특질에 대해서」(『経済評論』 1934년 9월 창
간호)에서 「岡田와 같은 공식론으로는 일본 자본주의의 특수성에 대
한 파악은 절대로 불가능하다」고 反批判했다.

게다가 1935년 10월 「労農派」의 向坂逸郎는 「『일본 자본주의 분
석』에 있어서 방법론」(『改造』), 「일본에 있어서 봉건 세력의 문제」
(『先駆』)의 2개의 논문을 동시에 발표하고 분석에 대한 전면적 비판
을 전개했다. 그 골자는 이하와 같다. 山田 이론의 근본적인 결함은
씨의 일본 자본주의에 발전이 없다고 하는 것에 있다. 씨가 「転化」
라는 것을 문제로 삼아도 半 農奴制的 운운의 일본 자본주의 型의
본질적 변화를 가져오지는 못했다. 즉 씨는 고정불변의 「型制」에서
의 일본 자본주의를 그리고 있는 것이다. 각국 자본주의 발전에 특
수성이 있다는 것은 말할 나위도 없는데 각 특수적인 구조는 자본주
의 발전과 함께 자본주의의 일반적 경향—2대 진영의 대립 경향—
을 대변하는 것이다. 특수를 본다는 것은 일반적 경향에 대한 특수
성을 해소하는 것일 수밖에 없다. 이러한 視界가 아니면 자본주의
발전은 있을 수 없다. 이러한 분석은 발전으로 이어지지 못하는 까
닭이 되는 것으로 분석의 중심문제인 계급 간의 대립이 어떻게 형성
되는가를 명백히 하지 못하고 있다고 하였다.

이 向坂의 山田 비판에 대해서는 相川春喜(「독점 자본주의와 봉
건적 토지 소유」『経済評論』 1935년 11월호)와 坂本三善(「일본 금융
자본의 특질에 대해서」『歷史科學』 1935년 11월호)가 「분석에서의
계급 대립은 명료하게 위치 짓고 있다」고 주장하고 山田를 변호했
다. 또한 쿄田信夫(井上晴丸)는 확립 후의 일본 자본주의에 「구조적

변화」가 없다고 비난하는 자는 비등점에 도달한 물이 더 이상의 가열에 의해서도 수온의 변화를 가져오지 못한다는 물리학자를 비난하는 것과 같은 것이라고 向坂를 論難했다(「반봉건적 농업 분해의 일본적 특질에 관한 試論」『經濟評論』 1936년 4월호). 그런데 山田 자신은 1935년 12월 12일 동경대학 강연에서 「우리들은 구조를 문제로 삼지 않으면 안 된다. 全 구조로부터 보지 않으면 그것이 발전인지 분해인지 알지 못한다」고 발언하고 비판에의 해답으로 대신했다. 그 후 이 분석 논쟁은 일반 노동자가 『時局新聞』에 노동현장의 체험을 근거로 하여 투고를 하는 등 확장을 해 갔는데 결국 권력의 탄압 앞에 무너져버렸다.

둘, 일본 농업문제 논쟁—이 논쟁은 일본의 현물 고율 소작료를 봉건 地代로 볼 수 있는지(講座派), 前 자본주의 시대로 봐야 할 것인지(勞農派)가 중심적인 쟁점이 되었다. 즉 일본농업에 지배적인 생산 여러 관계(寄生 지주제)를 본질상 봉건적인 성격으로 규정하는 「講座派」와 봉건적인 것도 자본가적인 것도 아닌 과도적인 前 자본주의적이라고 규정짓는 「勞農派」 사이에서 논쟁이 일어난 것이다.

이미 1931년 6월 「勞農派」 입장에 선 櫛田民藏는 「일본 고율의 地代는 근대적 토지 소유, 또는 토지의 상품화를 전제로 한 것이어서 이미 봉건적인 종속관계(경제 외적 강제)를 전제로 하는 것은 아니다」, 「봉건적 地代가 아니고 또한 자본가적 地代도 아니라는 의미에서 일본 고율의 현물 소작료는 대략 前 자본주의적 地代의 범주에 속한다」(「일본 소작료의 특질에 대해서」, 『大原社会問題研究所 잡지』)고 주장하고 野呂의 고율의 현물 소작료는 경제 외적인 강제에 근거한 全 剩余 가치를 착취하는 봉건시대의 입장에 대해 비판했다. 이것에 대해 野呂는 「櫛田 씨의 이론은 마르크스 이론과는 무관한 것」

(「櫛田 씨 地代論의 반동성」『中央公論』1931년 10월호)이라고 결정 지으면서 논쟁의 서막은 내렸다. 단 이 논쟁이 본격화하게 된 것은 『일본 자본주의 발달사 강좌』 간행 이후로 1933년부터 1936년에 걸 쳐서 「講座派」는 落合洋三, 服部之総, 相川春喜, 立田信夫, 平野義太 郎, 野口八郎들이 櫛田의 「前 자본주의 地代」 說에 반박을 가하고 있 었고, 「労農派」에서는 大内兵衛, 土屋喬雄, 向坂逸郎, 藤井米蔵들이 여기에 참가했다.

「講座派」로부터 비판을 받은 櫛田는 각각 地代의 특수성을 분명 히 한다는 것은 「나는 이것을 토지의 임대차 관계에서 찾는다. 토지 를 양도할 수 있느냐에 따라 봉건적 토지 소유와 근대적 토지 소유 를 구별한다」(「河上 박사에 대답한다─아울러 野呂 씨에게」『中央 公論』1931년 10월호)는 점이다. 이 櫛田의 방법론을 유통론적이라 비판하면서 平野義太郎는 말한다. 「토지 소유 형태, 地代 범주를 根 底的으로 규정하는 것은 직접 생산자가 지불하지 않는 全 잉여노동 을 수용하는 특수한 경제적 형태·생산조건에 있는 소유자가 직접 적 생산자와 대립하는 관계를 말한다」. 「유통(화폐) 관계나 상업=고 리대 자본에 의해 규정되어지는 것은 아니다」(「반봉건 地代論」『改 造』1935년 2월호)고 말한다. 또한 「소농민이 토지 소유자의 관행적 인 경제 외적 강제에 근거한 全 잉여 노동을 수용하는 직접적인 관 계가 봉건적 地代 범주를 규정한다」(平野義太郎, 「반봉건 地代論」 『改造』1935년 2월호)고 주장한다. 그것은 관행적으로 혹은 「公力」 으로 경제 외적 강제가 현실적으로 존재한다는 平野, 山田, 相川들 과는 달리, 이동의 자유, 영업의 자유가 일본 농촌에 존재하는 이상 은 그것을 금지하는 기본적 요소인 경제 외적인 강제는 존재하지 않 는다고 보는 櫛田, 向坂들과 격렬하게 대립했다.

그러나 「勞農派」에서 말하는 것과 같은 경제 외적인 강제가 존재하지 않음에도 불구하고, 많은 농민이 농촌에 묶여 더욱더 빈궁화의 길을 걷고 있다. 왜냐하면 櫛田는 遺稿가 된 「일본 농업에 있어서 자본주의의 발전」(『中央公論』 1935년 2월호, 편저 大內兵衛)에서 「일본 주요 공업은 오늘날 또한 경공업이라 할 수 있는데, 남자 노동자를 흡수하는 비율은 현저히 떨어지기 때문에 농촌에서 토지가 없어진 사람들이 곧장 공업 노동자가 될 수는 없다. 일시적으로는 가능할 수 있다 해도 공업에서의 보다 이상적인 기계화는 곧 그들을 시골로 쫓아 보내는 것이다. 일본 공장 노동자의 일부는 지금도 동시에 농업 노동자이기도 하다」고 지적하고 있는데, 이것은 농촌에 체류하는 과잉 인구를 지적한 것이다.

이러한 점을 더욱 발전시켜 나간 이가 「勞農派」의 宇野弘蔵이다. 宇野는 「자본주의 성립과 농촌 분해의 과정」(『中央公論』 1935년 11월호)에서 최초부터 고도의 기계제 대공업이 이식된 일본 자본주의는 「그 자신에게 특유의 인구 법칙을 세우는 것이지, 농촌 분해에 따른 과잉 인구를 공업에로 흡수한다는 전형적인 구상을 가지고 있는 것은 아니다」고 주장했다.

이상 봐 온 것처럼 이 「일본 자본주의 논쟁」은 이전 싸웠던 조직론 논쟁, 전략 논쟁과 비교하여 일본 자본주의의 경제학적, 실증적 분석에 너무 한정시키는 약점이 있다. 이미 이 시기 일본제국주의는 침략에의 길로 달려가고 있었고, 사회주의 운동, 노동 운동에 대한 탄압이 강화되면서 공연하게 혁명론 논쟁을 유발한다면 경제학 혹은 역사학이라는 옷으로 갈아입는 수밖에 없었기 때문이다. 그런 의미에서 논쟁 당사자가 선택한 학술용어의 배후에는 변혁 주체로서의 실천에 대한 울부짖음이 숨겨져 있었다고 볼 수 있다. (佐長史朗,

일본 자본주의 논쟁, (松本健一 편, 詳解 現代論争事典, 流動出版株
式会社, 1980.1 참조))

2) 幕末·維新史 논쟁

野呂榮太郎의 리더십 하에 1932년 5월부터 간행을 개시한『일본
자본주의 발달사 강좌』에는「명치유신의 혁명 및 반혁명」이라고 제
목이 붙은 服部之總의 중요한 논문이 포함되어 있었다. 여기서 服部
는 종래의 연구방법에 대해 자기 비판하여 새로운 방법론을 내걸고
있었다. 계속해서 발표한「維新史 방법상의 여러 문제」(『歷史科学』
소화8년 4~7월호)에서 幕末=維新期를「엄밀한 의미에 있어서 매뉴
펙처(공장제 수공업) 시대」라고 새로운 규정을 내렸다. 이 규정을 계
기로 해서「勞農派」인 土屋喬雄와「講座派」인 服部之總, 山田盛太
郎, 小林良正들 사이에 격렬한 논쟁이 벌여졌던 것이「幕末=維新期
논쟁」의 하나인「嚴 매뉴 논쟁」이다. 이 논쟁은 戰前 일본 국가권력
의 성격, 혹은 자본주의의 현 단계를 분석하는 경우에 반드시 과제
로 삼아야 했던 명치유신에 의해 탄생된 지배 권력의 역사적 성격을
규명하는 것은 피할 수 없다는 의미에서 소위「일본 자본주의 논쟁」
의 일환으로서 논쟁이 심화하기 이전에 野呂와 山川均, 猪俣津南雄
사이에서 논쟁이 오가고 있었다.

野呂의 明治維新観은「27년 테제」를 전후해서 적지 않게 그 뉘앙
스가 변해 가는데, 기본적으로는 強力한 정치 혁명이고 획기적인 사
회변혁이지만 그것은 곧 부르주아 혁명을 의미하는 것은 아니고, 자
본가 및 자본가적 지주의 지배 권력으로 보는「국가 봉건주의적 절

대주의론」(枋馬忠行)의 입장에 서 있었다.

다른 한편 「勞農派」의 山川均는 「명치유신은 그 본질에서는 부르주아 혁명이었는데 그것은 부르주아 혁명을 완성한 것은 아니다」(「정치적 통일 전선에로!」『勞農』소화2년 12월호)고 하고 있고, 猪俣津南雄는 「유신 정부의 역사적 임무의 하나는 봉건적 토지제도를 폐지하여 자본주의적 발전을 이룩하고 정비하는 것에 있다. 대토지 소유를 불가능하게 만들려는 토지 정책을 채택한 이 정부는 지주계급의 정부일 수는 없었다. (그것은) 자본주의적 사명에 불타는 전제 정부」「부르주아를 편애하는 전제 정부」(『現代日本研究』)였다고 일관되게 주장했다. 이 시기(소화2년부터 7년까지) 명치유신에 관한 「講座派」와 「勞農派」의 대립은 전자가 부르주아 혁명에의 단서를 가져왔는데, 기본적으로는 절대 王制의 확립에 두고 있는 반면, 후자는 불철저한 부르주아 혁명에 두고 있다는 점이다. 양자의 대립은 유신 이후도 또한 뿌리 깊게 잔존하고 있던 봉건성에 대해 어디에 중점을 두는 가에 대한 차이 정도로 그렇게 결정적인 것은 아니었다.

그런데 「32년 테제」가 명치유신은 절대주의적 천황제를 성립시키게 만든 변혁이라고 확실히 규정한 이래, 「講座派」의 명치유신론은 이러한 관점에서 통일되었다. 예를 들면 平野義太郎는 명치유신을 「부르주아 민주주의 변혁도 아니지만 사회 과정에 있어서도 완전한 부르주아 혁명도 아니고 ……봉건제의 타협적 해소를 내세우면서 봉건적 영유의 전국적 통일」을 이루어 「역사적 범주로서의 절대주의」 형성의 발단이 되었다고 규정했다. 小林良正도 「割拠的=순수 봉건적 체제」(『일본 자본주의 사회의 기구』)라고 위치를 부여하고 있고, 羽仁五郎도 1929년에 발표된 「明治維新史 해석의 변천」에서 「명치유신은 일본에서의 부르주아 혁명 그 자체로서, 또한 자본주의 발전 단계의 하나로 이해하려는 관점이 현대에는 필연적이다.(『羽仁五郎 역사론 著作集』)는 입장을 취하고 있다. 「32년 테제」 채택 이후의 1932년 11월에 발표된 논문 「幕末에 있어서 정치적 지배 형태」(『講座』제4회 配本)에서는 「사회 혁명으로서의 명치유신의 변혁은 국민 혁명·민주주의 혁명의 발전단계로서 특징지을 수 있지만 그러한 위에 성립한 유신 정부는 旧 정치적 지배 형태의 붕괴·転化·해소에 의해 그 모습을 드러내었다고는 하나 본질적으로는 재편성이고, 계승이고, 거기에 아시아적 성질을 띤 절대 전제주의 지배가 확립된」 것이었다고 바꾸고 있다.

이렇게 해서 결정적이 된 「労農派」와 「講座派」의 대립에 새로운 문제를 던진 것이 服部之総의 「명치유신의 혁명 및 반혁명」이었다. 「講座派」에 속하는 服部는 1928년에 간행한 『明治維新史』에서 明治維新을 절대 王制에의 전환이라고 보고 있는데, 식민지화를 벗어나서 이러한 전환을 가능하게 만든 것은 외국 여러 열강 사이의 세력 균형과 상호 견제의 결과라고 해석하고 있었다. 그런데 「明治維新의 혁명 및 반혁명」에서는 이러한 旧 견해를 브하린 流의 균형론적 오류라고 자기비판하고 있는데, 새로이 일본사회 내부에서의 발전에 대한 여러 요인을 강조하고 幕末에 있어서 자본주의적 발전을 인정한 것이었다. 그 구체화로 나타난 것이 「維新史 방법상의 여러 문제」(『歷史科学』소화8년 4~7월호)를 서술한 것이다. 그는 幕末=維新期를 「엄밀한 의미에서의 매뉴펙처(공장제 수공업) 시대」라고 규정했다(이 규정은 매뉴펙처(공장제 수공업)가 자본가적 생산 양식의 지배적 형태를 나타낸 시대라는 의미이다. 服部가 이 説을 제창한 것은 労農派의 일반적인 명치유신론에 대한 비판 때문만이 아니고, 일본 봉건성을 도식화해서 강조하는 講座派에 대한 내부비판의 의미도 있었다고 戰後에 고백하고 있다). 더구나 그 매뉴펙처(공장제 수공업) 시대는 「아무리 늦어도 天保시대」에 이미 시작하여 幕末에는 상당히 진척된 상태에 있었다고 주장하고, 「산업 혁명의 전제조건에 대한 불가피한 길을 준비하고」 있었다고 서술했다. 服部가 말하는 곳을 들어보자. 「『嚴·돈·시대』는 사견에 의하면 幕末 개항 이전에 출발하여 명치20년대에 반세기 내지 사분의 삼 세기 사이에 위치할 것이다. ……어쨌든 유신 변혁의 전 과정이 『매뉴펙처(공장제 수공업)의 시대』에 내재적인 여러 과정의 하나로 이해」(「『嚴·매뉴·시대』의 역사적 조건」 『歷史科學』 소화9년 3월호)된다고 말하고 있다.

이 服部 説에 대해서 의문을 던진 이는 「講座派」의 논객인 山田勝次郎였다. 山田는 『講座』에 실은 「농업에 있어서 자본주의의 발달」(소화8년 8월)에서 「도매상 자본으로부터 매뉴펙처(공장제 수공업) 자본에의 転化=발달은 대체로 染織=酒造=採鑛 冶金 방면의 부분으로 단서적으로 국한되어 있어서 아직 일반적=본격적인 의미에서의 단계에는 도달하지 못하였다. ……服部 説은 사실을 너무 과장한 경향이 있다」고 한다.

이어서 비판의 붓을 든 것은 「労農派」의 土屋喬雄이다. 土屋喬雄는 「德川시대의 매뉴펙처(공장제 수공업)」(『改造』 소화8년 9월호)에서 「旧説의 비판에서 경청해야 할 점이 있다하더라도 적극적 주장에서는 실증과 규명이 불충분하여 아직 선택이 될 수 없다」고 하면서 「개항 전에서의 製糸業만 한정해서 일본 전체로 본다면 과연 매뉴펙처(공장제 수공업)가 지배적이었는 지는 쉽게 단정할 수 없다고 생각한다. ……絹, 綿, 麻의 織物業에서도 매뉴펙처(공장제 수공업)적 경영은 다소는 행해질 것으로 생각된다. 무엇보다도 斯業도 나의 연구 범위에서는 家内 工業的 경영이 많이 행해지고 있기 때문에 전체적으로 매뉴펙처(공장제 수공업)가 지배적이었다고 간단히 결론을 내릴 수는 없다고 생각한다」고 비판했다. 이러한 비판에 대해서 服部는 「방법 및 재료의 문제」(『歷史科学』 소화8년 10월호)에서 土屋가 자본제 가내 노동과 매뉴펙처(공장제 수공업)가 서로 보완할 수 있는 동일한 특정 단계를 나타내는 것에 대해 이해하지 못하고 있다고 반론하고 「매뉴펙처(공장제 수공업)와 가내 노동의 광범위한 결합 문제를 논증하려는」 것이라고 自說을 강조했다.

계속해서 같은 「講座派」에 속하는 小林良正도 土屋 비판에 합세하면서 服部 說을 변호하고 있는데, 「이 규정(嚴 매뉴 시대)이 『아시아적으로 늦어진』 봉건적 착취를 전제로 하고 있다는 것은 많은 말을 필요로 하지 않는다」고 썼다. 그런데 역시 같은 「講座派」의 平野義太郎는 1933년 12월호의 『改造』에 실은 「자유 민권」 속에서 服部說에 동조할 수 없다는 취지에 대해 분명히 했다. 그 논문에서 平野는 우선 土屋를 「소박한 경험주의적 無方法에 빠져 있다」고 비판하고, 다른 한편으로는 「德川 봉건 해체 과정에서의 산업 부르주아적 발전은 精錬 冶金・광산・織物業・酒造・窯業 등에 매뉴펙처(공장제 수공업) 형태를 띠고는 있었다. 이러한 점은 생산양식의 형태 변화에서 주의할 필요가 있다. 그러나 이 매뉴펙처(공장제 수공업)의 종류, 성격이야말로 정밀하게 규정되어질 필요가 있다」고 쓰고, 服部 說에 주문을 더하였다.

다시 土屋는 「江戸시대의 경제」(岩波講座 『日本歷史』 소화8년 10월), 「江戸시대에 있어서 가내 공업」(『歷史地理』 10월 例会 강연)에서 「服部는 노동기구를 생산하는 수작업의 구체적인 규명이 불충분하다」는 등 服部에 대해 비판을 했다. 이들 自派・他派의 贊否 양론이 비등하는 가운데 服部가 최후에 스스로의 「嚴 매뉴 論争」을 체계를 세워 발표한 것이 「『嚴·돈·시대』의 역사적 조건」이었다. 이 논쟁으로 服部는 「嚴 매뉴 論爭」을 그만두게 되고, 한편으로 土屋도 「德川시대의 織物業에 있어서 도매제 가내 공업」(『経済』 소화9년 7, 8월호)에서 「德川시대의 일본 織物業에서 도매제 가내 공업을 북쪽보다 남쪽에로 개관」하고 있는데, 매뉴펙처(공장제 수공업) 단계의 지역적 격차를 지적하고 「『매뉴펙처(공장제 수공업) 논쟁』의 우선의 결착」으로 마감했다.

이렇게 해서 이 시기의 「嚴 매뉴펙처(공장제 수공업) 논쟁」은 종말을 고하지만 그 후 戰後(소화17년부터 25년까지)에 걸쳐서 堀江英一, 豊田四郎, 信夫清三郎들이 大塚史学에 근거해서 「분산 매뉴펙처(공장제 수공업)論」(매뉴 단계의 前段階)을 제기하게 되고, 이것에 대해서 羽鳥卓也, 伊藤岱들이 비판하면서 긴 논쟁이 시작되었다.

그런데 幕末=維新史 논쟁에는 자본주의적 공업을 둘러싼 「嚴 매뉴 論爭」과는 별도로 농업, 특히 新地主의 성격 규정을 둘러싼 「幕末 토지 문제 논쟁」이라 불려지는 논쟁이 있었다. 그 대표적 論者는 전자와 같은 土屋와 服部이다. 土屋는 幕末期에 「자본가적 소유 및 자본가적 농업 경영의 萌芽」가 있었다고 규정하고 있는데, 지주적 토지 소유가 대출된 경우에는 근대적 地代에의 萌芽를 인정하고 지주 手作의 경우에는 萌芽的 이윤을 인정한다고 주장했다.(土屋·小野道雄 공저『근세 일본 농촌 경제사론』 소화8년 3월, 「『新地主』론의 재검토」『改造』 소화9년 6월호)

이것에 대해서 우선 服部가 「농민의 토지에 대한 절실함을 전제로 하는 農奴制 착취─全 잉여노동의 수탈─의 실현이 걸린 토지 소유의 문제가 형성되었기 때문에」, 신지주적 토지 소유는 「예외 없이 일제히 全 반동적, 全 봉건적」(「명치유신의 혁명 및 반혁명」『歷史

科学』소화8년 10월호)이라고 반격했다. 계속해서 小林良正, 平野義太郎, 桜井武雄, 戸田愼太郎, 木村莊之助들이 服部와 같은 입장에서 土屋에 대해 비판을 전개하고 있어서 이 논쟁은 이후의 시대를 대상으로 한 일본 농업문제 논쟁과도 복잡하게 얽혀져 있다. 그러나 이 논쟁은 학문연구의 분야에까지 침투해 온 권력의 폭압 앞에서 중단할 수밖에 없었다.

그러나 이 논쟁은 다른 것과는 달리 너무나도 역사학적인 논쟁이었기 때문에 전후가 되어 재차 부활하게 되고, 새로운 연구 성과도 차례로 공표되고 있었다. 예를 들면 명치유신은 객관적으로는 자본주의적 생산양식을 위한 길을 개척하고 싶다는 것으로 보는 소련 과학 아카데미의 『일본근대사』, 영국이나 프랑스에서도 부르주아 혁명 직후의 초기 부르주아 국가권력은 명치국가와 공통되는 전제적 성질을 가지고 있었다고 주장하고 명치 부르주아 혁명설 입장에 선 上山春平의 『역사 분석의 방법』, 河野健二의 「서양에의 저항과 동화」(『中央公論』 소화37년 12월호), 명치유신은 외압에 항거하여 통일국가를 수립하려는 민족적 계기가 강하여 그것보다도 후진국형 혁명을 주장하던 井上清의 『일본 현대사』, 혹은 명치유신 절대주의 성립설 입장에 선 遠山茂樹의 『명치유신』—이다. (佐長史朗, 일본 자본주의 논쟁, (松本健一 편, 詳解 現代論争事典, 流動出版株式会社, 1980.1 참조))

13

방언 논쟁

일상적 공통어의 통용권 범위는 항상 국가의 판도와 겹치고 있었는데, 그것은 즉 근대국가를 하나의 체제로서 완성시켜야 할 기본적인 필요조건일 수밖에 없다는 것을 말한다. 즉 국어=표준어의 문제는 항상 「나라=말」의 관계성의 문제로서 표출된다.

여기의 「방언 논쟁」도 또한 그러한 것을 상징하는 것처럼 일본의 태평양 전쟁에의 돌입하기 직전이었던 시기, 즉 소화15년(1940년) 국민정신 총동원 체제 속에서 변경의 섬인 오키나와로부터 개시된다.

이 시기 표준어 격려운동은 한쪽에서는 극히 군국주의적, 군사적 색채를 띠면서 전개되고 있었는데, 이것의 원활한 작전 행동을 수행하기 위해 공통어가 필요했던 것이었다. 명치기 이래 일본의 근대화 과정 속에서 국정교과서 제정과 함께 표준어 관념의 보급이 개시된다. 「표준어」는 규범적인 것이고 「방언」은 대립하는 것으로서 박멸되어야 할 대상으로 치부되고 따라서 표준어에로 교정되어져야 할 대상이었다.

소위 방언 논쟁은 그러한 표준어 勵行 운동 속에서 소화15년(1940

년) 沖繩 방언을 둘러싼 일본 민예협회와 오키나와 縣 학무부의 대립을 발화점으로 하여 개시된다. 소화15년 1월 沖繩 문화 연구의 목적으로 柳宗悅, 式場隆三郎, 浜田志功, 田中俊雄, 安田与重郎, 相馬貞三들을 비롯한 26명이 일본문예협회 주최의 沖繩 시찰단으로서 沖繩를 방문하게 된다. 縣 당국자와 함께 하는 관광좌담회 석상에서 柳宗悅들이 沖繩縣에서의 표준어 勵行 운동이 너무 엄격한 것이 아닌가 하고 비판한 것이 縣 당국을 자극하게 만들었다. 당시 沖繩에서는 「方言札」에 보는 바와 같이 방언을 사용하는 것에 대하여 타縣에는 찾아볼 수 없는 罰札 제도까지 실시하는 상황이었다. 좌담회 기사가 신문에 보도되자 곧 沖繩縣 학무부는 「縣民에게 호소하는 민예운동에 망설이지 마라」(『琉球新報』『沖繩朝日』『沖繩日報』 소화15년 1월 8일)고 공식 견해를 발표하게 되고 다음과 같이 서술했다. 「7, 8년 전 청년이 因遁姑息하게 해서 자신의 의지에 대한 발표는 물론이고 礼札마저 마련하지 못하는 자가 많다는 것에 대해서 지금에서야 그 정신적 신념에서 타인과의 질의응답에 있어서 아직 충분하다고는 할 수는 없지만, 옛날에 비교할 바가 아니다. ……표준어 보급운동이 궤도에 올라 겨우 물심양면에 그 여명을 보려는 이 찰라 한쪽에서는 본 운동의 진전을 방해하는 것 같은 견해를 발표하는 조짐도 나타나고 있는데, 그 거의 대부분이 외래자의 쓸데없는 言辞이거나, 혹은 지엽적인 방법론에 불과하여 원래부터 그런 방법을 따르기에는 만족하지 못하는 것이 있다. 최근 유력한 민예가는 그 특수한 시점을 가지고 縣의 표준어 장려가 너무 지나치다든지, 전통적인 美나 특징을 보존하기 위해 혹은 장래 일본어의 표준을 결정하기 위해서도 표준어 장려는 필요한 것이라고 서술하고 있는 모양인데, 그러한 것은 本縣 진흥을 위해 충심으로 염원하는 자가 취할 것이 못 되는 바이다」.

이것에 대한 반론으로서 쓰여진 것이 冒頭에 인용한 일절을 포함한 柳宗悦의 「국어 문제에 관해서 沖縄県 학무부에 응답하는 書」(『月刊民芸』 소화15년 3월호)이다. 柳는 이 중에서 다음과 같이 서술하고 있다. 제1, 표준어 励行 운동 그 자체에는 반대는 하지 않지만 지방어를 소홀히 해서는 안 된다. 제2, 표준어 励行 운동이 「왜 타 府県에서는 행하고 있지 않는 표준어 장려 운동을 沖縄県에서만 행하고 있을까」. 제3, 沖縄 방언은 일본어의 하나의 중요한 요소이고 장래 올바른 일본어를 결정하는 데에 있어서 중대한 시사를 던져주는지도 모른다(요지)고 했다.

좌담회의 신문기사 게재 이후 沖縄에서의 『琉球新報』 『沖縄朝日』 『沖縄日報』 紙上의 독자들의 투고를 포함하여 대반향과 논전 속에 이르게 되어 柳가 주최하는 『월간 민예』에로 그 논쟁의 장소가 옮겨진 것에 수반하여 이 논쟁은 갑자기 동경의 저널리즘을 그 무대로 하게 되었다. 『월간 민예』에서는 柳宗悦를 비롯해서 東恩納寛惇(「沖縄県 사람의 입장에서」), 柳田国男(「沖縄県의 표준어 교육」), 萩原朔太郎(「위정자와 문화」), 長谷川如是閑(「일본어의 세련성에 대해서 표준어와 지방어와의 관계」), 寿岳文章(「표준어와 방언」), 安田与重郎(「偶感과 희망」), 河井寛次郎(「土語駄革」), 相馬貞三(「방언의 문제」), 武者小路実篤(「県의 방침은 어느 정도인가」), 田中俊雄(「沖縄県의 표준어 励行의 현황」), 中村武羅夫(「조국애와 향토애」), 東条操(「국어학과 南島 방언 연구」), 鹿間時夫(「미크로네시아의 沖縄人」)으로 전개되었다. 또한 「沖縄의 표준어 문제 비판」이라는 제목의 좌담회가 柳田国男, 式場降三郎, 柳宗悦, 比嘉春潮들도 참가한 자리에서 柳田国男는 「만일 표준어로 통일하려 한다면 어떠한 감정도 나타낼

수 있는 표준어를 공급하지 않으면 안 된다」고 발언하고 표준어에
서의 어휘의 빈약함을 지적했다. (『월간 민예』 소화15년 4월호)

『월간 민예』 紙上에서의 논조가 거의 표준어가 불완전한 것이라
는 인식에 서서 전개되어지고 있는 것에 대해서『国語教育』『国語
運動』에서의 논조는 표준어에 대한 절대적인 신뢰로 관철되고 있다.
(宮田幸一 「沖縄県의 표준어 문제」, 『国語運動』 소화15년 5월, 保科
孝一 「沖縄에 있어서 표준어 문제」, 『国語教育』 소화15년 5월)

또한 문예평론가 杉山平助는 자신의 여행 경험에 기초하여 東京
朝日新聞에 「琉球의 표준어」를 발표하게 되는데 그 속에서 沖縄 생
활수준의 후진성으로부터 탈피하기 위해서는 표준어가 필요하다고
역설했다. 東京朝日新聞 紙上에서 그 외에는 清水幾太郎가 3회에 걸
쳐서 「沖縄의 표준어 励行에 관해서」(소화15년 3월 25일~27일)라는
논문을 발표하고 다음과 같이 서술하고 있다.

　　한편에는 문화의 높은 요구이고, 다른 한편에는 정치와 경제의 움직
　이기 어려운 동정이 필요한 것이다. 전자의 눈은 널리 퍼져 있는 데 반
　해서, 후자의 눈은 眼前의 문제 해방에만 초점이 맞춰져 있다. 논쟁이 도
　저히 결착이 나지 않는다는 것은 말하지 않아도 분명하다. ……환언하면
　琉球 문화 및 언어의 보존과 활용이라는 것은 이것을 단순히 문화의 문
　제로 보는 한, 결코 그 문제는 해결될 수 없을 것이다.

그 밖에 주요한 논문들은 다음과 같은 것을 들 수 있다. 式場隆三
郎의 「琉球와 표준어」(『東京朝日新聞』 소화15년 3월 29일), 柳宗悦
의 「沖縄語의 문제」(『東京朝日新聞』 소화15년 6월 1일), 柳田国男의
「표준어의 의미—방언문제의 통일에 대해서」(『東京朝日新聞』 소화

15년 10월 15일), 青野季吉의 「経堂雜記」(『文学界』 소화15년 5월),
中村武羅夫의 「문학과 지방어 및 지방문화」(『新潮』 소화15년 6월),
杉山平助의 「琉球의 방언에 대해서」(『新潮』 소화15년 7월), 杉山平
助의 「문학과 방언에 대해서」(『改造』 소화15년 9월), 柳宗悅의 「沖
縄문제에 관한 소신」(『新潮』 소화15년 8월) 등이다.

　이상 대략적인 발단과 경위를 봐왔는데 이미 지적한 바와 같이
소위 「방언 논쟁」은 단순한 표준어와 지방어의 시비를 둘러싼 논쟁
을 넘어서서 소화15년 일본의 정치적인 위상을 빼고서는 말할 수 없
다. 또한 어디까지나 표준어와 지방어는 방언의 문제이면서도 沖繩
가 처해있는 특수한 정치적, 문화적인 위상을 역설적으로 照射해 보
인 것이다. 즉 沖繩에서의 근대화 과정에 동반하여 일어나는 문화적
인 괴로움과 고통의 상징으로서의 그것이다.

　논쟁의 발화점이 된 소화15년이라는 시대에서의 沖繩 표준어 勵
行 운동의 배경에 대해서 西原文雄는 논문 「소화10년대의 沖繩에
있어서 문화 통제」(『沖繩史料 편집소 紀要』 창간호 1976년 3월) 속
에서 다음과 같이 지적하고 있다.

　제1로 「표준어 勵行 운동은 일본정신 및 敬神 사상의 발양을 목
적으로 하는 국민정신 총동원 운동의 일환으로서 일어난 것에서도
알 수 있는 바와 같이, 사상 전달의 수단, 문화 융합의 連帶로서의
언어라는 목적을 표준어 하나로 통일시켜가는 것에 의해 민족적 일
체감을 조성하고, 또한 동시에 천황제 이데올로기의 침투를 유도하
려고 했다」.

　제2로 중일전쟁의 장기화와 태평양전쟁 발발에 동반하는 「南進의
거점」으로서의 沖繩 중요성이 더해져서 「沖繩 인민으로 하여금 宣
撫 공작으로 양성하기 위해 세련된 일본어가 가지는 표준어으로 習

熱시키려고 했다」.

제3으로 「県 및 軍 당국자들의 경우 청취 불능 내지 난해한 토착어=방언을 금지(사고의 정지)함으로 해서 전쟁 협력에 강요당한 인민에 의한 처 당국 비판의 防圧, 더 나아가 전시체제 하의 防諜에 힘을 쏟으려고 했다」는 것, 이러한 3점이다.

여기에 沖縄에서의 표준어 励行 운동의 강인함과 「方言札」 등에 의한 처벌 제도가 또 다른 문제 제기가 될 수도 있었다. 표준어와 방언이 단순한 말로서의 「아름다운 일본어」 문제와, 그리고 불완전한 말 혹은 완성된 말로서의 표준어 문제도 이미 그 위상을 달리하는 것이다.

그리고 그와 같은 측면을 가지고 전개되는 표준어 励行 운동 속에서 바꿔 말하면 천황제 이데올로기, 皇民化 정책 속으로 자신을 몰아넣지 않으면 생활의 근대화를 꾀할 수 없었던 沖縄 사람들의 괴로움과 고통이 있었다. 표준어 문제를 정책으로 실시하고 있던 県 당국이나 관료들에게 문화 문제로 그 정책을 비판한 柳들과 또한 표준어를 말이라는 관점에서 전면적으로 지지하는 의견을 진술한 국어학자들 틈바구니에서 沖縄 사람들의 고통은 말로 다할 수가 없었다.

그러나 소화15년 1월 일본이 大東亜戦争에로 정말로 돌입해 가는 순간에 民芸協会의 일행을 맞이한 県 당국자들과의 席上에서 沖縄에서의 표준어 励行 운동을 비판하고 그리고 강한 반발을 받게 되었을 때 柳들은 이미 눈에 보이지 않은 거대한 魔性의 과녁을 향해 쏘았는지도 모르는 것이다.(高沢皓司, 방언논쟁 (松本健一 편, 詳解 現代論争事典, 流動出版株式会社, 1980.1 참조))

14 『日本改造法案大綱』논쟁

　北一輝가『日本改造法案大綱』을 집필한 것은 대정8년 상해에 있어서이다. 무엇보다 이 때는『国家改造案原理大綱』이라는 제목으로 赤穂 浪士의 숫자에 맞춰 47部가 비밀리에 인쇄 頒布되었을 뿐이었다. 더구나 소화9년 1월에는 발행 반포가 금지되었기 때문에 세간 일반에는 거의 주목을 받지 못했다. 그러던 것이 세간 일반의 눈에 들어오게 된 것은 대정12년 5월의 改造社版에 의해서 였다. 改造의 방법에 대해서는 1부가 삭제를 당하였다.

　또한 이 책이 군인 특히「청년 장교」라 불려지는 부대의 젊은 장교들에게 읽혀지면서「국가 개조 운동의 성경」으로까지 칭송을 받게 된 것은 西田悦 손에 의한 제3회 公刊 이후의 것이다. 西田는 대정15년 2월 약간의 伏字를 사용해서 이 보급판을 만들어 旧 군인 동료나 후배들에게 이것을 반포했다. 같은 해 5월에는 그 再版도 발행되고 그 발행부수는 도합 3, 4천부에 달했다고 일컬어진다.

　그런데 北一輝가 왜 대정8년에 그것도 상해 땅에서 이『日本改造法案』을 집필했던가 하는 이유를 北一輝가 대정15년 1월에 기록한

「제3회 公刊 반포에 즈음하여 씀한다」에 분명히 하고 있다.

> 자신은 십 수 년 여 간 支那 혁명에 의해 안정된 생활을 멀리하고 일본으로 돌아갈 결의를 굳혔다. 십 수 년 간에 특히 가속도로 부패 타락한 본국을 그대로 두고서는 対 世界策도 対 支那 대책도 본국에 있는 자도 모두 파멸이라고 보았다. (중략)―그렇다. 일본으로 돌아가자. 일본혼의 구렁텅이로부터 다시 일으켜 세워 일본 스스로의 혁명에 힘쓰자. 거기에는 설령 잡다하게 행동하는 본국의 혁명적 지도자가 될지라도 혁명 제국의 골격을 세우는 약도라도 제공할 필요가 있을 것이다. 그렇지만 전 아시아의 7억 인을 방어해야 할 최후의 봉건 성곽은 태평양안의 群島에 세워야 할 혁명 대제국일 것이라고. 이렇게 해서 이 법안을 기초하기 시작했던 것이다.

여기에는 北一輝가 명치의 종언을 십 수 년에 걸쳐서 挺身해 온 것을 버리고 일본 혁명에로 다시 돌아가서 재출발하게 된 동기가 분명히 밝혀지고 있다. 그것을 한 마디로 말하면 중국을 비롯한 아시아에 제국주의적 강권(예를 들면 대정4년의 「対華 21 개조의 요구」)을 휘두르기 시작한 일본 그 자체의 개조를 하기 위한 행위였다.

그러면 그 지향하는 改造, 즉 北一輝가 말하는 「혁명 대제국」은 어떠한 골격이었던가. 그리고 그것은 어떠한 변혁을 지향함으로 해서 당시 시대로부터 취급받고 있었던가 하는 것에 있을 것이다. 우선 『日本改造法案』 논쟁이라 이름을 붙인 소화 사상사 위의 하나의 핵심은 여기에 문제가 집약되어 나타났다고 봐도 좋을 것이다.

이어서 이 논쟁은 제1회가 2·26 사건 전후의 소화8년부터 11년에 걸쳐서, 제2회가 60년 안보 전후의 소화35년 무렵까지, 제3회가 全共鬪 運動 전후의 소화45년 무렵에 행해졌다. 어느 쪽도 일본혁명의 사상과 방법이 문제가 된 변혁기였다. 덧붙여 패전 직후에 즉 소화20년 무렵에 『日本改造法案』에 관한 논쟁이 일어나지 않았던 것은 전후 개혁의 성격에 대해 스스로 말하고 있는지도 모른다.

제1회 때의 논쟁에 대해서 서술하면 다음과 같다. 이 때 이미 五十嵐曉郎가 「『北一輝』論集」(소화54년, 三一書房)의 解題에서 말하고 있는 「여러 가지 北一輝像」이 그려져 있다. 즉 五十嵐는 제2회와 제3회의 논쟁을 정리하여 五十嵐論으로 취합 정리하였다. 그 論으로 파시스트, 사회주의자, 혁명적 로만주의자, 토착적 혁명가 등의 4개의 北一輝像을 추출하고 있는데, 그것은 기본적으로 2·26 사건 전후의 논쟁에서 만들어진 것이었다.

물론 그 표현방법은 「개인주의자」「사회주의자」, 「痴人」=「神樣」, 「반사회주의자」=「파시스트」, 「일본주의자」 등 개인적·시대적인 색채를 나타내고 있다. 그럼에도 불구하고 그 다양성, 錯綜性도 포함하여 「여러 가지 北一輝像」을 형성하고 있다고 해도 좋을 것이다. 그것도 이것도 北一輝의 『日本改造法案』에서의 「혁명 대제국」의 골격에 대해 어떻게 이해하는 가에 달려 있다.

그런데 대정8년 무렵에 집필된 『日本改造法案』이 왜 십 수 년 이후인 소화10년 무렵 다시 논쟁을 불러일으켰는가 하는 것은 北가 대정8년 무렵에 투시해 본 일본 제국주의의 막다른 곳과 그 파탄이 소화10년 무렵 누구의 눈에도 너무도 자명하였기 때문이다. 그리고 대중에게 일본의 개조가 불가피하다고 생각되어졌을 때 그 改造의 구체적 방법에 대해 이미 제의하고 있었던 『日本改造法案』을 무시할 수 없었기 때문이다.

더구나 청년 장교 및 그 주변에 반포되었던 西田版 『日本改造法案』은 「국가 개조 운동의 성경」으로서 그들 사이에 이미 실효성을 드러내고 있었다. 예를 들면 소화8년 11월 埼玉의「구국 청년 挺身隊」라는 吉田豊隆 이하 7인의 젊은이는 鈴木 총재의 암살을 기도하여 무기를 모으고 계획을 짜고 있었는데, 그들은 행동의 사상적 근거로서『日本改造法案』을 들고 있었다.

이 사건이 보도된 것은 보도관제가 해금된 소화9년 4월 1일의 일이다. 猪俣津南雄의「부르주아지의 국가 개조안」(『改造』 소화9년 5월)은 이 보도를 들은 충격 때문에 씌어진 것이다. 무엇보다도 猪俣는「4월 1일 여러 신문은 당일 해금된 사건의 두목인 吉田 某라는 인물은『北一輝 씨가 주창하는 일본 개조 법안 大綱에 그 주의를 바친다』는 것이라 보도했다. 그가 말한 이 일본개조안의 내용은 분명하지 않다」고 기록하고 있는데,『日本改造法案』그 자체를 읽은 것은 아니었다. 그가 비판의 대상으로 삼았던 것은 北一輝의『日本改造法案』의 아류라 할 수 있는 中野正剛의『국가 개조 계획 강령』, 久原房之助의『非常時 국책 根本義』, 鄕誠之助의『경제 국책의 혁신』, 河合良成의『국가 개조의 원리 및 그 실행』 등이었다. 어느 쪽도 소화8년 10월 이후의 천황제 파시즘에로 傾斜해 가는 풍조에 따라 아류를 형성한 문헌들이다. 그러나 그 비판에 대한 논지를 읽어보면 猪俣가 北의『日本改造法案』도 정리하고 있는 것을 알 수 있는데, 파쇼 즉「통제」의 강화나 강권정치를 하여「×××(반혁명) 부르주아지에게 봉사」하는 것이라고 단정 짓고 있는 것은 틀린 것만은 아니다.

猪俣는 그 論証을 위해 竹越三叉의『旋風裡의 일본』(소화9년)의「대산업 奉還論」비판의 一節을 소개하고 있다. 이 대산업 奉還論은 北一輝의『日本改造法案』과는 비슷한 것은 아니지만 재산 봉환 나름대로의 산업 봉환의 한도액에도 틀린 부분이 있을 것이라는 견해도 있었다. 물론 竹越는 그렇게 본 것이다. 그런 까닭으로 여기에 北

一輝의 비판도 함께 하고 있다고 봐도 틀린 것은 아니다. 또한 猪俣는 파쇼적 여러 개조안을 비판하는 한편으로, 竹越三叉를 「現狀主義」 즉 보수주의라고 비판하기도 했다.

　그런데 그 竹越三叉는 일본의 지배계급인 자유주의자를 대표하여 자본주의의 변혁을 꾀하는 통제 경제적인 산업 봉환론에 대해 「바보의 꿈이다」고 하여 비판하고 있다. 그는 자유주의적인 입장으로부터 통제는 원래 가능하다고 믿는 것이다. 竹越三叉가 北一輝의 『日本改造法案』을 읽었는 지에 대해서는 확실한 증거는 없지만 北一輝가 이것을 竹越三叉에게 보내었을 것이라고 추측해 보는 것은 충분히 가능성이 있는 말이라고 본다. 그런 까닭으로 竹越三叉가 사유재산을 몰수하고, 토지를 제한하고, 산업을 국가에 봉환하는 「통제 경제」 속에 北一輝의 『日本改造法案』을 염두에 두고 있었을 가능성은 부정할 수 없다. 이것에 대해 猪俣는 竹越三叉가 北一輝의 『日本改造法案』을 읽었을 가능성이 없다고 해서 그의 산업 봉환론 비판을 빌려서 이것으로 대신하고 있었다. 어쨌든 猪俣와 竹越三叉는 함께 『日本改造法案』을 파쇼로서 인지하고 있었다. 이것은 猪俣가 마르크스주의, 竹越三叉가 자유주의라는 입장은 달리 하고 있어도, 그들은 함께 근대사상을 전제로 자신의 입장을 관철하고 있음에는 틀림없다. 문제는 그들이 그 근대사상이 근대 민중을 압살하여 성립하고 있다는 것에 대해서는 조금도 생각하고 있지 않다는 점이다.

　이것에 대해서 근대 그 자체를 부정하려는 일본주의자에게 있어서는 이러한 猪俣나 竹越의 근대사상을 비판하는 것과 北一輝를 비판하는 것을 동일한 것으로 보았다. 예를 들면 倉田百三의 「日本改造法案大綱을 읽다」(소회9년 6월 출간, 『大乘 정신의 정치적 전개』에 수록)가 그 논리를 전형적으로 보이고 있다. 倉田는 猪俣와 竹越

를 비판하면서 이렇게 쓰고 있다.

　　물론 이 書(『日本改造法案』)는 이러한 자유주의적 요소를 변호할 것
을 목적으로 한 것이 아니라, 그 반대로 자유주의 통제를 목적으로 한
것이고, 그 강조하는 점이 통제에 있는 것인데 그러한 것이야말로 日本
改造 法案 大綱의 골자라 할 수 있다. 저자는 한편으로는 일본주의자로
서 끊임없이 사회주의 혁명의 주장과 싸우지 않으면 안 되었던 것이다.
따라서 이 日本改造法案大綱은 사회 경제 정책에 있어서는 자유주의와
마르크스주의를 지양하는 것이다.

　그러나 일본주의자나 민족주의자가 모두 이와 같은 견해에 따랐
는가 하면 그렇지는 않다. 국수적인 국가학자였던 藤沢親雄와 같이
「(北一輝) 씨의 사상의 기조를 이루는 것은 진화론이라 할 수 있는
데, 여기에 사회민주주의가 강조되는 까닭이 있다. 그것은 일본화되
는 것을 말하는데 역시 그것은 서양류의 개인주의관이지 일본만의
독자적인 가족주의적 전체관은 아니다」(『국가주의 운동과 北一輝
씨』)는 것으로부터 당시 오히려 부정적으로 北一輝를 「사회민주주
의자」라고 파악하는 사람들도 많았다. (津久井竜雄와 같은 「국가사
회주의자」라는 긍정적인 이해도 이 연장선에 서 있다). 부정적으로
파악하는 경우는 그 논저의 「일본」이나 「国粋」라는 말의 전제에 명
치국가의 가족주의적 국체론으로 이해하고 있는 천황제 이데올로기
신봉자들이 많았다. 北一輝가 2·26 사건으로 「赤化 장교」의 지도자
로서 총살형을 언도받았던 이론적 근거는 이 천황제 이데올로기에
있었다고 봐도 좋다.
　즉 藤沢親雄가 전제로 하고 있던 가족주의적 국체론을 확대 전개
해 보면 2·26 사건에서의 北一輝 단죄의 이론적 근거가 되는 것이

다. 三井甲乙의 「『日本改造法案大綱』의 검토」는 2·26 사건 이후의
소화11년 5월에 장교용 열람문서인『조사 彙報』제50호에 게재되었
던 것인데, 군인들의 동요를 진정시키고『日本改造法案』의 위법성
을 주지시키기 위한 것이었다. 또한『조사 彙報』에는 山本勝市와 橋
爪明男의 「검토」도 아울러 수록되어 있었다.

　어쨌든『日本改造法案』의 解読이 소화 사상사의 핵심의 하나라는
것은 이상의 여러 가지 北一輝像의 혼란과 상극으로부터 추측할 수
있을 것이다. 그리고 그 혼란과 상극은 昭和 全史에로 이어지는 것
이다. (松本健一,『日本改造法案大綱』논쟁(松本健一 편, 詳解 現代論
争事典, 流動出版株式会社, 1980.1 참조))

15   순수소설 논쟁

1) 橫光利一의 발언

橫光利一의 『순수소설론』은 소화10년 4월호의 『改造』에 발표되었다. 서두는 이렇다.

만일 문예부흥이라 한다면 순문학으로 해야지 통속소설, 또는 다른 것에의 문예부흥은 절대로 있을 수 없다. 지금도 나는 그렇게 생각하고 있다. 내가 이와 같이 쓰면 문학에 대해 조금이라도 아는 사람이라면 이러한 것에 더 이상 부가하지 않아도 곧 통할 말이다. 그러나 나는 이 말의 오해를 없애기 위해 조금 써 보려고 생각한다.

「순문학이 있어야 통속소설」이라는 것에 대해 橫光가 쓴 것은 이것이 처음은 아니다. 같은 해 1월 10일의 『読売新聞』에 『걸작 行路難』이라는 감상을 쓰고 있었다. 일본인으로 4개의 명곡을 남기고 있는 어떤 작곡가의 이야기에 언급하면서 그렇게 되기까지에는 그 시대의 가장 높은 전문가를 움직이든지, 저널리즘을 움직이든지, 풋내기를 움직이지 않으면 안 된다고 하였다. 따라서 순문학 작품으로서 후세에 남길 명작은 반드시 통속소설 속으로부터 나와야 한다는 것이다. 그것으로부터 다음과 같은 결론이 나온다.

순문학으로 해서 통속소설, 이 속에는 가장 뛰어난 소설이 간직해야 할 길이 있는 것이 아닌가 하고 생각된다. 이 나의 생각이 俗論이라고 보지만 그러나 무엇이라 해도 가장 곤란한 일은 여기에 있다는 사실만은 확실한 일이다. ……신인이라 일컬어지는 사람들은 이제부터 이러한 곳에 목표를 두지 않으면 그 의의가 없어질 시대가 올 것이다.

통속소설과 순문학의 문제는 소화9년쯤부터 자주 논의되고 있던 것이다. 예를 들면 中島健蔵는 같은 해 1월에 발행된 잡지 『作品』 제5권 제7호에 『통속성에 대해서』라는 작은 평론을 쓰고 있다. 「가장 뛰어난 본격소설 속에는 반드시 위대한 통속성이 있는 것으로 생각하고 있습니다」든가, 「네가 짊어지고 있는 말라르메나 발레리는 어떻게 되었는가 하고, 나는 작가가 반드시 통속이 되어야 한다고 말한 기억은 없습니다. 가장 확실한 것이 자신의 특수성에 있는 이상, 결과에 있어서 통속에 대해 신경을 쓰지 마라, 보편성을 피하지 마라고 생각한 뿐입니다」는 말이 보인다.

이 문제에 대해서 그 밖에 많은 작가, 비평가들이 발언하고 있는데, 다음 소화10년 1월호의 『早稻田文学』에 『지식계급과 통속문학』을 발표한 谷崎精二는 이 수 년 이래 신문 연재소설의 타락의 정도는 놀랄 만한 하다. 社会欄 기사 등은 옛날과 비교하면 그래도 나은 것이어서 광고란은 비속한 문장으로 넘쳐흐르고 있고, 그러나 현재 무엇보다도 소설란이 가장 추악하고 비열한 部面이 아닌가 하고 말하고 있다. 그리고 이러한 통속소설에 의해 생활에의 바른 응시와 관심으로부터 피하고자 하는 지식계급의 모습은 너무나도 비참하다는 것이다.

이상의 절망적인 비관론에 대해서 같은 1월호의 『改造』에서는 広津和郎가 『文芸雜感』이라는 신문의 小說欄의 획득, 그 陣地 회복에의 적극론을 주장하고 있다. 일반 독자에게 어느 정도의 흥미를 주면서 종래의 통속소설과는 다른 방향으로 조금이라도 독자를 끌어들이려는 노력을 경주해야 할 것이다고 말한다.

德田秋声 씨가 발작을 읽는 것도 통속소설을 쓰기에 도움이 되기에 하는 것이지만 순문학을 쓰기에는 도움이 되지 못하다는 의미를 말씀하신 것은 순수 일본작가의 결벽을 가지고 시작하라는 이야기로서 크게 경청해야 할 가치가 있는 것이다. 그러나 이러한 결벽 때문에 또 일본작가에게는 다른 쪽으로 확장해 간다는 것은 어려운 것이다. 여기에 前記의 秋声 씨의 말은 일본작가의 특질을—장점도 결점도 아울러 나타내고 있다고 본다.

橫光가 「순문학으로 해서 통속소설」이라는 방식에 서서 순수소설이 될 것을 주창한 것은 이러한 논의에 촉발된 결과이기 때문이다. 그러나 보다 직접적으로는 이 해 1월부터 『婦人公論』에 장편 『盛裝』을 연재중이었고, 8월부터는 『家族会議』가 『東京日日新聞』과 『大阪毎日新聞』에 연재되게 되어 있었기 때문이었다는 것과 동시에, 그 무렵 번역으로 나온 안드레 · 지드의 『위조지폐 만들기』에서의 소설이 가진 독자적인 구성과 성격에 강렬한 시사를 받은 것, 이 2개를 들지 않으면 안 된다. 순수소설이라는 명칭 그 자체가 『위조지폐 만들기』에 나오는 소설가 에드와르로부터 온 것이었다는 것을 봐도 알 수 있다.

　橫光의『순수소설론』이『改造』에 발표된 같은 4월호의『文芸春秋』에 久米正雄의『순문학 余技說』이 출판된 것은 흥미가 있는 것이다. 本職的인 도모, 계획을 배척하고 일상적인 심경 그 자체로 되돌아가는 곳에 순문학의 면모를 찾을 수 있다고 하는 이 설은 순문학의 본질을 발견할 수 있는 것이다. 더구나 이『순문학 余技說』속에서 橫光에 대해 이런 것이 쓰여져 있다.

　　橫光利一 군을 또 이런 곳에서 증거로 삼는 것은 실례이지만 君의 성실성과 노력은 바로 순문학 이상—아무래도 나에게는 순문학이라고 말해도 그러한 식으로 너무 힘을 들여 말하는 것은 어떨까 하고 생각한다. —그렇다 하더라도 그리고 君의 인품은 실로 사랑스러운 풍격이라 하더라도 지금 이 때 君의 余技的이지 않는 소설, 즉 여러 가지 구성이나 本職的인 시도를 한 소설은 예를 들면『寢園』이나『紋章』등, 6개 정도를 밑바닥으로 한 통속소설밖에 없다고 생각한다.

2) 久米正雄의『순문학 余技說』

『순문학 余技說』에 가장 잘 나타나고 있는 소위 순문학적인 것에 대한 반항이 순수소설론이라는 것이다. 久米가 말하는「6개 밑바닥으로 한 통속소설」에 그 이론을 부여하는 것이다.

　橫光에 의하면 순문학과 통속소설의 차이는 2개 외에는 없다고 한다. 순문학이라는 것은 우연을 없애는 것, 통속소설이 가진 감상성을 없애는 것이다.「순문학으로 해서 통속소설」을 생각하기에 앞서 양자의 차이라고 보여지는 우연과 감상성에 대해서 그 나름대로

의 해결을 보지 않으면 안 된다는 것이다. 여기서 도스토옙스키의 『죄
와 벌』을 들 수 있다. 橫光에 의하면 이 소설에는 통속소설의 근본
요소라 할 수 있는 우연이 실로 많이 개재한다. 생각지 않는 인물이
때 맞춰 갑자기 나타나거나, 더구나 갑자기 당돌한 짓만 한다는 식
의 일견 세인의 이지에 어긋나는 감상적인 표출은 독자를 기쁘게 하
기도 한다. 어디에서든 통속소설의 2대 요소인 우연과 감상성을 많
이 포함하고 있다. 같은 작자의 『惡靈』만 보더라도, 톨스토이의 『전
쟁과 평화』만 보더라도, 스탕달·발작만 하더라도 그와 같은 것에
대해 얼마든지 발견할 수 있다. 더구나 이것들은 순문학보다도 한층
고급인 순수소설의 모범이라 일컬어져야 할 작품들이다. 이것들이
단순히 통속소설일 뿐만 아니라, 순문학으로 하여금 더구나 순수소
설이 되는 까닭은 이들 작품이 「이지의 비판에 인내해 온 그 사상성
과 그것에 적당한 리얼리티」를 구비하고 있기 때문이라는 것이다.

　감상성을 포함하면서 어떻게 하면 「이지의 비판에 인내해 온 사상
성」으로 관철할 수 있을까. 우연의 표현이 어떻게 해서 사상성에 어
울리는 리얼리티를 가져올 수 있을까. 전자에 대해서 橫光는 거의 말
하고 있지 않다. 그러나 후자에 대해서는 주목할 발언을 하고 있다.

　도대체 순수소설에 있어서 우연(일시성 또는 특수성)이라는 것은 그
소설 구조의 대부분인 일상성(필연성 또는 보편성)의 집중으로부터 당연
히 일어나게 되는 어떤 특수한 운동의 奇形態이던가, 혹은 그 우연이 일
어날 수 있는 가능성이 그러한 우연이 일어났기 때문에 한층 거기까지
의 일상성을 더욱 강하게 하였던가 하는 어느 쪽이다. 이 2개 속의 하나
에서 벗어나서 우연이 작중에 나타난다면 그곳에 나타난 우연은 갑자기
감상으로 변해 버린다. 이 때문에 우연이 가진 리얼리티는 그러한 것일
수록 표현하기에 곤란한 것은 사라진다. 더구나 일상생활에서의 감동은

이 우연에 가장 많이 있다는 것이다. 그런데 일본 순문학은 생활에 감동을 주는 우연을 없애거나, 그것을 피하거나 해서 생활에 회의와 권태와 피로와 무력감만 던져주는 일상성만이 선택되어져 이러한 것이야말로 리얼리즘이라고 이름을 붙여 온 것이다.

이렇게 되면 橫光의 무엇보다 큰 관심은 「우연이 가진 리얼리티」의 표현이라는 한 가지에 걸려 있다는 것을 알 수 있다. 그러나 중요한 이 점에 대해서 비판자들의 많은 부분으로부터 이해되고 있지 못했던 것 같다. 이것은 반드시 비판자의 죄가 아니다. 橫光의 論은 전체의 성격으로서 극히 독단적으로 서술되고 있기 때문에 논리보다도 그 속에 숨어있는 논리 이전의 직관적인 이데 그 자체가 보다 중요한 의미를 가지고 있기 때문이다. 더구나 그러한 오해를 받아도 어쩔 수 없는 발언을 해 왔기 때문이다.

통속소설이 되면 일상성도 우연성도 있는 것이 아니다. 그 때에 가장 좋은 알맞은 사건을 갑자기 아무런 이유도, 필연성도 없이 붙여 여기에는 변화와 색채로 독자를 끌어들여 감상을 사용하는 것인데, 그러나 뭐라 해도 여기에는 자기 신변의 경험 사실만을 대상으로 써 내려 가지 않고 그런 쉬운 창조가 생길까. 일이 창조인 이상, 자기 신변의 기사보다 높게 보기 때문에 통속소설에 압도당한 순문학의 쇠망은 필연적인 것이라고 생각한다.

「변화와 색채」로 독자는 통속소설의 본질을 확실히 인식하면서 또한 현재의 통속소설에 그 창조성을 인정하고, 순문학의 쇠망을 선언하고 있기 때문에 이 논의만을 따로 분리해서 본다면 오해가 생기는 것은 당연할 것이다.

3) 우연성과 통속성

尾崎士郎에 의하면『죄와 벌』의 통속성을「오늘날 유포되고 있는 통속성과 결부시키려는 것에 의해 순수소설에 하나의 지주를 발견하려는 듯이 보인다」는 것에 대해 힐난하고 다음과 같이 진술한다.

오늘날 통속소설을 결정하는 통속성이 되는 것이 과연 생활의 감동을 줄 수 있을까. 이것은 생각하기에 橫光 君의 논의가 그 진행과정에 있어서 우연히 봉착한 역설적 言辭임과 동시에 일본문학을 적어도 제일류의 세계 소설에 근접시키려는 요구가 제멋대로 만들어진 하나의 착각은 아닐까. (『[순수소설론]에 대해서』『三田文学』소화10년 5월호)

片岡鉄兵에 의하면 이상의 내용은 다음과 같이 달라진다.

사람을 감동시키는 것에는 그 자신 무목적인 우연이 아니라 그 자신이 체계적인 코스가 없는 컨시텐스가 아니라, 어떤 요구로부터 출발하는 생활과정이 아닌가 하고 나는 생각한다. (『우연·일상성·미의 문제』『三田文学』소화10년 5월호)

平松幹夫는 같은『三田文学』5월호의『순수소설론과 통속성 및 자의식의 문제』에서 橫光가 순수소설의 모범으로 들고 있는『파름의 僧院』에서 가장 흥미가 있는 주인공 파브리스의 성격발전 과정만 보더라도 독자를 감동시키는 우연성의 약동이라는 것은 현실면의 접촉으로부터 생겨난다고 지적하면서 자신민의 결론을 이끌어내고 있다.

우연이 필연적인 성격을 띠고 생활 감동이 되어 우리들에게 강하게 다가오게 하기 위해서는 언제라도 그것에 동반하는 풍부한 現実面이 필요하게 된다. 그러니까 우연성을 추구하는 입장은 씨가 말하는 바와 같이 통속소설로부터 얻을 수 있는 것이 아니라, 오히려 순문학이 가지는 현실 확충에 있어서의 부족을 메우지 않으면 안 되는 새로운 영역을 개척해야 한다.

이러한 비판은 杉山平助(『氷河의 하품』『新潮』 소화10년 5월호)에 이르면 한층 더 확실한 형태로 나타나고 있다. 杉山에 의하면 橫光가 순수소설과 통속소설의 구별을 우연과 감상성의 유무에 찾고 있는 것은 잘못이라 하고, 양자의 차이는 리얼리티 파악의 濃淡, 深浅에 의한 것이라고 한다.

이상에 의해 명료해진 것처럼 이들 비판은 전부 리얼리즘의 입장에서의 그것이고, 橫光가 마음 속으로 그리고 있는 순수소설이 되는 실체가 파악이 되는 것은 아니다. 橫光가 그것을 논리적으로 전개하지 못하고 그 발언 속에 많은 독단적이고 잡다한 것이 많이 포함되어 있기 때문에 「우연이 가진 리얼리티」라고 말하는 의미가 애매한 채로 방치되고 있는 것이다. 우연이라는 것에 기대지 않고서는 구체적인 형상이 나오지 않는다는 것은 작가의 사상 표현의 문제이지, 현실 인식을 본령으로 하는 리얼리즘과는 다른 것으로 봐야 한다는 것이다. 『죄와 벌』에 「언뜻 타당하다고 인정되는 이지의 비판에 인내해 온 그 사상성과 그것에 적당한 리얼리티」를 발견하는 것에 의해서도 알 수 있는 것이다.

4) 安田·勝本·森山의 비판

安田与重郎는 다음과 같이 우선 발언하고 있다.

　　씨의 所論을 개괄하면 물론 당대의 순문학 작가라면 누구라도 새겨들
어야 할 기본이고, 그리고 그렇게 말해도 실례도 아무것도 아니다. 물론
오늘날 청년들은 무엇보다 허구와 진실이라는 낭만적인 절박함에 대해
깊이 고민하고 있는 것이다.(『순수소설론 読後』『行動』소화10년 5월호)

이상과 같이 말하고 있는 것은 적어도 이러한 점에 대해 이해하
고 있던 한 사람임에 틀림없다. 이것에 대해 다시 勝本清一郎가 다
음과 같은 발언이 눈에 띤다.

　　이것은 당연하게 낭만으로 부르면 좋지 않겠는가. 나는 이미 조금 전
에 橫光 씨가 추구하는 것이 즉 낭만이라고 단정한 적이 있었는데, 이번
순수소설론을 보더라도 낭만이라고 이해해도 어색한 個所는 없는 것 같
다. 그것을 순수소설 등이라고 그렇게 특별한 듯이 말하기 시작한다면
이해하지 못하는 것은 橫光 씨의 나쁜 버릇으로 사람들을 조금 놀라게
하려는 취미라고 생각한다.(『순수소설이라는 것은?』『三田文学』소화10
년 5월호)

이상과 같이 그가 이렇게 말하고 있는 것도 맞지 않는 것도 아니
다. 다음 森山啓에 의해 다음과 같은 발언이 이어진다.

　　순수소설 작가는 사소설의 틀을 벗어나서 가능한 한 낭망적인 세계의
창작에로 항해 있다. 프롤레타리아 작가도 역시 개인적인 경험의 정리나
심경 기록의 영역을 벗어나서 현실 가능한 세계를, 그러면서 현실의 철

저한 인식은 되도록 피하려는 주관적 放恣에서의 우연성이 아니라, 오늘
날 역사적 진행에서의 필연적인 것에 대해 발견하고, 그것을 촉구하고
혹은 방해하고 있는 외견적 우연의 여러 현상의 다양성을 도입하고 있
다. 그것이 어떠한 객관적 의의와 역할을 가졌는지에 대해 평가하고 있
다. 우연적인 혼돈인 일본적 현실에 대해 조명하는 세계를 창작하는 것
이다. (『소설론에 있어서 필연과 우연』 『文芸』 소화10년 5월호)

프롤레타리아 문학의 진영에 속하고 있던 당시의 森山가 순수소
설의 제창자인 橫光를 부르주아 · 로맨티스트라고 규정하고 있는데,
그것과의 대비에서 리얼리즘의 길을 가려는 프롤레타리아 작가가
우연의, 다양성의 적극적인 도입을 주장하고 있는 것은 주목해야 할
것이 있다. 너는 너의 길을 가라, 나는 내 길을 간다는 것도 이 경우
흥미가 있는 것이다.

비판자 대부분이 통속소설과 순문학의 비교에 대해서 논하고 있
는데, 통속소설의 결함을 지적하고 있는 속에서 中村光夫는 문제는
그런 곳에만 존재하는 것이 아니라는 것을 보여주고 있다.

순수소설론이 문단에의 제언이 될 수 있다면 순문학, 통속소설이라는
몇 사람만 통하는 문단용어를 우선 사용하는 것은 아마 橫光 씨의 현명
한 배려일 것이다.(『순수소설론에 대해서』 『文学界』 소화10년 5월호)

즉 「순문학으로 해서 통속소설」이라는 정의는 「통속소설의 개념
을 문단인에게 이해시키려는 것 이외는 아무것도 없는 것이다」.

순수소설에서 橫光가 주장하는 우연의 문제에 대해서도 中村의
비판은 극히 명쾌하다. 橫光의 소위 우연의 의미에 대해서 『죄와 벌』

에 입각해서 말하는 中村의 생각은 이렇다.

끊임없이 생각지도 않는 방향으로부터 일어나 라스콜니코프를 학대하는 여러 사건은 최초부터 끝날 때까지 당돌하고 기괴한 것이다. 필연적인 것은 라스콜니코프의 사상만이다. 더욱 적절하게 말하면 무수한 우연의 사건에 의해 肉化 완성되는 라스콜니코프라는 작자의 사상만이 필연인 것이다. 그 리얼리티인 것이다.

즉 『죄와 벌』의 우연은 통속소설의 그것과는 다른 것이라는 것이다. 같은 의미에 대해 小林秀雄도 말하고 있다. 小林에 의하면 『죄와 벌』이 통속소설이기 때문에 순문학이 존재한다는 橫光의 말은 물론 비유법이기는 하지만, 그러나 비유라 하더라도 위험한 비유이기 때문에 『죄와 벌』은 단순히 훌륭한 소설일 뿐이지, 이 소설로부터 어떤 사람들이 통속적 요소만 발견해 낼 수 있다는 것은 별개의 문제이다. 거기서 小林는 계속한다.

도스토옙스키의 작품에는 이와 같은 열정이나 심리의 우연적인 움직임이나 기괴하다고 생각되는 정열이나 심리의 모습이 많이 나오고 있는데, 인간이 이와 같은 감상에 빠져서 인간이 여러 가지로 울고 있다. 현실 세계에서 그러한 것은 여러 가지로 얼마든지 일어날 수 있기 때문이다. 그러나 그러한 것은 통속소설에서는 결코 일어나지 않는다. 참다운 우연의 모습은 결코 일어나지 않는다. 그 대신에 보이기 위한 우연, 즉 이야기 줄거리 상의 우연으로 가득 차 있다. 그리고 도스토옙스키가 자신의 사상을 말하기 위해 이 보이기 위한 우연을 이용하고 있다는 것은 아니다. 즉 이용당한 우연은 제작 이론상의 필연이기 때문이나.(『私小説論』『経済往来』소화10년 8월호)

5) 「순문학로 해서 통속소설」이란 무엇인가.

中村光夫에 의하면 橫光로 하여금 순수소설론을 제창하게 한 진짜 원인은 현재의 私小説에 대한 불만이고, 일상성을 그대로 소박하게 현실이라고 믿어 의심치 않았던 명치 이래의 소설 전통에 대한 반항의 소리일 수밖에 없다. 이렇게 하여 「현대소설의 문제는 사소설이 붕괴한 장소에서 시작한다」는 것이 中村의 의견이라고 한다면, 橫光의 순수소설론에 대한 혼란은 「현대문학의 교란을 충실히 표현한 실천적 작가의 혼란」일 수밖에 없다는 것이다. 『新潮』 7월호의 『순수소설의 반향』에서 諸家의 説을 상세히 검토한 川端康成는 최후에 다음과 같이 말하고 있다.

오른쪽에서 순문학으로부터 본 통속소설의 결함은 분명히 밝혀졌지만 문단의 현상에 입각해 본다면 통속소설을 반성을 전제로 한 橫光의 説은 역시 살아 있다. 참다운 현대소설은 통속소설에 있을 수 없다고 나도 이전에는 생각했던 적이 있었고, 또한 오늘날 통속소설의 차별 등은 시대의 흐름을 단기간으로 나누게 했고, 후대의 젊은이에 의하면 통속소설 쪽이 오히려 현대를 더 잘 活写하고 있다고 생각되어지는 면이 없지 않다.

이상과 같은 감상을 진술하고 있는데 순수소설의 문제는 거기에 그치는 것이 아니다. 『순수소설론』은 이제까지 橫光가 제창하는 것 중에서 극히 일부분에 지나지 않는다.

지금까지 서술해 온 것은 누구라도 통할 수 있는 것이었는데 이하 서술하는 것은 현대소설을 쓰려고 작정한 사람이 아니라면 흥미가 없을 부분에 대해 언급하려고 생각한다.

갑자기 이런 것을 그는 말하기 시작하였다. 그리고 그는 근대소설, 즉 「귀찮은 괴물」이 새로이 발견된 것에 대해서 말하기를 계속한다.

그 괴물은 현실에 있어서 유력한 사실이 되고 있었는데 지금까지의 심리를 무너뜨리고, 도덕을 무너뜨리고, 이지를 파괴하거나, 감정을 왜곡시키거나, 더구나 그들의 혼란이 새로운 현실이 되어 세간을 움직여 왔다. 그것은 자의식이라는 불안의 정신이다. 이『자신을 보는 자신』이라는 새로운 존재물로서의 인칭이 생겨나서는 도움이 되지 못하는 낡은 리얼리즘을 가지고서는 전혀 이득이 되지 못한다는 사실은 말할 나위도 없는 것이다. 그 불편은 그것에 그치는 것이 아니라고 해서 이 사람들의 내면을 지배하고 있던 강력한 자의식의 裏面에 가까이 하여 리얼리티를 살리려고 하였다면 작가는 이미 어떠한 방법으로든 자신의 操作에 적합한 4인칭을 만들어 내지 않는 한, 표현의 방법은 없을 것이다.

이제 겨우 순수소설론의 결론다운 것에 도달하는 것이다. 그는 다시 말한다.

순수소설은 이 4인칭을 설정해서 새롭게 인물을 움직여 진행하는 가능성의 세계를 열어가는 것이다. 아직 몇 사람밖에 기획한 적이 없는 자유의 천지에 리얼리티를 부여하려는 것이다.

즉 橫光로서는 자의식이야말로 새로운 현실이고, 그 표현이야말로 순수소설이라고 말하고 싶었던 것이다. 그러니까 여기서 그는 처음으로 확실히 진심을 말하고 있는 것이다.

이미 여기에 이르면 통속소설이든가, 순문학이라든가 하는 이런 바보
스러운 유명무실한 논의는 얼마든지 가능하다고 봐도 좋다.

6) 4인칭에 의한 순수소설

자의식의 표현이 순수소설의 입장에서 보면 「순문학으로 해서 통
속소설」 등의 표현과는 전혀 관계가 없다고 해도 좋다. 사소설 본위
의 순문학을 부정하려는 나머지, 순문학과 대립되는 통속소설과『위
조지폐 만들기』에 의해 시사된 바 있는 자의식 표현의 문제를 결합
시킨 독단적 야망이 모호한 순수소설론이 되어 나타났다고 봐야 할
것이다. 橫光의 순수소설론이 지드의 소설이나 소설론에서 벗어나
는 것은 이 점으로부터 보면 당연하다.

『早稲田文学』 6월호에『순수소설론의 비통속성』을 쓰고 있던 寺
岡峰夫에 의하면 「자의식을 정리하려는 橫光 氏 방법이 과연 통속
문학과 순문학을 겸한 거대한 20세기의 낭만을 구성할 수 있을 지에
대해 생각해 본다면, 나는 순수소설의 비통속성에 대해 생각하지 않
을 까닭이 없다」는 것이고, 더 나아가 그는 다음과 같이 말한다.

　　幇間性을 가진 것으로 생각하는 나머지 비대중적인 통속문학론이라 보
　고 있고, 또한 대중의 향상심에서 작용한다는 의미에서는 너무나도 순문
　학적 통속소설론인 것이다. 실천의 계기를 떠나서 자의식을 오직 관조하
　려는 것에 순수소설론의 순문학성과 비통속성이 있다고 생각하는 것이다.

勝本清一郎는 또한 前述의 論에 계속해서 다음과 말하고 있다.

横光 氏의 순수문학론은 결국 심리주의적 낭만의 길에 대해 설명하고 있는 것은 확실하다. 또한 그렇게 알고 보면 씨가 지향하는 곳이 현재 지드의 경우는 이미 그러한 것이 사라지는 과거의 境地에 불과하다는 것도 스스로부터 보면 분명할 것이다.

지드의 경우는 사라진 과거의 境地에 불과하더라도 横光의 경우에는 이 경우 당치 않는 현재의 문제였던 것임에 틀림없다. 문제는 이 때 일본문학에 있어서 4인칭에 의한 순수소설이 이렇게까지 절박하였던가 하는 것이다. 이 점에 대한 中村光夫의 論은 또한 이것에 대해 명쾌하게 밝히고 있다.

4인칭이라는 것이 물론 의식 차원의 복잡화를 의미하는 造語였다고 본다면 4인칭 소설이라는 것은 주관소설도 객관소설도 아니다. 예를 들면 『日記』를 포함한 『위조지폐 만들기』와 같은 것일 것이다. 그러나 지금까지 타인이 생각하는 것조차 생각할 여유가 없었던 일본 문학에 과연 그러한 절박한 형식에 자유스런 생각을 추구할 정도의 필연성이 있었던 것일까. 사회소설, 사상소설의 전통보다는 오히려 그러한 전통의 결함에 괴로워하는 일본문학에 그러한 형식이 맞을 지는 의문이라고 본다.

계속해서 라스콜리니코프의 자기 해석이 얼마나 예리한 가는 『죄와 벌』의 최초의 2페이지만 읽어보아도 명료한데, 도스토옙스키의 경우는 보통의 객관소설 형식으로도 충분하였다. 도스토옙스키가 이 소설에서 그리려고 한 것은 자의식이라는 괴물이 아니다.

라스콜리니코프의 자의식은 그에게는 너무 잘 알고 있는 것이어서 재

미도 없었던 것이다. 단지 그가 보이고 싶었던 것은 라스콜리니코프의
자의식에서의 현실 사회의 명료한 모습이었던 것이다.

　이상에 의해서도 분명하듯이 『순수소설론』을 둘러싸고 이런 여러
說은 논쟁과는 그 성격이 다른 것이다. 중요한 橫光만 보더라도 1회
성의 발언이어서 諸家의 비판에 대해서 한번도 그것에 대해 응답하
고 있지 않다. 순수소설론은 橫光 자신의 제작의 각오를 밝힌 것이
기 때문이었을 것이다. 「작가의 비밀을 무시하고, 그가 말한 것으로
부터 그런 미학을 이끌어내는 정도로 어리석은 작업은 없다」는 것
은 中村光夫의 말이다. 어쨌든 갑자기 이 독단적이고 직관적인 소설
론이 이 만큼 반향을 불러일으킨 것, 더구나 정당한 논쟁으로 발전
하지 못했던 사정이야말로 근대문학의 전통의 결여를 여러 가지로
시사해 주는 것임에는 틀림없다. (白井吉見,「근대문학논쟁 上」筑摩
書房, 소화31년 10월 참고)

16 　　　　　　「사상과 실생활」 논쟁

1) 正宗白鳥의 톨스토이觀

　톨스토이의 가출을 둘러싼 해석에 대해서 正宗白鳥와 小林秀雄 사이에 2, 3회의 응수가 있었다. 소화11년의 일이다.

　1월 11일, 12일의 『読売新聞』에 正宗白鳥의 『톨스토이에 대해서』 가 발표되었다. 미발표된 톨스토이 최후의 일기 『1910년』의 일본어 역판을 입수한 正宗白鳥는 「오랫동안 나의 마음에 자리잡고 있어서 무슨 일이 있을 때마다 생각나는 톨스토이를 알기 위해서 간과해서 는 안 되는 문헌」으로 중요한 자료였다. 특히 말년의 톨스토이가 그 老妻와의 번잡함에 괴로워하는 사정이 자세한 설명과 함께 기술되 어 있는 것에 正宗白鳥는 「톨스토이 소설을 읽는 것보다 더한 감흥」 을 느낀 것 같다.

　　여러 여성을 마치 살아있는 듯이 그린 톨스토이이지만 사실은 소설보
　　다도 더 심각하다. 이 대문호도 여성은 남성에 있어서 이런 대단한 고뇌

를 던져주는 존재인가를 창작력이 왕성한 장년기에는 그것을 통찰할 수 없었고, 80살이라는 頹年期에 이르러 통렬하게 체험하였던 것이다.

그리고 이 감상은 다음과 같이 맺고 있다.

25년 전 톨스토이가 가출해서 시골의 어느 정거장에서 병사한 보도가 일본에 전달되었을 때 인생에 대한 추상적인 번뇌에 참을 수 없었고, 구원을 바라는 여행길에 올랐다는 표면적 사실에 대해 일본의 문단인들은 그것을 그대로 믿고 투정부렸던 것에 감동을 받았던 것인데, 실제는 처를 무서워해서 도망쳤던 것이다. 인생 구제의 큰집처럼 생각했던 세계의 識者들에게 신뢰를 받고 있던 톨스토이가 살아있는 신을 두려워하고 세상을 두려워하고, 집을 뛰쳐나와 고독하고 표일한 여행길에 올라 드디어 야생에서 죽음을 맞이한 괴담을 일기로 숙독해 보면 비장감도 들고, 골계이기도 하는 인생의 진상을 거울을 맞대고 보는 것 같다. 아아, 내가 敬愛하는 톨스토이 翁이여!

正宗白鳥에게는 이것보다 10년 전 소화元年에 別稿『톨스토이에 대해서』가 있다. 체르트코프의『만년의 톨스토이』에 의하면 이「몹시 못마땅한 문호」가 칠전팔기의 괴로움을 계속하는 모습을 볼 때마다 그 해박한 지식과 풍부한 생활과 명쾌 용감한 이지를 가지고 80년 인생의 풍상 시련을 거쳐가면서 최후의 날에 그「생존의 무의식」에 대해 폭로한 것에 대해서「나는 알츠이바세프와 함께 결론을 내려고 하는 것이다」고 쓰고 있다. 알츠이바세프의『톨스토이론』으로부터의 인용은 이러하다.

　그렇다면 이 거인은 어떻게 살았고 무슨 이름으로 죽었는가? 확실히
만일 이 거인의 생활로 인해서 인생의 위대함도, 의의도, 목적도 볼 수
없다고 한다면 나는 작은 빈약한 생활로부터 무엇을 기대할 수 있을까.

　최후의 일기를 읽고 난 正宗白鳥의 감상은 10년 전의 그것과 변
함은 없다. 같은 감회를 다시 더 선명하게 떠올린 것에 지나지 않는
다. 「비장감도 있고, 골계도 있고, 인생의 진상을 거울을 걸어놓고
맞대어 보는 것과 같은 것이다」고 내뱉은 白鳥의 표정은 톨스토이
가 최후의 날에 「생활의 무의식」을 폭로했다고 쓴 10년 전과 그대로
닮아있다고 봐도 좋다. 그리고 그것은 白鳥가 시종일관 계속해 온
것이었다.

　2번째의 톨스톨이론을 발표한 같은 달의 『中央公論』에 白鳥가 『프
로벨의 서간』을 쓰고 있다. 「나의 유일의 동거인은 죄의 一群입니
다. 그것은 물소리도 사라지고 바람소리가 멈추었을 때, 머리 위 찬
장에서 지옥과 같은 소리가 납니다. 오는 밤도 칠흑처럼 어둡고, 사
막과 같은 침묵이 나를 감싸고 있습니다」는 죠르쥬·샌드 앞으로
보낸 편지의 일절을 인용하면 이렇게 쓰고 있다.

　아아 내가 사랑하는 톨스토이 옹이여! 당신은 과연 살아있는 신 따위
를 무서워하였는가. 나는 믿지 않는다. 그는 확실히 두려움에 떨었다. 일
기를 읽어보라. 그런 말을 나는 믿고 있지 않다. 그의 마음이 「인생에 대
한 추상적 번뇌」로 불타고 있지 않았다면 아마 그는 살아있는 신을 두려
워 할 필요도 없을 것이다.

　모든 사상은 실생활로부터 생겨난다. 그러나 태어나 생성한 사상이
드디어 실생활과 결별할 때가 오지 않는다면 사상에 무슨 힘이 있겠는
가. 대작가가 현실 사생활에서의 죽음으로 仮構된 작가의 얼굴에서 갱생

하는 것은 바로 그 때다.

톨스토이도 지드도 그들 과거에서의 창조의 魔神을 신용할 수 없었을 때, 새로운 제2의 마신을 얻었을 것이다. 그 배후를 찾아서 妻, 가출이라는 것을 발견해 낸 들 무엇이 될 수 있는가. (중략)偉人, 영웅에서 보통이 아닌 인간의 얼굴을 발견하고 기뻐하는 취미에 대해서 나는 알 수 없다. 리얼리즘의 가면을 쓴 감상벽에 지나지 않는 것이다.

白鳥가『중앙공론』3월호의 文芸時評『추상적 번뇌』에서 이것에 대해 대답했다. 「小林 씨의 所説은 반드시 愚説이라고는 말할 수 없다.『일기』에 대한 나의 시점을 바꾸어 보면 그렇게 말할 수 없는 것도 아니다」. 이것이 小林에 대한 최초의 대답이다. 계속해서 「톨스토이만 보더라도『추상적 번뇌』가 夫人이라는 형태로 나타나고 있는 것이다. 妻로부터 도망치는 것은 추상적 번뇌로부터 도망치는 것이었다」. 게다가 「본래 실생활로부터 완전히 없어지는 추상적인 번뇌는 존재하지 않을 터」라고도 말하고 있다.

또한 「존경하는 翁이여. ……그 생명을 개개의 인간, 그리고 全 인류에게 바쳐라. ……백작직을 반납하고 재산을 혈연과 관계없는 사람들 및 가난한 사람들에게 나누어 주라. 무일푼의 거지가 되어 이 마을에서 저 마을로 걸어보라……」는 어느 대학생 편지에 대해서 톨스토이가 「가출하는 자신도 진심으로 생각하고 있었는데, 지금까지 많은 이유 때문에 그것을 실행할 수 없었다」고 답장을 썼다는 것을 지적하고 白鳥는 말한다.

즉 추상적 번민은 부인의 몸을 빌려 응집되어 있다가 翁에게 다가와 존재하다 보니까 翁은 살아있어도 살아 있을 수 없었던 것이다.……그런 고로 이 두 개의 일기가 偽書가 아닌 한, 톨스토이가 現身의 妻를 미워하고 처를 무서워해서 가출했던 것은 틀림없는 것이다. 거울에 걸고 보는 것과 같다. 「무일푼으로 유랑해라」는 대학생 편지는 이전의 톨스토이 翁의 사상에 의의를 둔 충고였다고 보는데, 그런 사상에 힘을 보탠 것은 부부간의 실생활이 작용하고 있었기 때문이다. 실생활과 인연을 끊은 사상은 유령과 같이 의외로 힘이 없는 것이다.

小林는 『文芸春秋』 4월호의 『사상과 실생활』에서 재차 白鳥를 반박했다. 자신이 일기 등은 믿지 않는다고 쓴 것은 일기를 읽지 않고 쓴 것이 아니라 偽書라고 의심했기 때문도 아니다. 처를 무서워했다는 것이 도대체 무엇일까 하고 생각했기 때문이다. 그런 사실은 거울에 걸어 맞대고 보는 것이 바보스러웠기 때문이다. ─기분 볼썽사납게 이런 말을 한 小林는 20년 친구 사이인 스트라홉의 가슴에 참기 어려운 혐오의 정을 남긴 「인류 구제에 불탄 대예술가」 도스토옙스키, 동시에 처의 눈에 인간 理想의 체현자로서 비친 도스토옙스키의 놀랄만한 무질서한 생활에 대해서 뜨겁게 말하기 시작한다. 더욱 「현재의 나라고 하는 것은 이미 없습니다. 이것은 여러 가지 나의 개성이 표출된 결과입니다. 나는 나일강의 船夫였다. 카르타고 戰歿 무렵 로마에서는 여자 학자였다. 슈브엘에서는 그리스의 유세가로서 빈대에게 물리기도 하고, 십자군의 원정에서는 시리아 해안에서 너무 포도주를 많이 마셔 죽었다. 나는 해적이고, 승려이고, 싸구려 물건을 팔기도 하고, 마부도 되었다. 아마 동양 황제가 된 적도 있을 것입니다」고 조르쥬・샌드가 쓴 프로벨에 대해 말하기 시작한다. 즉 小林가 말하고 싶은 것은 다음과 같다.

프로벨은 문학이라는 「유일의 목적」을 위해 극도로 생활의 낭비를 아까워했다. 그의 실생활은 거의 없는 것과 같아 書簡을 통해서 그의 실생활을 엿보려는 사람들을 실망시킨다. 양 극단적인 것은 합친다고들 한다. 도스토옙스키가 생활의 놀랄만한 무질서로 태연하게 살았던 것도 단 하나 예술창조의 질서를 믿었기 때문이다. 창조의 魔神에 사로잡혔다는 천재에게는 실생활이라는 것은 아마 가공의 나라였음에 틀림없을 것이다.

프로벨이나 도스토옙스키에서의 실생활은 가공이고, 그들이 살았던 사상이야말로 모든 것이라고 단정했을 때, 小林와 白鳥의 거리는 갑자기 크게 멀어지게 된 것처럼 보인다. 小林에 의하면 톨스토이 만년의 비극이 인생 그 자체의 상징은 아니었다. 거기에 인생 그 자체의 상징을 본다고 하는 것은 白鳥처럼 「실생활에 膠着하고, 심경의 연마에 힘써 온 일본 근대문인들의 기질의 상징」인 것이다. 여기에 小林의 결론과 같은 말이 나온다.

한 폭의 인생의 活畵를 제공하기 위해 얼마나 거대한 사상을 참아내지 않으면 안 되었던가. 그는 妻의 히스테리에 참았던 것이 아니다. 『안나·카레리나』의 사상의 포기마저 강요당한 잔혹한 사상에 참았던 것이다.
실생활을 떠나서 사상은 없다. 그러나 실생활의 희생을 요구하지 않는 사상은 동물의 머리에 내재하고 있을 뿐이다. (중략)사상은 실생활의 부단한 희생에 의해 자라나는 것이다.

「사상은 실생활과 분리한다……」. 여기에 이르러 板垣直子의 발언이 생각나게 한다. 『文芸通信』 4월호에서 板垣는 말하고 있다.

톨스토이 가출에 대해서 새삼스레 무언가를 말한다는 것은 일본 평론가들의 불명예다. 일기가 발표되기 이전부터 이 문제는 이미 충분히 해결

되었던 것이다. (중략)자신은 지금부터 십 몇 년 전 톨스토이의 작품과 評
傳類을 지겨울 정도로 읽고 이 문제는 간단명료하게 알고 있었다.

이 너무나도 板垣 다운 발언에 대해서는 별로 언급할 만한 것은
없다. 小林의 재반박에 대해서 白鳥는 『中央公論』 5월호의 『사상과
실생활』에서 대답하고 있다. 小林의 결론으로 봐야 할 것으로서 「이
것은 대체로 온당한 견해이다. 상식을 초월할 수 없는 우리들의 견
해와 유사한 것이다」고 쓴 白鳥는 다음과 같이 맺는다.

처음 기세로부터 판단해서 이 논자의 비평가 혼은 한층 더 닦여져 실
생활의 무시, 추상적 사상의 찬미를 강조하고 있는데 「이 세상은 어디까
지나 임시 居處이고, 영원한 거처는 하늘 저편에 있다」고 믿고 있었던
중세기 사람들도 유사한 경지에서 그 우월적 태도로 문학을 마치 정치
처럼 깔보는 듯한 태도가 되는 것은 아닌지 하고 막연히 기대를 하고 있
었다. 그럼에도 최초의 가출에 이어서 그 태도가 지속적으로 사고의 길
로 나아가지 못하고, 차츰 사고방식이 소화기의 현대 文士다운 상식으로
변한 것 같다. 인간은 현대를 초월할 수 없는 一例라고는 할까.

이상에 대해서 小林는 『文芸春秋』 6월호에서 응답하고 있다. 『문학
자의 사상과 실생활』은 이런 것이다. 「오해도 이쯤하게 되면 너무 하
다는 느낌이다」. ─3회에 걸쳐 응수한 끝에 小林는 이렇게 탄식한다.

단지 내가 正宗 씨에게 이해를 바랐던 것은 「사상이 실생활과 결별하
기에 이르지 않았다면 사상이라는 것에 도대체 무슨 힘이 있을 것인가」
는 약간 奇矯가 있는 말로 梏한 까닭은 결국 말하고 있는 중에도 사상과
실생활은 끊으래야 끊을 수 없는 인연인 것 이외의 결론에는 도달할 수

없을 것이라는 것과는 이제 스스로 결별해야 한다는 점이다. 사상을 실
생활로부터 절연시키려는 광기의 사태는 누가 연출하고 있는가.

그리고 그는 최초로 이 문제를 취급한 동기에 대해서도 설명한다.
이 문제로서 발언의 기회를 잡은 것은 톨스토이 가출의 원인이 사상
적 번뇌에 있는 것이 아니라, 처의 히스테리에 있었고 그곳에 인생
의 진상을 본다, 운운이라는 白鳥의 감상을 읽고, 오랫동안 리얼리
즘 문학에 의해 단련되어 도저히 빠져나오기 어려운 고착된 견해,
그 사고방식에 반항하기 위한 기분이었기 때문이라고 한다.
「문제는 톨스토이의 가출이 그 원인은 아니다. 그의 가출이라는
행위의 현실성에 있다」고 小林는 또 강조한다.

그 현실성을 정확하게 바라보기 위해서는 「내 참회」의 사상은 필수적
이겠지만 처의 히스테리는 아무래도 괜찮은 것이다. 아무래도 좋다는 의
미는 사상 쪽은 중요하지만 히스테리 쪽은 무엇과도 바꿀 수 있다는 의
미이다.

2) 「인생」의 의미의 차이

이상 양자의 응수에 입각해서 거슬러 조사해 왔는데 문제의 소재
는 명백하다. 인생 구제에 목표를 둔 대예술가 톨스토이가 처의 히
스테리에 무서움을 느끼고 가출을 해서 죽었다는 실정이야말로 인
생의 진상 그 자체라는 白鳥의 자연주의적 인생관에 반발해서 小林
가 그런 곳에 인생의 진상은 있을 수 없다고 한다. 무리하게 톨스토

이를 예를 든다면 문제는 가출의 원인에 있는 것이 아니다. 가출이라는 행위의 현실성이야말로 문제다. 거기에는 『내 참회』의 사상을 빼고서는 생각할 수 없다고 주장하기까지 한다.

단지 「인생의 진상」과 白鳥가 말하는 「인생」이 의미하는 것이 小林의 그것과 별반 차이가 없다는 것과 「사상과 실생활」에서 小林가 말하는 「실생활」 의미가 白鳥의 것과는 그렇게 차이는 없다는 것, 이것이 우선 문제일 것이다. 도스토옙스키가 진실로 살았던 것은 실생활에 있어서가 아닌 꿈에서 였다고 小林는 말한다.

> 그러한 생각은 결코 낭만적인 견해는 아니라고 믿는다. 도스토옙스키라는 예는 너무 극단적인 것인 만큼, 인간은 모두 꿈만 꾸고 살아온 것이다. 인간이 신뢰를 보내는 것은 꿈뿐이기 때문이다. 실생활은 믿지 않아도 되기 때문이다. (『문학자의 사상과 실생활』)

이런 말로부터 봐도 小林의 「인생」이 의미하는 것은 白鳥의 그것과 꽤 거리가 있는 것 같다.

> 자신이 바라본 막다른 인생의 진상에 절망하고 그 재현을 혐오하는 곳에 「내 참회」의 신념이 탄생했다. (『사상과 실생활』)

이상과 같이 말한 것은 小林이다. 이것에 대해서 다음과 같이 주장하는 이가 白鳥이다.

> 톨스토이 翁이 끊임없이 그 혐오스러운 인생을 재현하고 있었던 것이 아닌가. 귀찮은 연구를 할 것까지도 없다. 예의 『최후의 일기』 그 자체가

혐오스러운 인생에서의 진상 재현의 유력한 실례가 아닌가. 일기 형태를
취한 인생 진상의 재현인 것이다. 타인에게 보이지 않아야 할 일기까지
써서 자신 주위의 혐오해야 할 실상에 대해 재현하고, 자신의 심경을 재
현하지 않고서는 있을 수 없었다는 것도 톨스토이 翁의 문학자적 재현
에 대한 욕심이 너무나 강렬했음을 보여준 것이 아닌가. 『전쟁과 평화』
나 『안나·카레리나』에 있어서 보이는 광채 생기발랄한 인생 재현보다
도 오히려 노쇠한 톨스토이 翁의 『일기』에서의 위태로운 인생의 재현에
의해 더 한층 강하게 톨스토이 翁의 신상에 자리 잡은 문학혼에 대해 추
찰해 봐도 좋다. (『사상과 실생활』)

즉 『전쟁과 평화』나 『안나·카레리나』보다도 처의 히스테리에 괴
로워한 『일기』야말로 인생 진상의 재현이라는 것이 자연주의 작가
다운 白鳥 면모를 볼 수 있는 것이다. 실생활의 재현이고 기록에 지
나지 않는 『일기』 등이 무슨 의미가 있는가, 실생활에 대항해서 창
조한 작품이야말로 톨스토이 인생의 진상일 수밖에 없는 것이 아닌
가. 小林가 말하고 싶은 것은 이러한 것일 것이다. 白鳥에 대해서 문
제는 재현이고, 기록이고, 그것의 대상으로서의 실생활이었다. 小林
에 대해서는 창조이고, 표현이고, 그것의 모태로서의 사상이었다. 「창
조의 魔神에 홀린 문학자에 대해서 실생활은 가공의 나라이었음에
틀림없는 것이다」(『문학자의 사상과 실생활』)든가, 「실생활은 사상
의 무대에 등장하는 한, 인물에 불과한 것이다」(『문학자의 사상과
실생활』)든가, 小林가 되풀이해서 말하고 있는 곳으로부터 봐도 이
것은 명료하다.

3) 小林秀雄의 프롤레타리아 문학운동관

사상과 실생활의 관련을 둘러싼 正宗白鳥와의 논쟁을 통해서 小林秀雄가 명료하게 파악한 것은 그가 시종 대립자였던 프롤레타리아 문학운동이 연출한 역할과 그 성격이었다. 『사소설론』속에서 小林는 다음과 같이 말하고 있다.

마르크시즘 문학이 수입되기에 이르러 작가의 일상생활에 대한 반항은 처음으로 결정적이 되었다. 수입된 것도 문학적 기법이 아니라 사회적 사상이었다고 하는 것은 당연한 일이었다. 그럼에도 불구하고 작가의 개인적 기법 속에는 풀기 어려운 절대적이고 보편적인 모습을 가진 사상이 문단에 수입되었다고 하는 것은 일본 근대소설이 遭遇한 새로운 사건이었기 때문에 이 사건의 새로움이라는 것을 두고 계속해서 일어난 문학계의 혼란에 대해 설명하기 어려운 부분이 있다.

사상이 각 작가의 독특한 해석을 허용하지 않는 절대적인 시기였을 때, 그리고 사실은 이것이야말로 사회화한 사상의 본래적인 모습일 수 있지만, 신흥문학자들은 그 참신한 모습에 매력을 느낄 수밖에 없었다. 당연히 비평 활동은 작품을 제치고 창작을 지도하는 자리에 앉았다. 이 때 만큼 작가들이 사상에 기대거나, 이론으로 제작하려고 노력한 시기는 없었지만 역시 이 때 만큼 작가들이 자신의 육체를 무시한 일도 없었다. 그들은 사상의 내면화나 육체화를 잊었던 것이 아니었다. 내면화하거나 육체화하거나 하기에는 너무나 비정한 사상의 모습에 매력을 느끼고 있었기 때문에 이러한 도취가 없었던 것에 문학운동의 의의를 찾을 수가 없었다.

프롤레타리아 문학운동이 나한 이와 같은 역할과 성격을 당시 무엇보다도 예민하게 알아차린 것은 小林秀雄 단 한 사람이었다고 일찍부터 단정한 이는 平野謙이었다. 『두개의 논쟁』(『人間』소화22년 1월호)이 그것이다. 이 단정에 계속해서 平野는 쓰고 있다.

물론 小林秀雄라고 해도 처음부터 그것을 간파하고 있었던 것은 아니다. 반대로 小林의 비평가 데뷔가 志賀直哉의 권위에 눌려 正宗白鳥에 의지하면서 마르크스주의 문학의 공론성 배격에 힘을 쏟고 있었던 것은 주지의 사실이다. 아마 小林秀雄 만큼 집요하게 마르크스주의 문학의 개념에 대한 기만을 폭로한 사람도 없을 것이다. 그러니까 그 운동이 무참하게 좌절당했을 때 小林는 『사소설론』에서 마르크스주의 문학이 다한 역사적 공적을 우선 인정하고, 이전에 칭찬하였던 橫光利一의 관념성에 대해서는 아무렇지 않게 수정을 가하였던 것이다.

이렇게 하여 정면의 적 마르크스주의 문학의 패퇴를 이끌어내는 것에 의해 비로소 小林秀雄는 현대문학 한 가운데에 서서 正宗白鳥에게 반박했다고 하는 것이 平野의 견해이다. 「사상과 실생활」에 대한 正宗白鳥와 小林秀雄의 논쟁에 平野謙이 더한 이상과 같은 문학사적 의미는 시사하는 것이 적지 않다.

예술과 생활의 분열이라는 문제를 아마 꿈에도 생각하지 못했던 志賀直哉, 예술 문제가 그대로 실생활의 문제가 되었던 志賀直哉에게 찬탄을 아끼지 않았던 小林秀雄가 正宗白鳥와의 논쟁에서 「실생활에 교착하고 심경의 연마에 고생해 왔다」(『문학자의 사상과 실생활』)는 사소설적 인생관·문학관이 타도되어야 할 『文学界』 동인들을 거느리고 새로운 싸움에 임했던 이유는 平野謙이 말하는 것처럼, 소화10년 간 문학사에 하나의 정점을 치는 것으로 봐도 지장이 없다. 小林는 그곳으로부터 곧장 『사소설론』으로 향하게 되는 것이다. 그러나 그 이후 小林는 이 길을 반드시 곧장 나아간 것은 아니었다.

예를 들면 『当麻』에 있어서 「아름다운 『꽃』이 있다. 『꽃』의 아름다움이라는 것은 없다」고 쓰고, 「육체의 움직임에 따라서 관념의 움직임을 수정하는 것이 좋다. 전자의 움직임은 후자의 움직임보다 훨씬 더 미묘하고 深淵하니까 그(世阿弥)는 그렇게 말하고 있는 것이다. 불안정한 관념의 움직임을 그대로 모방하는 얼굴 표정과 같은 쓸데 없는 것은 얼굴로 감춰버리는 것이 좋다. 그가 만일 오늘날 살아 있었다면 그렇게 말하고 싶어 했는지도 모른다」고 썼을 때, 小林秀雄는 재차 자신의 출발점으로 되돌아 온 것이 아니었을까. 그리고 이것은 志賀直哉에게는 하나의 골동품이나 도자기가 되는 길이 아니었을까. (臼井吉見, 「근대문학논쟁 上」筑摩書房, 소화31년 10월 참고)

17 『생활의 탐구』논쟁

1) 프롤로그

소설『생활의 탐구』의 비평을 둘러싸고 작자 島木健作와 中野重治 사이에 격렬한 논쟁이 있었던 것은 소화12년 말이었다. 그러나 2년 전의 소화10년에 행해진 中村光夫와 中野重治의 논쟁에 대해서 먼저 언급하면 다음과 같다.

소화7년 4월 4일 치안유지법에 의해 체포된 中野重治가 2년여에 걸친 옥중생활 이후 전향을 맹세하고 징역 2년 집행유예의 판결을 받아 출옥한 것은 소화9년 5월이었다. 作家同盟은 이미 해체하고 있었고 문학 분야에도 패배적, 또는 파시즘적 경향이 고조되고 있었다.『「문학자에 대해서」에 대해서』를 쓰고 전향작가로서 그 책임과 결의를 피력한 中野重治는『이데올로기적 비평을 바란다』,『싸우는 것과 싸움을 피해 통하는 것』등의 평론에 의해 파시즘적 경향과 싸우면서 소설『제일장』을 썼다. 이 소설 집필 날짜는 11월 8일로 되어 있다. 그리고 이것은『中央公論』소화10년 1월호에 발표되었다.

이『제일장』의 작품군을 포함해서, 즉 전향작가의 여러 작품을 포함하여 프롤레타리아 문학 그 자체에 심한 비판을 가한 것은 中村光夫였다.『文学界』 2월호의『전향작가론』이 그것이다.

中村光夫는 우선 전향작가들의 옥중 체험을 쓴 소위 전향소설의 유행에 대해「꽤 기묘한 현상」으로 치부하고 있다. 많은 작가가 투옥되었던 것 그 자체도 이미 이상한 데도 그 대부분이 잇달아 출옥하고, 수개월도 지나지 않아 옥중 경험을 사소설 형식으로 발표한다는 것은 세계를 통해서 그 유례가 없다는 것이다. 中村의 의문은 전향작가들에 의한 전통적인 사소설 형식을 빌린 것에 대해서 였다. 이들 전향작가의 옥중기 방식에 의한 사소설에 中村는『죽음의 집 기록』을 그곳에 대치시킨다. 도스토엡스키가 이『죽음의 집 기록』을 쓰게 된 것은 시베리아 유형 이후 십수 년을 지나고 나서였는데, 그 서문 속에서 이 기록은 살인범인 귀족의 수기라는 사실을 알았다는 취지에 대해 지적하고 있다. 그런데 그는 전향작가들의「정치적 신념의 포기라는 큰 타격, 그 경험이 3개월 내지는 그 정도의 기간을 거치고 나서 과연 예술적 표현에 어울릴 정도로 성숙되었다고 볼 수 있는가」는 의문을 우선 던지고 있다. 사소설의 전통을 가장 용감하게 타파하려고 시도한 작가들이 바로 프롤레타리아 문학이라고 한다면「제군은『정치적 입장』과 함께 자기의 문학이론도 함께 버린 것이 아닌가」라는 것이 거기에 이어 계속된 의문이다. 그 위에 中村는 이렇게 결말을 짓는다.

제군이 투옥되었던 것은 그「정치 행동」때문이 아닌가. 정치가는 그의 정치적 입장을 관철시키는 것에 의해 대중의 신뢰를 향수한다.「정치 행동」때문에 감옥에 들어가는 것인데「정치적 입장」을 잃고 나온 인간

의 행동에 대중은 무슨 흥미를 느낄 수 있는가. 적어도 그 정도의 겸손
은 있어야 하는 것이 아닌가.

2) 中村光夫의 단정

이상은 그의 전향작가들의 사소설에 대한 감상이었는데 中野重治
출옥 이후 최초의 소설 『제일장』을 읽기에 이르러서 그 감정은 고
조되지 않을 수 없었다는 것이 中村의 주장이다. 그에 의하면 이것
은 中野의 이 소설이 뛰어난 작품이기 때문이라는 것이다. 일종의
혁명가적 결벽감을 가진 작가적 청결함은 이전부터 이 작가의 작품
에 특수한 매력을 던져주고 있었던 것인데, 그러나 그것은 이번 전
향에 의해 조금도 마멸하지 않고 도리어 강화되어 있다. 그러나 그
럼에도 불구하고 그런 결과가 되었다는 것은 이 작품이 전향작가의
사소설에 대한 약점을 노골적으로 드러낸 소설도 없었기 때문이라
는 것이다. 이것이 中村의 의견이다.

그러면 그 약점이라는 것이 무엇인가. 30시간의 철야 작업을 마친
작가인 田原가 아침 일찍 집으로 돌아오는 곳으로부터 이 소설은 시
작되고 있는데, 「차가운 공기 속에서 田原의 몸 그 자체가 하나의
졸음─방안의 온기를 그대로 그의 몸에 고정시켰다─이 되어 오는
것을 느꼈다」는 신선한 표현 이외에 이 40 페이지에 가까운 소설에
는 「생생한 말」은 하나도 보이지 않는다. 田原는 완전히 「이론의 흙
인형」으로서만 존재할 뿐이다. 그 밖의 인물만 보더라도 「이론의 유
령」으로서 그려져 있다. 거기로부터 다음과 같은 단정을 이끌어 낼
수 있다.

발랄하고 생기가 있던 인간이 갑자기 자유를 방해받게 되는 검거는
비로소 비극이 된다. 그러나 이 소설에는 田原의 순수한 모습은 어디에
도 그려져 있지 않다. 순수한 인간이 그의 정열(혁명적 정열이라는 기구
가 얼마나 복잡하게 되던 그것은 인간 정열의 한 형식이다)의 명확한 모
습이 없는 곳에 생생한 표현은 있을 수 없다. 생생한 표현이 없는 곳에
문학의 현실성이 있을 수 있을까. 그리고 현실성이 없는 문학이 어떻게
사회를 향하여 항의할 수 있는가.

계속해서 中村는 유럽 근대소설과 명치 이후의 일본 소설과의 근본
적인 성격 차이에 대해서 입증해 가면서 장황하게 이야기 시작한다.
그러나 中村가 말하고 싶은 것은 이런 것이었다. —각 시대의 지배적
인 사상에 반발하여 그 시대를 살아가는 고통을 대변한 유럽 근대소
설과 비교대상으로 삼을 필요도 없이, 일본은 사상에 대한 문학의 싸
움이 어떻게 해야 하는지 조차 몰랐다. 소박하게 자신의 고통만을 믿
었던 일본 작가들은 그러한 고통을 사건도 없이 유린하는 사상, 특히
가장 精緻한 실증주의적 사상인 마르크시즘에 직면해서 이러한 사상
을 어떻게 승화시켜 가야할 지를 몰랐다. 그들은 이 이론 앞에 자신의
감수성에 대한 포기를 강요당한 것이다. 이렇게 하여 「개인을 부정한
사소설!」이라는 「현대에도 드문 독특한 기괴한 錯乱」이 생겨나게 되
었다. 中野의 『제일장』에서 진짜 제출되고 있는 문제점은 이 錯乱을
충실하게 실천해 온 작자의 비극이라 할 수 있고, 일본 프롤레타리아
문학운동이 연출한 희비극의 총결산이라 할 수 있다.

나아가서 中村는 프롤레타리아 문학이 가진 로망파적 성격을 해
부하고 있다. 유럽 낭만파의 무기가 개인주의 사상이라 한다면, 일
본 프롤레타리아 문학의 무기는 마르크시즘 이론인 것은 주지의 사
실이었는데, 언뜻 그것은 정반대의 외관을 드러내고 있다. 그것들의

사상이 작가에게 사회를 발견하는데 있어서 강점을 드러내고 있다
는 점에서는 양자 공히 같은 작용을 문학에 미치고 있다. 단지 일본
프롤레타리아 문학 작가는 마르크시즘에 의해 나타내었던 사회를
앞에 두고 자기증명을 할 수 있는 기회를 끝내 놓치고 말았다고 주
장해 온 中村는 이렇게 단정한다. 「부르주아 문학 따위는 원래 없었
던 것이다. 유럽 근대문학의 성격은 아직 이해조차 못하고 있었다」
고 말하고 있다.

3) 中野重治의 반박

中野는『文芸通信』3월호에『中村光夫 씨의 「전향작가론」에 대한
감상』을 싣고 격렬한 반박을 가하고 있다. 처음부터 中野는 中村가
50매 정도 쓰고 있는 데도 자신에게는 15매 밖에 주어지지 않는 불
편함을 숨기지 않고 있는 것에 대해 서술하고 있다. 그런 사정이 있
어서인가 中野의 반박은 핵심을 벗어난 느낌이 든다. 「발랄하게 살
아있던 인간이 갑자기 자유를 잃을 수밖에 없는 검거는 비극이 된
다. 그러나 이 소설에는 田原의 순수한 몸은 어디에도 그려있지 않
다」고 말하고, 「생생한 표현이 없는 곳에 문학의 현실성이 있을 수
있는가. 그리고 현실성이 없는 문학이 어떻게 사회에 항의할 수 있
는가」는 中村의 발언에 대해서 「나도 그렇게 생각한다. 사실 그대로
이다」고 동의를 표시하고 있다. 그러나 곧 계속해서 말한다.

    단지 문제는 中村 씨와 내가 일치할 수 있는 문학적 현실에 대한 것
    은 문구에 있는 것이 아닌 그 문구의 실천적 이행에 있다는 것이다. 나

의 소설은 사회적으로 생생하게 항의할 수 있는 힘을 가지지 못했다. 그러나 그 원인은 中村 씨가 발견할 수 없기도 하고, 中村 씨가 발견할 수 없는 곳에 있는 것이다.

이상과 같이 말하고 있다. 「中村 씨가 발견할 수 없는 곳」이라는 것은 어디인가. 「나의 생각을 말하려는」 것에 대해 양해를 구하고 말한다.

만주전쟁이나 국회 선거에 대한 「사건을 늘어놓기 위해」서 「소설의 형식을 빌릴」 필요가 없는 것이 아닌, 만주전쟁이나 국회의 선거 자체가 소설이 되지 않고서는 안 될 것이다.

이상과 같이 中野는 말하고 있다. 이것은 中村의 「도대체 작자는 이 소설에서 무엇을 그리려고 했을까. 그것은 만주사변으로부터 그 다음 해 선거에 이르기까지의 사건을 늘어놓기 위해서라면 무슨 소설의 형식을 빌릴 필요가 있는가」는 말에 대해 응수한 것인데, 「만주전쟁이나 국회 선거 자체가 소설이 되지 않을 수 없다」는 것은 만주전쟁이나 국회 선거야말로 그것으로서 충분히 소설에 그려야 할 성격과 의미를 구비하고 있다는 것일까. 즉 中村가 시대의 지배적인 사상에 항거해서 그 시대에 살아가는 인간의 고통을 표현한다든지, 사상에 대한 문학 싸움을 근대문학의 근본성격으로 보고 있는 것에 대해서, 中野는 만주사변이나 국회 선거와 같은 정치적 사건 그것이야말로 소설로서 그려내야만 한다는 것을 의미하는 것이다. 이것은 크게 보면 제재의 문제이기 때문에 中村인들 그러한 것을 취재를 해서 그려서는 안 된다는 것은 아니었던 것이다. 인간이 「이론의 흙 인형」으로서만 존재하고 있어서 그런 생생한 표현이 되지 못하고, 따라서 만주사변이나 다음 해 선거에 걸쳐서의 사건을 단순히 나열하는 결과가 되고 있을 뿐이라고 비난받고 있는 것에 지나지 않는다. 中村의 論은 장황하고 多岐에 걸쳐 있는데, 『第一章』에 관해서만은 주인공이 「이론의 흙 인형」으로 존재하다보니 생생한 인간으로서 표현되지 못하고 있다는 것이다. 주인공이 자신의 감수성 포기를 강요당하고 있는 것은 그대로 둔다 해도, 그러한 주인공을 작자 자신이 조금도 의심하고 있지 않다는 것에 대해 문제로 삼고 있는 것이다. 中村의 이 의문은 끝내 中野에게 통하지 않았던 것 같다. 中村는 정치와 문학을 확실하게 대립적인 것으로 생각하고 있었다. 「왜 문학과 같이 간접적으로 우회할 수 있는 수단을 버리고 정치에만 전념하지 않을까」는 얼마 전 正宗白鳥가 青野季吉에게 던진 의문이 재차 되풀이 되고 있는 것에 대해서 「『돌아가는 수단』이었던 문학 때문에 형무소를 가야 한다는 가장 가까운 곳의 현실이 설명되기에는 가치 없는 것으로밖에 느껴지지 않았다」는 것에 거슬렸다는 식으로 양자의 관심에는 큰 차이가 있다. 「문제는 문학 창작의 방법과 그것으로 연결되는 방법에 있다」고 中野는 말한다. 문학 창작의 방법으로서 中村는 프롤레타리아 작가에 의한 사소설의 편의주의적인 채용에 대해 말하고 있었다. 「개인을 부정한 사소설!」이라는 야유적인 말도 하고 있었다. 이것에 대해서 中野는 「창작 방법의 이론적 이해와 문학 창작의 실천 사이에 작자의 무한한 실천적 고뇌를 생각해 그려내는 것조차 논하지 못하는 수준의 비평가」라고 결정짓고 있을 뿐이다. 창작 방법과 연결되는 「세계 인식의 방법」에 대해서는 그러한 방법에 대한 이해를 오히려 거부하려는 것이 中村의 입장이었다. 「아무런 이론의 規矩도 받지 않는 생생한 현실을 존경한다」는

中村 이론으로부터는 「생생한 현실이 아무런 이론의 規矩도 받지 않는 것, 그러나 그 자신의 이론은 中村 씨가 이해할 수 없는 생생한 현실 그 자체에 대한 존경인 것이다」고 中野는 쓰고 있다. 양자의 차이는 이 부근에 있다고 봐야 한다. 그러나 이 정도로 서로 간에 통하지 않는 논쟁도 드물었다. 中野의 『감상』을 관철하고 있는 것은 中村의 프롤레타리아 문학 비판에 대한 이해하기 어려운 초조함 같은 것이 느껴진다.

中野의 『감상』에 대해서 中村는 재차 『文学界』 4월호에 『中野重治 씨에게』를 발표하고 있는데, 정말 「中野 씨는 나의 말을 조금도 이해해 주지 않는다」는 말로써 시작하고 있다.

아마 씨는 나의 논문을 제대로 읽어 보지도 않고, 손에 잡히는 대로 여기저기 말을 연결시켜 씨에게 유리한 영상을 멋대로 만들어 낸 것에 불과하다.

이상과 같이도 말하고 있다. 문제는 「이론」과 「현실」과 관련된 문제이다. 中村의 경우 중요한 것은 다음과 같은 個所일 것이다.

—이론이 만들어 낸 관념의 像을 사회의 현실이라고 믿으면 일은 간단하기 때문이다. 그러나 추상화된 인간을 전제로 하는 사회이론은 결코 생생한 인간을 포착해 낼 수 없다.

—그들에게 있어서 가장 현실적인 것은 그 관념이었다. 그러나 그들은 관념의 현실적 모습을 본 것은 아니었다.

—작가인 이상은 이론에 대해서는 (중략)「오만」이고 현실에 대해서는 어디까지나 「겸손」하지 않으면 안 된다는 것에 지나지 않는다.

여기서 中村는 자신의 의견을 대략적으로 말하고 있기 때문에 아마 이것은 小林秀雄의 祖述이라고 봐도 좋다. 이미 그는 최초의 평론『여러 意匠』에서 말하고 있다.

만일 뛰어난 프롤레타리아 작가의 작품이 가지고 있는 프롤레타리아의 관념학이 사람을 움직인다고 한다면, 그것은 모든 뛰어난 작품이 가지고 있는 관념학과 같이 작품과 절대관계에 있어서 가능할 것이기 때문이다. 작자의 혈액으로 염색되어 있기 때문이다. 만일 이 혈액을 씻어버리는 것에 의해 움직인다고 한다면 그것은 「粉飾한 마음이 粉飾에 의해 움직여지는 것에 불과하다는 자연의 교활한 이법에 따른 것이다.

이러한 것이『사소설론』과 대비 되는 경우에 대해서는 다음과 같이 쓰고 있다.

마르크시즘 문학이 수입되기에 이르러 작가의 일상생활에 대한 반항은 비로소 결정적인 것이 되었다. 수입된 것은 문학적 기법이 아니고, 사회적 사상이었다고 하는 것은 어쩌면 당연한 일인데 작가의 개인적 기법 속에 풀기 어려운 절대적이고 보편적인 모습으로 사상이 문단에 수입되었다는 것은 일본 근대소설이 마주친 새로운 사건이었다. 이 새로운 사건을 두고 계속해서 일어나는 문학계의 혼란은 설명하기에 어려운 것이 있었다.

사상이 각 작가의 독특한 해석을 허용하고 있지 않는 시절에, 그리고 사실은 이것이야말로 사회화된 사상이 가지는 본래의 모습일 수 있지만 신흥문학자 등은 그 참신한 모습에 매료당하지 않을 수 없었다. 당연히 비평 활동은 작품을 능가하여 창작 지도의 위치에 서게 되었다. 이 때만큼 작가들이 사상에 기대고, 이론을 믿고 제작하려고 노력한 적은 없었다. 역시 이 때만큼 작가들이 우리의 육체를 무시한 적도 없었다. 그들은

사상의 내면화나 육체화를 잊었던 것은 아니었다. 내면화하거나 육체화
하거나 하기에는 너무나 비정한 사상의 모습에 도취되어서 이러한 도취
가 없으면 문학운동의 의의도 찾을 수가 없었던 것이다.

그들은 改變된 개념을 통해서 모든 것을 바라봤다. 바라보는 것은 取
捨 선택하는 것이고, 관찰이라는 것은 즉 청산을 의미했다. 그들은 자기
성찰을 잊은 것은 아니었다. 성찰하는 것에 의해 그 때마다 소시민성을
폭로하는 것 같은 자신을 성찰하기에는 부족했던 것이다. 감정도 감각도
교양도 이것을 새롭게 찾으려고 하는 모험 내지는 기만이 청산이라는
의지 혹은 행위의 그늘에 가려졌다. (중략)

여기에 아무래도 잊어서는 안 되는 것이 있다. 역설적으로 들리겠지
만 이것은 사실이라고 나는 보는데, 그것은 그들은 자신 스스로 비난하
기에 급급했던 그 공식주의에 의해서만 살았던 것이다. 이론은 본래부터
공식주의적인 것이다. 사상은 절대적 보편적인 성격을 가지지 못할 때는
사회에 자신의 세력을 둘 수 없는 것이다. 이러한 성격에 대해 믿었기
때문에 그들은 살아날 수 있었던 것이다. 이러한 본래의 성격을 지닌 사
상이라는 일본 문단 공전의 수입품을 받아서 그들이 얻을 수 있었던 것
은 너무나도 소중해서 이러한 것이 공식주의가 무엇이냐 하는 쓸데없는
문제만은 아니었던 것이다.

中村의 論은 小林의 해설로 알 수 있는 것이다. 그러나 小林는 프
롤레타리아 문학운동의 성격에 대해 제대로 파악하고 있을 뿐만 아
니라, 그 특수한 의미를 오히려 적극적으로 평가하고 있다는 것을
알 수 있다. 中村가「일본만의 독특한 奇觀」으로 냉소하고 있는 것
에 대해, 그는「奇觀」은 奇觀이라면서 그것의 의미를 바르게 평가하
는 것을 잊고 있는 것은 아니었다.「사상의 힘에 의한 순화가 그들
전반적인 일에 나타나고 있는 것을 누가 부정할 수 있을까」라고 말
하고 있다.

中村에 의한 프롤레타리아 문학 비판에 격렬하게 반발한 中野는 小林의 이러한 생각에는 어떤 감상을 가지고 있었을까. 中村가 지적한 프롤레타리아 문학운동의 만성적 성격이라는 것도 小林가 이미 말한 바가 있었는데 中野는 그것에 대해 아무것도 대답하고 있지 않는다. 더욱 「부르주아 문학이 없는 가운데 프롤레타리아 문학이 등장」한 「奇觀」에 대해 쓰고 있는 中村는 일본 자연주의 소설은 부르주아 문학이라기보다 봉건주의 문학에 지나지 않는 것이라고 말하고 있는 小林의 의견을 계승한 것이다. 이것에 대해서 中野는 「일본에 만일 부르주아 문학도 프롤레타리아 문학도 없었다면 무슨 문학이 있었을까」 등으로 엉뚱한 대답을 하고 있다. 『中野重治 씨에게』에서 中村가 특별히 응답할 것까지도 없이 여기서 말하는 부르주아 문학이라는 것은 소위 유럽적인 근대문학을 의미하는 것이다. 이 점에 대한 사고방식은 전후가 되어 더 한층 확실해졌다고 보는데 이러한 것에 프롤레타리아 문학운동의 착오가 있었던 것은 아닐까.

4) 서로 통할 수 없는 지점으로

어쨌든 中村의 비판은 거의 中野에게는 통하지 않았다고 봐도 좋다. 이러한 이유에는 당시의 상황이 내재하고 있었음에 틀림없다. 그러나 「생생한 표현이 없는 곳에 무슨 문학의 현실성이 있을 수 있을까. 그리고 현실성이 없는 문학이 어떻게 사회에 항의할 수 있을까?」 라는 中村의 의견에 대해서는 「나도 그렇게 생각한다. 사실 그대로이다」고 中野가 솔직하게 긍정한 것은 이미 뵈온 대로이다. 그런데 곧 그것에 계속해서 「단지 문제는 中村 씨와 내가 일치할 수

있는 것은 문학적 현실에 대한 문구가 아닌 그 문구의 실천적 이해
에 있다는 것이다. 나의 소설은 사회적으로 생생한 항의를 할 수 있
는 힘을 지니지 못했다. 그러나 그 원인은 中村 씨가 발견한 곳에는
없었기도 하고, 中村 씨가 발견할 수 없는 곳에 있는 것이다」고 하여
끝내 서로 통할 수 없는 지점으로 나아가버렸다는 것은 이미 봐온
대로이다. 그렇다고 본다면 中野가 긍정한 것은 일반론이기 때문에
『第一章』의 결점으로서 인정한 것은 아니었던 것이다. 「中村 씨가
발견한 곳」이라는 것은 현실성의 결여를 의미하는 것이고, 그것은 「이
론의 흙 인형」으로서의 자신 감수성의 포기에로 연결된다. 이것이
中村에 의한 『第一章』에 대한 비판의 근본이다. 이것을 中野는 거부
한다. 『第一章』의 완성도는 별도로 하더라도 생각하기에 따라서는
中野에게 있어서 이런 비판은 자신과는 아무런 상관이 없는 것이었
다. 왜냐하면 단순히 프롤레타리아 작가뿐만 아니라 모든 현대작가
중에서도 아마 中野만큼 자신의 감수성을 고집하고 있는 작가는 드
물기 때문이다. 첨단의 이론을 높이 내세우면서 이론을 위해 「나의 육체
를 무시」(小林秀雄)하는 것은 中野에게 있어서 생각할 수 없었던 것
이다. 프롤레타리아 문학운동 전체로서는 그러한 성격이 강했던 것
은 부정할 수 없다.

또한 개개의 작가의 입장에서 생각하면 이러한 것으로서 『党生活者』
의 小林多喜二가 있었고, 통속적인 것으로서는 片岡鉄兵 그 밖에도
셀 수 없이 있었다. 그러나 운동이 그와 같은 성격을 가지고 있었음
에도 불구하고 中野重治, 葉山嘉樹 그 밖의 작품은 결코 「이론의 흙
인형」등은 되지 못했다. 특히 中野重治는 운동에 있어서 最左翼의 이
론적 지도자이면서도 예술에 정치적 가치는 있을 수 없다고 단언하
고 있어서 이러한 점에 대해 小林秀雄는 다음과 같이 말하고 있다.

도대체 작품이 무슨 가치와 이러저러한 가치라는 것을 말하는 것에 의해 <무슨, 무엇>이 될 수 있는 것입니다. 어떤 가치는 어디까지나 어떤 가치인 것입니다. 이러저러하다는 것은 결국 이러저러한 가치에 지나지 않습니다. 왜 사람들은 작품에는 그만한 가치의 자율성이 있는 것만으로도 비평가에는 필요하고 또한 충분하다고 솔직하게 인정할 수 없는 것입니까. 어느 작품이 왜, 어느 정도로, 어떤 상태로 사람들을 감동시키는 가에 대한 사실만으로 왜 부족한 것입니까. 나에게는 알 수 없는 것입니다. 예술은 어디까지나 예술입니다. 무언가 다른 것이 있다면 다른 이름으로 부르면 좋을 것입니다. 또한 다른 이름이 발명될 것이다. 예술의 가치는 어디까지나 예술의 가치입니다. 이야기를 고의로 헝클어지게만 하지 않는다면 그것은 너무나도 실로 단순명료합니다. (『문예비평의 과학성에 관한 논쟁』『新潮』 소화6년 4월호)

이것은 가장 첨단적인 이론가였던 中野重治가 「이론의 흙 인형」이 될 수 없었던 까닭일 것이다. 더구나 그가 강렬한 감수성을 감출 수 없어서『소설을 쓸 수 없는 소설가』의 작가이기도 한 것은 주지의 사실이다. 「이론의 흙 인형」이라 불려지면서 감수성의 상실을 비난받으니까 中野 자신은 이유 없는 공격이라고 느꼈을 지도 모른다.

이 논쟁이 있은 2년 후에는 中野는 島木健作의『생활의 탐구』를 비평해서 그 감수성의 상실, 작품의 현실성의 결여, 주인공이 그대로의 인간으로 그려지고 있지 못하다는 점을 예리하게 비난하면서 이것은 양자의 논쟁으로까지 발전하게 된다.『생활의 탐구』에 대한 中野의 비평은 2년 전에 中村가『第一章』에 참가한 것과 거의 흡사한 성격을 가지고 있었다. 그런데도 中村는 이 작품을 높게 평가하고 있었던 것이다.

5) 中野重治 「악평」의 근거

『생활의 탐구』를 읽었는데 아무래도 감동이 느껴지지 않는다. 감동이 느껴질 부분을 찾아봤지만 그것을 발견할 수 없었다. 한 마디로 말하면 이것은 惡作이라고 할 수밖에 나에게는 할 말이 없다. 아마 이것은 나쁘다는 점에서 연구하지 않으면 안 되는 작품이라고 나는 생각한다.

中野重治는 『생활의 탐구』의 비평을 이런 식으로 시작하고 있다. 이것은 『생활의 탐구』라고 제목이 붙어 소화12년 11월 8일호 『東京帝国大学新聞』에 실렸다.

이 비평의 특색은 하나하나의 말의 사용방식에서 출발하고 있는 것이다. 작자가 어떤 곳에서 「끌로 나무에 구멍을 파거나」라고 쓰고 있는 곳을 잡아서 끌로 나무에 구멍을 파고 라는 것은 없다고 말하고 있다. 다른 곳에서 「피는 몇 겹을 감싼 손수건 위에까지」라는 것은 엄지발가락에 상처를 입었지만 피도 나지 않는 것을, 피라는 것은 「흐르는 피는 바다의」라는 의미가 있는 말이라는 것이다. 왜 작은 말의 사용에 대한 천착을 그 정도로 문제 삼았던 것일까. 中野에 의하면 「이런 종류의 잘못이 말의 단계를 넘어 전편에 가득차 있기」 때문이라는 것이다.

어떤 곳에서는 작자는 계란에 대해서 말한다. 작자는 상식적인 지식으로 계란에 대해 설명한다. 그러나 계란의 색에 대해서도, 온도에 대해서도 한 행도 언급한 곳이 없다. 작자는 마을의 마츠리에 대해서 말한다. 작자는 종교를 말하고 미신의 힘을 설명한다. 그러나 종교나 미신의 부담감, 또는 마츠리의 피리나 북의 울림은 어느 행에도 느낄 수 없다. 작자는 담배를 건조하는 것에 대해 말한다. 병균을 살균하는 것도 말한다. 그것들 모두가 계란의 훈, 마츠리의 훈, 담배 건조의 훈, 살균의 훈이라는 식으로 나누어져 있어서 그 훈에서 상식적인 것에 대해 설명한다. 또한 그 설명하는 방식이 건조한 교과서풍이다. 계란도, 마츠리도, 담배 건조도, 살균도 농촌의 實地에는 맞는 것은 어디에도 발견할 수 없다. 생산이 들어가 있는 복잡함, 그 속에 얽혀진 농민생활의 다할 수 없는 복잡함, 토지와 계절에 제약을 받은 이러한 질색이 더 한층 질색하게 만드는 기분은 어디에도 포착되어져 있지 않다.

주인공에게는 양친이 있고, 나이가 찬 여동생이 있다. 그러나 그들의 가정생활은 어디에도 그려져 않다. 「계절마다 농부의 행위는 여러 가지 잡다하다. 그러나 그들 모든 영위의 중심, 그들의 모든 활동이 결국 그곳에로 향해져 있어 그것에 의해 통일되어 있다고 해도 지나침이 없는 것은 벼로 모아지는 것이다」고 작자는 쓰고 있다. 그러나 벼의 성장과 수확의 기쁨에 따른 고통은 어디에도 그려져 있지 않다. 「농민 생활을 구성하고 있는 어떤 작은 한 부분을 포착하여 보아도 거기에는 역사가 있고, 많은 인간의 오랜 노력의 결정체인 것이다. 그들 나름으로 열심히 공부하고, 발명해 가고 있었다. 곡괭이의 사용방법, 낫의 사용방법 하나도 우연히 생겨난 것이 아니었다」고 작자는 쓰고 있다. 그러나 막상 그것은 그려져 있지 않다. 하나하나의 회화만 보더라도 이러한 말로 말하고 있는 농부는 일본에는 실재하지도 않는다.

요컨대 『생활의 탐구』에는 설명은 있어도 완전한 묘사는 없다. 생생한 인간과 그 생활이 그려져 있지 않다는 것이다.

그 밖에 너무나도 불만이 많아 이것을 다 정리해서 쓸 수는 없다. 어디에도 나에게는 『생활의 탐구』에서 작자가 무언가를 탐구하는 시선이 느껴지지 않는다. (중략)정말로 나는 이것은 좋지 않은 작품이라고 생각한다. 아마 이것은 이 작품을 떠나 우리들 모두의 문제가 아닌가 하는 기분이 든다.

이상과 같이 말하고 있는 것이 中野 비평의 결론 부분이다. 같은 신문의 11월 15일호에 島木健作는 『작품 비평의 성격』을 쓰고 있는데, 작자의 입장으로부터 中野 비평에 대해 반박했다. 작자로부터 보면 中野 비평은 「너무나도 쓸데없는 비평이라고 하는 수밖에 없다」는 것이고, 「누구로부터도 받은 적이 없던 악평」이고, 「작자에 대해서도 새롭게 가르칠 곳이 없다는 점에서 진귀할 정도인 것」이다. 「끌로서 나무에 구멍을 파는」 것이라는 것은 없다고 中野는 말하고 있지만, 뚫는다는 것은 구멍을 파는 것이라는 의미이다. 자신의 사전에서는 끌이라는 것은 물건을 뚫는 기계라고 가르치고 있는데, 상세하게는 목재의 가공으로 사용하는 공구로, 망치로 꼭지 머리를 치고 또는 손으로 그 꼭지를 눌러 뚫고 또는 깎아내는 것이라고 하고 있다. 中野는 무언가 오해하고 있는 것이 아닌가. 「피」라는 말만 보더라도 中野가 말하는 경우에만 사용되어지는 것은 아니라고 본다. 그와 같은 사용방식에도 어감으로서 부자연스럽지는 않다. 그 작품에 묘사가 없다고 하는 것에 대하여 다음과 같은 評言을 한다면 어떻게 될까.

인물의 움직임대로 생활을 안으로부터 그려가는 작자의 태도, 그 묘사의 힘은 보통이 아닌 것이 깊이 느껴진다.
작자는 리얼리틱한 묘사에 뛰어난 것이다.

이것은 『新潮』에 있어서 飯島正의 같은 작품에 대한 評言이다.

　　이들 생산 노동의 여러 장면에서의 묘사는 이 작품이 빛나는 한 부분으로 조금도 애매함을 남기지 않고, 쓸데없는 정감으로 그 엄격함을 감싸지도 않는다.

이것은 『文学界』에서의 青野季吉의 評言이다. 飯島, 青野 양씨는 시점이 풍부한 사람들이다. 이 정반대의 비평에 대한 대립을 보고 사람들은 놀랐을 것이다. 그리고 여기에 오늘날 작품 비평의 성격을 볼 수 있는지도 모른다.

　　이상이 島木의 반박에 대한 대략적인 부분이다. 그리고 최후에 다음과 같은 불만을 서술하고 있다.

　　나는 소위 농민소설을 쓰려고 하는 것이 아니다. 나는 오늘날 청년들이 살아가는 방식의 하나에 대해서 쓰고 있을 뿐이다. 中野 씨 이외의 비평가들은 항상 이러한 주제를 중심으로 비평을 하는 것인데, 中野 씨는 끝내 그것에 대해 언급하지 않았다. 나의 당면의 곤란한 점은 그리고 나의 불충분함의 원인의 대부분도 역시 오늘날에 쓰지 않으면 안 된다는 그와 같은 발전소설 그 자체에 있는 것이다.

6) 용어의 문제성에 있어서

이것에 대해서 中野는 곧 재비판을 하였다. 『島木健作 씨에게 응답』이라는 원고용지 70매에 가까운 논문으로, 소화13년 2월호의 『文

芸』에 실렸다. 소화13년 2월 중에 쓰여진 것으로 추정된다. 그러나 이것은 끝내 발표되지 못하고 끝나고 말았다. 전 해 여름에 시작된 중국과의 전쟁이 2년째를 맞이하고 있던 소화13년 초순 宮本百合子, 戶坂潤 등과 함께 中野도 內務省 警保局에 의한 집필 금지의 리스트 속에 포함되었기 때문이다. 『島木健作 씨에게 응답』은 소화27년 6월 東方社 발행의 평론집 『정치와 문학』에 수록되어 겨우 햇빛을 본 것이었다. 미발표 원고인 『島木健作 씨에게 응답』 말미에 中野는 그 이후에 다음과 같은 添書를 덧붙이고 있다.

이 원고를 한번 쓰고서는 『文芸』에 주게 되었고 이제 校正刷로 인쇄를 부치려고 했을 때, 그 집필금지 때문에 불가능해졌다. 즉 그대로 멈춰서 버렸던 것이다. 島木 씨는 이것을 원고 또는 校正刷로 하여 한번 읽었던 것이다. 『文芸』 기자 某에게 말하였다. 더구나 이것에 대해 응답하도록 권유받았지만 그러나 島木 씨로부터는 거절당하였다는 보도가 있었다. 그 후 『생활의 탐구』는 文部省이 추진 도서로 선정하였기 때문에 일시는 전부 다 팔렸다. 우리 評이 이러한 추천자에게 반대의 의견이 될 수 있다. 島木 씨는 그 후 병이 들었는데 이후 이 무렵에는 차츰 쾌차에 들어갔다고 한다. 처음 부분의 言辭는 새삼스레 표현이 생경한 부분은 다듬었지만, 뒷맛이 남는 찜찜함이 남았다. 지금 발표하지 않을 수 없는 까닭은 여기에 있다. 소화19년 6월 기록.

中野의 재비판은 長論인 만큼 그 의견이 다양하게 걸쳐 있는데, 우선 용어의 문제이다. 말에 관한 것인 이유로 요약으로 전달하는 것은 잘 없을 것이다. 中野의 말을 그대로 인용하면 다음과 같다.

미리 말하면 나는 학교 시험관이 아니고, 島木 씨는 수험생이 아니다.

島木 씨 곁에 아무리 신용이 가는 사전이 있다 한들 島木 씨의 귀에 신용이 가는 것이 아니면, 그것도 더구나 심장에 신용이 가는 것이 아니면 「작가인 이상」 근본적으로 안 되는 것이다. 언어는 사전에도 있고, 島木 씨의 소설에도 있다. 그러나 작가에 있어서 말은 그 이전 또는 그 이상은 물론 국민의 귀와 입에 있는 것은 분명하다. 사전의 설명은 설명일 뿐이지 예술적 표현은 아니다. 「내가 뚫는다고 말한 것은 구멍을 뚫는다는 것, 판다는 의미이다」의 「의미이다」 내지는 「의미」는 예술적 표현이 아닌 것이다. 島木 씨 자신이 말하고 있다. 구멍을 열다, 구멍을 판다, 구멍을 뚫는다 등 속에 어느 것이 어떤 특정의 경우 공통의 그 「의미」 그 이외가 되어서는 안 되는 유일한 한정이라는 것이 예술적 표현의 문제인 것이다. 사전의 설명은 원칙적으로 예술적 표현을 할 수 없다. 설명의 목적이 여러 경우에 적용을 해야 하기 때문에 프로벨의 어느 작은 돌이 그 돌이어야 할 표현은 그 목적에는 어울리지 않는다는 것이다. 그렇기 때문에 사전에서의 말은 독립적으로 정지해 있어 나란히 있을 뿐이다. 그것은 언제나 어디에라도 맞출 수 있다. 우표, 銅貨와 같은 말이다. 소설의 말은 전후 연결에 있어서 움직이고, 위치하고 있다. 島木健作, 中野重治 등이라는 고유명사와 같은 상태이고, 「의미」에서의 공통에 의한 다른 말로 절대로 치환할 수 없는 것이다. 사전의 설명으로 부족할 정도라면 문학상의 퇴고라는 것은 처음부터 불필요, 불가능하다는 것이 될 것이다. 그렇지 않으면 조상이 「志賀의 大曲이라 불러도 옛날 사람을 또 만날 수도」, 「작은 대의 잎은 산처럼 많지만 나의 여동생과는 헤어져야 하나」 등의 우다(歌)에 대해서 枕詞라는 문제를 집요하게 생각해 온 것처럼, 열심히 천착하지 않으면 안 된다는 것이다. 문제는 개개의 말에 대한 개념 규정을 벗어나서, 때로는 어법이나 문법으로부터 벗어나서 거의 음악과 같은 어감의 영역에 들어가는 것이다.

中野의 논의는 이러한 식이었다. 그러니까 「끌로써 나무에 구멍을 뚫는다」든지, 다리의 「엄지발가락의 발톱 위」에 상처가 나서 「피」

가 흐르는 것은 「사전을 백 개 쌓은 것도 아니다」 든지 하는 것은 「소설의 묘사가 단지 말뿐이지 근본적으로 관찰 부족이라는 것이 나의 판단이다」는 것이다. 中野 말의 음미는 어디에도 펼쳐져 있다. 예를 들면 주인공의 누이동생에 해당하는 마을 처녀의 말에 대해서이다. 처녀는 떡쑥과 같은, 바다 말 그림자의 새끼 붕어와 같은 존재여서 오빠가 어떤 행위에 작은 반응을 보여도 오빠가 그것에 「무어야」 하고 반문하면 「뭐라 해도……」 하고 우물쭈물해 버리는 처녀인데, 그것을 작자는 「힘이 들어가야 할 일 등, 이상해 하고 있고 빈정거리는 기분이 잘 나타나 있다」고 쓰고 있다. 이 「이상해 하고」를 포착하여 中野는 말한다. 이 시골처녀가 동경 부근의 수다스런 처녀들과 같은 상태로 번역되고 있는 것에 대해 그녀의 존재에 대한 작자의 근본적인 寫生이 없다는 것을 말해주는 것이라고 말하고 있다.

다음은 농부 말에 대해서 이다. 島木의 반박은 이러하다.

오늘날 농촌을 그리는 작가는 농부가 말하는 말에는 무척 곤란함을 토로하고 있다. 그러나 나의 작품 중에서 그것에 대해 비평하는 中野 씨의 말은 「이러한 말로 말하고 있는 농부는 일본에는 실재하지 않는다」. 그 밖에는 아무 것도 없다. 도대체 이것이 비평이라는 것이냐.

이러한 반문에 대해서 「이것이 비평이다」고 단정한 위에 中野는 계속한다.

「이러한 말로 말하고 있는 농부는 일본에는 실재하지 않는다」고 말하는 것은 전국 각지를 조사해서 이러한 말투의 농부가 어디에도 보이지 않는다고 하는 사실 조사에 근거한 단정적인 말이고, 그렇기 때문에 이

소설이 만들어진 것이기 때문에 그만큼 가치가 낮다는 가치 판단도 겸
해서 하는 말이다. 비평인 것은 분명하지만 나의 말이니까 나의 비평이
다. 거기서 島木 씨는 저러한 말투의 농부가 실재로 일본 어디엔가 있다
고 말하려 했는 지에 대해 묻고 싶다. 나의 단정에 만약 불만을 느낀다
면 씨는 『생활의 탐구』 一巻에 풍부하게 전개되고 있는 말투를 가진 농
부, 혹은 그것에 가까운 말투를 가진 농부를 일본 어느 지방에 가서라도
찾아 데리고 온다면 좋을 것이다.

여기서 中野가 인용하고 있는 島木의 농부 말투라는 것은 이러하다.

　물은 떨어뜨리는 것이 아냐. 형제를 타인 취급하고 이웃 끼리를 적으
로 삼다. 한쪽에 물이 들어오고 한쪽에는 물이 들어오지 않는다면 들어
오지 않는 쪽이 들어오는 쪽을 단지 미워할 뿐이다. 그런 얼굴을 마주치
고 말을 나눌 수가 없다. 옆으로 제치고 모른 채 해버려라. 그것이 어떻
다는 거냐. 한번 물이 들어가면 그 장소로부터 아무렇지도 않게 웃고 아
까까지 저것은 뭐냐 하는 식으로 얼굴로 변해지는 것이냐.
　이것으로 어떻게 될까. 비행기라는 것이 지금의 기차에 대신하는 시
대가 오게 되면 써질거야. 그렇게 하기에는 먼저 비행기가 무엇보다도
늘어나야 하지 않을까. 그렇게 해서 금융 나락으로 빠지는 일이 없도록
되어야 할 텐데. 그렇게 되기까지 긴 시간이 필요할 거야. 비행기를 만드
는 일은 언제가는 크게 성행할 것이라고 보는 것이지. 마을을 나간 젊은
이도 이제부터는 비행기의 기계공이 될 연구를 하는 것이 좋다고 나는
생각하는 것이지.

　中野에 의하면 농부들은 「형제를 타인으로 취급하고」 라는 소리
는 중단할 수 없다는 것이다. 「그 장소로부터 아무렇지 않게」까지는
허용된다 해도 그것에 바로 이어 「바로 웃어서」 라는 소리는 허용이

안 된다는 것이다. 「그런데 그렇게 하기에는」 라고 하는 소리방식에
는 「그렇게 하기에는」 라는 식으로는 결코 사용하지 않는다는 것이
다. 작자가 농부에게 말하게 하고 있는 사항은 그것이 물이든, 비행
기이든 사항으로서는 특별히 이상한 것이 아니다. 사항으로서 틀려
서는 안 된다는 것에 대한 말투가 잘못 되어 있다는 것이다. 발가락
에 상처를 입고 피가 흘러내리는 것과 같은 것이어서 문제는 역시
사전으로 해결할 수 없는 것도 있다는 것이다.

  내가 島木 씨의 농부 말은 일본에는 실재하지 않는다고 말하는 것은
아니다. 島木 씨는 농부가 사용하는 말을 만들어내는 것도 좋을 거라고
생각한다. 세계문학은 島木 씨에게 많은 견본을 시사해 주고 있다. 이전
에도 없었고, 현재에도 없고, 미래에도 없을 것인 토지와 인물이 거기서
활약하고 있는 것이다. 그렇지만 「생활의 탐구」는 농부와 농촌을 중심으
로 하는 소설이다. 그 농부들 그 외의 모든 등장인물은 현재의 인물이다.
그러나 그들은 일본의 오늘날에서의 모든 의미에서 중대시하고 있는 문
제를 둘러싸고 마찰을 일으키는 것이다. 한 마디로 하면 그들은 일본에
서의 지금의 농촌 사람이다. 그러한 위에 그들이 일본 현재의 농촌 사람
들이라는 것은 이 소설 바깥 세계의 간판, 선전문구인 것이다. 그렇다면
그들의 말은 일본 농민들의 오늘날의 역사적 문화적 위치에 어울리지
않으면 안 된다. 그런데 문제는 이 간판에 거짓이 있어서, 이 문구는 이
상하다고 보는 것이다.

거기로부터 이러한 단정이 나온다.

  「생활의 탐구」 한 편은 현실의 현상면에서 인도된 채로 仮想된 한 청
년과 같이, 현실의 현상면으로부터 작자의 단편적인 지식에 의해 나온

오늘날의 농촌을 작자가 큰 용기를 가지고 맞추어 묶은 것이어서 농부의 말에 대한 작자의 무지한 둔감이 소설 그 자체를 관통하여 폭로하게 만들었던 결과에 지나지 않는다. 예술로서 진실 되게 태어나지 못했다고 하는 것은 또 그러한 결과에 지나지 않는다.

다음은 작품의 주제에 대해서 이다.

나는 오늘날 청년에서의 삶의 한 부분에 대해서 쓰고 있는 것이다. 中野 씨 이외의 비평가들은 항상 이 주제를 중심으로 비평을 진행하였는데, 中野 씨는 끝내 그것에 대해 언급하지 않았다.

中野에 의하면 이것은 작품의 주제와 작자의 의도를 바꾼 것이라고 한다. 「작자는 오늘날의 농촌에 대해 쓰려고 하였다. 생산양식의 변화를 말하려 하였다. 빚에 대한 새로운 성질, 지주 몰락의 새로운 양상, 농촌 출신으로서 고등교육을 받은 청년에 있어서의 새로운 타입의 귀농 등에 대해 쓰려고 하였다」고 쓴 자신은 누구보다도 작자의 의도를 널리 이해하고 있다고 하였다. 그 위에 작품의 구체성에서의 그것이 어떻게 그려지고 있는 가를 문제 삼은 것이다. 그리고 거기에는 작자의 단편적 지식의 전부를 설명하는 외에는 달걀 하나도 생생하게 구체성 있게 그려져 있지 못하다는 것을 비평한 것이 아닌가 하는 것이다. 그곳으로부터 또한 다음과 같은 단정을 끌어낼 수 있다.

무대가 철두철미 농촌이어서 작자의 설명이 철두철미 농민의 감각으로부터 떨어져 있다는 사실은 작자가 농민에 입각해서 예술적 책임을 지지 않는다는 것을 의미하기 때문에 노역자의 주관에 의한 취사선택은

존재하지 않는다는 것이다. 액센트는 있을 수 없는 것이다. 거기서 받아
들여진 문제는 농촌 당면의 중요 문제인 만큼 더 한층 유행이 되지 않으
면 안 된다. 그것을 그렇지 않게 보이기 위해서는 한쪽의 설명에 의지하
지 않으면 안 된다.

『島木健作 씨에게 응답』은 계속된다. 「생활의 탐구」에 대한 中野
의 「惡評」에 靑野季吉, 飯島正 등 「안식이 높은 사람들」의 호평을
낳게 만들었다는 식의 島木의 반박이 있었기 때문이다. 飯島의 비평
은 『新潮』에 쓴 서평이었는데, 靑野의 것도 『文學界』에서의 서평이
었다. 그런데 島木가 호평의 실례로서 들었던 이후에 계속되는 飯島
의 말을 中野는 이렇게 인용하고 있다.

그러나 작품으로 나타난 소설 입장에서 보면 많은 불만이 남는다. 생
활을 탐구하는 작자의 의도가 너무나도 표피적이라 할 수 있는데, 그것
이 작자의 성급한 관념을 노출시키고 있는 것이다. (중략)작자가 이러한
생활의 탐구를 여실히 紙上에 그려내는 대신에, 작자가 이러한 삶을 인
정하지 않을 수 없는 것이라고 자신에게 들려주고 있다는 느낌이 드는
것은 주인공의 행동, 사고방식 이상으로 우리들에게도 그러한 것을 강하
게 요구하고 있는 것이다. 즉 한 면으로부터 보면 작자 자신의 특별한
의미에서의 신앙 고백 같은 것을 여기에서 느낄 수 있는데, 작자가 주인
공의 생활을 잘 그려내어 생생한 느낌이 드는 것과는 거리가 멀다는 것
을 말할 수 있다. 작자는 리얼리틱한 묘사에 뛰어나 있다. 이것은 작품
전체의 인상과는 오히려 반대되는 것인데 (중략)순수한 신앙고백이라 할
수 있는 소설을 나는 결코 부정하는 것은 아니지만, 그러하지 않는 경우
에는 인물의 행동, 사고방식을 타인에게 알리도록 하는 방법이 진실로
좋은 방법이 아닌가 하고 생각한다.

7) 희유한 작품 평가의 대립

島木가 中野에게 「작자는 리얼리틱한 묘사에 뛰어나다」는 一行은
어떠한 전체에서의 어느 부분이 누락되었음을 나타내 보이는 것이
다. 飯島에 의하면 「인물의 행동, 사고방식」이 「그것 자체가 타인이
알 수 있듯이」 씌어져 있는 것이 아니고, 「작품 전체의 인상으로서
는」 리얼리스틱한 것과는 오히려 그 반대라고 할 수 있는데, 「작자
의 성급한 관념을 노출시켜 버려」 생활의 탐구를 여실히 紙上에 그려
내지 못하고, 「작자가 주인공의 생활을 충분히 살리」지 못하고 있다
는 것이기 때문에 그것과 반대되는 「인물의 움직임대로 생활을 안측
으로부터 그려가는 작자의 태도, 그 묘사력은 보통이 아닌 것이다」
든가, 「작자는 리얼리스틱한 묘사가 뛰어나다」 든가 하는 판정을 내
리기에는 다른 포괄적인 근거를 보여야만 한다는 것이 中野의 의견
이다. 飯島가 작품 전체의 인상으로서는 리얼리스틱한 것에 대한 반
대라는 그 점에 대해서 中野는 전체의 인상에서가 아니라, 표현의
구체적인 근거에 입각해서 하나하나 말의 사용에 입각해서 극명하
게 분석하고, 지적한 것이다.

青野의 비평도 飯島가 호평의 좋은 실례로서 들었던 것에 이어 「그
관찰이나 비판에는 소위 기성 개념의 범주에 속하는 個所가 없는 것
도 아니다. 또 사람과 사람, 남자와 여자의 관계에 있어서 관찰의 폭
을 넓히지 않으면 농촌생활을 진실되게 전면적으로 언급할 수 없다
는 것이다」고 쓰고 있는 것이다. 青野 비평에는 「주인공에게는 양친
이 있고, 나이가 찬 여동생이 있다. 그러나 그들 가정생활은 어디에도
그려져 있지 않다」고 쓴 자신의 비평에 공감이 가는 데가 있음에도

불구하고 작자는 그냥 눈을 감아버렸다는 것이 中野의 지적이었다고 말하고 있다.

그러나 青野는 다른 곳에서는 「이것이야말로 진실이 담긴 작품」이라는 식으로서 적극적으로 이 작품에 대해 그 의미를 인정하고 있다. 11월 24일부터 3일간에 걸쳐 『読売新聞』에 실은 『최근의 장편을 읽다』에서 「진실은 작자가 그러한 작품에 자신의 사상을 담은 무게에 정비례한다」고 해서 「순문학에서 우려해야 할 부분은 菊池寛이나 正宗白鳥 씨가 지적하는 『情景이 活写되고 있지 못하다』는 것은 아니다. 그 한 작품에 자신의 모든 것을 걸고 있는 것이 나타나지 않는다는 것이다. 그러한 것이 있다면 情景의 活写와 같은 것은 어느 정도 충족될 수 있는 것이어서 나는 島木健作 씨의 近作인 『생활의 탐구』를 그 좋은 예로 드는 것에 주저하지 않는다」고 하면서 다음과 같이 논하고 있다.

『생활의 탐구』는 苦学力行하는 한 대학생이 자신의 인텔리적 관념성이나 도시의 소비생활의 공허함에 대해 깨닫고 고향인 농촌으로 되돌아가 한 농민으로 귀환하는 곳에서 다시 시작하려고 결의하고, 그것을 위해 흙의 세계에서 각고하는 모습을 그리고 있다. 그의 귀농은 저 「인민 속으로」와 같은 관념적인 동기에 의한 것이 아니다. 스스로 일하는 인민의 한 사람이 되어 생산 속에 자신의 몸을 맡기고 실생활의 현실을 탐구하는 것에 의해 새로운 출발에 있어서 흔들림 없는 발을 들여 넣으려고 하는 것에 있다.

이것은 이 나라 현대 인텔리의 어떤 타입을 정묘하게 받아들인 것이라 말할 수 있을 것 같다. 그들이 농촌으로 돌아가고 실생활에로 돌아가는 것에 의해 다시 출발하려는 요구는 기성의 개념이나 이론으로 비판한다면 너무나도 남는 것이 없어서 이 소설 속에서도 이전에 좌익 투사였던 志村가 그 필법으로 駿介를 완패할 때까지 해 치우고 있다. 그러나 그 비판의 올바름과 한 사람의 개인이 어떻게 자신을 다시 세우는가 하는 문제, 그것을 위해 물러설 수 없는 실천의 문제와는 스스로 다른 문제이다. 이 소설의 駿介로 대표되고 있는 현대 인텔리의 타입은 그 절박한 문제 속에 몸을 두고 있는 것이다. 작자 島木는 그러한 타입을 가진 청년으로서의 駿介를 훌륭히 그려내고 있고, 용이하게 전달하기 어려운 내심의 깊이가 있는 요구를 하나하나 구체적인 행동을 통해서 확실하게 표현하고 있다. 거기에 이 작자의 인간 관찰이나 인간 묘사의 진보를 느낄 수 있는데, 여기에 그려진 대략 1년간의 농촌생활은 그것이 탐구적인 눈으로 보여지기 위해서는 이미 알려져 있는 여러 모습까지도 신선한 빛을 띠고 부상하고 있다. 단지 그 탐구에는 지적인 것이 너무 넘쳐 흘러 농촌생활의 명암이 약간 관념적으로 그려지고 있는 기분을 떨칠 수는 없다. 그것을 제외하면 생산에서의 여러 장면의 동적인 정채함에다가 풍부한 정세한 묘사와 같이, 이 작자의 관찰자로서의 성장을 이야기해 주고도 남음이 있는 것이다.

『생활의 탐구』에 바쳐진 칭찬의 말은 이 청년만이 아니었다. 여러 작가나 비평가가 여러 찬사를 보내고 있는 것이다. 작자가 中野의 비평을 「너무나도 변변치 않는 비평」으로 치부하고 있는데 「누구로부터도 받아 본 적이 없는 악평」으로 일축해 버렸던 것도 또 다른 한편에서는 여러 칭찬의 말이 함께 있었기 때문이다. 그러나 또 「나쁜 점에서 연구하지 않으면 안 될 작품」으로 삼은 것도 中野만이 아니었다. 일개의 구체적인 작품의 평가가 이 정도로 심각하게 대립한 것은 드문 일이다. 그러나 중국과의 전쟁에 돌입한 역사적인 시대를 배경으로 당시 문학과 문학자의 실태를 알기에는 좋은 제목이기 때문에 의미가 있는 것이다.

8) 中村光夫・唐木順三의 발언

中野重治의『第一章』을 비평해서 주인공 田原는 완전히 「이론의 흙 인형」에 지나지 않는다고 하면서 「생생한 표현이 없는 곳에 무슨 문학의 현실성이 있을 수 있을까. 그리고 현실성이 없는 문학이 어떻게 사회에 항의할 수 있는가?」고 말한 것은 中村光夫였다.

『생활의 탐구』에 대한 비평을『文学界』소화12년 12월호에 싣고 있던 中村光夫는 「어떤 사람이 이 소설에는 농촌에 관한 묘사가 없다고 했다는데, 이 정도로 건강한 농촌생활의 묘사가 어디에 있는가」라고 묻고, 「駿介의 생활감정이 강인하고 풍부한 것처럼 농촌생활에 관한 복잡한 모습을 묘사하는 작자의 붓도 발랄해서 흔들림이 없다」고 말하고 있다. 더구나 이 소설은 단적으로 거기에 그려진 주인공의 매력은 독자를 매료시키는 것에 충분히 가치가 있다. 이것이 이 소설이 가지는 正道이기 때문에 「현대작가로부터 보면 소설의 소설이 가져야 할 건강한 성격」을, 가령 싹이 자라나는 형태라도 가져야 한다고 말하는 것이다. 주인공 駿介는 中村에 의하면 작자의 사상이 처음으로 형성되어 만들어진 인간 전형이라 할 수 있는데, 작자 사상의 專斷으로부터 그것은 고조되어 간다. 여기서 작자는 관리의 심술궂음과 거기에 응대하는 駒平의 비굴한 분노를 대비시켜 주인공의 세상에 물들지 않는 순수한 동선을 간결하게 그려내고 있다. 이 주인공의 우울한 분노야말로 작자의 사상 그 자체의 현실적인 모습이어서 사상소설로서의 이 작품의 독창성은 여기에 있다. 즉 「소위 리얼리즘의 상식을 떠나서」현대의 청년을 그리려고 한 곳에 中村는 적극적인 의미를 찾으려 하는 것이다.

中村와 거의 같은 의견을 개진하고 있는 것에 唐木順三가 있다. 소화13년 2월에 쓰여진 『島木健作』 속에서의 『생활의 탐구』 항목에서 唐木는 이렇게 쓰고 있다.

　물론 이것도 저자의 가설 하에 만들어진 소설임에 틀림없다. 따라서 거기에 리얼리티가 약간 희박하다는 비난을 벗어날 수는 없는 것이다. 그러나 저자는 처음부터 묘사파가 아니었던 것이다. 자연주의 이래 일본 문학의 주류를 형성하고 있던 묘사파는 통속소설로 빠지지 않고, 또 안이한 경향소설로 달려가지도 않는 이와 같은 소설이 어쨌든 이 어려운 시대에 생겨났던 것을 생각해 볼 때 당연히 생겨날 수 있는 필연성과 함께 이것을 낳기에 이르기까지의 용이하지 않는 작자의 심적 각오를 느끼지 않을 수 없는 것이다. 이 저자가 가지는 협소함과 단순함은 이런 종류의 소설에 대한 전통이 없는 곳으로부터 생겨나 어쩔 수 없는 제한을 가지고 있는 것이다. 독자는 이 간결하고 엄숙한 작가에게 경의를 표하지 않으면 안 될 것이다. 동시에 전연 새로운 출발을 축복하지 않고는 안 될 것이다.

소화14년 1월에 쓰여진 河上徹太郎의 『교육문학론』은 이 소설의 특질을 작자의 자기 재생에의 祈願에서 찾고 있다. 河上에 의하면 여기에 그려지고 있는 것은 완전한 농촌생활에의 입문 내지 敎程이고, 주인공의 태도는 때로는 인텔리적 신경을 말살시키고 있는 것이 아닌가 하고 의심이 갈 정도로 환경에 맹종적이다. 농촌을 제재로 하고 있으면서 이 소설은 도회적이고 인텔리적이다. 왜냐하면 그러한 것을 부정해 가는 자기 敎化에 이 작품의 주요 동기가 있는 것이고, 거기에 작자가 그러한 인물상을 시도하고 있기 때문이다. 일정한 환경에서의 인간 실험이자, 그 생활적 갱생에의 祈願을 담은 교육소설이라는 것이다.

『생활의 탐구』가 자기재생의 소설이라는 것을 더 한층 강조하고 있는 것에 亀井勝一郎의『島木健作』가 있다. 이것은 전후의 소화23년 9월에 쓰여진 것이다.

島木의 문학은 공산주의의 붕괴와 사상적 패배라는 위기의식으로부터 발생했다는 것이 亀井의 근본 규정이다. 신념으로 봉사했는데도 그것이 강권에 의해 패배하고 그 절망 속으로부터 新生을 모색하는 곳에 島木의 문학은 성립한다. 작품을 관통하고 있는 정열은 「일체의 포기에 의해 실생활의 행동적인 捨身」이다. 농민생활에 동화하려는 청년을 그림으로 해서 「자신의 상처를 씻으려」고 하는 「순수생명 부활의 祈念」이 담겨진 것이 이 작품이다.

그러니까 島木에서의 「농촌은 신성한 道場」이 되지 않으면 안 되는 것이고 위기의 극복, 생명의 부활을 생각해야 할 「일종의 神殿」인 것처럼 필요했다. 농촌에 동화하려는 주인공의 심리는 이러한 의미에서 종교적이라 할 수 있다. 가령 그가 종교를 부정한다 하더라도 「생명의 정화작용을 지향하는 구도자」라는 점에서는 그 본질을 같이 한다. 이상이 亀井의 論의 골자이다.

中村이든 唐木이든 河上이든 亀井이든 어느 쪽도 이 소설을 자연주의 계통의 묘사소설과는 다른 이질적인 것으로서 보고 있는 점에서는 공통적인 데가 있다. 일종의 실험적인 사상소설, 패배의식으로부터의 재생의 모색이라는 것으로 이 소설에 독자적인 평가를 내리고 있다. 그리고 이러한 사상소설의 실현을 위해 취급되어진 실험실이 농촌인데, 亀井에 의하면 그것은 「신성한 道場」이 아니면 안 되는 「일종의 神殿」인 것처럼 여겨졌다. 이것은 아마 작자의 모티브를 충실하게 받아들였다고 봐도 좋을 것이다. 그러나 제2차 대전이 가까이 다가오고 있던 무렵, 당시 농촌은 그 자체로서 「신성한 道場」

이나 「일종의 神殿」이라는 의미가 통할 수 없었던 것이다. 또 그래
서는 실험실이 될 수 없는 것이었다. 따라서 작자로서는 농촌은 관
념적일 수밖에 없었던 것이다. 오히려 관념적이면 일수록 「리얼리즘
의 상식을 벗어난」 실험이 효과적이라는 일면이 있을 수 있다.

이들의 비평은 어디까지나 리얼리즘 입장에서 이 작품의 리얼리즘
의 불철저함을 비난한 中野重治의 비평과 예리하게 대립한 것은 당연
하다 할 수 있다. 그렇다 하더라도 예를 들면 中村光夫가 사상의 인간
화라는 유럽 근대소설의 전통을 중시하는 나머지, 이 소설을 과대평
가한 경향이 있다고 볼 수 있다. 唐木, 河上, 龜井에 대해서도 같은 것
을 말할 수 있을 것이다. 사상의 인간화라든지, 非 묘사 계통의 실험
이라든지, 재생의 祈願이라 하는 곳에서 인간화를 祈願하는 사상 그
자체, 실험의 대상 그 자체, 재생의 실체 그 자체에 대한 검토가 결여
된 비평은 자연히 관념적인 성격을 띠지 않을 수 없다. 이 점에 대해
서는 窪川鶴次郎의 『島木健作論』(『文芸』 소화13년 10월호), 『続島木
健作論』(『文芸』 소화13년 11월호)에서 精到한 비평을 가하고 있다.

9) 島木의 문어체적 성격

窪川의 『島木健作論』에 의하면 진지함, 겸손, 성실, 양심이라는
것은 여러 德의 표본으로서 세간에 통용되고 있다. 이 작가의 문학
이외에서의 태도는 그대로 문학 내의 태도가 되고 있다. 이것이 작
가로서의 島木와 그 문학을 일관되게 하는 본질적인 것이라는 것에
서 窪川의 論은 시작되고 있다. 自伝에서도 쓰고 있지만 이 작가는
너무나 빈궁함에도 苦学力行, 独力으로 동경제대의 選科에 들어가

공부했다. 소학교를 졸업할까 말까 하는 나이에 이미 한 자립인으로 실사회에 나왔다. 이와 같은 어떻게 보면 존경해야 할 자기 자신을 그대로 문학자로서의 사람 및 문학에로 통용시키려 하고 있다. 『생활의 탐구』는 이러한 경향이 더욱 노골적으로 나타나고 있는 것이다.

窪川는 여기서 中野重治와 같이 『생활의 탐구』에서의 용어의 문제를 든다. 피가 뚝뚝 떨어진다. 무엇이든 해. 눈부신 소리가 나서. 항상 더해서. 이상한 눈썹을 찡그리고. 밤이 새고. 허리춤에 걸치고. —窪川가 주은 듯이 들고 있는 것은 이러한 것들이다. 이들 용어는 확실한 誤用도 아니지만 이 작가의 문학 용어의 어감으로서 그렇게 별로 부자연스러운 것도 아니다. 그렇기는커녕 島木 문학에서의 이러한 용어가 誤用도 아니면서도 어감으로서도 별로 부자연스럽지 않다는 것이야말로 진짜로 문제가 있다는 것이다. 이들 用語例에서 보여지는 이 작가의 감정은 문어체이다. 즉 島木 문학은 감정을 나타내는 소박한 구어체는 아니다. 일상적이 아니고 엉뚱한 것이다. 도대체 이 작가는 자신의 문학에 있어서 왜 이와 같은 엉뚱한 「문어체적 감정」을 내포하지 않으면 안 되었던 것일까. 窪川는 이 문제를 제출하고는 그것에 곧 대답한다. 이 작가는 소년시대로부터 어른 사회에 이르기까지 자신의 독립성을 지키지 않으면 안 되었다. 그것은 소년에 있어서 자연스레 엉뚱한 자세를 취하지 않을 수 없었다는 것이다. 俊敏하고 희망을 가질 수 있는 소년이라면 더욱 그러할 수 있다. 실사회에 있어서 처세 철학은 이 문어체적 감정의 精華를 의미하는 것으로 그것이 항상 그러한 감정의 연마를 요구하고 있다.

島木 용어의 제2의 특징은 작중인물을 취급하는 속에 가려 보이지 않는다는 것이다. 駿介나 그의 아버지, 누이동생을 표현하는 말은 어느 것도 비슷하여 형용어가 빈약하고 평이함을 벗어나지 못하

고 있다. 이 평이함은 작자가 가슴 가득히 감정을 실은 채로 어디까지나 주관적으로 뒤덮여 나타나고 있다.

島木 문학에 있어서 용어의 제3의 특징은 사상과의 관계 속에 나타나고 있다. 이 작가의 사상에 관한 용어는 동시에 지식계급에 관한 용어로 나타나고 있는데, 풍부하고 다양하게 나타나고 있다. 자신의 테마에 필요하다면 어떠한 용어도 구축할 수 있다. 그러나 그것은 독자들을 위한 것은 아니었다. 마치 시골을 돌고 도는 신문기사를 파는 政談 연설로 끝나고 있는 것이다.

이들 용어의 문제는 그 창작방법과 깊은 관련이 있는 것으로 窪川는 『続島木健作論』에서 논하고 있다. 窪川에 의하면 島木 문학에서 우선 눈에 띠는 것은 독자에 대한 태도가 창작방법의 큰 특질을 형성하고 있다고 한다. 일반적으로 보이는 작자와 독자와의 관계처럼 그의 현실에 대한 태도나 문제가 그대로 자연스레 독자와의 관계를 맺어가고 있는 것이 아니고, 島木 자신이 독자의 관계를 특정한 방식으로 맺고 있다는 것이다. 특정의 방식이라는 것은 자신의 방침이나 마음자세가 오직 독자의 이해나 양해를 구하려는 격렬한 의식 행위이다. 여기서 窪川를 인용하면 이러하다.

그는 자신의 주장 이외에는 결코 다른 사고방식은 있을 수 없다고 생각하는 진지함을 가지고 설명한다. 그는 진지함이 없으면 말하지 않는다. 독자들이 그의 진지함을 알아주지 못하면 독자에게 말하는 것이 아무런 의의도 없다는 것이다. 그러나 그는 자신의 주장을 그것이 일반적으로 정당하다고 하는 이유로부터 말하는 것은 아니고, 자기 자신에게 대해서 다른 사고방식은 있을 수 없다는 자신에 대한 신념으로서만 말한다. 그리고 일반적으로 이러한 자신에 대해 신념적이라는 것은 당자의 주관이 어떻든 말하는 내용이 追隨的, 기회주의적이라는 것이 주목해야 할 특색인 것이다.

이렇게 해서 그는 항상 긴장 상태에서만 독자와의 관계를 맺고 있다. 그래서 독자에게는 그의 주장으로부터 떠나서 그 주장 이외의 것을 알려고 할 여지도 필요도 없다. 무엇이라도 일어나게 되면 이 긴장의 상태 외에는 그도 그의 문학도 존재하지 않기 때문이다. 즉 그의 문학은 그의 문학을 통해서만 생생한 상상의 세계를 독자의 마음 속에로 환기시키고 전개해 가는 것을 허용하지 않는다는 것이다. (중략)島木 씨의 문학이 그 문어체적 감정이 얼마나 드라마틱하게 짜여져 있는가, 그것이 얼마나 멜로 드라마적인 것인가 하는 사실은 島木 씨의 창작방법에 있어서 쳐 독자 태도 속에도 그것과의 유기적인 관련을 발견할 수 있는 것이다.

계속해서 窪川는 이 작품의 구성을 분석해 간다. 『생활의 탐구』 正·続 양편의 구성에서의 중심적인 계기를 형성하는 것은 지식계급에 대한 駿介의 비판과 그 비판을 통해서 駿介가 학생 생활을 단념하고, 농민의 생활에로 들어가는 것이다. 그러나 窪川에 의하면 駿介 생활에 대한 탐구는 지식계급 현상에 대한 비판과 관련이 있는 곳과 관련을 맺고 있을 뿐이다. 지식계급의 현상에 대한 비판과 한 농민으로서의 駿介 생활이 대비되고 있는 것에 지나지 않는다. 대치된 조건을 생각하면서 주인공이나 그 행동을 표현해 가면 그만인 것이다. 그러니까 작품에 있어서 시추에이션의 발전에 동반하는 테마나 사상의 심화는 보이지 않는다. 변화가 있을 뿐이다. 즉 사상이 문학의 사상이 되고 있지는 못한다. 지식계급의 비판만 보더라도 근본적으로 시대의 상식에 의존하고 있을 뿐이다. 이것은 사상소설이라 불려지는 작자의 문학을 사상적으로 가장 약화된 면을 보이고 있는 것이다.

계속해서 窪川는 駿介에 의한 생활의 탐구가 어떠한 성격을 띠고 있는 지를 규명한다. 駿介 생활의 탐구가 원래부터 농민 생활로부터

끌어내어진 것이 아니고, 지식계급 생활로부터 하나의 탈출구로서 생각되어지는 것에서 「생활 일체의 내용을 捨象한 일정한 규칙에 의한 단순화, 노동 일반의 신성화, 일체의 노동에 대한 의의에서의 육체적 감각에 대한 해소는 모든 인간적인 지성과 情操의 말살」일 수밖에 없었다. 주인공 駿介 생활의 실천력은 행위에 있어서는 생활적인 것으로 보이지만, 행위가 종합된 곳에서는 극히 추상적으로 나타난다. 주인공의 행동적 정신이 강하면 강할수록 이런 추상성을 통해서 생활을 정신적인 것으로 승화시켜 갈 수 밖에 없다는 것이다.

이렇게 하여 窪川는 이상한 예감을 섞어서 이 비평을 맺고 있다.

땅에 발에 붙이고 사는 생활, 원만한 상식—이것이 島木 씨의 비판에 의해 일정한 형태가 부여된 지식계급의 생활과 그 지성과 대비되면서 찬미되고 있다. 이런 종류의 현실에 대한 무조건적인 긍정 방식이 오늘날 문학사상의 지배적인 정신으로 자리잡고 있다.

생활과 인간 사랑의 강조—이것도 오늘날 유행에 맞춘 말이다. 지성과 비판정신과 대립된 생활과 인간—물론 그것은 원만한 상식과 생활의 叡智가 되는 것이다. —에의 사랑의 강조, 지성과 비판정신의 소유자에게 맡겨진 지식계급의 엘리트에 의해 唱導되기 시작한 이 강조, 무슨 일이 일어나고 있는가. 『생활의 탐구』 一篇은 바로 이런 이변의 고시자이다.

10) 설정의 약함을 궤뚫은 宮本百合子

소화15년 6월 『日本文学入門』을 위해 씌어진 宮本百合子의 평론 『소화의 14년 간』은 『생활의 탐구』에 대해 다음과 같이 말하고 있다.

이제까지의 작품에서 이 작가는 집요하게 지식인의 자기 역사에 대한 임무와 양심의 고뇌와 거기에 순직하려는 정신을 들어 긍정적으로 평가해 왔다. 그런데 이 때마다 『생활의 탐구』에서는 좋든 나쁘든 지식계급의 한 특질을 이루는 지성의 세계를 관념 과잉을 이유로 부정하고, 단순한 근로의 행동에 의해 인간이 가지는 미와 가치를 발견하려는 것은 한쪽 極에 생산문학을 가진 당시 인간생활의 단순화에의 방향과 합치되고 있어서 주목을 끌고 있다.

『생활의 탐구』에 그려지고 있는 세계의 현실은 駿介가 학생생활을 그만두고 시골로 되돌아간다는 작자에 의해 설정된 조건으로부터 해서 무엇도 우리들에게 이상이나 주장의 구체적인 것을 주는 것은 없다. 만일 지식인의 고뇌라 하고, 비판이라 한다면 재귀성하는 시골이나 경작하는 땅도 없고 평생 지식인의 환경에 맞춰서 그 속에서 무언가 자신의 성장을 이루려는 힘의 의도가 들어가야 한다. 駿介가 되돌아가는 시골을 설정하지 않으면 이 소설 전편이 성립할 수 없는 것이나, 그와 같은 형태로 간단하게 사유와 행위를 대비시켜 말하자면 가정으로부터 하나의 실험을 전개시키고 있는 것은 문학작품이 가져야 할 취약점으로 간주해야 한다.

一篇의 소설 『생활의 탐구』를 둘러싸고 「계란 하나 제대로 생생하게 구체적인 것이 그려지고 있지 않다」는 것을 지적하여 리얼리즘의 불철저함에 대해 공격하는 부정적인 비평과 「소위 리얼리즘의 상식을 벗어난」 실험적인 사상소설로서 지지하였던 찬미적인 비평과의 이러한 대립 상황은 대략 이상 봐온 대로이다. 그리고 이것은 窪川로 하여금 「무슨 일이 일어나고 있는가」 하고 부르짖고 있는 것처럼 바로 무슨 일이 일어났는 지를 느끼게 해주는 것이고, 또한 문예비평에서의 이 대립은 중국과의 전쟁에 돌입한 당시 일본문학의 현실을 여실히 보여주고 있는 것이다. (臼井吉見, 「근대문학논쟁 上」筑摩書房, 소화31년 10월, 참고)

18   日本浪曼派 논쟁

日本浪曼派 논쟁이 전개된 것은 소화9년부터 소화12년 무렵까지이다. 소화9년이라는 것은 일본프롤레타리아 작가동맹(나르프)이 해체한 해(소화9년 2월)이고, 문학사상 이 소화9년부터 12년 무렵은 가장 많은 문학논쟁이 이루어진 시기이기도 했다. 대략 봐도 「정치와 문학 논쟁」이 아직 계속되고 있었고, 「사회주의 리얼리즘 논쟁」「행동주의 문학 논쟁」「전향 논쟁」「세스트 논쟁」「순수소설 논쟁」「사상과 실생활 논쟁」「中野重治・小林秀雄 논쟁」 등이 이 4, 5년 사이에 집중되고 있었다.

그런데 이러한 많은 논쟁을 대략적으로 분류해 보면 어떻게 될까, 平野謙은 다음과 같이 서술하고 있다.

나르프 해산에 의해서 일종의 해방감이 생겨난 것도 사실이다. 동시에 나르프 해산에 의해 위기감이 절박하게 된 것도 부정할 수 없다. 전향문학 논쟁론을 시작하여 사회주의 리얼리즘 논쟁, 행동주의 문학 논쟁, 日本浪曼派 논쟁 등은 역시 당시의 위기감이 만들어 낸 문학시조일 수밖에 없었다.(『日本現代文学論争史』下巻)

이러한 분류로부터 日本浪曼派 논쟁의 주요한 담당자였던 龜井勝
一郎, 保田与重郎(日本浪曼派)는 高見順을 중심으로 하는 「人民文庫」
派의 성격을 「전향문학이 범람하고 있다는 문학적 지반으로부터 싹
튼 異母 형제라고도 할 수 있는」 것이라고 보고 있다. 바꿔 말하면
전향문학 논쟁의 변종이라는 식으로 받아들이고 있었던 것이다. 高
見順 자신도 후년 「한 그루의 나무로부터 두개의 가지」라는 식으로
당시 日本浪曼派와 「人民文庫」派의 대립을 회상하고 있다. (『소화문
학 盛衰史』)

그런데 이러한 견해에 반대하는 橋川文三는 「왜 그렇게 日本浪曼
派를 「나르프 해방」의 논리에 부합시키려 하는가」(『日本浪曼派 비
판 서설』)라는 의문을 제출하고 있다. 즉 전향문학 논쟁에 대한 異
種이라는 견해만으로는 日本浪曼派의 본질은 다 이해할 수 없다고
하고 있는데, 이것은 지금까지 가장 간과되고 있던 保田与重郎의 문
체에 대한 관심을 깊게 하는 계기가 되었다. 여기서 이 논쟁을 되돌
아보면 크게 두개의 논쟁의 파도가 있었다. 하나는 龜井勝一郎의 이
론을 중심으로 하여 高見順, 森山啓의 반론. 또 하나는 保田与重郎
의 일본주의적 반동 이론 및 그 난해함에 대한 반론이다. 이하 이
두개의 파도의 내용에 대해서 살펴보자.

소화9년 11월 『고키도』誌上에 「『日本浪曼派』광고」라는 문장이
실렸다. 高見順은 곧 이것에 대해 「낭만적 정신과 낭만적 동향」(소
화9년 12월, 文化集團)이라는 비판문을 썼다. 高見順은 그 속에서 「浪
曼派 광고」에 대해서 「평온 무사한 천상적인 분위기 속에서 초연히
이루어졌다」고 일축하고, 비판의 창끝을 林房雄와 龜井勝一郎에로
향하였다. 예를 들면 林房雄가 당시 씌어진 「世相보다 이상으로」라
는 문장에서 「이상은 무엇보다 예리하고, 넓게 현실을 말하는 것이

대단히 많다」는 제언을 하면서 기교가 없고, 우직하지만 그 대신 성실한 작가에게는 「그들은 이상의 불꽃을 그 가슴 속에 감출 것이 아니라, 열렬한 불꽃이 피면 필수록 그들에게 다가오는 암담한 현실에 대해서 그것을 극복하여 더 높은 곳에서 그 경멸과 부정의 노래를 명랑하고 낭만적으로 연주하는 산뜻함에로 표출되지 않고」라는 식으로 반론한다. 그리고 이상주의에 대한 동경은 「현실의 추악한 면을 고발하는 困苦를 싫어하는 정신의 안이함에 가려 보이지 않는 풍조」라는 矢崎弾의 지적에 대해 동의를 표한다. 게다가 亀井勝一郎가 말하는 「로맨티시즘은 망상이고, 관념의 유희라고 간주하는 俗見은 이미 깨트려지고 있다. 그것은 철저히 현실에 쫓으려는 것이지만, 현실 속에 단지 현실을 본다는 것만이 아니라, 그 가능성과 미래성을 본다. 말하자면 리얼리스트인 까닭으로 꿈이 있는 것이다」는 말로 표현하는 방법에는 무언가 사람을 유혹하는 울림이 있는데, 이러한 말도 결국 평론가의 안이한 구경꾼적인 시점으로부터 나오는 것이라고 불만을 표명한다. 그리고 高見順은 작가의 사명에 대해 「영광은 하늘에 있는 것이지, 장난치듯 상처를 내지 않는 전투를 노래하는 낭만 천사에는 없는 것이고, 어디까지나 지상에서의 추악함은 철저하고 또한 그 고통을 씹고 있는 현실적인 사람에게 더욱 빛나는 것이 아닐까」 하고 말하고 있다. 즉 이상을 너무 안이하게 행사하기 보다는 어디까지나 현실과 함께 반주해 나가야 한다는 것이 高見順의 견해였다.

이것에 대해서 亀井勝一郎는 「현대의 낭만적 사유·제1부」(『文学界』 소화10년 1월)에서 독자적이고 낭만적인 사고에 대해 서술해 나간다. 亀井勝一郎는 우선 도스토옙스키의 전향에 대해 분석하면서 「무엇이 자신의 임시물이고, 무엇이 자신의 참다운 물건인 가에 대해 그저 막연히 선택」해야 했을 것이라고 말한다. 이러한 자아를 철저히 탐구하고 난 뒤에 무엇이 가능한 지에 대해 생각해 보는 것이 이제부터의 프롤레타리아 작가들의 테마라고 말한다. 그리고 이제부터 龜井勝一郎 특유의 낭만주의에로 들어간다.

　　우리들은 현실로부터 벗어난 낭만주의를 매도하지만 그렇게 매도했던 것이 나중에는 보면 극단적인 낭만주의자인 경우가 더 많았다. 벽 속에서 희망이나 공상을 말하는 것은 가혹한 현실의 반영이어서 아름답다고 생각한다. 원래 낭만주의는 벽을 향해서 곧바로 소생하는 노래이지만, 그 정열이 포화점에로 도달해 가는 것으로 우리들은 마음의 날개에 육체의 날개를 달고 싶다는 욕망을 일으킨다. (중략)가득 찬 공상과 희망을 가지고 재차 현실에로 되돌아가는 것이다.

이 龜井勝一郎의 결론은 당시 貴司山治 등에도 보이는 전향문학자들의 고통에의 해답이기도 한 것이었다. 이러한 해답에 격렬하게 반발한 森山啓는 「『転形期의 자아』에 대해서」(『文学界』 소화10년 2월)에서 다음과 같이 반론했다. 龜井勝一郎의 고뇌는 우리들 인텔리겐차의 고뇌이기도 하지만 그것을 설명하면 다음과 같다.

　　1. 사회 발전의 합법성에 대해 우선 믿고 있지만 운동에는 합류하지 않고 목숨은 아깝다고 생각한다. 그것을 자아 이외의 인간 속에서도 찾아냈다. 2. 자신은 투쟁을 회피하면서 정치에 동경을 할 수밖에 없었다. 3. 그러나 그렇게 되면 만족할 수 없다. 이러한 자신을 구원할 방법은 없지만 적어도 「자아의 재검토」는 필요하다.

이와 같이 분석하고 이 고통을 구원하는 수단으로 생각해 낸 것이 龜井의 변명이라는 것이다. 그리고 「나는 이 내면적인 방법에 대해 자아의 검토를 위해서도, 발전을 위해서도 믿을 수 없다는 것이다. 그것은 자위의 방법에 지나지 않는 것이라고 생각한다」고 단정 짓고 있다. 森山啓의 비판은 계속되어지는데 그것은 龜井에서의 자아의 검토가 왜 자위에 끝나는 지는 결국 「內省」이나 서재 속에서만 행해진 결과일 수밖에 없다고 하는 비판으로, 高見順의 구경꾼적인 시점과 조응하고 있다. 龜井勝一郞는 이 森山啓의 비판에 촉발된 형태로 「현대의 낭만적 자아」에 계속해 「낭만적 자아의 문제」(『日本浪曼派』 소화10년 3월)를 발표한다. 이 논문은 森山啓의 자극에 의해 적극적으로 행해졌는지는 모르겠지만, 후년의 龜井勝一郞가 전향을 향해 달려가는 모습이 느껴지는 것이다. 그 속에서 몇 개인가의 말을 정리하면 다음과 같다. 전향 이후의 작가들에 대해서 던진 말을 정리해 보면 이하와 같다.

전향 이후의 작가들에 대해서 일체의 정치주의, 공식주의로부터 떠나서 자신이 가능한 곳에서 문학을 해야 한다고 하는 축하해야 할 자각이 있기도 하고, 그런 한도에서 진보에 공헌하려는 뻔뻔스러운 자각이기도 했다.

그런데 제군! 자아라는 문제가 제출되는 근거에는 몇 개밖에 있을 수 없었던 자신에 대한 한없는 복수심이 도와주었다고 보는 것이다. 두 번이나 재차 계급투쟁에 부화뇌동하는 것을 거부하려는 부동의 결의가 있다는 것을.

제군은 이상주의의 문학적 마부―정치의 소년에 지나지 않았던 것이 아니겠는가. 계급투쟁의 접쟁이였던 얼룩 개―의사에 반하는 순교자가 아니었는가. 그러나 무슨 이유로 제군을 마부로 만들었던 그 이상에로 다시 들어가려 하는가.

이것은 龜井勝一郎의 개인사로서 「마음에도 없던 전향」으로부터 「마음으로부터의 전향」에로 변화해 가는 인텔리겐챠의 주목해야 할 言說이라 할 수 있다. 平野謙은 「정치와 문학 논쟁」으로부터 「日本浪曼派 논쟁」에 이르기까지의 龜井勝一郎의 사건에 대해서 「전향이라는 위기적 상황에 있어서 『사상과 현실성』이라는 목표를 가지고 실천한 싸움의 기록일 수밖에 없다」(『소화문학사』)고 하여, 小林多喜二나 宮本顯治의 경직된 「정치주의적 편향」을 프롤레타리아 문학 내부로부터 대담하게 비판한 龜井勝一郎의 건투를 찬양하고 있다.

日本浪曼派 논쟁은 또한 1면에서 잡지 「日本浪曼派」 対 「人民文庫」의 대립으로 이해되는 측면이 있었다. 『日本浪曼派』가 창간된 것은 소화10년 3월로서 주요 동인으로는 檀一雄, 保田与重郎, 山岸外史, 太宰治, 今官一, 龜井勝一郎, 中谷孝雄들이 참가했다. 한편 『人民文庫』는 소화11년 3월 창간하였다. 武田麟太郎가 중심이 되고 高見順, 本庄陸男, 澁川驍 등 프롤레타리아 문학운동 및 그 주변에 있었던 작가들이 모였다. 그리고 일본주의의 챔피온은 保田与重郎였다.

高見順들은 広津和郎의 「산문정신에 대해서」 등과 보조를 맞추면서 전향문학 이후의 후퇴전선과 싸우고 있던 시대였는데, 龜井勝一郎와의 논쟁도 이러한 토양 위에 전개되었다 해도 좋다. 그런데 保田与重郎와의 논쟁은 조금 색다른 것이었다.

澁川驍는 소화12년 5월 『人民文庫』에서의 「문예시평—保田 씨의 <일본의 다리>를 중심으로—」에서 保田与重郎를 비판했다. 우선 澁川驍는 保田与重郎의 문장에 대해서 「일본주의를 존중하는 씨라면 어째서 일본어다운 말을 말하지 않았을까. 더구나 그것은 하지 않으면서 새삼스레 좀처럼 사람들이 잘 알지도 못하는 한자를 사용하는 것에 대해 씨는 스스로 혼자서 우쭐해 하고, 민중을 경멸하는 듯 하는 사상이 나타나고 있는 것이다」고 하고 있고, 또한 東大寺 건립에 대해서 그 신앙 때문에 받쳐진 천 만 목숨의 희생은 당연하다고 하는 保田의 말에 「씨의 입술 속에는 이러한 것을 억제하면서도 오늘날의 민중에 대해서 희생을 요구하고 있는 것이다. 즉 그들이 생각하는 국민주의적 낭만적인 문화 건설과 번영은 민주의 이익과 행복을 희생을 전제로 하는 영웅 독재의 사상 속에 생겨나는 것이다」고 비판하고 있다.

渋川驍는 이러한 비판 하에 保田与重郎에게 울트라 국가주의자, 杉浦平의 말을 빌리면 「참모본부를 안고 있는 公娼을 비롯해 거기서 웃음을 팔고 있는 雜魚와 같은 것으로」 라는 뉴앙스를 흘리고 있었던 것이다. 그리고 소화12년 6월 3일부터 12일에 걸쳐 報知新聞 주최의 「人民文庫 · 日本浪曼派 討論会」가 개최되었다. 출석자는 人民文庫 측에서는 高見順, 新田潤, 平林彪吾. 日本浪曼派 측에서는 保田与重郎, 亀井勝一郎, 中谷孝雄 등이었다.

이 토론회는 일종의 저널리스틱한 싸움의 볼거리라는 느낌이 강했는데, 그러한 의미에서 재미가 있었기도 하고, 또 역으로 서로 간에 언급할 일이 별로 없었던 토론이었다고 할 수 있을 것 같다. 단지 이 토론을 마지막으로 日本浪曼派에로 향해지는 외부로부터의 공개적인 비판은 군국주의적 조류 속에서 불가능하게 되었고, 마지막이 되었다. 바꿔 말하면 파시즘에 대한 저항의 얼굴이었던 반격이 日本浪曼派 논쟁의 종국과 동시에 불가능하게 되었다는 의미이기도 하였다. (村上盛之, 「日本浪曼派 論争」(松本健一 편, 詳解 現代論争 事典, 流動出版株式会社, 1980.1 참조))

19

전시하의 「国民文学」 논쟁

1) 문학에 있어서 신 관료주의

「일본적인 것」, 「민족주의적인 것」, 「전통」이라는 말이 특수한 울림을 가지고 문단의 일각에서 교환되기 시작한 것은 소화11년 무렵부터였다. 소화12년이 되어 드디어 그것은 활성화되고 차츰 「国民文学」이라는 개념으로 좁혀지게 되었던 것 같다.

窪川鶴次郎는 『새로운 문예사조의 요망』(『中央公論』 소화12년 2월호) 속에서 「오늘날 민족이나 민족문화에 대해 논의하는 사람들의 민족에 대한 개념이 너무 단순하고, 非 지적이고, 그 시야가 너무 좁고, 신경질적이고, 극히 원시적이기조차 하다」는 것에 대해 지적하고 있다. 그들이 일본문학의 민족성에 대해 말할 때 「그 민족성을 동시에 세계적 성격과 함께 통일적으로 취급되고 있지 못하다. 그러나 사실 그렇게 해서는 안 되는 것이다」고도 말하고 있다.

窪川는 여기서 土井光知의 『국민적 문학과 세계적 문학』의 일절
을 인용한다.

　국민적 문학은 옛날부터 있었지만 그 관념은 동일한 국토, 언어, 사회
제도 속에 생활하는 민족이 특색 있는 발전을 이룸과 동시에, 그 내면적
생활의 자서전인 문학을 자신의 심정 및 언어로부터 산출하여 발달시켜
나가고 있는 것을 의식하고, 이러한 문학을 타국 문학에서의 개개의 작
품이 아니라, 통일성 있는 전체와 비교하여 자타의 특질을 규명해 나갈
때 성립한다.

　우리의 과거에 위대한 문학을 추구하기 어려웠던 이유는 일본 문학이
세계적 문학의 내용을 담아내는 것이 너무 적었기 때문으로 그 이유를
달았다. 명치 이후 문학에서의 발달은 과거 전통이나 취미에 구애받지
않고 세계적 문학과 가까이 하는 것에 의해 촉진되는 것이 많았다. 그렇
다면 현재 일본문학에 대해서 생각해야 할 것은 세계적 문학에 대해서
도 생각해야 할 것이고, 그 세계적 문학의 문제를 생각한다는 것은 일본
국민문학의 진로를 예상할 수 있는 것이기도 하다.

　이 생각은 수 년 전까지는 일본 인텔리겐차 사이에서는 일반적
사상이었는데 올바른 생각이기도 하였다. 오늘날은 어떠한 방법으
로 이 민족적 특성을 일본문학의 발전에 기여하게 될 수 있었을까.
―이것이 窪川가 제출하고 있는 문제이다. 그리고 다음과 같이 계속
하고 있다.

　横光利一 씨나 小林秀雄 씨나 林房雄 씨가 최근에 입을 맞춘 듯이 일
본에 감사하고 자신이 일본인이라는 신념을 종종 고백하고 있는 것은
인텔리겐차의 더할 나위 없는 현대적 커리칼쥬로서 시대의 급격한 변화

를 시사하고 있다. 그들은 우리들이 조국이 없는 일본인은 일본인이 아
니라고 주장하고 있다고 본 것일까. 조국을 사랑하지 않는다고도 말할
것인가, 그들 이외는. 그들의 이러한 고백의 본질은 비판적 정신의 상실,
현실의 무조건적인 긍정, 요컨대 인텔리겐차의 놀랄만한 지성의 쇠퇴를
말해주고 있는 것이다.

窪川가 이런 말을 하기 시작한 것은 小林秀雄가 『東京朝日新聞』
의 문예시평에서 「무엇보다도 우선 민족적인 것이 문화 파괴의 장본
인이라는 착각을 버려라」는 浅野晃의 경고 섞인 말에 대해서 「이것
도 또한 요즘 나에게 왔다 갔다 하는 생각이다」고 공감을 표시하고
있다. 더욱 「전통은 어디에 있는가」 하고 자문하고 「나의 피 속에 있
는, 만일 없으면 나는 살아 있지 못할 것이다」고 自答하고 있기 때문
이다. 横光利一는 또 『厨房日記』에서 일본의 의리 인정을 일본적 지
성의 전형으로 예찬하고 있다. 窪川에 의하면 전통은 자신의 피 속에
있는 것과 같은 역사적 범주에 속하는 민족적인 것을 인류학적 범주
에로 바꿀 뿐만 아니라, 그것에 의해서 「민족문화가 세계적 내용을
상실해 버려 단순한 민족적 형식이 형식적으로 변해가는 현상에 대
한 하나의 확대된 해석으로 보고 있다」는 것이다.
　中野重治는 『문학에 있어서 신관료주의』(『新潮』 소화12년 3월호)
를 다음과 같은 서두로 시작하고 있다.

　　横光利一의 오래간만의 소설 『厨房日記』를 읽고, 小林秀雄의 『東京朝
　日新聞』의 「문예시평」을 읽고, 『読売新聞』의 문학자 좌담회와 『文学界』
　2월의 「현대문학의 일본적 동향」 좌담회의 기록을 읽고, 어느 쪽도 나는
　마음에 들지 않았다. 그 싫음이나 제멋대로라는 것에 대해서 쓴다거나
　생각하거나 하는 것을 자신 스스로 마음이 내키지는 않지만, 동시에 그

렇다고 가만히 있을 수도 없는 그런 종류의 귀찮은 느낌을 가지고 있었는데, 작년 말외 25일 한밤중에 큰소리로 日独防共協定의 성립이 라디오에서 발표되었다. 그것이 지금 말한 싫다는 느낌의 성격과 흡사하다는 느낌, 일본에서 지금 가장 싫은 것 중의 하나가 例의 신관료주의라고 불려지는 것인데, 나는 문학에도 신관료주의가 대두하게 되었다는 느낌이 들었다.

横光利一, 小林秀雄, 林房雄 등과는 나는 일면식도 있다. 그들은 현역 문학자 중에서 어쨌든 큰 활동가로서 문단에도, 세상 일반에도 유명하기도 하지만 그러한 분들이 내가 싫어하는 신관료주의의 사도로서 나타났기 때문에 나는 이것이야말로 큰 일이라는 느낌이 듬과 동시에, 정치면에 있어서 신관료주의가 문학에까지 정통의 적자의 자리를 누리기는 어느 정도 시간이 걸릴 것이라고 생각하였기 때문이다.

그들이 말하는 것이 만일 올바르다고 한다면 일본 국수주의가 선전 대상이 아니라 우리들이 선전대상이 될 것이고, 일본에 대한 이상한 「절대주의자」, 도움이 되지 않는 「현대의 예언자」가 될 것이다. 小林秀雄가 일본의 현실 속에 가능성을 찾으려 하는 것에 대해서, 나는 한계성을 보려고 한다. 요컨대 「한계주의자」가 될 수밖에 없고, 이 「한계주의자」는 「하나의 독특한 의견」을 가지지 못하는 외국인, 특히 서유럽의 원숭이 흉내를 낸다는 것 때문에 나로서는 싫은 기분이 드는 것도 당연한 것인지도 모르겠다. 그런데 재차 그들이 말하는 것이 올바르다면 일본은 현재 있는 그대로 지극히 밝다는 것이고, 일본의 현실생활은 절대로 수용될 수 없는 두개로 나누어진 상태에서 조화 있는 순수한 통일물이 될 수 있는 것이다. 우리들은 거기에 애정을 쏟아야만 하기 때문에 나는 그런 기분이 싫을 뿐만 아니라, 그들을 다시 한번 읽어 보게 되는 것이다.

2) 민족성에 대한 두 조류

中野가 여기서 문제로 삼고 있는 小林秀雄는 『文学界』 2월호의
좌담회 『현대문학의 일본적 동향』의 출석자로서의 그에 대한 것이
었다. 이 좌담회의 출석자는 谷川徹三, 三木清, 戸坂潤, 佐藤信衛, 小
林秀雄, 河上徹太郎, 林房雄, 村山知二, 岸田国士 등의 10명이다. 여
기서 林房雄는 예를 들면 이런 식으로 말하고 있다.

　……戸坂 씨가 대표로 있는 유물론연구회 말인데요. 이 모임은 일본
에의 절망이라는 것을 근저에 가지고 있다는 느낌이 들어요. 그 절망이
잘못되었다고 말할 수 있는 자신은 없지만 과연 일본 현상이 절망의 시
점에서만 고찰되어도 좋은지 하고 묻고 싶은 기분이 들었던 것입니다.

小林秀雄는 이렇게 말하고 있다.

　즉 오늘날 절망이라는 것은 논리로부터 생겨난 것이다. 즉 예언자가
절망을 만들어내고 있어요. 지금의 일본으로서는 그렇지 않을까요.

또 이렇게도 말하고 있다.

　……현대의 한계주의자로부터 도대체 어떠한 것이 생겨날 수 있을까.
절대로 나는 생겨나지 않는다고 생각한다. 그러니까 그것은 무어라도 관
계없다, 그렇게 믿는 사람이 없으면 돼. 지금 일본의 현재성이라는 것을
믿는 사람이 없으면 곤란해. 우선 있는 그대로의 현재를 믿고, 거기로부
터 어떤 꿈이라도 만들어 내는 사람이 나는 제일 필요하다고 생각해요.

窪川의 『새로운 문예사조의 요망』에 대해서 森山啓는 『東京朝日新聞』의 문예시평에서 비평을 가했다. 森山에 의하면 민족성에 관한 일반론은 필요하겠지만 지금 그것에 대해 그다지 흥미는 없다. 이유는 벌써 알고 있다. 반대의 입장에 서있는 사람도 사실은 이러한 일반론을 이해한 위에 일본적인 것에 대한 說을 형성하고 있는 것이다. 保田与重郎의 『명치의 정신』 등도 그러한 것이다.

민족성에 대한 일반론에 대해서는 지금 당장 흥미가 없다고 쓴 森山啓에게 中野重治는 『일반적인 것에 대한 저주』(『新潮』 소화12년 4월호) 속에서 집요하게 공격을 가하고 있다.

인터내셔널이라는 것은 한 민족 또는 한 국가에 전 세계를 대치하는 것이 아니다. (그것은 불가능한 일이다)경기에 인터컬레지라고 하듯이 그것은 모든 내셔널에 취급하여 그 천차만별 속에 일관하는 공통적인 기본을 이끌어내고, 이 세계적인 규모를 근본으로 하는 제각각의 내셔널로 발전시키려는 것이다. 이것은 구체적인 숲 내셔널로 구체적으로 귀결시켜가는 것이고, 따라서 하나의 내셔널을 특히 자신의 내셔널을 사랑하는 것은 이 인터내셔널 위에서만 가능하기 때문이다. 그리고 이러한 것에 대한 이해가 지금 일본에서 누구에 의해 이렇게 엉망이 되고 있는지에 대해서는 내가 굳이 森山에게 가르칠 것까지도 없는 것이다. 이러한 야기된 혼란을 정리하고, 이러한 흐름에 항거하여 정말로 일본 문제를 진지하게 생각해 보려는 것은 혼란이 심한 만큼 더 강하게 이 구체적인 기초이론에 충실하고, 이것을 기초로 하여 부여된 문제에로 나아가야 한다는 것을 의미한다. 森山는 이런 일반론을 듣는 것에 대해 지겹다고 한다. 그러나 그는 그것을 구체적으로는 알지도 못하면서 그것에 대한 구체적인 의의는 듣고 싶지 않아 하는 것이다.

中野는 여기서 橫光利一, 林房雄, 小林秀雄, 河上徹太郞, 阿部知二 등 『文学界』 동인을 비롯하여 淺野晃, 保田与重郞들이 자신만의 독특한 방법으로 「민족」이나 「전통」을 끄집어내고 있는 것에 대해 공격하고 있는데, 그 공격은 北原白秋, 倉田白三, 阿部次郞에까지 미치고 있다.

森山啓는 이들과는 약간 달리 민족성을 끄집어내는 것에 대해 오히려 경계의 태도를 보이고 있던 사람이었다. 후가 되어 예를 들면 『민족성·국민성·민중성』(『文学界』 소화12년 6월호)이라는 평론에서도 문학에서의 민족성 또는 국민성에 관한 논의는 파시즘과, 그것에 반대하는 것, 이 두개의 조류의 정면충돌로부터 일어나고 있는 것에 대해 지적하고 있다. 이런 현실의 모순이 심화되어지는 한, 논쟁의 성질은 더욱 깊어질 뿐이라고 말하고 있다. 그리고 「인간을 제대로 안다면 제창자들이 단순하게 파시즘의 정치적 목적에 따라서 민족문제를 취급한 것이 아니라는 것은 금방 예측이 가능하겠지만, 동시에 오늘날 지배적인 정치 세력이 제창자의 마음을 반영하고 그 논의를 일정한 방향에로 유도할 것이라는 것도 간과해서는 안 된다」고 말하고 있다. 그러나 이것에 대한 반대 경향의 문학자들이라도 모두 그와 같은 입장을 명확하게 하는 것은 아니고, 그 파쇼를 반대하는 것에 철저한 것도 아니다. 설령 그렇다 하더라도 그것이 국민 속에서 같은 희망의 배경을 가지고 있는 것에 대해 싸울 수는 없다. 이와 같이 보면 「일본적」, 「국민적」, 「민족적」에 관한 논의는 지금 당장 태평스럽다 봐야 할 것이다. 그것을 시도하기에 이들의 논의를 토마스·만의 『독일에 보내는 편지』에서의 독일에 대한 불타는 관심과 비교하여 보는 것도 좋을 것이라 하고 있다.

문학에 있어서 「민족성」의 논의를 파시즘의 문학적 대변 정도로

생각하면서 격렬한 어조로 공격하는 中野 등을 제외하면 森山가 말
하는 것처럼 별로였는 지도 모른다. 적어도 森山 자신이 그러했던
것은 이상의 論에서 확실히 알 수 있다. 양자의 중간에 위치해서 방
관자적 냉정을 가장하고 있는 것처럼 보일 뿐이다. 이것은 中野, 窪
川들과 마음을 열고 『文学界』 동인에 참가하였던 森山의 미묘한 입
장을 반영한 것일 것이다. 이제까지 봐온 것처럼 窪川의 所説은 일
반론으로서 제외시키고, 保田与重郎의 『명치의 정신』을 인정하는 듯
한 태도에 대해 中野로서는 도저히 참을 수 없었던 것임에 틀림없다.

　森山는 『공식성과 구체성』(『文学界』 소화12년 5월호)에서 中野의
반박에 응답하고 있다. 이론적으로는 원칙적, 기초적 방향에 대한
올바름이나 합리적, 보편적인 것을 자신은 결코 싫어하는 것은 아니
다고 말한다. 窪川의 説에 만족할 수 없었던 것은 「새로운 문예사조
의 요망」을 서술하면서 현존의 문예사조를 부정하는 듯한 결과가
생겼고, 무엇이 새로운 사조로서의 발전성이 있는 지에 대해 명확하
지 않았기 때문이다. 현존의 휴머니즘의 사조나 프롤레타리아 문예
사조 정도는 예를 들어야 했을 것이다. 거기에 비교하면 保田与重郎
의 『명치의 정신』은 어쨌든 「명치문학사와 밀접하고 있다는」 점에
서, 입장을 달리 하는 자신은 그러한 이유로 「한 걸음 선행하고 있
는」 것이라는 것을 느꼈다는 것이다. 이러한 변명은 설득력이 없기
도 하고 『명치의 정신』이 명치문학사에 밀접하고 있다는 의미도 막
연하기도 하고, 더구나 保田与重郎에게 왜 「한 걸음 선행하라」고 했
던가에 대해서는 끝내 알 길이 없다. 또 『명치의 정신』이라는 것은
『文芸』 소화12년 2월호 게재된 것이었다.

3) 일본주의의 제창

소화12년 5월호의 『文芸』에는 「일본적인 것」에 대해서 두 개의
대조적인 논의가 併載되어 있다. 林房雄의 『일본주의 논쟁의 열쇠』
와 本田喜代治의 『문화의 交替와 문예』가 그것이다.

　일본에 대한 신뢰는 지식계급 사이에서는 특히 빈약하다. 우수한 지
　식인일 수록 일본에 대해 무관심하든가, 일본에 불만이든가, 화를 내든
　가, 또는 절망하고 있다는 이상한 습관이 오랫동안 지배하고 있다.

林房雄는 이와 같이 쓰고 있다. 林房雄에 의하면 일본 지식인은
일본 현상에서의 결함과 치부만이 눈에 띨 뿐이어서 일본 및 일본인
에게는 장점이 없고, 우수함이라고는 없는, 그리고 위대함은 어디에
도 존재하지 않는다는 식의 패배 심리의 포로가 되어 버렸다고 본
다. 단지 있는 것은 「서구적 문화」 속에, 있는 것은 「러시아적 경제」
속에, 「독일적 경제」 속에, 「프랑스적 양식」 속에, 또는 있는 것은 「과
학자적 정신」 속에, 「휴머니즘」 속에 현대의 구원을 찾으려고 한다.
그러나 한 사람으로서 일본 그 자체 속에는 구원을 찾으려고 하지
않는다. 일본의 현상 속에 이상과 영광을 발견하려고 하지 않는다.
모든 지식계급이 일본에 절망하고 있다는 이상한 퇴폐 현상이 일반
화되고 있는 것이다. 이 때 지식계급 속에서 일본주의를 제창하고
우국주의를 주장하게 되었기 때문에 맹렬한 반대가 일어난 것도 당
연하다. 일본주의자는 지식계급에 대한 상식의 배반자이고, 파괴자
이다. 현대지식 계급의 눈에는 일본주의자는 모두 일본의 치부와 결
합한 변호자로 보일 뿐이다. 이전의 직업적인 애국자의 재등장도 있

고, 또 자본주의의 최후적 방어자로서의 파시스트도 보인다. 그러나 일본 민족의 우수성을 믿고, 일본을 사랑하고 일본인의 행복에 공헌하는 것이 파시즘과 어떤 관계가 있는가.

林의 논의의 요지는 대개 이상과 같은 것인데 표제의 일본주의 논쟁의 열쇠는 어디에 있는가.

　일본인이 만일 장점 없는 국민이었다면 일본은 명치를 거칠 필요도 없이 이미 文久 元治의 變으로 멸망했을 것이다. 명치 원년의 열등국이 명치40년에 일등국이 되고, 5대 강국이 되고, 3대 강국이 될 수 없었을 것이다.

이러한 사실 속에 그 열쇠가 있다는 것이다. 명치 이래 70년간의 이러한 큰 비약을 무시하고 일본을 논할 수 없는 것이다. 「일본적인 것」을 여기저기의 책 속으로부터 주워 와서 아무리 해부하고, 분석해 보아도 문제의 해결은 될 수 없다. 「あはれ」나 「さび」의 語義에 아무리 들어가 보아도 진실로 일본을 이해할 수는 없다. 반세기 속의 세계 역사가 시작된 이래 대활약을 한 사실로부터 출발하여 일본 민족성의 비밀을 찾지 않으면 안 된다. 이상이 林의 일본주의 제창의 근본이다.

마치 林의 이 論에 대한 반박인 것처럼 생각되는 것이 本田喜代治의 『문화의 交替와 문예』이다. 거기서 本田는 다음과 같은 식으로 쓰고 있다.

　논의의 요점을 일부러 피해서 나는 일본인이기 때문에 어쨌든 일본을 사랑한다는 사람을 바로로 만드는 듯한 발언을 끊임없이 되풀이하거나,

자신의 문화를 성실하게 검토 비판하려는 일본인을 잡아서 너는 일본인
인 것이 그렇게도 싫은가 하고 말도 안 되는 비방을 하거나, 역시 그런
한도에서는 그러한 파시스트의 追隨者가 나올 뿐이다.

도대체 내가 일본인이라는 사실을 새삼스레 기억해 내지 않으면 안
되는 이런 사태를 왠지 불건강한 것이 내포되어 있다고 진단해도 좋다.
(중략)나는 일본인이라고 백만 번 주창하는 대신에 한번이라도 「일본적」
인 환부가 어디에 있는지 찾는 것이 좋다. 일본적 일본적이라고 떠들고
있을 때, 일본은 무언가 병에라도 걸린 것처럼 알아차리지 못하는 것이
훨씬 조국을 사랑하는 이유가 된다.

일본문화가 세계문화에 이바지하였다고 하는 것은 일본문화가 없어
지는 것이 아니라, 일본문화 그 자체가 그러한 것처럼 만들어지는 것을
의미한다. 거기에는 「일본적인 것」의 토대 위에 그러한 것은 成育될 수
밖에 없다. 그러니까 일본을 진단해서 그 민족문화를 검토하는 것은 절
대적으로 필요한 것이고, 누구라도 이것을 게을리 해서는 안 된다. 그것
은 그러나 파쇼의 波音에 놀라서 갑자기 생각해 낸 것처럼 국문학의 고
전을 읽거나, 요괴와 같은 일본에 이끌려서는 안 된다.

本田喜代治와 같이 일본주의의 제창을 파시즘의 문학적 반영이라
고 보는 입장도 있지만, 小林秀雄와 같이 말하는 비평가도 있다.

나는 오늘날의 일본문제는 현대 불안에 관한 문제의 하나의 표출이라
고 해석하고 있다. 여기 수 년 이래 계속하여 드러나고 있는 문단적 문
제, 행동주의, 휴머니즘, 문학과 모럴의 문제, 문학과 사상의 문제, 그러
한 것은 모두 현대인의 불안이 무언가 좋게 표현하려고 애쓰는 노력의
표출인 것이다. 불안의 표출이라고 해석하는 것을 좋아 하는 것은 아니

지만 적극적으로 우리 일본이라는 것에 대한 관념을, 작품을 가지고 계획적으로 증명하려고 노력하고 있는 사람은 林房雄 혼자라고 나는 단언하는 입장이다.

浅野晃와 나란히 「일본적인 것」에 대해 제창하는 중심인물이라고 보여지는 保田与重郎는 독자적인 입장을 가지고 있다.

　　오늘날 문학계에서는 내부 외에 극히 흥분된 마음으로 민족적인 우수성에 대해 조잡하게 취급하고 있다. 그것이 조잡하게 취급되고 있다는 것은 간단히 結句가 맺어지는 것만 별도로 사용되고 있다는 의미이다. 나는 일본문학에 나타난 민족의 우수성이라고 말하는 것을 가지고 문학자는 서술해서는 안 된다고 생각하는 것이다.

위의 문장은 保田与重郎가 浅野晃나 林房雄와는 본질적으로 달랐다는 것을 의미한다. 순수한 일본주의자인 면모를 보여주고 있다.

문학에 있어서 일본적인 것, 민족적인 것에 대한 관심이 차츰 국민문학이라는 개념으로 좁혀지게 된 것은 이미 서술했다. 국민문학 최초의 제창자가 누구였던지는 명확하지 않다. 아마『新評論』소화 12년 3월호 浅野晃의 文化批評 부근이 최초가 아닐까 하고 생각한다. 浅野는 현재 「일본적인 것」에 대한 문제를 일본의 주체와 연결되는 문제로 생각하고 있었다. 일본인들의 지성은 민족의 의식적인 주체로서의 자격이 결여되어 있다는 것이다. 즉 일본인들의 지성은 기생적인 것에서 빠져나와 민족 나름의 민중을 대표하는 지성이 되고 있지 못하다. 일본인들의 지성은 더욱 겸허한 태도로 민중 속으로 들어가 행하지 않으면 안 된다. 「민중의 최저 단계에까지 하강」

하지 않으면 안 된다. 그러한 것에 의해 광범위한 독자를 대상으로 하는 국민문학을 만들어 내지 않으면 안 된다는 것이 요지였다. 淺野가 끄집어 낸 지성이라는 것은 극히 애매하다. 이전의 프롤레타리아 문학에 있어서 예술대중화론과 비교할 것까지도 없이, 그것은 지금 당장의 상식론에 지나지 않고, 소위 순문학과 통속 대중문학의 관계에 있어서도 각별히 고려해야 한다고 생각되지 않는다. 지성이 겸허한 자세로 민중 속으로 파고든다고 해도 말로서는 알 수 있을 수 있겠지만 구체적인 문학 실천으로서는 어떠한 것인지 명확히 알 수가 없다는 것이다. 단지 국민문학 제창의 중심인물로 주목받는 淺野가 이 무렵 문학 대중화의 방향에서 이러한 것을 생각하고 있었다는 것이다. 대중화해야 할 문학은 어떠한 것이어야 한다는 것에 대해서 아직 명확하지 못하다는 것은 의외라고 해도 좋다. 수개월 지나서 중국과의 전쟁이 시작되었는데, 그 전쟁을 계기로 淺野의 국민문학론은 변모를 보이게 된다.

또한 『문학과 민족성의 교섭』(『新潮』 소화12년 5월호)에서의 大森義太郎에 의하면 문학에 있어서 민족성의 주장이 나타나게 된 연유를 순문학과 대중 사이의 간격에서 발견할 수 있을 것 같다고 하였다. 순문학은 오직 서양으로부터 배우고, 대중은 일본적인 것을 사랑하고 있다. 따라서 대중과 연결되어 순문학이 새로운 전개를 보이기 위해서는 일본적인 것 위에 문학을 쌓아올려야 한다. 이러한 순문학의 고립성에 대한 반성으로부터 문학에서의 민족성에 대한 주장이 나타나는 것이 아닌가 하는 것이다. 淺野의 제창은 분명히 그것을 말해주고 있다. 문학에서의 일본적인 것, 민족적인 것이 반드시 순문학의 고립성에 대한 반성으로서만 나타났다고는 생각할 수 없지만, 당초 淺野 등의 생각은 분명히 그러했다. 문제는 이렇게 국

민문학론으로 좁혀져가는 과정이기 때문에 재차 문학의 대중화가
논의되는 것이다.

4) 中条百合子의 집요한 비판

「일본적인 것」, 「민족적인 것」에 대한 논의가 차츰 국민문학이라
는 개념으로 좁혀져가는 과정에서 재차 문학대중화 문제가 등장하
게 된 것은 서술한 대로이다. 이것은 이전의 프롤레타리아 문학이
대중화를 들던 때와는 사정도 의미도 완전히 달라져 있었다. 中条百
合子가 「여기저기에서 현재 들리는 대중화의 소리는 주로 종래의
프롤레타리아 문학에 대해 순문학을 지키려 하였던 문학자로부터
울려 펴져 나오고 있다」(『오늘날의 문학에 추구되고 있는 휴머니즘』
『文化評論』 소화12년 7월호)고 평하고 있는 대로이다. 그것을 단적
으로 보이고 있는 것이 『文学界』 좌담회(소화12년 2월호)이다. 이 좌
담회에서는 작가 생활 나름의 작품이 현대 일반인의 생활로부터 유
리되어 독자의 관심을 잃었다는 것에 대한 반성과 대책이 우선 서술
되고 있다. 林房雄는 성실한 문학자, 평론가는 당초 의식적으로 문
단을 떠나고 싶어 한다고 말하고 있고, 그리고 岸田国士는 문단이
무거운 짐이 되고 있다고 말하고 있다. 그리고 문학이 대중성, 지도
력을 가질 수 있도록 하기 위해서는 「실업가, 관리, 군인들의 성실한
요구와 공통하는 것」을 문단에서의 중심문제로서 2년, 3년 계속해
제창해야 하는 것이 우리들의 의무라고 하는 林房雄의 결론이 나오
고 있다. 이렇게 하여 문학청년을 위한 문학이 「어른의 문학」이 되
었고, 문학의 대중화가 이루어 졌다는 것이다. 이것에 대해 되풀이

하여 정력적으로 비판을 가해온 것이 中条百合子였다.

나는 혼란을 구별하여 단순히 문제에만 접근하려고 생각한다. 그리고 우선 무엇이 오늘날 일부 작가의 자각을 흩트리게 만드는 문학과, 어떻게 일반 독서인의 생활감정에 대한 진부함이 생기게 되었는 지에 대해 생각해 보고자 한다. 그리고 또 장년기에 들어서면서 오늘날과 같은 사회 정세를 둘러싸고 이들 작가들이 기성 문학과 같은 것을 만들고 싶다고 하면서 왜 그 정신적 근거를 관리, 군인, 실업가라는 사회 범주에서 구하지 않으면 안심이 안 되는 것처럼 하는 기분이 드는 것은 왜일까. (『문학에 있어서 오늘날의 일본적인 것』『文芸春秋』 소화12년 3월호)

거기로부터 명치 이래 70년의 「일본 부르주아 문학」의 파란에 대해서 소묘를 시도하고, 그곳으로부터 다음과 같은 결론을 이끌어 내고 있다.

근대 일본의 부르주아 문학에 있어서 항상 속박받아 왔던 퇴영적이고 타협적인 봉건적 戯作者 風이 남아있는 것 속에서는 진보적 역할을 다했던 자아의 탐구는 오늘날 아직도 미개발인 채 남아 있는 것이 친 부르주아 문학자의 손에 의해 단절되어 할 숙명으로 받아들여야 할 것처럼 보인다. 가장 문단적인 감이 뛰어난 평론가 小林秀雄 씨 등이 자신들 존재의 이유를 만들어주는 문학청년들을 부인하려는 것은 왜 일까. 부르주아 문단의 自解 작용이 급속히 진행되고 있는 것을 느껴진다.

또 하나 들면 다음과 같은 것이 있다.

오늘날 林, 小林 그 밖의 일부 작가들에 의해 어떤 의미에서는 깜짝

놀란 것처럼 부르주아 작가들의 대중으로부터의 遊離가 가속화 되고, 더구나 그 대책으로서 현재 세력 있는 관리, 군인, 실업가들의 중심 과제가 성인 문학을 만드려는 것은 이제까지 서술해 온 일본 문학의 특질로부터 봐서 그것은 어떻게 될까. 권력에 대한 위험은 누구의 눈에도 분명하다. 프롤레타리아 문학의 방침에 대해서 어떤 시기의 기계적인 정치의 우위성을 인정한다고 말하면서 문학을 사멸시키는 것이라고 비난하는 사람들을 되돌아보면 그 필두는 역시 林房雄 씨였다. 같은 사람이 불과 45년이 지난 지금에 스스로 현행 세력 하에 문학을 두려는 것은 이해하기 곤란하다. (『오늘날의 문학의 조감도』『唯物論 硏究』 소화12년 4월호)

中条百合子는 그 밖에 『성인 문학론의 현실성』(『報知新聞』 소화12년 2월 15일), 『휴머니즘의 길』(『文芸春秋』 소화12년 4월호), 『문학의 대중화론에 대해서』(『新潮』 소화12년 5월호), 『오늘날의 문학에 추구되고 있는 휴머니즘』(『文化評論』 소화12년 7월호) 등에서 집요한 공격을 되풀이 했다.

5) 문학의 대중화

林房雄들이 제창하는 「어른의 문학」은 일본인들의 지성이 「민중의 최저 단계에까지 하강」하지 않으면 안 된다는 浅野晃의 所論과 필연적인 결합이 그들만의 독특한 국민문학을 만들게 한 것이다. 浅野晃의 논의에 대해서는 좌담회 『문학 대중화의 문제』(『新潮』 소화12년 7월호)에서 中条百合子가 비판하고 있다.

浅野晃라는 사람 등이 말하고 있는 것 같은데 작품을 대중화하기에는 민중 문화의 최저 수준에까지 작가가 내려가서 적응해 가야 한다는 식의 사고방식은 좀 그렇군요. 만일 그렇게만 한다면 문학은 대중화된다고 한다. 그렇지만 대중이라는 요소는 대단히 복잡하기 때문에 대중이 문화의 최저에 있는 문학작품만 읽고 있는 것도 아니고, 또 한 사람의 개인에게 있어서도 자신의 최저 기분만으로 문학을 읽고 있는 것도 아니다. 최저의 곳까지 가면 통속화할 수는 있을지 모르지만 그렇다고 문학이 대중화한다고 보는 것은 아니다.

문학대중화의 문제에 대해서 中条百合子 자신은 어떻게 생각하고 있었던가. 앞의『오늘날의 문학에 추구되고 있는 휴머니즘』에서 「답은 정말로 평범한, 이미 충분히 알고 있는 몇 개의 말로 표현될 것이다」고 말하고 있다. 中条에 의하면 작가 자신의 생활에서의 대중화, 대중의 한 일원으로서의 현실적인 체득에 의해서 가능하다. 오늘날 현실생활 속에서 인간으로서, 예술가로서 자신의 삶을 생각하고, 추구하는 작가들이라면 인텔리겐차로서의 대중의 한 일원이 된다는 것이 그 공동 조건에 눌려 지배되고 있는 지를 잘 알고 있을 것이다. 오늘날 인텔리겐차라고 한다면 당면한 의문일 수 있고, 그것이 노동자가 가지는 의문과 일치하는 것에 시대의 추이가 반영되고 있다.

이러한 生活地力에서의 대중적 감정, 감각 없이 대중 처 작가, 평론가라는 위치를 가상하여 어떠한 작품을 대중에게 던질 수 있는가 하는 식으로 문제를 제기하는 것은 참다운 대중화는 있을 수 없다는 것을 의미한다.

이 경우 中条百合子는 대중화에 있어서 대중의 내용을 어떻게 생각하고 있었던가. 프롤레타리아 문학이 운동으로서의 형태를 지니고 있을 때는 대중 내용을 노동자, 농민 중심으로 규정하고 있었던 것은 말할 나위도 없다.

현재에는 사회정세의 변천에 따라 중간층, 하급 샐러리맨, 인텔리겐차의 생활조건의 악화에 의해 대중이 의미하는 내용은 확대되어 가고 있다. 일반 근로생활자도 포함되는 것으로 이해하고 있다는 것이다.

오늘날 프롤레타리아 문학의 역사적인 여러 모습의 하나로서 문학의 대중화를 생각할 경우 아무래도 수년 전과는 달리, 대중 그 자체의 광범위하고 복잡한 구성, 그 근로적 성격에 입각하지 않으면 안 된다. 거기서는 좌익적 의식의 유무가 제일의 문제가 되는 것이 아니고, 어떤 근로조건, 생활환경에서의 한 사람의 인간이 자신의 인간답고 진심으로 주위와 마찰하고, 자기 자신의 뒤에 있는 새로운 것과 낡은 것 사이에 모순을 느끼고, 사용하는 자와 고용 받는 자와의 필연적인 이해에 대립각이 생기는 것이다. 거기에 인간다운 해결을 하려고 노력하고 있다. 그렇게 노력하는 모습의 인간성이 예술화되는 것을 기다리고 있다고 생각한다. (『오늘날 문학에 추구되고 있는 휴머니즘』)

이전 프롤레타리아 문학의 계급의 테두리를 우선 벗어나서 일보 후퇴해서, 보다 광범위한 근로 대중을 대상으로 하는 휴머니즘의 문학을 추구하려고 하였다.

대중을 위한 것이라고 칭하는 「성인의 문학」에 대항하는 것으로서는 별도로 작가 자신이 주장하는 서민성이 있었다. 즉 武田麟太郎에 의해 대표되는 『人民文庫』 동인들에 의해 자신의 출생, 성장으로부터 쓰여졌던 것이 스스로로부터 서민적인 것으로 표방되고 있었던 것이다. 中条百合子는 이것을 이렇게 비판하고 있다.

대중이라는 내부 구성과 거기에 내재해 있는 가능성이라는 것은 서민
성과 과연 동일한 것이 될 수 있을까. 근로자의 기질, 이해 속에는 서민
적 기질이 숨어 있는 것임에 틀림없겠지만 서민성 즉 근로자 대중성이
라는 것은 실제로 있을 수 없다. (『문학의 대중화론에 대해서』)

『新潮』좌담회인『문학의 대중화 문제』에 출석하였던 한 사람 武
田麟太郎는 이 점에 대해서 고백 같은 것을 발언하고 있다. 「역시
계급을 말하지 않으면 지금까지 여러 가지 쓴 것이 점점 알 수 없게
되어져 머리가 아파진다. 운운.」이라고 적고 있다.

6) 浅野晃와 武田麟太郎

이와 같이 문학 대중화에의 막연한 기대감을 가지면서 국민문학
의 문제가 차츰 등장하게 된다. 일본인의 지성이 「기생적인 것」에
그치지 않고 「민중의 최저 단계에까지 하강」해야 한다고 한 것은 浅
野晃로서『국민문학론의 근본 문제』(『新潮』소화12년 8월호)에 있어
서 자신이 제창한 국민문학의 내용에 대해 전개하고 있다.

국민문학을 말한다면 실은 그 반대론도 있었다. 그 이유는 극히 간단
하다. 국민이라는 말이 오늘날에는 파시즘이라는 것과 같은 의미로 들리
기 때문이다. 물론 이렇게 말해도 그것은 진보적인 인텔리겐차의 諸君의
귀에는 그렇게 들리는 것이고, 국민의 귀에는 그렇게 들리는 것은 아니
다. 그렇지만 저널리스트의 여론은 이러한 진보적 인텔리겐차 諸君의 합
창에 영향을 받기 쉽기 때문에 마치 그것이 국민의 여론인 것처럼 들리
는 것이다.

이와 같은 서두로 시작되는 浅野晃의 論은 그러나 결코 그 정도로 편향된 것이 아니었다. 극히 평범하고 상식적인 것으로 논해지고 있는 것에 지나지 않는다. 소화12년의 8월호의 『新潮』에 실린 곳에서 추측해 보면 아마 7월 중순 집필이었을 것이다. 중국과의 전쟁이 시작하기 1개월 전이다. 그 시기 이 논자의 논의로서는 지금 생각하면 의외일 정도로 당연한 것이었다.

여기서는 우선 자신의 문학에 대한 독서 체험에 근거하여 論을 전개하고 있다. 명치 이후의 일본문학은 일본인들의 마음 속에 불후의 것으로 남아 있는 걸작을 끝내 내지 못했다. 일본인 마음에 있는 것은 모두 서양 것이었다. 괴테나 하이네나 톨스토이나 도스토옙스키나 트루게네프나 발작 같은 것이다. 특히 작품에 그려진 인간상의 문제, 소위 타입의 문제에 대해서 본다면 분명해 진다. 얼마전까지만 하더라도 일본인의 마음 속으로부터 움직였던 것은 러시아 문학이었다. 특히 트루게네프의 작중인물이 이상한 매력을 가지고 있었다. 루친이나 바자로프나 솔로민 정도로 가까웠던 인간은 없었다고 해도 좋다. 이러한 인간은 二葉亭, 鴎外, 漱石, 独歩, 藤村, 有島武郎, 武者小路実篤들의 작중에는 발견할 수 없는 것이었다.

그것은 명치 이후의 일본문학이 전일적인 민족적 카오스와는 관련이 없는 수입된 기생문화이기 때문이었다. 국민 형식 이전 즉 봉건제 이전의 낡은 것이 문화적으로 조금도 정리되지 못하고 있는 것이다. 민족적 카오스가 깊게 살아 작용하는 것에 의해 이 기생적인 것을 극복하지 않으면 안 된다. 그곳으로부터 결론이 나온다.

오늘날 우리들이 자신을 안다고 말할 때 인간으로서의, 개인으로서의, 민족으로서의, 계급으로서의 자신을 알 때보다 더욱 깊게 민족으로서의,

일본으로서의 자신을 알 필요가 있는 것은 이와 같은 이유 때문이다. 그러니까 세계적으로도, 개성적으로도, 인민적으로도, 계급이 없이 국민적인 것을 강조하지 않으면 안 된다는 것이다.

浅野晃의 所論에 대해서 中村武羅夫가『국민문학에 대한 한 사견』(『新潮』 소화12년 9월호)에서 반박을 가하고 있다. 우선 浅野晃가 말하는 국민문학의 내용이 명확성이 결여되어 있어서 특히 국민문학이라 불려지지 않으면 안 되는 내용은 어디에도 발견되지 않는다고 말하고 있다. 인간의 성격과 타입을 그리느냐 아니냐를 가지고 국민문학적이다를 규정하려는 생각은 완전히 납득이 가지 않는다는 것이다. 논자가 들고 있는 트루게네프 등은 당시 러시아인으로 서구영향을 받은 작가 중에서 작중에 나타나는 인물을 비롯하여 어느 쪽도 서구적이라 할 수 있다. 루친이나 발자로프가 하나의 성격으로서 보편적인 것은 인정한다 하더라도 순 러시아적이라고는 말할 수 없다. 일본문학이 성격이나 타입을 그리는 것에 있어서 유고나 트루게네프에 비교하면 뒤떨어질지 모르지만 그런 이유로 해서 일본에 국민문학이 나타나는 것이라는 식의, 논자의 사고방식에는 동의할 수 없다는 것이다. 근대문학 속에서도 島崎藤村의『집』이나『새벽녘』, 德田秋声의『곰팡이』이나『진무름』이나『우락부락』 등 국민문학이라 불러도 충분하다고 하는 것이 中村武羅夫의 의견이다.

浅野晃는 이 밖에 같은 8월호의『文学界』에 「역사적 필연과 문학」을 쓰고 있다. 이것은『국민문학의 여러 문제』와는 크게 달라서 로맨틱한 영웅론을 전개하고 있다. 이야기를 고대로 옮김에 따라 민중과 민족을 연결시켜 다음에 나타날 영웅과 민중의 동일성을 분명히 하였다. 그리고 「영웅으로 대표되고 있는 민중」은 역사를 만드는 인간이고, 「시인에 의해 대표되는 민중」은 역사와 관련이 없는 전일적 인간으로, 역사를 만드는 민중 이외에 역사와 관련이 없이는 역사를 만들 수 없는 민중을 관념한다. 따라서 문학과 예술은 민족적 카오스로부터 역사라는 별개의 코스모스를 만들어내게 된다. 현대에 대한 불신을 야기시키고 있는 역사적 감각인 것이고, 이러한 시적 정신이야말로 오늘날의 문학을 생각하는 데에 있어서 중요한 것이다.

언뜻 황당한 관념론이기는 하지만 岡邦雄는 『報知新聞』에 『신일본 문화의 모임에 대한 비판』(소화12년 7월 24~25일)이라 제목이 붙은 반박을 싣고 있다.

요컨대 그들의 소위 국민문학의 제창에 의해 만들어지는 새로운 일본 문화는 淺野 씨도 명시하고 있는 것처럼, 역사를 완전히 무시하는 곳에서 출발하는 것이다. 그러니까 제일로 민족과 민중이 함께 하여 카오스가 완성되는 것이다. 그러니까 세계적인 것도, 개성적인 것도, 인민적인 것도 계급적인 것으로 변해 국민적인 것만이 남는다는 것이다. 우리들이 역사적인 견지와 입장에서 생각한다면 일본인으로서 태어나, 일본인의 자식을 낳고, 일본의 옷을 입고, 일본의 음식을 먹으면서 우리들 앞에는 세계적으로 그 전망이 열리고, 개성적인 것이 살고, 그리고 인민적인 것, 계급적인 것이 민족적 카오스 속에 정연한 질서를 이루고 있는 것을 볼 수 있는 것이다. 타인은 잘 모르겠지만 淺野 씨, 林 씨는 이전에는 이 역사적 견지에 대해 가장 명확히 이론적으로 또는 실천적으로 파악한 준수한 청년 이상가였다.

7) 杉山平助의 발언

　杉山平助의 『국민문학 私見』(『文芸』 소화12년 7월호)에 의하면 국
민문학에는 두개의 사고방식으로 크게 구별하고 있다. 하나는 국민
정신이나 능력을 최고도로 발휘하여 타민족 앞에 즐거운 말을 할 수
있는 걸출한 문학인일 수 있기 때문이다. 나라안에서 대표적 문학이
되고 「국민 정신생활의 花冠」이라고 말할 수 있는 것. 일본의 예를
들자면 古事記, 万葉集, 源氏物語, 近松, 西鶴, 馬琴 등은 모두 국민
문학이라 칭해야 할 것이다. 다음에 생각할 수 있는 것은 일정한 목
적의식을 가진 것을 말한다. 국민문학은 결코 세계문학과 접촉하지
않고, 반발하지 않는다는 것은 국민문학이 세계문학과 융합은 가능
하겠지만 이것은 분명히 세계문학과 대립하고, 반발하는 것을 의미
한다고 봐야 한다. 그러한 목적의식은 국가지상주의를 기초로 하고
있기 때문에 분명히 자신이 속한 국가 세계에 있어서 그 우위를 믿
고, 정신적 및 물질적 우위를 세계에서 최고의 목표로 관념하는 것
이고, 전 국민의 정신을 그러한 방향으로 조직화하기 위해 제작되는
문학을 의미하는 것이다. 그러나 일본인이 독일이라는 나라는 세계
에서 가장 우수한 국가이고, 세계를 지도할 사명을 가지고 있다는
나치스 문학에 솔직하게 동감할 수 있는 지에 대해 의문이 드는 것
처럼, 일본 및 일본인의 우수성과 세계에서 지도권을 주창하고 있는
일본의 국민문학(장래는 그러한 것이 나온다고 가정해서)에 대해 과
연 여러 외국의 누가 그것에 공명할 것인 지에 대해서는 「바보가 아
닌 이상」 의구심을 가지는 것은 당연할 것이다.
　이상이 杉山平助의 요지이지만 「바보가 아닌 이상」이라고 생각되
어지는 논의가 현재 횡행하기 시작한 것이다.

「일본이 가야 할 길은 국내 개혁이다. 그 이외는 없다」고 서문에서 시작하고 있는 林房雄의 「국내 개혁과 문학」(『新潮』 소화12년 7월호)은 「현재 당장은 全 문단이 신일본주의와 국민문학론에 대해 공동방어진을 펼치고 있는 것처럼 보인다. 이것은 좋은 것이다. 그런 정도의 쇼크를 주는 것이 신일본주의 속에 포함되어 있다. 이것은 새로운 것이고, 위대한 것이기 때문이다」고 하여, 최후에 「이렇게 하여 문단 개혁의 기운을 받아 시시각각 진행되고 있다」고 말하고 있다.

이렇게 큰소리만 치는 형태로 논의가 진행되다보니까 외형적인 격렬함에 반비례해서 내용적으로는 극히 추상적이고, 단순하고, 독단적 것이 될 수밖에 없었고, 의견 대립은 차례로 새로운 발전이 이루어지 못하고 이 해 여름 무렵에는 국민문학론은 우선 그 모습이 사라지게 된다.

소화13년 5월호의 『中央公論』에 杉山平助의 『일본인과 일본문학』과 河上徹太郎의 『신일본주의의 정신적 지반』이 倂載되고 있다. 전자는 이제까지의 국민문학론 비판 위에 서서 새로운 전개를 시도하고 있다. 「일본 현재의 모멘트에 입각하여 어떻게 느끼고, 어떻게 고뇌하고, 어떻게 환희하고, 어떻게 자랑하고, 어떻게 상실했던 가를 단적으로 표현하는 개성 있는」 문학자에 의해 민족주의 문학의 신국면이 열려질 것을 기대하고 강조하고 있다.

진실로 일본적 문학이 발생하기 위해서는 무엇보다 우선 일본에 태어나서 현재의 모멘트를 가장 깊게 감수할 수 있는 정신을 갖추고, 기성의 어떠한 판단에도 좌우되지 않는 智力있는 작자가 자연스레 출현되지 않으면 안 된다. (중략)아마 장래의 민족주의 문학이라는 것은 결코 개성,

혹은 계급의 문제를 무시할 수는 없을 것이다. 민족의식의 앙양에 의해 개성 및 계급의 문제를 더욱 깊게 파고들지 않으면 안 된다는 사명을 잊어야 한다. 그렇지 않으면 시대는 일보 후퇴한다.

민족적 감정을 부당하게 낮추고 경시하고, 계속 모욕하여 왔던 사람들이 현실에 의해 벌을 받는 것은 당연한 것이라 생각하고 있다. 그러면서 민족주의자가 승리한 것을 자랑하고, 개성 문제나 계급의 문제를 부당하게 경시할 경우에는 언젠가 또 벌을 받지 않으면 안 될 것이다. 현재 추구되어야 할 것은 그것이 포함되어야 할 깊이와 넓이이다.

이 論의 특색은 민족주의 문학에서의 개성이나 계급에 대한 사고방식에 있다고 해도 좋다. 또 하나는 「현재의 모멘트」에 대한 강조이다. 이러한 것에 대해서 지금까지 누구도 그것을 발휘한 적이 없었다. 예술가가 기성 개념으로부터 해방이 되어 예술 창조에로 향할 때 필연적으로 그것은 개성적이고, 민족적이고, 계급적이지 않으면 안 되는 것이다.

지금까지의 민족주의 문학이 어쩌면 민족적 특징만을 전면으로 드러내어 개성적이고, 계급적인 것에 대한 수요를 억제해 버린 근저를 어디에서 찾아야 할 것인가가 杉山에 있어서의 문제였다. 그 사항은 문학론을 떠나서 세계관이나 도덕론의 문제와 연결되지 않을 수 없다는 것을 의미한다.

마르크스주의는 그 세계관에 의해 문학에서도 계급적인 것이 절대로 필요하다는 것이었다. 그러나 마르크스주의에 비판적인 것에 대해서는 그럴 필요가 없다. 문학에서 같은 민족적인 필요성을 최고의 목표로서 두고 있는 문학론이 있다고 한다면, 이것을 뒷받침하는 세계관이 성립되어 있어야 한다. 그것에 의해 사람이 이 세상에 살아가는데 있어서 개성적이거나, 계급적이거나 해야 할 필요성은 이 차적인 것이고, 항상 민족적 특질에 살아가야 하는 것이 최고의 선 이라고 보는 것이 杉山의 의견이었다.

우리들은 이와 같은 세계관에 근저하고 있고, 多岐의 문제에까지 해 결할 준비를 하고 있는 방대한 이론 체계를 소유하고 있느냐 하고 물어 본다면, 현재는 아직 그러한 것이 보이지 않는다고 하는 수밖에 없다. 따 라서 현재는 자연발생적인 과정에 있다고 보는 것이다.

여기로부터 「제대로 된 일본적 문학이 나타날 수 있게 하기 위해 서는 무엇보다 우선 일본에 태어나서, 현재의 모멘트를 가장 깊게 감수할 수 있는 정신을 갖추고 기성의 어떠한 판단에도 좌우되지 않 는 智力 있는 작자가 자연적으로 출현하지 않으면 안 된다」고 하는 요청이 나오는 것이다.

과거 프롤레타리아 문학의 경험을 새롭게 민족주의 문학을 위해 살리려고 하는 것에 杉山의 論의 개성적인 특색이 있다. 그러나 이 상의 論은 무엇도 민족주의에 구애받을 필요가 없는 문학이 가지는 정통적인 모습에 대해 논한 것으로 봐도 괜찮다. 이것은 스스로 편 협한 국민문학론 내지 민족주의 문학론에 대한 적절한 비판일 수 있 는 까닭이다. 특히 이 論 중간에 삽입되어 있는 다음과 같은 고백적인 발언은 당시 정세를 생각해 볼 때 일종의 감개를 토로한 것이다.

어쨌든 간에 이 문제에 관한 한, 현재는 모든 것이 혼돈되고 있어서 무슨 근거로 그렇게 했던 가는 파악할 길이 없다는 것이다. 게다가 곤란 한 것은 이 문제에 관한 한, 일부의 편협된 사상가들의 사상이 지배권을 휘두르고, 자유스러운 토의에 대해 곤란함을 유발한다는 것이다. 또한 이 문제의 방법에 대해서도 과학적 태도와 신앙적 혹은 직관적 태도의 대립이 마르크스주의의 경우와는 역작용하는 듯한 사태도 또 나를 괴롭히는 것이다.

8) 河上徹太郎의 발언

河上徹太郎는 『신일본문학의 정신적 지반』에서 일본주의 문학 논의에 대한 내용이 시시각각 변하고 있고, 일률적으로 한정되지 않는 곳에 이러한 기운을 가지고 있는 현대에서의 의의와 특징을 인정하고 있다. 이름을 붙인다면 「무한정의 일본주의자」라고 불려지는 것은 영광이기도 하고, 적절하다고도 불려지는 것은 좋은 것만은 아니지만, 지금 필요상 일본주의 문학을 어떤 특정의 사람들의 사상으로서 보기보다는 문단 전체의 기운으로서 생각하고 싶다. 그러한 것에 의해 語義의 애매함을 초래하는 것을 두려워하기보다는 진실된 시대적 현실성에 대해 언급하는 것이 本意라는 것이다.

물론 본격적인 사회소설을 건설하라고 하는 소리도, 휴머니즘에로 돌아가라고 하는 슬로건도 결코 틀린 것은 아니다. 그러니까 이것을 타파할 까닭이 없다. 뿐만 아니라 이것을 어떠한 형태로든 활용하여 가지 않으면 안 된다. 더구나 그것을 그대로 두고서는 우리들 현실의 지표가 되지 못한다. 거기에 괴로움이 있는 것이다. 나의 개인적인 경험을 섞어서 말한다면 일본적인 것에 대한 관심은 이 때 일어난 것이다. 즉 그것은 반드시 일본이 아니어도 좋다. 자기로 돌아가도 좋다. 어쨌든 현실에 입각해서 말한다면 마음이다. 자신에게 가장 가까운 것의 특수성에 대해 응시하는 것이다. 이러한 관심은 이윽고 아무래도 우리들은 서구 19세기 리얼리즘으로는 어떻게 할 수 없는 것에 대해 자각하게 만든다.

또 이렇게도 말하고 있다.

원래부터 문학이라는 것은 본질적으로 어떤 개인에서의 심정의 존재를 전제로 하지 않고서는 성립할 수 없는 것이다.

「현실에 철저한 마음」을 그 출발점을 삼으려는 것, 즉 외부로 향해서 부르짖는 것이 아니라 「거기에 괴로움이 있다」는 것을 말하고 있는 점에서 杉山平助의 그것과 일맥상통하고 있는 것은 흥미깊은 것이다. 소화12년 여름까지 소연하였던 국민문학론에 비교해 보면 이 이질적인 두개의 논문은 극히 인상적이다. 그러나 1년을 경과하여 소화15년이 되면 다시 부활하였던 국민문학론은 이상한 양상을 띠게 된다.

9) 浅野晃의 단순한 단정

소화15년 11월호의 『新潮』에 浅野晃는 『국민문학에의 길』을 쓰고 있다.

저조하고 따분한 산문적 평화시대는 지나가려 한다. 詩와의 싸움의 시대가 도래하고 있다.

새로운 감각은 전통적 감각의 부활에 있고, 그것에 의해서만이 우리

들 일본이 이 위기를 극복할 수 있기에 절대적으로 필요한 것은 감각이
다. 이와 같은 감각은 우리들 선조가 전승해 준 고전적 詩歌 속에 보존
되고 있는 것이다. 시대는 지금 詩歌를 회복하지 않으면 안 된다. 산문
시대는 급속히 사라지고 있는 것이다.

이것이 이 서두이다. 평화 시대는 산문적이고, 싸움의 시대는 詩
歌的이라는 것은 너무나도 유치한 사고방식이지만 잠시 논자가 말
하는 곳을 들어보자. 「싸움은 이미 시작되고 있다. 그것은 높은 것,
깊은 것, 풍부한 것을 회복하기 위한 싸움인 것이다」. 더욱 확대되고
있는 중국과의 전투에서 이러한 의미가 발견되고 있다. 浅野晃에 의
하면 일본인들은 이 싸움을 「시민도 민중도 아닌」 「국민으로서 臣
民으로서」 싸우고 있다. 새로운 시대의 감각은 나라의 운명을 짊어
지고 있는 국민, 아니 臣民에서만 구할 수 있다. 이와 같은 감각이
시민 혹은 민중을 국민 아니 臣民에까지 승화시키고 혹은 환원해 가
는 것이다.

여기서 시민적 감각과 국민적 감감의 차이에 대해 분명히 하고
있다. 양자는 머리부터 그 가치를 달리 하고 있기 때문에 시민적 감
각은 저차원이고, 국민적 감각은 고차원적이라는 것은 무슨 말인가.
왜일까.

그것은 우리들이 일본 국민이고, 폐하의 臣民으로부터 나오는 것이어
서 국민생활을 위해서는 시민생활은 언제라도 희생되어야 하는 것이다.
大君의 목숨과 우리들 조상들이 노래하는 것은 그러한 것이었다. 나는
이미 그것을 畏命의 심정으로, 后伍의 심정으로 불렀던 것이었는데, 그
러한 심정이 있기 때문에 우리들 역사는 지금까지 면면히 이어져 내려
오는 것이다. 그리고 그러한 심정에는 그것에 대응할 감각이 없으면 안

되는데, 그 감각이 지금 새로운 감각으로서 대두되어야 한다. 그러니까 문학에 있어서 詩歌 시대가 온다고 하는 것은 종래의 문학으로부터 말하면 자기 부정의 시대가 도래했다고 볼 수가 있다는 것이다. 왜냐하면 종래의 문학은 시민문학이었기 때문이다.

이상과 같이 되어 결국 현재가 詩歌의 시대라는 효언이 나올 수 있는 이유가 된다는 것이다. 「폐하의 臣民」으로서의 자기 부정이 어떻게 詩歌의 시대가 될 것인가. 논자는 계속하여 말한다.

詩는 뜻이 된다는 옛날부터 말이 있듯이, 뜻을 서술하는 곳에 詩 정신이 있다. 그리고 문학 정신과 같은 것일 수밖에 없다. (중략)단지 그곳에는 재차 문제가 있다. 뜻이라는 것은 나의 뜻이 아니라는 점이다. 단순한 야심이 있는 뜻이 아니고 서술하는 뜻, 서술하기에 가치가 있는 뜻은 단지 하나 밖에 없다. 그것은 나라를 짊어지는 뜻이다. 이것이 臣民의 길이다. 우리나라에 있어서는 국민문학은 臣民文学이라 말해도 좋다.

이렇게 해서 「싸움의 문학」은 「詩歌의 문학」이고, 당대에 있어서 유일의 문학은 다름 아닌 「臣民文学」이라는 논자 특유의 논리가 성립하게 되는 것이다. 그러면 「臣民文学」의 원류는 어디에서 찾을 수 있을까.

우리들이 말하는 국민문학은 국민의 재형성을 위해 절대로 필요한 국민적=臣民的 감각을 회복하기 위해 싸우지 않으면 안 된다. 거기서 이 싸움에 있어서 우리들은 근거로 해야 할 원리는 고전에서 찾아야 한다. 이상주의 문학은 우리들 나라에서는 肇国의 정신을 근원으로 하기 때문에 그것에 대한 고전은 역사 즉 日本書紀가 아니면 안 된다. 낭만주의

문학은 영웅을 노래하는 것이기 때문에 그 고전은 叙事詩=古事記가 아
니면 안 된다. 그리고 서정시의 고전은 万葉일 것이다. 이렇게 고전을 확
정짓는다면 국민문학의 전통은 맥락을 가지고 우리들에게 전승된다. 그
리고 모든 것은 지금 국민문학에의 도상에서의 고뇌이고, 시련이라는 것
이 이해될 것이다.

놀랄만한 단정이지만 원래부터 이 정도로 단순하였기 때문에 비
로소 성립될 수 있었던 論이었다는 것은 말할 나위도 없을 것이다.
또 아무리 단순해도 이 論은 끝없는 전쟁에 돌입하고 있던 당시의
군국주의와 굳게 손을 잡은 끝에 나온 발언이었기 때문에 단순함이
단순한 것으로 끝나는 것이 아니었다.

『국민문학론의 근본 문제』에서 일본 고전은 一顧도 돌아보지 않
고, 오직 괴테, 톨스토이, 트르게네프 등만을 예로 들고서는 그들에
의해 그려진 「불후의 타입」이 일본문학에는 발견되지 않는다고 탄
식하면서 「국민적 카오스」라는 추상적인 말만 되풀이 하고 있던 浅
野晃가 3년 후에는 이번에는 「臣民文学」을 내걸고 나타난 것이었다.

10) 伊藤整의 발언

浅野晃의 「국민문학」론에 대해서 정면으로 반대를 주창하는 이는
없었다. 불과 伊藤整 정도가 의문과 항의를 제출하고 있었고, 板垣
直子가 소화17년 11월 발행한 서두 평론『현대의 문예평론』속에서
용감한 반박을 낸 정도였다.

伊藤整는 浅野晃가 『국민문학에의 길』을 논한 다음, 12월호 『新

潮』에『국민의 문학』을 투고하고 있다. 그것에 의하면 淺野晃가 「문학과 문학자는 뜻에 따르지 않으면 안 된다. (중략) 그런데 종래 산문적 평화시대는 뜻을 잃고 있었던 것이다」고 서술하고 있던 것을 읽고 놀랐다고 한다. 그것에 대해서 다음과 같이 쓰고 있다.

우리들은 그러한 뜻을 가지고 있다는 확신이 서지도 않았고, 더구나 사람에게 서술하려는 적극성도 가지지 못했다는 반성이 든다. 물론 우리들 일의 대부분은 그러한 뜻을 모색하는 것에 대해 시간 낭비라고는 말하는 것은 아니다. 그러한 모색이 마지막이 되지 못하는 이유는 서술한 만큼의 확실한 것이 없다고 하는 것이 된다. 그러나 우리들은 본능적으로 알고 있다, 그러한 일의 연속이라는 것은 「뜻을 서술하는」 상태에 이르지 못한다는 것을. (중략)작가의 대부분은 현실에 「뜻을 서술하는」 형태로는 창작하지 않는다. 뜻을 서술하는 것을 일이라고 생각하는 작가도 열 손가락을 꼽을 정도는 있다. 그러나 일반적으로 나는 말한다. 왜 그러했던 가는 지금 그것을 평가할 시간적인 여유가 있는 것은 아니지만, 그러한 문학자의 기풍 속에 뜻을 품어야 한다는 의무를 게을리 하려는 기분 사이에, 자신이 빠져 있다는 것을 알아차렸기 때문이다. 그러한 의미에서 淺野 씨의 「뜻을 서술하는」 것으로서의 문학관이 나를 움직였다. 확실히 나는 뜻을 서술한다는 것이 寫生한다고 하는 현재 창작의 통념보다도 훨씬 깊은 곳에 있고, 또한 옛날부터 사물의 한 가운데에 있는 것을 느낀다. 그러나 그 뜻이 어디로부터 오는가. 바깥으로부터 태풍처럼 오는 것일까, 어제까지 자신이 걸어 온 길로부터 즉, 다시 주운 것에서의 작은 퇴적으로부터 오는 걸까, 그렇지 않다면 우선 그것들을 깨끗이 내던져 버리고 또한 처음부터 다시 시작한다면 얻을 수 있는가, 그러한 것은 별개의 문제인 것이고, 각 개인의 조건에 의한 것이라고 생각한다.

더 나아가 伊藤整는 現下의 사태에 처한 문학자의 확신에 대해

차분한 소리로 말하기 시작한다. 조잡하고 소란스러운 淺野晃의 외침에 대한 항의와 불신이 포함되고 있는 것은 말할 더 나위도 없다.

문학자는 외부적으로 봐서 지금 중점을 두고 있는 영역에 곧 자신의 일을 행동으로 옮기는 것은 아니다. (중략)각각의 영역에서 어떠한 식으로 자기 검토를 할 것인가 하는 것은 개괄적으로 외부에서라고 말할 수도 있겠지만, 구체적으로 또한 질적으로는 그 사람 개인의 미세한 그리고 정밀한 계산에 의해서만이 할 수 있는 것이다. 문학자의 일이라는 것이 인간성에 그 기초를 두고 있는 한, 어제까지의 일을 모두 없애 버린다고 하는 것은 아니다. 한 걸음은 반드시 어제의, 그저께의 모든 말이나 배려와 연결되는 것이다. 그것과 현재 일본국민의 환경, 조건을 어떠한 식으로 연결시켜가는 것이 특히 지금 국민문학이라는 말을 드러내는 것이라고 생각한다. (중략)국민문학은 어떠한 것이냐 하는 식으로 질문을 받게 되면, 자기 것을 제외하고 지금 여기에 쓴 것과 같은 극히 작은 것밖에 없는 것을 말하는 것이다. 우리들 일은 대단한 것이 아니다. 창작하거나 생각하거나 할 때는 극히 사적으로 미세한 것으로만 나타나는 것은 아니다. 재능이 풍부한 사람은 거기로부터 위대한 것을 산출하는지 모르겠지만 위대하다는 말을 생각하여 우리들도 똑 같은 사물을 쓸 수 있다는 것은 아니다. 오히려 나는 작은 사생활에서의 반성이 정확하다고 한다면 그것이야말로 가장 좋은 상태라고 생각한다. 그리고 외부에는 널리 눈을 열고, 귀를 열어보려고 한다.

11) 板垣直子의 반박

板垣直子의 반박이라는 것은 다음과 같은 것이었다.

淺野의 국민문학론은 그 협소함에도 불구하고, 또한 우선 그러한 입
장을 시인한다 하더라도 그에 대한 모범을 林, 尾崎士郎의 작품에서 따
온다는 것은 자신 문학에서의 고매함을 인정할 수 없다는 것과 마찬가
지이다. 兩氏의 문학은 먼저 내가 간여하고 있는 準 순문학파에 해당하
고 있어서 일반적으로 현대문학으로서 높은 가치는 발견할 수 없다. 兩
氏야말로 현재 당장 국민문학에서 가장 중요한 멤버들이다. 그 이외의
명분을 붙일 것은 없었기 때문이다. 林, 尾崎 문학이 만일 현대문학의 모
범이 된다면 우리들 비평가는 무엇 때문에 논전을 하고, 혹은 문학을 위
해 노력할 필요가 있을까. 또 활동에 대한 희망이 있을까.

氏가 말하는 것과 같이 臣民의 길은 물론 근본이 되지 않으면 안 된
다. 그러나 현대와 같이 복잡한 산문 정신이 발달하고 있는 이 때에 그
정도를 논의하는 것은 문학사조로서 너무나 간단한 것에 속한다.

원래 氏가 주장하는 것이 그러하다 해도 사고방식은 대단히 단순한
것이다. 속으로부터 억제하면서 추론해 가는 형식을 취하지 않는 것은
우선 개성의 문제가 있을 수 있겠지만 사색을 풍부하게 만들어주는 소
위 근대적 교양이 부족한 것 같다. 개개의 에세이는 결코 매수가 중요한
것이 아니라, 내용상으로 보면 어느 것도 빈약하다는 인상을 준다. 실천
이 잘 통하는 좋은 형식을 취하는 이유도 그러한 것을 도와주게 만든다.
이러한 것으로 인해 그 시대의 지식계급에게 영향을 끼칠 수 있을까.

淺野론에 대한 이 정도의 비판은 당시라 해도 상식이었겠지만 이
것을 발표하기에는 상당한 용기가 필요했을 것이다. 그것보다도 자
신이 이상해져서 상대할 기분이 들지 않았다는 것이 당시 실정이었
을 것이다. 또 板垣直子만 하더라도 「臣民文学」 비판에는 용기가 필
요하였다고 하였다. 즉 이러한 이유에 대해서 이 책의 서문은 다음
과 같은 말로 밝히고 있다.

皇国은 최근의 10년 이내에 3개의 전쟁을 치르고 있었다. 소화6년의 만주사변, 12년에 일어난 支那사변, 16년 이후의 대동아전쟁이다.

이미 명치시대에 일본은 동양의 맹주가 되었지만 이상 3개의 전쟁은 동양에 있어서 일본의 지위를 더욱 절대적으로 공고히 하였을 뿐만 아니라, 세계사적으로도 역시 일본을 절대 우위에 서게 만든 것은 주지의 사실이다.

각각의 시대에 국가 총력전을 펼쳤던 그 국가적 대사건은 국민생활과 국민사상 및 문화 일반에도 크게 영향을 미쳤다. 문학도 국책에 따라 절대적으로 순응해 갔다. 그런 까닭으로 그 대사건을 시대성에 따라 각론을 진행해 갔다고 봐도 좋을 것이다. 그 이전의 문학과 그것과 관련한 문예평론 상의 사조에 대해서 오늘날 입장에서 언급할 필요는 없는 것이다. 그리고 일본이 오늘날 이와 같은 혁혁한 국위를 신장하기까지 혜택받고 있던 역사적 현실에서 생각해 본다면, 실제로 비국책적, 비건설적인 모든 문학론은 묵살해도 지장이 없을 정도인 것이다.

「오늘날의 혁혁한 국위」 앞에서는 「비국책적, 비건설적인 모든 문학을 묵살해도 지장이 없다」고 단언할 정도의 용기가 있던 주인공이었던 것이다. 현재 이 책에는 프롤레타리아 문학론 및 그 평론가에 대해서 一行 半句도 언급되지 않고 있다. 이와 같이 용기 있는 저자가 처음으로 「臣民文学」에 대해 비판할 용기를 가질 수 있었던 것이다. 다른 말로 바꾸면 浅野晃의 「臣民文学」론은 비국책적, 비건설적인 문학론에 대해 모두 묵살할 정도였던 板垣直子조차 가만히 입을 다물고 있을 수밖에 없었던 것이다.

12) 保田与重郎의「국민문학」

다시 한번 淺野晃의「臣民文学」이 제창된 소화15년으로 되돌아가
면 다음 12월호의『文芸』는 국민문학론에 관한 특집호를 꾸미고 있
었는데, 豊島与志雄, 保田与重郎, 榊山潤, 伊藤整, 中島健蔵의 논의
를 모으고 있었다.

豊島与志雄의『국민문학의 전망』에 의하면「이상주의적 로맨티
시즘 정신을 가진 작가가 리얼리즘의 수완으로 새로운 국민적 생활
의식의 인물을 묘출한」곳에 국민문학의 길을 찾으려고 하는 것과
같은 것이다. 그것은 초조해 하는 추상론에 지나지 않는다.

榊山潤의『국민문학이라는 것은 무언가』에서 다음과 같은 것이
나온다.

> 국민문학은 우리들 시정생활자들이 가지고 있는 시민 감정을 국민 감
> 정으로 바꾸어 바라보는 것, 우리들 자신이 익숙해 있던 소시민성을 탈
> 피하여 국민의 일원으로 생각하는 것, 그것으로부터 시작한다는 것만은
> 알고 있다. 간단한 말이지만 거기에는 국민문학의 근본이 있는 것이고,
> 그러한 출발만이 국민문학을 가능하게 만드는 것이 아닌가 하고 생각한
> 다. 이러한 이입 속에는 물론 우리들의 자기 혁신에 관한 문제도 포함되
> 어 있는 것이다.

국민감정에 의한 시민감정의 부정에서 국민문학이 시작된다고 보
는 시각에는 淺野晃와도 통하는 것이 있다. 또한 과거 일본문학의
유산으로부터 국민문학을 발견할 수 있는 곳은 겨우 万葉集 정도를
발견할 수 있을 뿐이어서 그 이외에는 모범이 될 국민문학이 하나도
없다. 아무리 고금의 일본적 영웅을 잘 그렸다고 해서 그것이 곧 국

민문학이 되는 것은 아니라고 말하고 있다.

保田与重郎는 『국민문학이라는 것』에서 다음과 같이 말하고 있다.

　　국민문학은 이 수 년 이래 浅野晃 씨가 주로 서술해 온 것이지만 최근
　일반에 이 소리를 듣게 되는 것은 원래부터 좋은 시대라는 징조인 것이다.

그러나 그것은 浅野晃와 같이 「臣民文学」을 가져오려 한 것은 아
니었다. 근래 국민문학은 형태에까지 들어가서 묘사한 것은 드물다.
일본 국민문학이었던 平家物語라든가, 義経記라는 작품의 성립은
오랜 세월과 많은 작자와 많은 국민들이 노력한 대가이지만, 그러한
사실은 현재에도 있는 것이다. 예를 들면 乃木 大将 등은 美形의 국
민문학의 하나라는 것이다. 또한 일본 일반가정에서는 고전은 고급
이 되던지, 아니면 완전히 사라지던지 하는 두 가지의 길을 걸어 왔
던 것에 대해 언급하면서 이렇게 말하고 있는 것이다.

　　우리들 가정으로부터 언젠가 일본은 소멸할지 모른다. 그런 날에 우
　리들이 발견한 조그마한 것은 百人一首였다. 아마 이것만이 일본 가정에
　서 극히 자연스레 일본인들의 조상의 美나 취미나 감정, 사고방식을 회
　상하게 해줄 것이라고 생각한 끝에 나는 오랫동안 百人一首의 의미에
　대해 말해 왔던 것이다. (중략)더구나 우리들이 단 하나의 百人一首에 의
　존할 수밖에 없었던 책임은 모든 문학자와 학자가 져야 할 것이다.

국민문학의 고전 중에 현재 일본인들 마음 속에 살아 있는 것으
로 百人一首를 들고 있는 것을 보면 浅野晃와 크게 따질 수 없는 사
정을 잘 알 것이다.

13) 中島健蔵의 항의와 비판

다음에 中島健蔵의 『기준의 재건』에 의하면 현재의 고뇌는 어떠한 문학이 좋은 문학인가에 대한 기준이 없어졌다고 하면서 그 기준의 상실은 편의주의를 낳게 만들고, 효용의 가치마저 잃게 만들었다고 한다. 거기로부터 다음과 같은 論을 이끌어내고 있다.

국민문학 제창에 대한 새로운 의의는 현대문학의 국민 기준을 재건하는 데에 있다. 그 기준이 우물 안 개구리식의 자랑에 빠져서는 안 된다는 것은 말할 나위도 없다. 국민주의의 기준은 자국 주위에 벽을 만들어 안심할 것이 아니라, 타국민과 실질적으로 경쟁하는 곳에 있는 것이다. 그것을 위해서도 극히 높은 수준이 필요한 것이고, 또 그 수준에로 나아가야 할 건설이 필요한 것이다. 그 기준을 공중에서 내려다보는 것이 아니라, 거기에 다리를 걸치고 옮겨 사는 것에 두는 것이다. 발밑을 잊고 걸작을 꿈꾸는 것이 아니라 걸작을 만들어서 이것을 국민문학답게 하기 위한 그 소지를 만드는데 전력을 다해야 할 것이다.

여기에는 문학에까지 침투하고 있는 편협되고, 야만적인 국민주의에 대한 항의와 비판이 실려 있다. 伊藤整의 『국민문학의 기초』는 그것에 대한 항의와 야유와 풍자를 담고 있는 것이다.

국민문학이 성립되는 근본으로 伊藤整는 말에 대해 엄격한 정확성을 요구하고 있다. 소설은 「인간의 상태나 관계를 정확히 알고, 정확히 표현하는 것에 있다」는 것에 있기 때문이다. 소설 그 밖의 문학작품은 언어가 정확한 위에 성립하는 것이기 때문에 문학자의 말에 대해서는 문학자 서로 간에 신용을 하고 또 문학자 이외의 사람들도 신용해야 한다는 것이다. 伊藤整는 다음과 같이 계속하고 있다.

말을 부정확하게 사용하는 것이 바른 국민이고, 말을 정확하게 사용하는 것이 非国民으로 취급된다면 그것은 굉장히 무서운 일이다. 누가 진실을 말하지 않거나 국민 전체가 거짓말을 하는 것에 대해 신경을 써야 한다.

그러한 일이 없도록 해야 한다는 것이 우리들 문학자의 염원이고, 보국정신이다. (중략) 그러한 무서운 것에 빠지지 않도록 하기 위해서라도 나는 하나 제창하고 싶다. 우리들 문학자를 内務省, 또는 大政翼贊会 정보국에 고용해 주기 바란다. 그리고 신문에서 말하지 말고, 잡지에서 말하지 말고, 이 귀중하고 단 하나 밖에 없는 아름다운 일본어를 부정확하게 사용하는 사람들을 검사하는 직업에 채용해 주기 바란다. 우리들은 충분히 그러한 일을 잘해 낼 수 있고, 유능하다고 확신한다. 그리고 일본어의 의미나 형태를 멋대로 사용하고 정확하지 않은 표현을 새삼스레 사용하고, 간접으로 국민의 사고력을 흩트리고, 국민의 상호신뢰를 잃게 하는 사람들을 검거하는 역을 맡고 싶다. 마음으로서는 60%라고 생각하면서 100%라고 쓰는 녀석을 스스로 믿지 못한다고 말한 녀석을 엄벌에 처해야 할 것이다. (『文芸』 소화15년 12월)

화를 억누르면서 쓰고 있는 모습이 생각 나는 문장이다. 다시 한번 말하면 소화15년 12월호에 발표되었기 때문에 11월 중의 집필일까. 이 무렵을 최후로 해서 그토록 소리높았던 국민문학론도 소리가 잦아진 것처럼 보인다.

그러나 여기에 하나의 예외가 있다. 岩上順一의 『국민문학론』이 그것인데, 소화18년 6월 발행된 『소화문학 작가론』 하권에 수록되어 있다. 논자는 그 冒頭에서 「국민문학의 제창은 오늘날 거의 잊어버렸던 것 같다」고 말하고 계속해서 다음과 같이 말하고 있다.

작가는 이 중요한 과제를 의식하면서도 그 작품에서 아직 잘 활용하고 있지 못하는 것 같다. 비평가도 진실로 국민문학의 본질을 해명하지 못하고 있다. 이것은 어떠한 이유에서 그 근거를 찾아야 할 것인가. 아마 거기에는 오늘날 이 시대에 국민문학의 형식이 크게 어울리지 않는 것이 존재하기 때문은 아닐까. 오늘날 국민생활 그 자체에 국민문학이 가져야 할 문학의 발생, 성장을 저해하는 무언가가 존재하는 것은 아닌가.

이것은 지금까지의 국민문학론 속에서는 가장 장편에 속한다. 우선 국가, 국민의 개념 규정으로부터 시작되고 있는데, 그것은 和辻哲郎, 西谷啓治, 高坂正顯들의 說을 비판하면서 自說을 전개하고 있다. 한 마디로 말하면 浅野晃들과는 완전히 대조적인 국민문학론이다. 구체적으로는 『浮雲』부터 『새벽녘』에 이르는 일본 근대문학의 역사를 일본사회 발전의 상관관계 속에서 찾고 있다. 『새벽녘』을 최고의 국민문학으로 본다는 입장으로 관철되고 있다. 이 論은 그 밖의 騷然한 국민문학론은 돌아보지 않으면서 고립된 장소에서 쓰여진 독자적인 국민문학론이라 할 수 있다.

또 하나 독자적인 創見의 국민문학론이 있다. 소화11년 9월호의 『思想』所載의 高倉輝의 『일본 국민문학의 확립』이 그것이다. 서구의 산문문학과 같은 새로운 국민문학이 왜 일본에는 생겨나지 않을까 하는 입장에서 国語国字 문제와 연결하여 규명한 論이다. 즉 한자는 봉건적 신분층에 잔존하다 보니까 새로운 문화 독점자로서의 인텔리와 대중을 분리시키고 있는 것이다. 거기로부터 高倉輝는 다음과 같이 말하고 있다.

그러니까 일본 국민문학의 확립은 대중 입장에서의 표준 일본어에 대한 통일이라는 국어의 문제와 그것을 써서 나타내는 수단으로서의 国字의 문제, 이 두개의 문제가 연결되어 있어서 그러한 해결을 위한 방편으로 성립된 것이다.

이 논문에는 「독자층 편성을 바꾼 뒤에 나타난 명치문학의 발전을 위한 경로와 문학 대중화의 기초로서의 国語, 国字의 문제」라는 긴 副題가 붙어져 있다. (臼井吉見, 「근대문학논쟁 上」筑摩書房, 소화31년 10월, 참고)

20

「근대의 超克」 논쟁

河上徹太郞의 「실은 『근대의 超克』이라는 말은 하나의 符牒 같은 것으로」 누구도 「확 가슴에 와 닿는 것이 있을 것이다」는 등의 말이 교환된 文化綜合会議 심포지움 「근대의 超克」(다음 해 단행본이 나왔을 때에는 知的協力会議라고 이름이 붙어진다)이 『文学界』에 掲載된 것은 소화17년 가을이었다.

이 심포지움과 현재 사이에는 이미 상당한 시간이 흘렀다. 그러나 이 시간에는 지금 또한 「소화」가 「현대」가 비대화될수록 불변의 구조에는 변함이 없다. 이쯤 되면 무엇이 변했는가 하는 물음에 대한 대답보다는 오히려 무엇이 변하지 않았던가 하는 것에 대한 방향이 보다 선명한 像을 만들어 줄 것임에 틀림없다. 한편에서는 「불확실성의 시대」라고 불려지는가 하면, <終—전후적 근대> 의식이 널리 확장되고 있었다. 거기에 몰려드는 것은 「類似」 이데올로그, 「상식」에의 청산가, 「명치」의 陽光을 받은 역사를 개조하는 박사, 「일본적 자연」에의 투항 시인 등이다. 이러한 시대에서의 河上가 교묘하게 이름 붙인 「符牒」으로서의 「근대의 超克」에 대해 확실하게 인식한 사람은 결코 많지 않을 것이다.

이 조류의 한 証左라고 말할 수 있는 것은「근대의 超克」좌담회가『전통과 현대』(소화48년 3월)의 특집「일본 回帰—서구 근대와 일본의 상극」에「특별 자료」로서 復刻된 사실이다. 이전에「근대의 超克」을 둘러싼 논의가 치열한 계절(소화30년대 전반)에서 이 좌담회는 이름은 알려져 있어도 일반인 입장에서는 거의 환상에 가까운 좌담회 정도였을 것이라는 것은 상상하기 어렵지 않다. 그것이 십수 년이 지난 후 全 모습을 드러낸 것이다. 더구나 그렇게 나타난 것이「특별 자료」로서 — 즉 재평가 혹은 철저한 비판 대상이라고 위치 지을 것도 없이(村石真一의 竹内好「評釈」이라는 論이 있기는 하지만), 反 근대·국수주의·전향·일본로만파·일본회귀·「자연」·柳田国男 등이 이 논술 말미에 당당하게 두어졌다는 사실은 주목해야 할 점이다. 거기에는 아마 편집자의 의도를 넘어선 시대의 막연한 기분이 반영된 모습이라고 해도 좋을 것이다. 이러한 축을 잃어버린 기분에서 문학·사상의 현재는 지금 다시「희곡」(심포지움의 실패론을 가리킨 竹内의 말)을 그리려는 것일까.

『文学界』소화17년 9월호, 10월호의「근대의 超克」에 관한 특집에 대해 상세한 記述은 다음과 같다. 西谷啓治의「『근대의 超克』私論」, 諸井三郎의「음악 상의 근대 및 현대에 대해서」, 津村秀夫의「무엇을 깨트려야 하는가」, 吉満義彦의「근대 초극의 신학적 근거」(이상 9월호), 亀井勝一郎의「현대 정신에 관한 覚書」, 林房雄의「勤王의 마음」, 三好達治의「略記」, 中村光夫의「『근대』에의 의혹」, 鈴木成高의「『근대의 超克』覚書」, 그리고 주요 멤버의 좌담회「근대의 超克」(이상 10월호)이다. 다음 해 創刊社 간행의『근대의 超克』(소화18년 7월호)에서는 鈴木의 논문은 사라지고, 下村寅太郎의「근대 超

克의 방향」, 菊池正士의 「과학의 초극에 대해서」, 河上徹太郎의 「『근대의 超克』結語」가 첨가된다. 좌담회에는 小林秀雄도 참가하고 있었는데, 亀井・林・三好・中村・河上・小林은 『文学界』同人(中島健蔵・三木清・阿部知二들은 軍 報道班에 징용 중으로 불참가), 그 밖은 초빙 비동인(保田与重郎는 초대받았지만 불참가)들이었다. 그 서두의 사회역이었던 河上徹太郎는 이렇게 서술하고 있다.

> 실은 「근대의 超克」이라는 말은 하나의 符牒과 같은 것으로 이러한 말을 던진다면 아마 누구라도 공통적으로 느끼는 무언가가 확실하게 다가올 것이라는 그러한 곳을 겨냥해서 내어 본 것입니다. (중략)여러 방면에서 생겨나면서 특히 12월 8일 이래 우리들의 감정으로서는 이것으로 하나의 형태를 결정지은 것 같은 것을 느낍니다. 이러한 형태의 결정, 이것은 아무래도 말로서 다 표현할 수 없는 것, 즉 그것을 나는 「근대의 超克」이라고 말하지만 이러한 형태의 결정으로부터 역으로 출발해서 (각자의 감상・생각을 서로 내어서)결국 일본 현대문화라는 것이 하나의 선에 따라 편승되어 있던 것이 바깥으로 표출되어 나타난 것이다.

여기에는 좌담회 전체를 관철하는 두개의 톤이 나타나고 있다. 첫째, 명치・대정・소화라는 구체적인 일본근대의 대혼란 시기에 왜 문화적 「근대의 超克」이 필연화・필요한 것인지. 둘째, 그것을 「딱 하나의 형태로 결정」한 것은 「12월 8일」 즉 美英 宣戰이라 할 수 있는데, 첫 서구 근대와의 전쟁이었던 것이다. 그리고 「이러한 결정으로부터 출발해서」와 같이 첫째는 둘째에 의해 整序되어야 할 것―그것은 둘째의 「지적 전율」을 첫째에 의해 어떻게 그 의미를 부여하고, 방향을 부여할 것인 가에 대한 전쟁 추인에 대한 작업이 지향되었다는 것이다. 그러나 이러한 企圖는 좌담회에서 충분히 다 이룰 수 없었다. 「근대」를 어떻게 규정하는 가에 뿌리를 두고 있는 스콜라學과 그 역사를 부정하고 단지 「육감」으로 말하려는 문학자라는 인식만 남기면서 끝나버린 것이다. 그리고 이러한 혼란 속에서 단지 「근대의 超克」이라는 표어 자체가 내용이 별로 없는 만큼 선명하게 부상되어 온다—그러한 장치가 되고 있다. 첫째와 둘째의 통일에 의한 『文学界』 그룹의 지적 연명을 꾀한 企図는 「일본로만파」에 속하는 亀井가 말하는 「현재 우리들이 싸우고 있는 전쟁은 대외적으로는 영미 세력을 박멸하는 것이지만 내적으로는 근대 문명에 의해 초래된 이러한 정신 질병의 근본 치료」가 될 수 있는 말, 또는 「京都学派」에 속하는 西谷가 말하는 일본근대 문화의 혼란을 막는 것=「세계사적 필연」으로서의 「대동아의 건설」이라는 말을 매개로 해서 우선 충족이 된다.

확실히 이 심포지움은 동시기에 행해진 「京都学派」에 의한 좌담회 「세계사적 입장과 일본」, 「東亜共栄圏의 윤리성과 역사성」, 「총력전의 철학」(『中央公論』 소화17년 1월, 4월, 다음 해 1월)에서는 전체 통일을 이루어내지는 못했다. 예를 들면 「정신주의이다, 지적 편중이라고 되지도 않는 이유를 붙이기 이전에 우선 하와이 海戦을 보라. 말레시아 海戦을 보라. 모든 것을 해결한 절대적인 実例가 그곳에 있다. 과학과 일본정신이 어떻게 조화를 이루고 있는가, 이러한 훌륭한 사실이야말로 정신과 과학이 조화를 이루고 있는 역사상 최대의 사실로 ……대체로 세상을 흐리게 하는 말을 모두 분쇄한 세계사적인 사실이다. 이것이야말로 일본정신의 극치라 할 수 있고, 物心一如의 극치를 보인 사실이다」는, 그러면서 역으로 그러한 애매함 때문에 당시의 <知>를 애매하게 남겨둔 채로 「근대의 超克」에로 다 사용해 버렸던 것이다. 그것은 마침 保田들의 「일본로만파」의 言説이 현실 정치에서 가장 멀리 떨어진 곳으로부터 그 정치를 최대한 조직하려 하였던 것과 마찬가지로, 꼭 같은 형태의 희비극이라 해도 좋을 것이다.

이 심포지움은 「근대의 超克」 표어와 함께 「불길한 기억」 속에 전후적 근대 과정이 일단 봉합된 것처럼 보였다. 그러나 패전으로부터 6년이 지난 후 그 부활판이라고 해야 할 「현대 일본의 知的 운명」 좌담회가 『文学界』(소화27년 1월)에서 행해지기에 이르러, 이전에 「근대의 超克」을 「열심히 읽은」 세대의 한 사람인 仁奈真는 원한을 담아 고발하였던 (「10년 째─『현대 일본의 知的 운명』을 둘러싸고」 『新日本文学』 소화27년 7월) 것이다. 그것은 小田切秀雄의 의해 「근대의 超克」에 대한 전면 비판이라는 형태로 이어간다. 「나는 仁奈보다 얼마 年長이었던 탓도 있고 해서 「근대의 超克」 좌담회에 대해 그 당시로부터 극심한 모멸감을 느끼고 있었다」고 하는 小田切 비판의 요점은 전면 부정론이었다. 이러한 전면 부정론에 대해서 佐古純一郎는 「전쟁 하의 문학」(『해석과 감상』 소화33년 1월)에서 이렇게 썼다. 「내 자신 이 좌담회로부터 받은 생생한 영향에 대해 오늘날 전부 기억하고 있는 편이지만 거기서 제출된 모티브의 좋은 점은 오히려 전후의 해방을 거쳐 오늘날 제대로 된 해명을 요구받고 있다고 생각된다」.

이상과 같은 「복권론」과 「박멸론」은 함께 「이데올로기 비판」이라 할 수 있는데, 「사실로서의 사상」을 전부 드러내 보이지 않는다면 안 된다는 점에서 竹内好는 労作 「근대의 超克」을 쓰게 된다. 그것은 말할 나위도 없이 1920년대 후반기의 「국민문학」 논쟁의 발판이 되었던 「근대주의와 민족의 문제」(『文学』 소화26년 9월)에서의 「마르크스주의자를 포함하여 근대주의자들은 민족주의를 피해 통과해온」 것이라는 사상사적 공백에 대한 심각한 압력을 전신으로 받아들이는 곳으로부터 추구될 수밖에 없었던 論이었다. 거기서 우선 竹內는 「전쟁에 투입된 全 에너지가 낭비이기 때문에 그것이 계승이 불가능하다면 전통에 의한 사상 형성도 불가능할 수밖에 없다」, 물론 그렇게 해서는 안 되는 것이고 그 에너지의 양, 거기에서의 사상을 정확하게 내보이는 것이라고 설명한다. 그리고 「근대의 超克」은 「일본 근대사의 아포리아의 응축」을 한꺼번에 초점화하는 것이었는데, 그 초점화를 강제하였던 「전쟁의 이중적 성격」(제국주의 전쟁과 식민지 침략 전쟁)을 분리시키지 못했던 ―「아포리아가 아포리아로서 인식의 대상이 되지 못했던」 곳에 결국은 「공적인 전쟁 사상에 대한 해설판」으로 타락한 이유가 있다고 단정지었다. 그 論 속에서의 「민족」, 「전쟁」, 「근대」의 규정은 이후 많은 사람들이 논의의 대상으로 삼았는데, 제대로 그것을 파악하지 않고서는 전후적 근대를 제대로 알 수 없는, 그리고 그것을 포기했을 때는 반드시 또 공적으로 追隨하는 황폐 사상이라 할 수 있는 「근대의 超克」이 재생되어 나타날 것이라는 것이다.

竹內 논문이 쓰여지고 나서 이미 오랜 시간이 흘러간 현재도 그가 눈앞에 두고 있던 左右의 「문명개화」에 대한 신봉자들이 다시 손바닥을 뒤집듯이 反 「문명개화」論者로 轉身하고, 네오 식민지주의 침략에는 모른 채 하고 ―혹은 전적으로 그것을 용인하면서 오직 「국권」에만 가까이 하고 있다. 오히려 그것과 함께 호흡하고 있다고 말하는 편이 좋을 것이다. 이러한 흡수 장치야말로 전후적 근대가 「문명개화」에 힘을 써 온 가장 근대적인 제국주의 데모크라시인 것이다. 그러한 첨단에 살아가는 것에 대한 갈증은 「일본」의 정체성을 안과 바깥 양면으로 추구해 왔음에 틀림없다. 그리고 다시 「근대의 超克」을 기운을 내어 소리 치기 시작할 것이다. 그러나 그것들이 한 덩어리가 되어 희곡으

로서 완성시키기 전에 일본은 이 근대에 대한 근저적인 싸움을 다시 구성하지 않으면 안 된다. (高橋敏夫,「근대의 超克」논쟁(松本健一 편, 詳解 現代論爭事典, 流動出版株式会社, 1980.1 참조))

참고문헌

· 国文学解釈と教材の研究 第9巻 第12号、学灯社、昭和39.10

· 瀬沼茂樹『日本文壇社』講談社、昭和53.5

· 吉田精一『明治の文芸評論』桜楓社、昭和55.9

· 浅井清外6人共編 『新研究資料 現代日本文学』第一巻 小説Ⅰ・戯曲、明治書院、2000.3

· 国文学解釈と教材の研究 第34巻 第4号 臨時増刊号、学灯社、平成1.3

· 日本近代文学館編『日本近代文学大事典』講談社、昭和52.2

· 白井吉見『近代文学論争(上・下)』筑摩書房、1975

· 土方定一『近代日本文学評論史』法政大学出版局、1973.11

· 布野栄一『「政治と文学論争」の展望』桜楓社、昭和59.3

· 松本健一『詳解現代論争事典』流動出版、1980.1

· 平野謙『現代日本文学論争史(上・中・下)』未来社、1969.6

· 片岡良一『近代派の文学』白揚社、昭和25年

· 瀬沼茂樹『昭和の文学』河出文庫、昭和31年

· 白井吉見「近代文学論争」上巻、筑摩書房、昭和31年

· 長谷川泉「方法と様式」至文堂、昭和38年

· 小田切進「昭和文学の成立」勁草書房、昭和40年

· 三木清「現代階級闘争の文学」岩波書店、昭和41年

· 羽鳥一英「新感覚派」明治書院、昭和44年

· 千葉宣一「川端康成とモダーニズム」八木書店、昭和44年

· 浅見淵「散文芸術論争」至文堂、昭和31年

· 中村武羅夫「本格小説と心境小説と」(『新小説』大正13.1)

· 生田長江「日常生活を偏重する悪傾向」(『新潮』.大正13.1)

· 久米正雄「私小説と心境小説」(『文芸講座』大正14.1〜2)

· 宇野浩二「『私小説』私見」(『新潮』大正14.10)

· 佐藤春夫「『心境小説』と『本格小説』(『中央公論』昭和2.3)

· 小林秀雄「私小説論」(『経済往来』、昭和10.8)

· 中村光夫「風俗小説論」(『文芸』昭和25.2〜5)

· 小笠原克「私小説論の成立をめぐって」(『群像』昭和37.5)

· 伊藤整『小説の方法』(河出書房、昭和23年)

· 猪野謙二「私小説」(日本近代文学館編、『日本近代文学大事典』講
  談社、昭和52年)

· 信夫清三郎『大正デモクラシー史』第2巻(日本評論社, 昭和33年)

· 小山弘健『日本マルクス主義史概説』芳賀書店, 大正14. 8

· 片山伸「階級芸術と問題」(『改造』大正11. 2)

· 青野季吉「自然生長と目的意識」(『文芸戦線』大正15.9)

· 小林秀雄「私小説論」(『経済往来』昭和10.8)

· 蔵原惟人「芸術運動当面の緊急問題」(『戦旗』昭和3.8)

· 対馬忠行『日本資本主義論争史論』黄土社, 昭和5.1

· 朴時亨『広開土王陵碑』(平壌, 社会科学院出版社)1971

· 福富正実『アジア的生産様式論争』未来社, 昭和44

· 田中武夫『橘樸と佐藤大四郎』竜渓書舎, 昭和50

· 山田盛太郎『日本資本主義分析』岩波書店, 昭和10.10

· 小島恒久『日本資本主義論争史』ありえす書房, 昭和9.12

· 谷川健一編『方言論争』(叢書『わが沖縄』第2巻, 木耳社, 昭和45

· 神谷忠孝『横光利一論』双文社出版, 昭和37.8

· 正宗白鳥「思想と実生活」(文芸時評)(『中央公論』昭和11.5

· 平野謙『昭和文学史』筑摩叢書, 昭和38

· 亀井勝一郎『現代史の課題』中央公論社, 昭和32

· 橋川文三『日本浪曼派批判序説』未来社, 昭和35

· 宮川透『近代日本思想論争』青木書店, 昭和38

· 竹内好『日本とアジア』筑摩書店, 昭和41

· 大久保典夫『昭和文学史の構想と分析』至文堂, 昭和46

· 菅孝行『反昭和思想論』れんが書房, 昭和52

저자 정인문

· 동아대학교 대학원 국어국문학과 박사과정 수료(문학박사)
· 일본 大東文化대학 대학원 문학연구과 박사후기과정 일본근대문학 전공 수료(일본
  문학 박사)
· 일본 筑波대학 대학원 인문사회과학연구과 (일본문학박사, 논문박사)
· 문학평론가
· 부산광역시, 한국문인협회 회원
· 전 동아대학교 일어일문과 교수,
· 전 한국일본근대학회 회장
· 동아대학교 교수업적 평가 최우수 교수
· 동아대학교 최우수 강의 교수
· 2007년도 대한민국학술원 선정 최우수 학술도서(일본 명치기 문학논쟁사)수상
· 2008년도 대한민국학술원 선정 최우수 학술도서(1910·20년대 한일근대문학교류
  사) 수상
· 경상남도, 부산광역시 지방공무원 임용시험 문제 출제위원
· 소방위·지방소방위 승진시험 필기시험 면접위원
· 관광통역안내사 국가자격 시험 면접위원

일본 昭和 前期 문학논쟁사

1판 1쇄 발행 2009년 7월 6일
1판 2쇄 발행 2010년 6월 24일

저자 정인문

발행한곳 제이앤씨
책임편집 김진화
등록번호 제7-220호

우편주소 ㉾132-702 서울시 도봉구 창동 624-1 현대홈시티 102-1206
대표전화 (02) 992 / 3253
전 송 (02) 991 / 1285
홈페이지 http://www.jncbms.co.kr
전자우편 jncbook@hanmail.net

ISBN 978-89-5668-727-8 93830   **정가** 16,000원